Endstation Neukölln

Connie Roters arbeitete als Veranstalterin und im Theater, schrieb als freie Journalistin für Tageszeitungen und war als Frau für Spezialeffekte für diverse Fernseh- und Kinofilme tätig, bevor sie sich als Sozialarbeiterin der Arbeit mit traumatisierten Menschen in Krisensituationen widmete. Zudem unterrichtet sie Kreatives Schreiben und ist Initiatorin diverser Leseveranstaltungen. Connie Roters lebt als freie Schriftstellerin in Berlin-Neukölln.

CONNIE ROTERS

Endstation Neukölln

KRIMINALROMAN

emons:

Bibliografische Information der Deutschen Nationalbibliothek
Die Deutsche Nationalbibliothek verzeichnet diese Publikation in der Deutschen Nationalbibliografie; detaillierte bibliografische Daten sind im Internet über http://dnb.d-nb.de abrufbar.

FSC www.fsc.org
MIX
Papier aus verantwortungsvollen Quellen
FSC® C083411

Umschlagmotiv: jock+scott/photocase.de
Umschlaggestaltung: Tobias Doetsch
Gestaltung Innenteil: César Satz & Grafik GmbH, Köln
Lektorat: Lothar Strüh
Druck und Bindung: CPI – Clausen & Bosse, Leck
Printed in Germany 2017
ISBN 978-3-7408-0206-6
Originalausgabe

Dieses Werk wurde vermittelt durch die
Literaturagentur Wortunion, BlueCat Publishing GbR, Berlin.

Für Kimmie, Sabrina, Maik
und alle anderen, die sich schwertun,
ins Leben zu finden.
Und natürlich für Waltraud.

KIMMIE

Wie ein Hahnenschrei am Morgen
die Nacht umbringt,
sie in tausend Stücke zerreißt,
so zerriss ihr Himmel,
durchgestrichen kreuz und quer,
wie Düsenjäger es tun
mit weißer Spur.

Sie hört jetzt irren Gesang
aus dem Elysium.
Auf Wolken wollte sie schweben,
doch die sind spitz wie Nadeln
und scharf wie Klingen.

Sie weiß nicht, wohin,
und auch nicht ein noch aus,
sucht Schnee, der alles gütig bedeckt,
doch er entstellt nur alles,
worauf er fällt.

Eine Faust fest geschlossen,
keine offene Hand, nirgendwo.

Eike A.

Prolog

Acht Augenpaare richteten ihren Blick auf die Tür. Im Raum war es still, nur die junge Frau hinten in der Ecke wimmerte leise. Eine dicke Stubenfliege versuchte ihr Glück am Fenster. Einmal, zweimal, dreimal, dann drehte sie laut brummend eine Runde durch den großen Raum, bevor sie sich in ihrer scheinbar sinnlosen Geschäftigkeit mit einem kräftigen Aufprallgeräusch erneut auf die geschlossene Scheibe stürzte.

Die junge Frau verstummte. Ihre Freundin wiegte sie sanft hin und her. Einer der Männer erhob sich langsam.

»Sitzen bleiben«, zischte es aus Richtung der Tür.

Der Mann hielt kurz in der Bewegung inne, setzte sie dann aber langsam fort. Als er stand, hob er beschwichtigend die Hände.

»He, ich hab das vorhin nicht so ernst gemeint.«

»Doch, hast du. Vorhin und gestern und die Wochen und Monate und Jahre davor.«

Der Mann trat einen weiteren Schritt vor. Die Mündung der Pistole in der Hand seines Gegenübers hob sich langsam.

»Bleib, wo du bist!«

Das Wimmern aus der Ecke setzte wieder ein.

»Halt die Schnauze, verdammt noch mal.«

Die Waffe änderte langsam ihre Richtung und zielte nun in Richtung Zimmerecke. Das Wimmern verstärkte sich.

»Peng!«, sagte die Stimme an der Tür. »Und tot bist du.«

Der Mann ging langsam weiter, allen Warnungen zum Trotz.

Die Mündung der Waffe richtete sich nun wieder auf ihn.

»Bis zum Schluss ein Held?«, sagte die Stimme und lachte.

Er blieb stehen. Sah in zwei entschlossene Augen, registrierte ein leichtes Zittern der rechten Hand.

Aber nur kurz.

Dann fiel der erste Schuss.

Sonntag

Ein Schuss. Hauptkommissar Stefan Breschnow schreckte aus seinem Lieblingssessel hoch. Auf seinem Schoß war die letzte Flasche Bier umgekippt und hatte ihren Inhalt auf seine Hose und den Sessel vergossen. Er fluchte und stellte sie zu den anderen auf den Tisch. Dann sprang er auf und lief zum Fenster.

Noch ein Knall. Auf der Straße versuchte jemand, einen roten VW Golf zu starten, aber der Wagen verweigerte sich. Bis auf die Fehlzündungen.

Breschnow blieb noch eine Weile am Fenster stehen, unentschlossen, was er nun tun sollte. Zum Wachsein war es zu früh und zum Schlafen zu spät.

Eine Zwischenzeit, dachte er, ein guter Titel für ein Gedicht, und bedachte den Golf, der die nächste Fehlzündung verursachte, mit einem finsteren Blick.

Sonntag. Keine Toten. Ein freier Tag.

Vielleicht sollte er trotzdem aufs Revier fahren. Sein Schreibtisch war noch voller Papiere, die seit der letzten Ermittlung geduldig darauf warteten, zu Abschlussberichten zusammengefasst zu werden, um dann im Archiv den Weg ins Vergessen zu nehmen. Ein Massengrab für niedergeschriebene Gewaltverbrechen.

Er drehte sich vom Fenster weg und ließ sich wieder in den feuchten Sessel fallen. Mit den Augen suchte er den kleinen Couchtisch vor sich ab und fand neben einer Batterie von Bierflaschen noch eine halb volle Flasche Doppelkorn, leere Verpackungen von Salzstangen und Kräcker und einen Bogen blütenweißes Papier mit einem Bleistift quer darauf.

Ein unbeschriebenes Blatt.

Missmutig erinnerte er sich an den Versuch gestern Abend, ein paar Zeilen zu Papier zu bringen. Er hatte die Stimmung des ausgiebigen Stadtspaziergangs von seiner Stammkneipe zu seiner Wohnung einfangen wollen, war aber zu betrunken gewesen.

Er griff nach dem weißen Blatt und schrieb »Zwischenzeit«

darauf. Dann fingerte er nach seinen Zigaretten, steckte sich eine an, hustete und trank einen großen Schluck aus der Schnapsflasche.

Er würde das Haus verlassen müssen.

Er brauchte Zigaretten.

Auf der Straße fiel wieder ein Fehlzündungsschuss.

Idiot, dachte er und inhalierte tief.

***

Sie fand das Haus in der Okerstraße ohne Probleme. Der neue schneeweiße Anstrich stach zwischen den anderen Häusern hervor. Ihre Augen suchten den Namen auf dem goldenen Klingelboard. Als wenig später der Summer ertönte, öffnete sie leise die Tür. Kimmie Naumann stand in einem mintgrün gestrichenen Treppenhaus mit Stuck-Putten an der hohen Decke und schweren schwarzen Hängeleuchtern. Sie zog die Kapuze vom Kopf und drehte sich einmal um ihre eigene Achse. Dann stieg sie langsam die mit roter Auslegware belegten Stufen zum zweiten Stock hinauf.

Sie war ungern hierhergekommen, misstraute dem Fremden. Aber ihr Dealer war mit Frau und Kind zwei Wochen an die Ostsee gefahren. Für den Notfall hatte er ihr diese Adresse gegeben.

Sie klopfte wie verabredet zweimal an die Wohnungstür, zählte bis fünf und klopfte dann noch zweimal, fühlte sich wie in einem Agententhriller. Kurz danach hörte sie federnde Schritte, die Tür wurde geöffnet. Durch den Spalt sah ein junges, frisches Gesicht, dunkler Teint, schwarze Locken.

»Kimmie?«, erkundigte sich der Mann freundlich.

Sie nickte. Er zog die Tür auf, warf einen kurzen Blick durch das Treppenhaus und ließ sie herein. Dann bat er sie höflich um einen Moment Geduld und verschwand in einem der Zimmer auf der linken Seite. Kimmie trat von einem Fuß auf den anderen und griff nach der Klinke der Ausgangstür. Der Dealer kam lächelnd zurück, und Geld wurde gegen Droge getauscht. Kurz danach stand Kimmie wieder auf der Straße, schloss den

Reißverschluss ihrer Jacke und schob sich die Kapuze über den Kopf.

***

Der Mann vorne am Rednertisch redete sich in Rage. Cosma Anderson dachte an ein Schwein, ein dickes rosafarbenes quiekendes Schwein.

»Es geht nicht an, dass unsere Stadt von afrikanischen und arabischen Drogenhändlern überrannt wird. Hunderte stehen in unseren Parks, in der Hasenheide und im Görli, und bieten dort ihre Drogen an. Verführen unsere Jugend, machen aus ihnen Drogenabhängige, und die Polizei sieht tatenlos zu.«

Der Mann rechts von dem Schwein nickte zustimmend und blickte mit Siegermiene in den Saal. Im Gegensatz zu dem Redner war er schlank, braun gebrannt und attraktiv. Neben ihm saß eine blasse Frau, die ihn ab und zu schüchtern anhimmelte.

»Diese Ausländer haben in unserem Land nichts zu suchen. ›Für Berlin‹ fordert eine rigorose Abschiebung und drogenfreie Parkanlagen«, quiekte das Schwein nun.

Die Blasse flüsterte etwas. Der Mann in der Mitte lächelte. Ein Raunen ging durch den Raum.

»Woher haben Sie diese Zahlen? Können Sie Ihre Aussage, dass die Polizei nicht einschreitet, verifizieren?«, erkundigte sich ein Reporter aus der ersten Reihe. Verachtung tropfte aus seinem Tonfall.

Wahrscheinlich von der Tageszeitung, dachte Cosma.

Das Schwein wurde rot und quiekte mit sich brechender Stimme, dass es dafür keine Statistiken bräuchte, sondern lediglich einen gesunden Menschenverstand und offene Augen. Der Journalist sah das anders und sagte es auch. Seine Kollegen mischten sich ein, und die Diskussion steigerte sich zum Tumult. Der Braungebrannte erhob sich langsam und bat um Ruhe. Der Reporter und der Redner ignorierten ihn und überschrien sich gegenseitig. Die Aggressivität bereitete Cosma Kopfschmerzen. Sie hatte das Gefühl, dass sich der Raum zusammenzog, und ermahnte sich, ruhig zu atmen.

»Seien Sie doch mal ehrlich«, schrie der Redner nun, »wie lange soll unser Land denn noch diesen Dealer-Abschaum gewähren lassen? Nach Deutschland kommen und illegale Geschäfte machen. Darum geht es doch diesen Afrikanern und Arabern. Sie machen sich hier ein schönes Leben auf Kosten unserer Jugend.«

Cosma sprang auf und drängte sich durch die aufgebrachte Menge zur Tür. Dort verharrte sie einen Moment lang und vergewisserte sich, dass ihr Freund Robert Schubert folgte.

»Wenn ich noch länger hierbleibe, drehe ich dem Herrn da vorne den Hals um, und dann wird das ein Fall für dein Ressort«, fauchte sie.

Ihr Freund strich ihr mit dem Handrücken sanft über die Wange und lächelte. »Aber Schätzchen, ich habe als Kriminalreporter beim Tagesspiegel genug zu tun. Da brauchst du mir keine neuen Fälle zu liefern.« Er schob sie energisch in Richtung Ausgang. »Schlimm genug, dass ich mich von meinem Kollegen zu dem hier habe überreden lassen.«

Die Tür wurde von einem stämmigen glatzköpfigen Mann blockiert. Er hatte die Arme vor der Brust verschränkt und musterte sie abfällig. »Wollen Sie uns etwa schon verlassen?«

Robert trat näher an ihn heran. »Machen Sie uns bitte den Weg frei?«

Der Stämmige löste die Arme, spreizte den kleinen Finger der rechten Hand ab und hob die Stimme. »Na, was haben wir denn da? Eine Schwuchtel und seine Schickse. Neukölln, wie es leibt und lebt.«

Er verschränkte wieder die Arme und wartete auf ihre Reaktion. Cosma trat einen Schritt vor. Robert griff ihren Oberarm und hielt sie zurück.

»Wahrscheinlich sind Sie auch dafür, dass unser Land von diesem Abschaum überschwemmt wird. Wir von ›Für Berlin‹ sagen nur, was das Volk denkt. Aber das wollt ihr Journalisten ja nicht hören.«

Langsam schälte sich der Stämmige aus dem Türrahmen und trat einen Schritt beiseite. Cosma schüttelte Roberts Hand ab und zwängte sich an dem Mann vorbei. Robert folgte ihr.

»Einen schönen Tag noch«, rief der Mann ihnen nach.

»Arschloch«, zischte Robert.

»Reg dich nicht auf«, bat Cosma.

»Das musst du gerade sagen. Du bist doch sonst immer diejenige, die in die Luft geht wie ein weibliches HB-Männchen.«

»Heute aber nicht«, sagte Cosma stolz und hakte sich unter. »Ich bin lernfähig. Kann ich nachher deinen Kollegen fragen, wie die Diskussion ausgegangen ist?«

Robert nickte.

Sie spazierten eine Weile schweigend nebeneinanderher, durchquerten den Grünstreifen auf der Schillerpromenade und kreuzten die Kienitzer Straße.

Cosma dachte an den Mann, der drei Frauen die Pulsadern aufgeschnitten hatte, und fragte sich, welche Dämonen ihn geritten hatten. Drei unschuldige Frauen, und eine davon war ihre ehemalige Kollegin gewesen, die in dieser Straße gewohnt hatte. Nach ihrem Tod hatte Cosma den Job im Showbusiness geschmissen und sich wieder dem Schreiben zugewandt. Sie wollte über Mord und Totschlag berichten, über die Hintergründe, die Menschen dazu brachten, so etwas zu tun, hoffte, damit auch ihre eigenen Dämonen zu besänftigen, die sie seit dem Tod ihrer Kollegin wieder fest im Griff hatten.

Robert blieb stehen und legte tröstend einen Arm um ihre Schultern. »Aber wenigstens bist du jetzt wieder eine Journalistin.«

»Wer weiß, wie lange noch«, murmelte Cosma.

Robert löste sich langsam von ihr, presste die linke Hand in seine füllige Hüfte und legte den Kopf schief. »Schätzchen, habe ich da irgendetwas verpasst?«

Dann drehte er sich, ohne eine Antwort abzuwarten, abrupt um und eilte in Richtung Herrfurthstraße. »Mann, hab ich einen Hunger.«

Cosma folgte und schloss zu ihm auf. »Wie damals in unserer WG. Du warst immer der Erste am Kühlschrank, was man dir heute auch deutlich ansieht. Jetzt renn nicht so!«

Robert verlangsamte das Tempo und griff sich an den Bauch. »Das sind meine Reserven für schlechte Zeiten, Engelchen. Du

Hungerhaken bist ja nur neidisch. Sag mal, schwärmst du eigentlich immer noch für diesen Adonis?«

Cosma errötete. »Hauptkommissar Drass?«

»Wirklich ein hübscher Kerl! Vielleicht solltest du dir etwas mehr Mühe mit ihm geben, Prinzessin. Oder soll ich es mal bei ihm versuchen?«

Cosma mimte Empörung und puffte ihn in die Taille.

»Das ist versuchte Körperverletzung, Frau Anderson. Wenn Sie nicht sofort damit aufhören, werde ich Sie verklagen.«

Cosma lachte, und Robert war zufrieden. Arm in Arm flanierten sie an den voll besetzten Bänken vorbei. Auf einer saß eine junge Frau mit einem Kinderwagen, in dem ein Säugling schlief, alle anderen waren von Männern besetzt. Sie unterhielten sich lautstark in einer fremden Sprache. Einer von ihnen torkelte auf sie zu und bat in gebrochenem Deutsch freundlich um eine Zigarette. Cosma und Robert schüttelten unisono den Kopf.

Kurz danach erreichten sie das Café Selig. Es war, wie immer sonntags, rappelvoll. Das natürlich Brunch genannte Büfett hatte längst überbezirklichen Ruhm erlangt, genau wie der Schillerkiez, der jahrelang in einem schmuddeligen Dornröschenschlaf gelegen hatte und nun dabei war, eine Prinzessin zu werden. Die Schließung des Flughafens Tempelhof hatte den Ausschlag für die Veränderungen gegeben, und dieselben jungen Familien, die vorher den Bezirk verlassen hatten, wenn ihre Kinder kita- oder schulreif geworden waren, kamen nun in Scharen zurück und mit ihnen eine Mietsteigerung, deren Grenze noch lange nicht erreicht war.

Robert ging zum Tresen und erkundigte sich nach dem reservierten Tisch. Zu seiner Freude war es einer in der Fensterreihe. Sie durchquerten den Raum und setzten sich. Kurz danach nahm ein blasser Kellner ihre Getränkewünsche auf. Robert sah ihm hinterher.

»Ist nicht dein Typ«, stellte Cosma fest. »Außerdem bist du in festen Händen.« Sie betrachtete sich in der Scheibe, zupfte die kurzen blonden Haare in Form und strich sich gedankenverloren über die linke Gesichtshälfte, auf der sich eine tätowierte grünbraune Eidechse bis hoch zur Schläfe zog.

»Na, dann auf zum Futtertisch, meine Schöne!«

Robert hielt ihr seine Hand hin, und sie flanierten zum Büfett. Er wusste, dass sie nicht alleine gehen würde, zu viele Menschen, die Tische zu eng beieinander.

»Ich weiß gar nicht, was ich nehmen soll«, stöhnte Cosma und bestaunte die Auswahl.

»Dann nimm dasselbe wie ich«, schlug Robert vor und begann, sich den Teller zu füllen.

Zwei Käsescheiben, ein Stück Thunfisch, eine Tomate, ein Döschen Marmelade, Butter, ein Ei, Kaviar, Lachs und zwei Brötchen landeten darauf. Cosma griff nach einem Croissant und einem Stück Butter. Sie brachten ihre Beute zurück zum Tisch, auf dem bereits der bestellte Milchkaffee dampfte.

»Da, wo ich bin, muss ich weg«, sagte Cosma nach einer Weile.

Robert stöhnte und wischte sich mit einer Serviette den Mund. »Wieso streitest du dich immer mit den falschen Leuten?«

Cosma zuckte die Schultern.

»Wer war es diesmal?«

»Der Chefredakteur. Er hat an meinem Artikel ›gearbeitet‹«, wütend malte sie die Anführungsstriche in die Luft, »bis nichts mehr davon übrig war. Robert, ich verbiege mich, so weit es geht, für dieses Scheiß-Spießerblatt, und dann ist das immer noch zu politisch, zu kritisch. Es geht nicht!«

Sie sank auf ihrem Stuhl zusammen.

»Und wie soll es weitergehen?«

»Ich weiß es nicht. Vielleicht als Freie?«

Robert lachte gequält auf. »Tut mir leid, meine Süße, dass ich dir immer wieder in dieser Deutlichkeit sagen muss, was du sowieso schon weißt, aber mit deinem Talent, dich ständig mit den falschen, sprich wichtigen Leuten anzulegen, hast du als Freie keine Chance.«

»Wieso?«, fragte Cosma. »Ich habe mich geändert. Vorhin bin ich auch ruhig geblieben.«

Ohne auf ihre Worte einzugehen, setzte er nach. »Als Freie musst du diplomatisch sein und dich noch mehr verbiegen, wenn du unbekannt bist. Das wirst du nicht schaffen. Niemals!«

Cosma strafte ihn mit einem bösen Blick und rührte wütend

in ihrer Tasse herum. »Ich weiß«, brummelte sie. »Aber was soll ich denn machen? Ich will über richtige Kriminalfälle schreiben, Hintergrundartikel über die Täter und nicht –«

»Bleib einfach da, wo du bist«, unterbrach Robert sie unwirsch, »und halt eine Weile die Füße still.«

Cosma sprang auf. Robert griff sie am Arm und hielt sie fest. »Tut mir leid, Prinzessin. Du bist so ungeduldig, und das macht mich manchmal wütend.« Er strahlte sie an. »Wieder Freunde?«

Cosma ließ sich zurück auf den Stuhl sinken, griff wortlos nach dem Croissant und bestrich es mit Butter. Robert musterte sie und beschloss, das Thema zu wechseln. Bildhaft und ausufernd berichtete er vom Wochenende mit seinem Lebensgefährten und ihrem Versuch, auf der Havel zu segeln.

***

Die Haustür war nur angelehnt. Intensiver Uringeruch schlug ihr entgegen. Das alte Haus in der Braunschweiger Straße hatte auch schon bessere Zeiten gesehen. Die Haustür war vor Urzeiten aufgebrochen worden, und der Flur diente seitdem als öffentliche Toilette für die Besucher des nahe gelegenen Kiosks. Heute lag einer von ihnen zusammengerollt im hinteren Teil des Durchgangs zum Seitenflügel und schnarchte vernehmlich. Er war in einen dunkelblauen Schlafsack gehüllt, sein schmutziger Mantel diente ihm als Kopfkissen.

Kimmie schlich an ihm vorbei und drückte die schwere Hoftür auf. Hier draußen roch es auch nicht besser. Die Mülltonnen quollen über, und die Krähen hatten die Abfälle aus den Plastiktüten gepickt und über den steinernen Hof verteilt. Kimmie zog die Tür zum Seitenflügel auf und betrat den verdreckten Treppenaufgang.

Vor einem Jahr war sie zum ersten Mal hier gewesen, nachdem sie heftig mit ihrer Schwester gestritten und wutentbrannt die Wohnung verlassen hatte. Ihre Mutter hatte wie immer geschwiegen, die Wohnzimmertür geschlossen und den Fernseher lauter gestellt.

Ihr Freund Toto hatte sie ohne zu fragen aufgenommen, und

sie hatte zwei Wochen bei ihm gewohnt. Dann war ihr das Geld ausgegangen, und sie musste zurück nach Hause. Ihre Mutter hatte sie nur mit einem gelangweilten Blick bedacht, aber die Zwillinge hatten sie schmerzlich vermisst. In den nächsten Tagen hatten die vierjährigen Mädchen wie Kletten an ihr gehangen. Die Angst, dass sie wieder gehen würde, stand ihnen ins Gesicht geschrieben.

Ein Klirren riss Kimmie zurück in die Gegenwart. Jemand entsorgte Flaschen in einen der Glascontainer im Nachbarhof. Sie stieg die halbe Treppe zum Hochparterre hinauf und klingelte. Kurz danach wurde die Tür aufgerissen.

»Na endlich, Kimmie«, seufzte die magere Gestalt und ging zurück ins Wohnzimmer.

Sie folgte ihm, ließ sich auf das schmutzige Sofa fallen und legte die Tütchen auf den dreckverschmierten Tisch.

»Jetzt sind wir quitt«, sagte sie, »zwei Wochen wohnen gegen drei Tütchen.«

Thomas Tollner griff mit zittrigen Fingern nach dem Heroin. Er zündete eine Kerze an, hielt einen an der Unterseite verkohlten Esslöffel darüber, ließ etwas Zitronensaft hineinträufeln und löste den Inhalt des ersten Tütchens auf. Dann legte er sich ein breites Gummiband um seinen linken Oberarm, zog es zu und verdrehte es, bis es von selber zusammenhielt. Mit der anderen Hand griff er nach einer der gebrauchten Spritzen auf dem Tisch und zog die Flüssigkeit vom Löffel auf. Er stocherte verzweifelt in seiner Armbeuge herum, um eine noch nicht verkrustete Stelle zu finden, gab auf und stach sich die Nadel in den Hals. Ein leises Stöhnen. Dann sackte er zusammen. Die Spritze fiel zu Boden und hinterließ auf ihrem Weg feine Blutspritzer.

Kimmie wandte sich ab, steckte sich eine Zigarette an und schwor sich, niemals dort zu enden, wo er jetzt war.

Toto und sie waren unzertrennlich gewesen, hatten als Kinder zusammen in den Sandkästen der Gropiusstadt gebuddelt und die Grundschule besucht. Eine gute Zeit. Aber in der Hauptschule änderte sich alles. Vom ersten Tag an waren sie der Spott der Klasse, beide klein und schmächtig und unfähig, sich gegen die

Großen zu wehren. Das schweißte sie noch mehr zusammen, ließ sie durchhalten.

Sie drückte die Zigarette in dem überfüllten Aschenbecher aus und ging in die Küche. Es stank nach Verwesung, und eine Herde Fliegen saß auf einem verfaulten Stück Fleisch auf einem ketchupklebrigen Teller. Sie verscheuchte die Insekten und warf den Abfall in den Mülleimer. Dann griff sie das fleckige Glas daneben, spülte es sorgfältig unter fließendem Wasser aus und überlegte, ob sie auch das im Spülbecken und auf der Ablage verteilte schmutzige Geschirr abwaschen sollte, bis sie den grünen Schimmel in einer der Tassen entdeckte. Stattdessen öffnete sie die Kühlschranktür. Fünf Flaschen Cola, Graubrot, Marmelade und eine Reserveflasche Zitronensaft.

Alles, was man zum Leben braucht, dachte sie, drehte langsam den Verschluss einer Colaflasche auf und schenkte sich ein. Sie trank hastig. Die Kohlensäure brannte in ihrer Kehle.

Jemand klingelte. Sie ignorierte es. Energisches Klopfen. Dann läutete es Sturm. Wütend eilte sie in den Flur und riss die Wohnungstür auf.

»Was willst du?«, blaffte sie den Mann an.

Er schob sie einfach zur Seite und trat ein.

»Ist er da?«

Ohne die Antwort abzuwarten, ging er weiter ins Wohnzimmer und musterte die zugedröhnte Gestalt auf dem Stuhl.

»Hat er das Zeug von dir?«

Sie zuckte die Schultern und blieb im Flur stehen. Der kräftige Mann packte Toto unter den Achseln, zerrte ihn vom Stuhl und schüttelte ihn. Als das nichts half, schlug er ihm hart ins Gesicht.

»Lass ihn in Ruhe!«, schrie Kimmie.

Der Kräftige drehte sich zu ihr hin. »Ach ja, und wer bezahlt seine Schulden? Du vielleicht?«

Sie sah seinen lüsternen Blick über ihren mageren Körper gleiten, an den kleinen Brüsten hängen bleiben und sich dann in ihren Schoß festkrallen. Ein überhebliches Grinsen umhüllte seinen vollen Mund. »Na klar, du.«

Er ließ Toto achtlos fallen. Der Junkie sackte auf den fleckigen Teppich und rollte sich zufrieden zusammen.

»Heute schon gevögelt?«

Er schlenderte ein paar Schritte vorwärts und blieb dicht vor ihr stehen.

Kimmie roch sein Aftershave. Der süßliche Geruch drehte ihr den Magen um.

»Mit dir würde ich es bestimmt nicht treiben«, raunzte sie ihn an.

Er deutete mit dem rechten Daumen hinter sich. »Ach, lieber mit diesem vollgedröhnten Opfer?«

»Nenn ihn nicht so!«

Blitzschnell griff er mit der linken Hand ihren Oberarm. Mit der rechten umfasste er ihren Nacken und drückte sie in die Hocke. »Komm schon, zier dich nicht so. Hol ihn raus. Brauchst mir nur einen zu blasen, und alle Schulden sind getilgt. Dein Freund macht das auch immer, wenn er keine Kohle hat.«

Kimmie versuchte, sich wieder hochzustemmen, doch er verstärkte den Griff am Nacken, drückte sie noch tiefer. Als sie aufschrie, verpasste er ihr einen Tritt in den Bauch, und sie sackte zusammen.

»Stell dich nicht so an, du Fotze. Mach gefälligst, was ich dir sage.«

Er ließ ihren Oberarm los und fingerte an seinem Hosenschlitz. Sie spürte sein steifes Glied an ihrer Wange und erbrach sich. Spritzer sprenkelten seine Schuhe.

»Verdammte Scheiße«, schrie er, sprang einen Schritt zurück und holte aus.

Der Tritt traf sie am Kopf. Die Wucht riss ihren Körper nach hinten, sie knallte auf den Teppich und hielt schützend die Arme hoch, um den nächsten Angriff abzuwehren. Als er traf, knackte einer ihrer Fingerknochen. Fluchend ließ der Mann von ihr ab und ließ sich auf das Sofa fallen.

»Putz mir die Schuhe und bring mir was zu trinken, du Schlampe.«

Er ließ den Blick durch den Raum schweifen. »Ach nee, besser nicht, wenn ich diesen Dreckstall sehe.«

Unbemerkt robbte Kimmie in die Küche. Vorsichtig hangelte sie sich an einem Bein des Tisches hoch und versuchte, aufrecht zu stehen. Sie unterdrückte einen Schmerzensschrei, richtete sich noch etwas auf und tastete nach der Schere.

***

Der Verkäufer reichte ihm das Wechselgeld und wünschte ihm einen guten Tag. Mit drei Päckchen Zigaretten und einem Sixpack in der Hand verließ Breschnow zufrieden den Laden. Sein Blick streifte den blassblauen Himmel, und er hoffte, dass es heute nicht regnen würde. Er schlenderte zum Viktoriapark, beobachtete zwei übereifrige Mütter, die ihre Kinder wahlweise mit Regellosigkeit oder überzogenen Regeln quälten, fand eine Bank mit einem verwahrlost wirkenden älteren Mann und setzte sich neben ihn. Der Alte musterte ihn misstrauisch, entspannte sich aber, als er den Sixpack sah.

»Machste den jetzt auf?«, fragte er und entblößte beim Lächeln eine Reihe gelber Zähne.

Breschnow nickte und riss eine Dose aus der Papierverpackung. Es zischte leise, als er die Lasche aufriss. Der Mann neben ihm leckte sich in Vorfreude die Lippen. Breschnow reichte ihm die Dose und zog die Zigaretten aus der Jackentasche. Er nahm zwei heraus und hielt dem Mann eine hin. Der schüttelte den Kopf.

»Rauch nich mehr.«

»Aber ich«, sagte eine hochgewachsene Gestalt in einem grauen Lodenmantel, ließ sich auf der anderen Seite nieder und hielt die Hand auf. Breschnow grinste und legte die Zigarette in die offene Handfläche. Der Obdachlose nickte zum Dank und ließ sich Feuer geben.

»Lange nich mehr gesehen«, stellte er fest, inhalierte genüsslich und betrachtete das faltige hagere Gesicht mit den dunklen Schatten unter den Augen. »Siehst nich gut aus, Kumpel. Kriegste nichts mehr zu essen?«

Breschnow lachte und hob das Bier. »Flüssignahrung. Was machst du hier, Willy? Ich dachte, dein Revier ist die Hasenheide.«

»Bin zufällig hier.«

Der Kommissar öffnete ein zweites Bier und hielt es ihm hin.

Willy freute sich. »Und wie's scheint, genau zur richtigen Zeit.«

»Ich würde später auch noch eins nehmen«, sagte der schmutzige Mann auf der anderen Seite und beäugte seinen Konkurrenten neugierig.

Willy prostete erst ihm und dann Breschnow zu. »Wieso kommste nich mehr in die Hasenheide, um mit uns zu saufen? Is doch besser als allein zu Hause.«

»Zu viel zu tun«, antwortete Breschnow.

Er riss eine dritte Dose auf und lehnte sich entspannt zurück. Eine Weile beobachteten die drei schweigend das bunte Großstadttreiben um sie herum. Der Herbst hatte das Laub rot und braun gefärbt, einige Bäume waren bereits kahl. Jogger drehten laut schnaufend mit Musik auf den Ohren bergauf und bergab ihre Runden, Sonntagsspaziergänger mit ihren Hunden, manche mit kleinen schwarzen Tütchen in der Hand, spazierten vorbei, und die jungen Partyheimkehrer der letzten Nacht, bleich und abgeschlafft vom Clubleben, suchten nach einem Plätzchen, um sich endlich auszuruhen.

Nach einer Weile öffnete Breschnow drei weitere Biere, zündete für sich und Willy noch eine Zigarette an und streckte zufrieden die langen Beine aus. Er liebte diese Stadt.

***

Der Kräftige schleppte sich die Treppe des Seitenflügels hinunter, taumelte, stützte sich ab. Jeder Schritt kostete Luft. Raus aus dem Seitenflügel, über den Hinterhof, rein ins Vorderhaus. Die Beine knickten unter ihm weg. Er stürzte. Jemand rannte an ihm vorbei, dann fiel die Haustür ins Schloss. Schritte auf der Treppe. Eine junge Frau näherte sich zögernd, erkundigte sich, ob er Hilfe brauche. Er riss die Augen auf und robbte in ihre Richtung. Krämpfe durchzogen seinen Körper, Blut quoll aus dem Mund.

Erschrocken wich die Frau einen Schritt zurück und hielt sich am Treppengeländer fest. Der Verletzte kroch keuchend weiter. Er griff ihren Fuß und dann ihr Bein, versuchte, sich daran hochzuziehen, gurgelte etwas. Mit jedem Laut quoll ein Schwall Blut aus seinem Mund. Sie griff seine Hände, um sich zu befreien. Er krallte sich an ihr fest. Sein Körper zuckte unkontrolliert. Dann schien ihn die Kraft zu verlassen. Seine Hände glitten an ihren Beinen herab, sein Kopf sackte auf den Boden.

Zitternd trat die Frau einen Schritt zurück. Dann drehte sie sich um, rannte auf die Straße und schrie um Hilfe. Zwei Passanten fuhren mit dem Rad an ihr vorbei. Einer zeigte ihr einen Vogel. Die Tür vom Kiosk wurde aufgerissen, und ein kleiner runder Mann eilte zu ihr herüber, griff sie entschlossen am Oberarm und zog sie von der Straße weg. Sie deutete auf die Eingangstür, stammelte englische Worte. Er lächelte freundlich und schob sie sanft in den Verkaufsraum.

***

Vorsichtig näherte sich das Kind dem Mann auf dem Boden. Es hatte schon vorausgehen dürfen. Seine Mutter hatte ihm eingeschärft, unten im Eingangsflur auf sie zu warten. Neugierig umrundete das Mädchen die kräftige Gestalt. Dann ging es in die Hocke und stupste mit seiner kleinen Hand den Mann leicht an der Schulter. Er rührte sich nicht. Neben seinem Oberkörper hatte sich ein großer roter Fleck gebildet. Das Kind tauchte seinen Zeigefinger in die Flüssigkeit. Sie war warm und klebrig. Dem Zeigefinger folgten der Mittelfinger und dann das ganze Händchen. Es zog seine Hand wieder heraus, betrachtete die rote Innenseite und drückte sie fest auf den Boden daneben.

Eine neue Hand entstand.

Rot neben rot.

Begeistert drückte das Kind sein Händchen wieder in die Blutlache, dann auf den Boden daneben. Eine weitere Hand neben der anderen. Das Mädchen freute sich darüber. Eine Fliege umschwirrte seinen Kopf und setzte sich auf seine Wange. Es griff sich ins Gesicht und wischte die Fliege weg.

Eine Tür schlug zu, und Schritte rannten die Treppe herunter.

Als die junge Mutter das Parterre erreicht hatte und das blutverschmierte Gesicht ihrer Tochter sah, schrie sie auf.

***

Roberts Handy klingelte. Er hielt sich ein Ohr zu und lauschte konzentriert. Ab und zu nickte er. Cosma musterte ihn neugierig. Nachdem er das Gespräch beendet hatte, verharrte er noch eine Sekunde lang mit dem Apparat in der Hand und sprang auf.

»Vermutlich eine Leiche in der Braunschweiger, sagt der Polizeifunk. Eine Streife ist auf dem Weg. Auf, Schätzchen, lass uns sehen, was an der Geschichte dran ist.«

Während Cosma die Toilette aufsuchte, beglich der Kriminalreporter die Rechnung. Kurz danach liefen beide die Herrfurthstraße entlang.

Cosma hatte Mühe, mit ihm Schritt zu halten. »Wer hat dich angerufen?«

»Ein Informant«, antwortete Robert.

»Geht's vielleicht etwas genauer?«

Robert blieb die Antwort schuldig. Ein blaues Sofa und ein weißer Couchtisch mit drei Beinen versperrten den Bürgersteig. Er trat auf die Straße und umrundete das Hindernis. Cosma gab dem blauen Sofa einen kräftigen Fußtritt und quetschte sich zwischen den zwei Möbelstücken hindurch. Der Reporter hatte mittlerweile die Hermannstraße erreicht und sah sich nach einem Taxi um. Cosma deutete mit dem Zeigefinger auf einen gelben Wagen, der gerade seinen Blinker setzte und vor ihnen an der Ecke zum Stehen kam.

Der Taxifahrer sprang heraus und holte einen Rollator aus dem Kofferraum. Dann half er einer alten Frau aus dem Auto, küsste sie rechts und links auf die Wange und setzte sich wieder hinter das Lenkrad. Cosma und Robert stiegen ein und nannten ihr Ziel. Der Fahrer verzog missbilligend den Mund und beschwerte sich über die kurze Strecke. Als ihm über Funk eine längere angeboten wurde, reichte Robert ihm einen Zwanziger und erklärte, dass er in Eile sei. Ohne ein weiteres Wort fädelte sich der Taxifahrer rücksichtslos in den dichten Verkehr ein, raste den Rollberg hinunter und erreichte kurz danach die Braunschweiger Straße.

»Welche Hausnummer?«

»Weiß ich nicht, aber ich erkenne das Haus, wenn Sie langsam fahren«, antwortete der Reporter.

Ein Streifenwagen schoss mit Blaulicht an ihnen vorbei. Kurz danach stoppte er vor einem schmutzig weißen Altbau. Das Taxi kroch an dem Haus vorbei. Cosma sah zwei Polizisten mit bereitgestellter Waffe vorsichtig die Haustür öffnen und bat den Fahrer anzuhalten. Sie stiegen aus und eilten zurück. Einer der beiden Uniformierten trat gerade wieder heraus. Er war sehr blass im Gesicht. Blitzschnell huschte Robert an ihm vorbei und verschwand im Haus. Der Polizist erwischte Cosmas Arm. »Was wollen Sie da drin?«

»Lassen Sie mich los. Mein Freund und ich wohnen hier.«

Sein Funkgerät knisterte. Er ließ Cosma los und drehte an einem der Knöpfe. Eine undeutliche Stimme erkundigte sich nach dem Stand der Dinge. Cosma nutzte die Gelegenheit. Ihr Blick scannte den Hausflur, registrierte den Mann in der Blutlache, das blutverschmierte Kind im Arm seiner Mutter und den Uniformierten, der beruhigend auf die beiden einredete. Robert steckte gerade sein Handy zurück in die Hosentasche und ging ihr entgegen. Er schob sie zurück zur Haustür, die gerade aufgerissen wurde. Der blonde Polizist betrachtete die beiden argwöhnisch, versperrte mit seinem Körper den Ausgang und verlangte ihre Personalausweise. Zwei weitere Uniformierte standen in Sichtweite hinter ihm. Robert und Cosma wechselten einen Blick, zogen dann gleichzeitig in Zeitlupe ihre Dokumente aus der Tasche und reichten sie dem Polizisten, der die Daten der Zentrale meldete. Sein Funkgerät verkündete knisternd die Ergebnisse.

»Von wegen, Sie wohnen hier«, schimpfte der Uniformierte, »Journalisten, beide.«

Er hielt die Ausweise hoch und drehte sich zu seinen Kollegen um. »Was machen wir mit ihnen?«

»Nix machen wir. Wir notieren ihre Namen, und dann lassen wir sie gehen.«

»Moment noch«, mischte sich der Polizist von drinnen ein und deutete auf Robert. »Er hat mit seinem Handy fotografiert. Kassiert es ein.«

Der Blonde streckte die Hand aus.

Robert schüttelte den Kopf. »Ich brauche das Telefon. Ich könnte die Fotos doch hier vor Ihnen löschen.«

Der Polizist ließ die Hand ausgestreckt.

»Was soll das? Was haben Sie gegen mich?«

»Sie wissen doch, wir mögen keine Journalisten an einem Tatort«, beantwortete eine tiefe Stimme die Frage.

Breschnow hielt eine kleine Plastikkarte hoch und schob sich an den Uniformierten vorbei. Cosma starrte in das vertraute verknitterte Gesicht mit den wachen grünen Augen.

»Hauptkommissar Breschnow«, begrüßte ihn Robert freundlich und ging einen Schritt auf ihn zu.

Ohne den Gruß zu erwidern, streckte der Kriminale die Hand aus. »Geben Sie mir das Handy!«

Der Journalist reichte es ihm ohne Widerworte.

Breschnows Blick wanderte zu Cosma. Eine Ermittlung hatte sie im letzten Jahr auf einer Wiese in Brandenburg zusammengeführt. Die Umstände hatten sie gezwungen, gemeinsam das Leben eines Mörders zu retten. Daraus war so etwas wie gegenseitiger Respekt gewachsen.

»Was machen Sie hier, Frau Anderson?«, erkundigte sich Breschnow.

»Meinen Job«, antwortete Cosma knapp.

»Seit wann sind Sie Kriminalreporterin?«

»Sie ist mit mir hier«, erklärte Robert.

Breschnow nickte und hielt das Handy hoch. »Kennt sich einer von euch mit diesen Dingern aus?«

»Ich bin IT-Spezialistin«, antwortete eine leise Stimme aus dem Hintergrund.

Die junge Mutter näherte sich widerstrebend, ihre Tochter fest an der Hand haltend. Breschnow deutete auf das Kind. »Alles okay mit ihr?«

Die Frau nickte und strich ihrer Tochter bestätigend über das Haar. Die Kleine musterte den Kriminalen neugierig. Breschnow ging in die Hocke und reichte ihr den Apparat. »Sag deiner Mutter, dass sie die Fotos für uns löschen soll.«

Das Mädchen nickte.

»Und machen Sie es so, dass man sie nicht mehr wiederherstellen kann. Kriegen Sie das hin?«

Die Frau griff mit der freien Hand nach dem Handy und bejahte. Dann stiegen die beiden langsam die Treppe hinauf. Robert wollte ihnen folgen, aber Breschnow hielt ihn zurück.

»Wo wohnen Sie?«, rief er der Frau hinterher.

»Zweiter Stock.«

»Ihr Name?«

»Sonja Krain.«

»Gut, wir kommen in einer halben Stunde zu Ihnen rauf.«

Breschnow drehte sich den beiden Journalisten zu und deutete auf die Tür. »Und Sie warten draußen, damit ich hier in Ruhe meine Arbeit machen kann.«

Der Polizist griff nach Cosmas Arm. Sie stieß ihn weg und ging hinaus. Robert folgte ihr zögernd. Breschnow ließ sich von dem Blonden das Funkgerät geben. Sein Handy hatte er wieder einmal neben dem schneeweißen Papier auf dem Wohnzimmertisch liegen lassen.

***

Kimmie klemmte die Hände fest zwischen ihre Knie und wippte mit zusammengepressten Beinen auf und ab. Sie konnte es nicht stoppen, auch nicht das Zittern, das ihren Kiefer nicht zur Ruhe kommen ließ. Die Lautsprecher im Waggon kündigten den nächsten Bahnhof an. Lipschitzallee, aber Kimmie fühlte sich noch nicht in der Lage auszusteigen und fuhr weiter bis zur Endhaltestelle nach Rudow.

Mit weichen Knien verließ sie den Waggon und sank auf eine der Bänke auf dem U-Bahnsteig. Menschen drängelten in den Zug, der erst in fünf Minuten abfahren würde. Sie starrte in die verbissenen Gesichter. Dann tastete sie die Taschen ihrer Kapuzenjacke nach einem Kaugummi ab, schob sich einen in den Mund und beruhigte sich etwas.

Eine junge Frau mit kunstvoll hochgesteckten blonden Haaren und dunkelrot lackierten Fingernägeln setzte sich neben sie. »Was machst du denn hier? Und was hast du wieder an? Sieht ja scheußlich aus. Und schmutzig ist es auch. Hast wohl Nudeln mit Tomatensoße gegessen.« Sie lachte schrill. Dann deutete sie auf den angeschwollenen Finger. »Was hast du da schon wieder angestellt?«

Kimmie ignorierte alle Fragen und bedachte ihre Schwester mit einem verächtlichen Blick. »Und was machst du hier? Musst du nicht arbeiten?«

»Heute nicht. Norberts Eltern haben ein Haus hier. Das werden wir erben«, antwortete sie stolz und strich mit der rechten Hand eine Haarsträhne wieder in Position.

»Wie alt sind die Eltern?«

»Sechzig oder so.«

»Na, dann kann das ja noch dauern.«

Kimmie schob sich die Kapuze über den Kopf und stand auf.

»Du bist ja nur neidisch«, fauchte ihre Schwester, »wenn du so weitermachst, kommst du nie bei Mama raus«, und stieg in die U-Bahn.

Kimmie verließ den Bahnsteig und stand auf der Rudower Spinne. Es war ungewöhnlich ruhig an diesem Sonntag. Statt der Autokarawanen, die sich sonst in den fünf Straßen stadtein- und stadtauswärts hier durchzwängten, waren die Freizeitradler unterwegs. Einer von ihnen klingelte hektisch, als Kimmie gedankenverloren den Radweg querte. Sie sprang zurück und zeigte ihm den Stinkefinger. Dann wartete sie, bis die Ampel auf Grün sprang, und ging über die Neuköllner Straße. In Bewegung zu sein tat gut. Und es war allemal besser, als neben ihrer bekloppten Schwester auf dem Bahnsteig zu sitzen. Kimmie beschleunigte ihre Schritte. Jetzt hatte sie ein Ziel. Sie würde zu Marinda gehen, ihrer einzigen Freundin, die sie in der Gropiusstadt noch hatte.

***

Als alle Türen geschlossen und alle Menschen verbannt waren, wurde es still im Hausflur. Die Uniformierten hatten sich auf

Breschnows Befehl hin an den Eingangstüren zum Hof und zur Straße postiert.

Nur der Tote und ich, dachte er. Genauso soll es sein.

Er zündete sich eine Zigarette an, ließ den Blick durch den Eingangsbereich wandern. Schmutzig weiße Wände, an der Decke eine Stuckleiste mit einer Rosette, die von längst vergangener Pracht zeugte. Seine Augen streiften die Briefkästen, von denen zwei aufgebrochen waren, glitten dann über den Boden zur Hoftür, registrierten jede Unebenheit, jeden Fleck und verharrten schließlich bei der Leiche. Breschnow betrachtete die dunkle Blutlache neben dem kräftigen Mann und die kleinen blutigen Hände auf dem schmutzigen Linoleum. Er trat vier Schritte vor, drehte sich noch einmal um und stellte fest, dass es im vorderen Bereich des Flures keine Blutspuren gab. Der Mann musste vom Hof aus gekommen sein. Oder er war hier im Flur erstochen worden. Breschnow trat näher heran und betrachtete den Rücken der Leiche, der keine Verletzungen aufwies. Er hätte den Toten gerne umgedreht, würde sich aber noch gedulden müssen, bis die Rechtsmedizin eintraf.

Der Mann trug keine Jacke. Vielleicht hatte er nicht die Absicht gehabt, das Haus zu verlassen. Vielleicht hatte er den Müll runtergebracht und war auf dem Rückweg überfallen worden.

Das hellblaue Hemd war aus der schwarzen Stoffhose gerutscht und gab den Blick auf ein weißes geripptes Herrenunterhemd frei. Breschnow wunderte sich, dass auch junge Männer solche Hemden trugen. Der rechte Arm des Toten war über dem Kopf angewinkelt, der nach links gedreht auf den kalten Fliesen lag.

Der Mann hatte einen dunklen Teint und eine starke Armbehaarung. Links neben seiner Schulter hatte sich eine Blutlache gebildet. Breschnow tippte auf eine Stichverletzung. Obwohl er sicher war, dass der Mann tot war, legte er seinen Zeigefinger an den Puls am Hals. Dann besah er sich die kleinen roten Handabdrücke, dachte an seine Nichte Mona und verdrängte den Gedanken sofort wieder.

Sein Blick folgte dem ausgestreckten Arm des Toten. Die Finger waren leicht gebogen, als ob sie etwas greifen wollten oder gegriffen hätten. Er ging in die Hocke und sah, dass neben dem

Daumenballen das Blut leicht verwischt war. Er folgte dem Arm bis zur Schulter, ahnte ein paar mikroskopisch kleine Blutspritzer und folgte ihnen zur Hoftür. Hier war das Blut unregelmäßig verteilt, wahrscheinlich durch die Bewegung. Er war sich sicher, dass der Mann nicht im Hausflur getötet worden war. Vorsichtig stieß er die Tür zum Hof auf. Einer der Uniformierten hatte sich hier postiert, um die Bewohner des Seitenflügels und des Hinterhauses abzufangen. Ihre Blicke trafen sich. Breschnow deutete auf die Blutspritzer am Boden. Sie führten zur Tür des Seitenflügels.

Er schob sich den Jackenärmel über die Hand und drückte sie einen Spaltbreit auf. Drinnen war es dämmerig. Der Uniformierte trat neben ihn und bot seine Hilfe an. Breschnow schüttelte den Kopf und betätigte den Lichtschalter. Das schummerige Licht erhellte die abgetretenen Treppenstufen nur mäßig. Langsam stieg er, den Blick auf die ersten drei Stufen gerichtet, die Treppe hinauf.

Auch hier war das Blut über die Stufen getropft, und einige Spritzer waren an der Wand verteilt.

Er ist getaumelt, als er die Treppen runterging, dachte Breschnow, und er hat sich zweimal an der Wand abgestützt.

In Brusthöhe waren deutlich die verschmierten roten Abdrücke zu sehen. Breschnow besah sich das Treppengeländer. Das Opfer hatte sich daran festgehalten.

Nach weiteren vier Stufen erreichte Breschnow die Wohnung im Hochparterre. Die Tür stand auf, und die Blutspuren führten in den Wohnungsflur. Automatisch griff er nach seiner Waffe und erinnerte sich, dass sie noch auf dem Wohnzimmertisch lag. Zwischen Vernunft und Neugier hin- und hergerissen, zögerte er einen Moment und betrat dann die Wohnung.

***

»Hauptkommissar Drass?«, piepste es aus dem Handy.

»Ja.«

»Ich wünsche Ihnen einen schönen guten Tag.«

»Ich Ihnen auch«, erwiderte Andreas Drass irritiert.

»Hauptkommissar Breschnow hat mir befohlen, Sie anzurufen«, verkündete die Kleinmädchenstimme. »Und das tue ich ja jetzt. Habe sofort alles andere stehen und liegen gelassen.«

Drass hielt in der Bewegung inne und sah sich nach einer Kamera von »Verstehen Sie Spaß?« um.

»Breschnow? Befohlen?«

»Ja. Er hat vor genau drei Minuten angerufen.«

»Und was sollen Sie mir sagen?«

Er sah keine Kamera und auch niemanden in seiner Nähe, der ihn merkwürdig anschaute.

»Es gibt einen Toten.«

»Aha. Und wo?«

»In der Braunschweiger Straße 58 in Neukölln.«

»Ich fahr sofort hin«, sagte er, beendete das Gespräch und wählte die Nummer seines Vorgesetzten. Eine Stimme verkündete, dass der Anrufer zurzeit nicht erreichbar sei.

Drass drückte auf die zuletzt eingegangene Nummer. Am anderen Ende meldete sich eine Wachtmeisterin Bohlen und bestätigte erstaunt den vorangegangenen Anruf.

Er steckte das Handy zurück in die Sporthülle und stieg vom Laufband. Siebenundvierzig Minuten hatte er trainiert, sechzig hätten es werden sollen. Eilig durchquerte er die Trainingshalle, winkte seinem Freund zum Abschied zu und hielt die Handgelenke über Kreuz hoch. Der andere antwortete mit erhobenem Daumen.

Drass hetzte die Treppe zu den Umkleidekabinen hinauf, riss sich die verschwitzten Trainingssachen vom Leib und stellte sich kurz unter die heiße Dusche. Danach verteilte er großzügig Deo unter seinen Achseln und über den muskulösen Oberkörper, schlüpfte in eine schwarze Jeans und ein gebügeltes weißes Hemd. Er stellte sich vor den Spiegel, gelte seine kurzen schwarzen Locken und eilte zum Ausgang. Sein neongrüner BMW-Sportwagen stand direkt vor der Tür. Er stieg ein, drehte die Stereoanlage auf und legte einen Blitzstart hin.

Jegliche Geschwindigkeitsbegrenzung ignorierend, raste er die Kiefholzstraße entlang, bog links in die Treptower, überquerte den Richardplatz, wo er seine Geschwindigkeit etwas drosselte, erreichte die Braunschweiger und sah schon von Weitem das Blaulicht der Einsatzwagen. Neugierige hatten sich auf der gegenüberliegenden Straßenseite versammelt und versuchten einen Blick auf das Geschehen zu erhaschen. Zwei Uniformierte hielten sie in Schach, ein dritter bewachte den Eingang eines mit weißen Schindeln bestückten Berliner Mietshauses. Drass wies sich aus und bat ihn, einen Blick auf seinen Wagen zu werfen. Der Uniformierte schnaubte verärgert.

»Recht hat er«, grinste Breschnow, der vor der Tür eine Zigarette rauchte. »Die Polizei ist nicht dafür da, dein Auto zu bewachen.«

Der Uniformierte warf ihm einen dankbaren Blick zu.

Drass schob sich an den beiden vorbei und betrat den Hauseingang.

Breschnow schnippte die Kippe weg und folgte ihm. Ein metallischer Geruch lag in der Luft. Drass drehte sich zu seinem Chef um. »Wer hat den Fall gemeldet?«

»Eine Engländerin beziehungsweise der Besitzer des Kiosks hier im Haus. Er hat die Frau von der Straße geholt. Sie war völlig hysterisch.«

»Das wäre ich an ihrer Stelle auch«, sagte Drass. »Man findet nicht jeden Tag eine Leiche.«

»Sie hatte Blut an den Händen und am linken Bein.«

»Und wo ist sie jetzt?«

»Die Sanitäter haben sie in die Notaufnahme ins Urban gebracht. Sie war noch nicht mal mehr in der Lage, ihren eigenen Namen zu nennen.«

»Ich fahr nachher hin«, sagte Drass.

Breschnow nickte und wies in den Flur. Drass ließ den Blick durch den Eingangsbereich schweifen und näherte sich dann langsam dem Toten. Er deutete auf die kleinen blutigen Handabdrücke.

»Vorhin war eine junge Frau mit ihrem Kind hier. Ich vermute, das Mädchen hat mit dem Blut gespielt.«

»Gespielt?«

»Kinder«, sagte Breschnow in einem Ton, der alles erklärte.

»Und wo sind die beiden jetzt?«

Breschnow zeigte nach oben. »Zweiter Stock. Wir gehen gleich hoch. Was siehst du?«

»Einen kräftigen Mann, gut gekleidet. Dunkler Teint. Migrationshintergrund?«

»Vermutlich. Aber in seiner Gesäßtasche sind keine Papiere, und ich konnte ihn noch nicht umdrehen.«

»Keine Wunden am Rücken.« Drass suchte den Fußboden nach Spuren ab. »Wenn ich davon ausgehe, dass er erstochen wurde, dann vermutlich nicht hier im Hausflur. Sonst hätte sich sein Blut anders verteilt.« Er ging neben dem Toten in die Hocke. »Aber er hat sich noch bewegt, hier ist eine winzige Schleifspur.« Drass' Blick folgte den Blutspuren auf den Bodenfliesen. Er deutete auf die Tür zum Hof. »Sieht so aus, als ob er von dort gekommen ist.«

Breschnow nickte.

»Wohin führen die Blutspuren?«

»Zu einer Wohnung im Hochparterre. Da wohnt ein junger Fixer, ist mehr tot als lebendig.«

»Und was sagt der Fixer?«

»Schwebt noch im Nirwana.«

»Gehen wir nach oben?«

Breschnow schüttelte den Kopf. »Es reicht, dass ich dort rumgetrampelt bin und der Uniformierte, der jetzt da oben auf ihn aufpasst. Wir warten lieber auf die Kriminaltechniker.«

Drass deutete auf die Treppe. »Vielleicht haben die Mutter und die Tochter noch etwas gesehen.«

»Ja, vielleicht«, sagte Breschnow und ging in Richtung Haustür.

***

Nebelschwaden waberten durch das kleine Zimmer, gerauchtes Gras und Nikotin. Marinda hatte Kimmies Hand in eine weiße Binde und ein grünes Tuch gewickelt und ihr dann einen Joint gegen die Schmerzen gedreht.

Die beiden Mädchen kicherten leise. Auf dem Bildschirm jagte Kater Felix einen dumm aussehenden Hund. Marinda hatte die DVD mit der alten Serie nach dem Tod ihrer Tante auf deren Dachboden gefunden. Sie liebten sie und sahen sie immer wieder an.

»Wo sind deine Eltern?«, fragte Kimmie.

»In Spanien, glaube ich.«

»Und was tun die da?«

»Machen Urlaub.«

Kimmie zündete einen neuen Joint an, nahm einen tiefen Zug und reichte ihn Marinda.

»Nö, hab genug.«

»Urlaub bei Neckermann und so?«, kicherte Kimmie. »Dicke Bäuche auf Handtuchliegen am übervollen Hotelstrand.«

Marinda prustete los. »Meine Erzeugerfraktion ist spindeldürr, schon vergessen? Die werden eher von so einer Megafetten übersehen, und die setzt sich auf sie drauf.«

Die Mädchen lachten Tränen.

»Oder sie teilen sich eine Liege. Das ist billiger«, prustete Kimmie, nahm noch einen tiefen Zug und wischte sich die Tränen aus den Augen.

»Ich muss mal«, verkündete Marinda und erhob sich schwerfällig.

Als ihre Freundin das Zimmer verlassen hatte, verfinsterte sich Kimmies Stimmung schlagartig. Sie sah wieder das Blut auf der Brust des Kräftigen, hörte ihn schreien, sah Toto zusammengerollt auf dem Boden liegen, sah sich rennen. Ihr wurde übel. Mühsam hievte sie sich vom Sofa hoch und schenkte sich ein Glas Cola ein. Sie trank in kleinen Schlucken und atmete erleichtert auf, als Marinda plappernd zurückkehrte, sich auf das Sofa fallen ließ und eine neue Urlaubsgeschichte zum Besten gab.

Kimmie beschloss, später noch einmal in die Wohnung zu gehen und sich um Toto zu kümmern. Dann schob sie die Gedanken wieder zur Seite, setzte sich neben ihre Freundin und starrte auf den Bildschirm. Kater Felix vollführte seltsame Drehungen, und Marinda kicherte.

***

Der Bürgersteig war mit rot-weißem Absperrband gesichert. Ein Uniformierter bewachte die Eingangstür. Breschnow zündete sich eine Zigarette an und musterte die Schaulustigen auf der anderen Seite. Der Kioskbesitzer kam zu ihm. »Diese junge Engländerin von vorhin war ja ganz durcheinander. Was ist denn hier passiert?«

Breschnow ignorierte die Frage. »Haben Sie die Frau vorher schon mal gesehen?«

Der kleine Mann verneinte und strich sich über seinen schwarzen Schnurrbart.

»Seit wann führen Sie den Kiosk?«

»Habe ihn vor einem halben Jahr von meinem Vater übernommen.«

»Kennen Sie die Leute hier im Haus?«

Der Kioskbesitzer schüttelte den Kopf. »Sie mögen meinen Laden nicht. Die Leute, die bei mir das Bier kaufen, stehen oft hier draußen auf dem Gehweg oder sitzen auf der Stufe am Eingang und trinken. Das wollen die Eigentümer nicht. Kann ich auch irgendwie verstehen. Aber mein Vater hat den Kiosk gekauft, und jetzt ist es eben so.« Er deutete auf den Eingang. »Wollen Sie mir nicht sagen, was da drin passiert ist?«

»Kommen Sie. Ich zeige es Ihnen.«

Breschnow schnippte die Kippe auf den Asphalt und drückte die Tür auf. Ein kameradschaftlicher Schlag auf die Schulter stoppte seine Bewegung.

»Moin, Breschnow«, begrüßte ihn die tiefe Stimme des Kriminaltechnikers. »Du rauchst zu viel.«

»Danke für die Information, Herr Doktor«, brummte Breschnow.

Manfred Fischer beugte sich zu ihm vor. »Und unter uns, du riechst nach Alkohol.«

»Es ist Sonntag.«

»Und das erklärt alles?«, lachte der Leiter der Abteilung Spurensicherung, reichte ihm einen Kaugummi und deutete auf den Kioskbesitzer. »Wo willst du denn mit ihm hin?«

»Er soll sich den Toten ansehen. Vielleicht kennt er ihn.«

»Nicht bevor ich die Spuren gesichert habe. Nix für ungut, guter Mann.«

Der Kriminaltechniker schob den protestierenden Kioskbetreiber von der Tür weg und trat ein. Breschnow zuckte bedauernd mit den Schultern und folgte ihm.

»Ein Treppenhaus. Tausend Spuren, die wahrscheinlich zu nichts führen«, stöhnte Manfred.

»Da hätte eine mehr auch nicht gestört«, brummte Breschnow, durchquerte mit großen Schritten den Flur und deutete auf die Tür zum Hof. »Hier hinten geht's weiter.«

»Welches Stockwerk?«

»Seitenflügel. Hochparterre.«

»Na, wenigstens das. Wie viele Leute sind hier schon durchgelaufen?«, erkundigte sich der Spurensicherer und ließ den Blick über den Boden gleiten. »Und haben mit dem Blut gespielt?«

»Außer uns und den Uniformierten und der Frau mit dem Kind und der Frau, die den Toten gefunden hat, und dem Opfer und der unbekannten Person, die ihn getötet hat ...«, zählte Drass auf, der zu ihnen getreten war.

»Und den Journalisten«, ergänzte Breschnow.

»Journalisten?«, fragte sein Kollege.

»Cosma Anderson und ihr treuer Freund Robert Schubert vom Tagesspiegel.«

»Und wo sind die jetzt?«

Breschnow deutete auf die Haustür. In dem Moment erschien ein vertrautes Gesicht mit lockigen schwarzen Haaren im Türrahmen. Monika Bahr lächelte zur Begrüßung und gab dann jedem die Hand. Sie trug die blaue Daunenjacke offen, darunter ein schlichtes Wollkleid, dazu rote Stiefeletten, und sie sah wie immer frisch und energiegeladen aus. Breschnow fragte sich, wie sie das machte.

»Tut mir leid, dass ich so lange gebraucht habe«, erklärte die Rechtsmedizinerin. »Ich stand gerade unter der Dusche, als der Anruf von der Zentrale kam.« Sie stellte ihren Aluminiumkoffer ab und sah sich um. »Vielleicht solltet ihr aufhören, Spuren zu vernichten.«

Sie öffnete ihren silbernen Arbeitskoffer und zog vier Paar blaue Plastiküberschuhe heraus. Drass und Manfred griffen danach und gaben ein Paar an Breschnow weiter. Monika zog sich den Schutzoverall über, ging neben dem Toten in die Hocke und legte eine Hand auf seinen Puls am Hals.

»Er war schon tot, als ich ankam«, sagte Breschnow, der neben sie getreten war.

»Und seit wann bist du hier?«

»Ungefähr seit einer Stunde.«

»Viel länger ist er auch noch nicht tot«, schätzte Monika, nachdem sie die Temperatur gemessen hatte. »Weißt du schon, wer er ist?«

Breschnow schüttelte den Kopf. »Im Seitenflügel gibt es noch einen Halbtoten.«

Als er ihren fragenden Blick sah, ergänzte er: »Einen Junkie nach einem frischen Schuss.«

»Ist jemand bei ihm?«

Breschnow nickte. »Wo ist dein Assistent?«

»Im Geburtshaus. Sie bekommen gerade ihr erstes Kind. Es wäre also schön, wenn einer von euch mir zur Hand gehen könnte.«

Drass bot sich an und schlüpfte in einen Overall.

Die Rechtsmedizinerin beugte sich wieder über den Toten und schaltete ihr Diktiergerät ein: »Ich befinde mich im Hauseingang eines typischen Berliner Altbaus in Neukölln. Vor mir im Flurdurchgang zum Hinterhof liegt eine männliche Leiche. Sie liegt auf dem Bauch, der rechte Arm ist am Boden in Richtung Kopf angewinkelt, der linke liegt nach oben ausgestreckt neben dem Körper. Beide Beine sind leicht gebeugt. Der Mann ist vollständig bekleidet, circa dreißig Jahre alt und eins fünfundsiebzig groß, kräftige Statur und hat braune Haare. Er trägt ein hellblaues Hemd und eine schwarze Anzughose. Auf seinem Rücken und an seinem Hinterkopf sind keine Verletzungen sichtbar. Neben seiner linken Schulter und neben seinem Kopf hat sich auf dem Boden Blut gesammelt.«

Sie drückte auf die Stopptaste und griff nach der Kamera. Blitzlicht erhellte den trüben Flur. Die Rechtsmedizinerin fotografierte die Leiche von allen Seiten. Breschnow deutete auf die Briefkästen. Monika machte auch davon Aufnahmen und fotografierte dann jeden Zentimeter des Fußbodens um die Leiche herum. Danach bat sie Drass, ihr beim Wenden des Toten behilflich zu sein. Sie holte eine große Plastikplane aus dem Koffer und reichte ihm ein Ende. Schweigend breiteten sie die Plane neben der Leiche aus.

»Wir heben ihn erst mal auf die Unterlage und drehen ihn dann um«, entschied sie und griff nach den Schultern des Toten.

»Lass mich die Schultern nehmen«, bot Drass an. »Die Beine sind leichter.«

Sie wechselten die Position.

»Auf drei, und pass auf, dass du nicht ins Blut trittst«, mahnte Monika.

Sie hoben den Toten vorsichtig an, legten ihn auf die Plane und rollten ihn über die Seite auf den Rücken. Monika besah sich die Wunden und rief Breschnow näher heran.

»Zwei Stiche«, sagte sie. »Die Wunden sind ungewöhnlich groß.«

»Was heißt das?«

»Wegen der Kleidung kann ich es nicht so genau sehen, aber ich glaube, das war kein Messer. Anhand der Position der Wunden vermute ich, dass ein Stich in die Bronchien ging und der andere in die linke Lunge. Damit kann der Mann noch eine Zeit lang gelebt haben. Ist das hier der Tatort?«

»Nein. Vermutlich wurde er in der Wohnung im Seitenflügel niedergestochen und hat sich dann hierhergeschleppt.«

Monika griff wieder nach dem Diktiergerät. »Die Vorderseite weist zwei Stichwunden auf. Soweit ich bisher feststellen kann, gibt es keine weiteren Verletzungen.«

Sie hob den Blick. »Ist Schmitti an seinem Platz?«

Breschnow nickte.

»Dann fotografiere ich jetzt das Gesicht des Toten und sende eurem Computerfachmann das Bild zur Identifizierung.«

Breschnow sah ihr schweigend dabei zu. Monika lachte: »Das ist keine Magie. Das ist die moderne Technik, der du so gerne aus dem Weg gehst.«

Er brummte etwas Unverständliches. Die Rechtsmedizinerin wandte sich wieder dem Toten zu und untersuchte dessen Hände.

»Keine offensichtlichen Abwehrspuren«, stellte sie fest.

»Er wird sich ja wohl kaum hingestellt und dem Täter seine Brust hingestreckt haben«, sagte Drass.

»Vielleicht ist er überrascht worden und keiner von der schnellen Sorte.«

»Auf jeden Fall hat er sich das Messer oder was auch immer nicht selber in den Körper gerammt.« Breschnow deutete auf den Hintereingang. »Komm, sieh dir die Blutspuren im Treppenhaus an.«

***

Marinda hatte sich auf dem Sofa zusammengerollt und schnarchte leise. Kimmie sah ihr eine Weile dabei zu. Sie wollte das Unvermeidliche noch etwas hinauszögern, aber jetzt war es Zeit, die Zwillinge zu versorgen. Sie griff nach dem Smartphone und schrieb ihrer Freundin eine SMS. Dann verließ sie leise das Zimmer.

Die Dämmerung hatte die Großsiedlung in ein diffuses Dunkel getaucht. Erste Lichter zierten die Hochhäuser und verliehen ihnen Glanz. Kimmie fröstelte und zog den Reißverschluss ihrer Kapuzenjacke hoch. Dann lief sie den Wildmeisterdamm entlang, der zu dem Hochhaus führte, in dem sie mit ihrer Familie lebte. Dort angekommen, sah sie an der Fassade hoch und dachte daran, wie oft sie dort oben gestanden hatte und springen wollte, um ihr beschissenes Leben endlich zu beenden. Aber bisher hatte die Sorge um die Zwillinge sie stets davon abgehalten.

Eine Windböe zerrte an ihrer Jacke, und sie eilte zum Eingang. Die Tür wurde von innen aufgerissen, dahinter kam ein kleiner pummeliger Teenager zum Vorschein.

»Hallo Kimmie, was geht, eh?«

»Voll gut«, murmelte Kimmie und schob sich an ihm vorbei.

Sie hasste diese kleine Kröte, so wie sie alle hier im Haus hasste. Die Jungs aus der zwölften Etage, mit denen man besser nicht allein im Fahrstuhl war. Frau Biedermann von nebenan, die sich über jedes Geräusch beschwerte und ständig die Hausverwaltung anrief. Und das rothaarige Mädchen aus der Zehnten, das immer so tat, als ob es sie mochte.

Sie trat in einen der Fahrstühle und fuhr hinauf in die elfte Etage. Vor der Wohnungstür standen zwei sorgfältig nebeneinandergestellte Paar Kinderschuhe. Sie lächelte und schloss auf. Abgestandene Luft vermischt mit dem Geruch nach Zigaretten und Alkohol schlug ihr entgegen und verschlechterte ihre Laune augenblicklich. Im Wohnzimmer brüllte der Fernseher, ihre Mutter würde bald schwerhörig sein.

Sie streifte die Turnschuhe von den Füßen, schlich den Flur entlang und spähte ins Wohnzimmer. Ihre Mutter lag auf dem Sofa, ein Wasserglas Wein vor ihr auf dem klebrigen Tisch, eine Zigarette in der linken Hand, und starrte wie gebannt auf den Bildschirm. Angewidert schloss Kimmie die Tür und ging weiter zu dem Zimmer ihrer Schwestern. Die kleinen Mädchen saßen auf ihren Betten und blickten ängstlich in ihre Richtung. Als sie registrierten, wer gekommen war, sprangen sie auf und warfen sich ihr in den Arm.

»Sie hat uns verboten zu spielen«, schluchzte Mira.

»Sie hat uns gehauen und gesagt, wenn wir noch einmal laut sind, dann haut sie richtig«, ergänzte Moni.

»Und dann hat sie uns die Puppen weggenommen.«

»Habt ihr euch gestritten?«, fragte Kimmie sanft und strich Mira über die blonden Haare.

»Nur ein bisschen«, antwortete ihre Schwester und sah sie mit großen Augen an.

»Ja, nur ein bisschen«, ergänzte Moni.

»Habt ihr schon was gegessen?«

Die Zwillinge schüttelten gleichzeitig den Kopf.

»Dann ab in die Küche.«

Mira und Moni rannten voran und kletterten auf die Arbeitsplatte. Kimmie holte zwei Tiefkühlpizzen aus dem Eisfach und schob sie in den Backofen. Dann setzte sie Milch auf und kochte den Kleinen Kakao. Nach dem Essen fielen den beiden fast die Augen zu. Kimmie gab ihnen noch einen Keks, begleitete sie ins Bad und spielte Zähneputzen. Als sie Moni das T-Shirt auszog, sah sie den großen blauen Fleck und zuckte zusammen.

»Ist das von heute?«

Moni nickte und ergänzte schnell: »Aber morgen bin ich ganz

brav. Ich verspreche es. Dann hat Mami auch keinen Grund mehr, mich zu hauen.«

Kimmie spürte die Hitze in sich aufsteigen und den Druck. Sie wusste, es war wieder so weit. Sie musste es wieder tun.

***

Willy war zufrieden, und der Tag schien noch besser zu werden. Erst hatte er seinen Kumpel Breschnow getroffen, den er vor Jahren bei einer Ermittlung kennengelernt hatte und der manchmal in die Hasenheide kam, um mit ihm und den anderen Obdachlosen zu trinken, und jetzt entdeckte er den Müll auf einer der Wiesen auf dem Tempelhofer Feld. Er blickte den Verursachern, die gerade in Richtung Ausgang schlenderten, dankbar hinterher. Zielstrebig lief er auf die Grünfläche, leerte die Plastiktüten mit den Essensresten aus und stopfte die leeren Pfandflaschen hinein. Zwei Spaziergänger beobachteten ihn missbilligend. Willy ignorierte sie, sah sich nach weiteren Flaschen um und wurde fündig.

Nachdem er eine halbe Stunde die Wiesen abgesucht hatte, verließ er mit sechs prall gefüllten Plastiktüten das Feld und ging zu Edeka an der Schillerpromenade, um sie einzulösen. Der Punk vor der Tür nickte ihm zu, sein Hund pinkelte derweil an die Hauswand und schnüffelte an einer leeren Chipstüte. Willy verschwand im Laden, steuerte die Flaschenrückgabe und anschließend das Regal mit dem Schnaps an. Es fehlten ihm noch fünfzig Cent, und eine kurzhaarige Frau im Kampfanzug spendierte sie ihm. Als Dank versprach Willy ihr den ersten Schluck.

An der Kasse rümpfte die Supermarktangestellte die Nase und fragte ihn nach Geld, bevor sie den Betrag eintippte. Willy setzte zu einer Schimpftriade an, aber die Frau im Kampfanzug strich ihm beruhigend über den Oberarm. Er bezahlte leise vor sich hin schimpfend, warf der Kassiererin einen letzten wütenden Blick zu und verließ den Supermarkt. Draußen drückte sich der Punk vom Pflaster hoch, pfiff nach seinem Hund und deutete auf die Flasche. Willy nickte. Die kleine Gruppe steuerte eine der Bänke auf dem Grünstreifen der Schillerpromenade an.

Feierlich in die Runde schauend, drehte Willy den Verschluss und reichte die Flasche der Frau, die einen kleinen Schluck nahm und mit dem Jackenärmel den Flaschenhals abwischte. Dann gab sie den Schnaps an den Obdachlosen zurück. Willy trank gierig und hielt die Flasche dem Punker hin, der eine Handvoll Alkohol dem bereits erwartungsvoll zwischen seinen Beinen hechelnden Hund zukommen ließ. Die Flasche kreiste, bis sie leer war, und Willy erzählte glücklich die Geschichte seines Tages.

***

Breschnow stieß die Tür zum Hinterhof auf und befahl dem Uniformierten, sich neben dem Toten zu positionieren. Der junge Polizist folgte dem Befehl nur schleppend. Langsam stieg die kleine Gruppe ins Hochparterre hinauf. Der Kriminaltechniker blieb immer wieder stehen und begutachtete die Muster, die die Blutspritzer an den Wänden und auf den Stufen hinterlassen hatten, die Rechtsmedizinerin fotografierte.

Breschnow ging voran in die Wohnung und steuerte das Wohnzimmer an. Der junge Mann lag noch genauso da, wie er ihn verlassen hatte, zusammengerollt auf dem fleckenübersäten Teppich. Er wirkte zufrieden, und Breschnow zögerte, ihn aus seiner Traumwelt zu reißen. Monika war hinter ihn getreten, legte eine Hand auf seine Schulter und schob ihn behutsam zur Seite.

»Lass mich ihn erst einmal ansehen«, bat sie, kniete sich neben den Süchtigen und verscheuchte zwei Fliegen, die sich auf dem Blut an seinem Hals niedergelassen hatten.

»Hallo, können Sie mich hören?«

Der junge Mann reagierte nicht. Die Rechtsmedizinerin zog sich frische Handschuhe an, fühlte den Puls und griff die Schulter des Fixers.

»Wie heißt der Mann?«, erkundigte sie sich.

»Laut Klingelschild Tollner«, antwortete Drass, der ebenfalls das Zimmer betreten hatte.

»Herr Tollner, können Sie mich hören? … Herr Tollner?«

Der Fixer reagierte nicht. Monika fühlte noch einmal seinen Puls, untersuchte seine Reflexe und kontrollierte seine Atmung.

»Ich fürchte, wir brauchen einen Krankenwagen«, sagte sie und erhob sich.

Drass griff zum Handy.

»Er sieht so zufrieden aus. Geht es ihm wirklich so schlecht?«, fragte Breschnow.

»Er schwebt nicht in Lebensgefahr, falls du das meinst. Aber ich vermute, er ist einem Koma sehr nahe. Im Krankenhaus päppeln sie ihn wieder auf. Dann kannst du vielleicht schon morgen mit ihm reden.«

Breschnow verließ den Raum und ging zu Manfred in die Küche. Der Kriminaltechniker rutschte auf dem schmutzigen Fußboden herum.

»Ich glaube, hier hat unser Mann den ersten Stich abbekommen.«

Breschnow ging in die Hocke und folgte den Blutspritzern auf dem Fußboden mit den Augen.

»Die Spur beginnt hier«, erklärte Manfred. »Nur in diesem Bereich sind auf dem Boden Blutstropfen, der Rest der Küche ist sauber.« Der Kriminaltechniker hielt kurz inne. »Na ja, zumindest blutfrei.«

Breschnow hatte Schwierigkeiten, die alten bräunlichen und roten Flecken auf dem Boden von den frischen zu unterscheiden, und das wirre Muster des PVC erschwerte es ihm zusätzlich. Er stellte sich wieder hin und ließ den Blick über den verklebten Küchentisch gleiten. Auf einem Teller prangte das Gerippe einer Hühnerbrust. Eine Schar Fliegen hatte sich auf den Knochen niedergelassen. Daneben standen zwei Gläser, in denen eine glibberige Masse heranwuchs. In der Spüle stapelten sich Teller und Töpfe, auf der Arbeitsfläche schimmelten angebrochene Saftflaschen und diverse Lebensmittel vor sich hin. Daneben lagen eine benutzte Spritze und ein Gummiriemen.

»Putzen ist eindeutig nicht seine Lieblingsbeschäftigung«, stellte Breschnow fest und deutete auf den Tisch, »aber hier steht noch ein sauberes Glas.«

Manfred erhob sich langsam. Seine Knie knackten, und er

griff sich in den Rücken. »Lange kann ich den Job wohl auch nicht mehr machen. Dann geht's an den Schreibtisch. Davor graut es mir.«

»Wir werden es beide so lange wie möglich rauszögern«, versprach Breschnow. »Zur Not gehe ich für dich mit in die Hocke.«

Der Kriminaltechniker lachte laut auf. »Du bist doch noch kaputter als ich. Aber trotzdem vielen Dank.«

Er griff nach dem Glas, öffnete den Spurensicherungskoffer und zog ein Döschen und einen Pinsel heraus. Sorgfältig bestrich er das Fundstück mit Rußpulver und hielt es gegen die nackte Glühbirne, die über dem Küchentisch baumelte.

»Saubere und vollständige Abdrücke«, freute er sich und ließ das Beweisstück in einem Spurensicherungsbeutel verschwinden. »Hoffen wir auf ein Ergebnis in unserer Datenbank.«

Er verscheuchte die Fliegen, griff nach dem schmutzigen Teller und sicherte auch ihn. Danach gingen die beiden Männer zurück ins Wohnzimmer. Als der Kriminaltechniker den vollen Aschenbecher auf dem Sofatisch sah, stöhnte er und murmelte etwas von tausend Spuren.

»Vielleicht hat er nicht so oft Besuch gehabt, und die meisten sind von ihm«, versuchte ihm die Rechtsmedizinerin Mut zu machen.

Manfred griff nach einem Beutel und ließ den Aschenbecher samt Inhalt darin verschwinden. Breschnow verspürte plötzlich ein unbändiges Bedürfnis nach einer Zigarette und zündete sich eine an.

»Ich stell mich ja schon ans Fenster«, brummte er, als er den vorwurfsvollen Blick seines Freundes sah, der gerade die zwei verbliebenen Päckchen Heroin sicherte und sich dann dem Erbrochenen auf dem Boden zuwandte.

Frische Luft drang in den Raum, und Breschnow wusste, dass alle froh darüber waren.

Drass stellte sich neben ihn. »Keine gute Art, ein Leben zu leben.«

Breschnow inhalierte tief. Es brannte in seinen Lungen, und das tat gut. »Wissen wir schon, wo seine Eltern wohnen?«

»Schmitti ist dran. Ich habe ihn vorhin angerufen. War nicht begeistert, dass wir ihn am Sonntag von seiner Familie weggeholt haben.«

»Den zweiten Stich hat er hier abbekommen«, rief Manfred.

Breschnow schnippte die Kippe aus dem Fenster und ging zu ihm hin.

»Er ist hier hingefallen. Es hat nicht stark geblutet, aber hier ist eine kleine Lache, fast schon vom Teppich verschluckt, aber für geübte Augen noch sichtbar.«

Breschnow ging erneut in die Hocke und betrachtete den dunklen Fleck. »Er sieht noch feucht aus und ist heller als die anderen.«

Der Kriminaltechniker nickte. »Der erste Stich in der Küche, der zweite hier. Der Typ fällt um, rappelt sich wieder hoch und schleppt sich aus der Wohnung.«

Drass deutete auf den Junkie. »Kann er zugestochen haben?«

Die Rechtsmedizinerin zuckte mit den Schultern. »Die Frage wird schwierig zu beantworten sein. Man kann weder minutengenau bestimmen, wann das Opfer gestorben ist, noch den Zeitpunkt, wann sich der Fixer den Schuss gesetzt hat.«

»Der Tote ist ziemlich kräftig«, sagte Breschnow und deutete auf den Junkie, »und der sieht aus, als ob er Schwierigkeiten hätte, eine Colaflasche aufzudrehen.«

»Das kann täuschen«, sagte Monika. »Wenn es um Stoff geht, entwickeln Süchtige Bärenkräfte.«

»Hallo? Sind wir hier richtig?« Ein Sanitäter mit schweren Schuhen und der unverkennbaren Signalweste stand in der Tür. Monika winkte ihn herein. Es folgten ein zweiter und eine Frau. Sie beredeten sich mit der Rechtsmedizinerin und hoben den Süchtigen dann vorsichtig hoch.

»Schaut euch das an!«, rief Breschnow und trat neben die Trage.

***

»Ich hab genug. Mir ist kalt«, maulte Cosma. »Ich geh jetzt nach Hause.«

»Okay, Schätzchen. Ich warte noch auf mein Handy, und wenn es Neuigkeiten gibt, ruf ich dich sofort an.«

Sie küsste Robert auf die rechte Wange und verabschiedete sich in Richtung S-Bahn. Vor einem Spiellokal unterhielt sich eine Gruppe von Männern lautstark und ignorierte Cosma, die auf die Straße ausweichen musste, um an ihnen vorbeizukommen. Hastig überquerte sie den Vorplatz zur S-Bahn Neukölln. Dürre Gestalten in schmutzigen Kleidern schlichen schattengleich auf der Suche nach Drogen hin und her. Zwei kräftige Männer in blauen Latzhosen verspeisten ihre Döner und betrachteten sie abfällig. Eine pralle Blondine stieg aus einem Taxi und bot den Blicken der Handwerker ein neues Ziel. Als die Frau in dem nahe gelegenen Kiosk verschwand, schlenderten ihr die Männer hinterher.

Cosma eilte hinunter in die U7. Nach einmaligem Umsteigen und einer Viertelstunde Fußmarsch erreichte sie ihr Haus am Maybachufer. Der Altbau hatte die Zeit der Gentrifizierung bisher fast unbeschadet überstanden. Aber das hatte auch seinen Preis. Der Eigentümer hatte seit Jahren kein Geld mehr in die Instandhaltung investiert, das Schloss der Haustür war defekt, und der Putz im Treppenhaus bröckelte von den schmutzigen Wänden. Es stank nach altem Fett und Katzenpisse, und die letzte Treppenreinigung lag wahrscheinlich schon Monate zurück. Aber die Miete war günstig, und das war für Cosma zurzeit das Wichtigste. Ihr kleiner Verdienst bei der Zeitung reichte gerade für das Notwendigste. Sie stieg in den dritten Stock und öffnete die drei Sicherheitsschlösser, die sie nach einem Überfall hatte einbauen lassen. Ein Soldat war in ihre Wohnung eingedrungen und hatte versucht, sie zu töten. Mittlerweile war die Wohnung für Cosma der einzige Platz, an dem sie sich zumindest annähernd wieder sicher fühlte.

Sorgsam verriegelte sie die Sicherheitsschlösser von innen, zog sich die Schuhe aus und schlenderte ins Wohnzimmer. Sie blieb vor dem CD-Regal stehen, ließ ihren Blick über die Titel schweifen und entschied sich für »In The Garden« von Susan Tedeschi. Kurz danach füllten sanfte Blues-Klänge den Raum. Tedeschi sang vom Erwachen in einem grünen Paradies. Cosma ließ sich auf das Sofa fallen und von der Stimme in ein unbekanntes Land entführen.

Eine halbe Stunde später ging sie in die Küche, kochte sich einen Tee und setzte sich mit dem Laptop an den Küchentisch. Sie überflog die Online-Nachrichten. Bisher hatte noch niemand von dem Toten in der Braunschweiger berichtet, und sie hoffte, dass Robert der Erste sein würde und damit Pluspunkte bei seiner Zeitung sammeln konnte, um sie dort einzuschleusen.

Unschlüssig ging sie zurück ins Wohnzimmer, schaltete den Fernseher an und griff sich »Die Seele des Mörders« von Douglas und Olshaker. Anfang der achtziger Jahre war John Douglas der erste und einzige Profiler beim FBI gewesen und hatte gegen erheblichen Widerstand das Profiling-Programm der Behörde geschaffen. Er verhörte bereits gefasste Serienmörder wie Ted Bundy und David Berkowitz und erstellte Täterprofile, die später dazu beitrugen, weitere Serienmörder zu fassen. Fünfundzwanzig Jahre lang versuchte Douglas, sich in die Köpfe der schlimmsten Gewalttäter hineinzuversetzen, um ihre Taten zu verstehen und neue zu verhindern. Cosma liebte das Buch. Es war ihre neue Bibel.

***

Ein stechender Schmerz durchzog ihren Körper. Automatisch hielt Kimmie die Luft an, bis die Entspannung kam. Dann setzte sie das scharfe Messer noch einmal an und zog es langsam durch das Fleisch ihres Unterarms. Blut rann aus den Schnitten, kleine Tropfen, die, je weiter sie schnitt, größer wurden. Sie wusste, dass sie aufpassen musste, nicht zu tief zu ritzen.

Nach dem fünften Schnitt war es genug. Der brennende Schmerz in ihrem Arm hatte wieder einmal den Kampf gegen die innere Anspannung gewonnen. Erleichtert lehnte sie sich zurück und sah dem Blut zu, das sich auf der Unterseite ihres Armes sammelte und dann auf den Badezimmerfußboden tropfte. Kimmie schloss für einen Augenblick die Augen und genoss die seltene Entspannung.

***

»Und hast du schon was gefunden?«, erkundigte sich Abigail Delego, während sie einen Becher Kaffee vor ihrem Kollegen auf den Schreibtisch stellte.

Sie war sofort nach dem Anruf von Breschnow in ihre Dienststelle am Columbiadamm geeilt. Sie löste ihre krausen schwarzen Haare aus dem Tuch, mit dem sie zusammengebunden waren, und fuhr mit den Fingern hindurch. Dann griff sie nach dem Telefonhörer.

Thorsten Schmitt starrte sie an. »Ich habe dich noch nie mit offenen Haaren gesehen.«

Delego lächelte, verknotete ihr Haar wieder und griff zum Telefon. Schmitti wandte sich seinem Bildschirm zu.

»'n Abend, Drass. Delego hier.«

»Bist du auf dem Revier?«

»Ja. Breschnow hat mir Bescheid gesagt. Das Foto von der Rechtsmedizin hat noch keinen Treffer gebracht. Schmitti lässt es gerade durch das nächste Suchprogramm laufen. Ich verstehe zwar nicht, warum das so lange dauert, aber das wird er uns bestimmt bald erzählen.«

Der Genannte warf ihr einen wütenden Blick zu. Sie schenkte ihm eine Kusshand. »Gibt's sonst noch was für uns?«

»Warte mal«, bat Drass und reichte das Handy weiter.

»Sucht alles über einen Thomas Tollner«, antwortete Breschnow. »Das ist der Fixer, in dessen Wohnung der Mann erstochen wurde.«

»Geht klar. Kommst du heute noch rein?«

»Ziemlich sicher. Wo ist Regina?«

»Ich glaube, sie ist in ihrem Gartenhäuschen.«

»Wie spät ist es?«

»Gleich sieben.«

»Dann ruf sie an und bestell sie für halb neun zur Dienstbesprechung.«

»Okay.« Delego legte auf und wandte sich Schmitti zu. »Ich soll nach einem Thomas Tollner suchen«, informierte sie ihn, nippte an ihrem Kaffee und fuhr den Computer hoch.

***

Bei drei hievten die Sanitäter den Fixer auf die Trage und schnallten ihn fest. Die Rechtsmedizinerin fühlte noch einmal seinen Puls. »Am besten, ihr bringt ihn ins Neuköllner Krankenhaus. Das ist am nächsten dran.«

Breschnow unterschrieb den Einsatzbogen. Dann gesellte er sich zum Kriminaltechniker.

Manfred deutete auf die blutige Schere, die unter dem Drogensüchtigen gelegen hatte. »Könnte die Tatwaffe gewesen sein. Oder was meinst du, Monika?«

Die Rechtsmedizinerin nahm eine Lupe aus ihrem Koffer, besah sich den Fund und reichte das Instrument weiter.

»Und?«, drängelte Breschnow.

»Was soll ich dir jetzt sagen? Ich vergleiche sie nachher mit den Wunden an dem Opfer.«

Sie griff nach einem kurzen Zollstock, legte ihn neben die Schere und fotografierte sie von allen Seiten. Dann zog sie eine Zange aus ihrem Untersuchungskoffer und verstaute den Fund in einer sterilen Schachtel. Zum Schluss markierte sie mit einem Leuchtstift die Stelle, an der die Schere gelegen hatte.

»Obduzierst du ihn noch heute Abend?«, erkundigte sich Breschnow.

»Nein, aber morgen bestimmt.«

»Nehmen wir mal an, die Schere war die Tatwaffe. Irgendwann am Morgen kommt jemand hierher. Vielleicht verlangt er Geld von Tollner …«

»… vielleicht wedelt er mit den Heroin-Päckchen, die wir auf dem Wohnzimmertisch gefunden haben, vor seiner Nase rum …«, unterbrach Manfred.

»… und macht den Fixer damit richtig wütend. Tollner greift nach der Schere und sticht zu.«

»Aber nicht hier«, korrigierte der Spurensicherer. »In der Küche. Dort gab es den ersten Stich.«

»Der Mann lebt noch. Aber warum schleppt er sich ins Wohnzimmer?«

»Tollner geht ins Wohnzimmer, und der Verletzte folgt ihm. Noch ist er nicht außer Gefecht gesetzt.«

»Der Fixer rammt ihm in der Küche die Schere zwischen die

Rippen und geht dann erst mal ins Wohnzimmer? Um was zu tun?«

»Sich einen Schuss zu setzen«, schlug Monika vor. »Er hat das Heroin an sich gebracht, und sein Fixerbesteck liegt im Wohnzimmer. Außerdem rechnet er nicht damit, dass sein Gegenspieler noch lebt.«

»Der Verletzte folgt ihm. Tollner ist überrascht, dass ihn der Stich nicht schachmatt gesetzt hat, und sticht wieder zu. Der Mann überlebt auch das und flüchtet aus der Wohnung. Aber wieso lässt Tollner ihn gehen? Er weiß doch nicht, dass der Mann sterben wird.«

»Es ist ihm egal«, sagte die Rechtsmedizinerin. »Er will nur noch seinen Turkey bekämpfen, sich endlich den Schuss setzen.«

Eine junge Uniformierte trat in den Raum und verlangte nach dem zuständigen Ermittler.

Manfred grummelte: »Noch mehr Leute, die Spuren zerstören«, und deutete auf Breschnow.

Die Polizistin sah auf ihre Stiefel und entschuldigte sich. »Unten steht ein Mann und will sein Handy zurück. Er sagte, Sie wüssten dann schon Bescheid.«

Breschnow löste sich vom Scherenfund und folgte ihr ins Vorderhaus. Schubert stand laut schimpfend an der Haustür und beschwerte sich über die Polizeimethoden. Ein Uniformierter hielt ihn eisern am Oberarm fest.

Breschnow gab ihm ein Zeichen, den Reporter loszulassen.

Robert Schubert rieb sich den Arm. »Das darf er nicht.«

»Doch«, grinste Breschnow. »Sicherung eines Tatorts. Sie hatten ihn unrechtmäßig betreten und liefen Gefahr, das zu wiederholen.«

»So kann man sich seine Wahrheit auch zurechtdrehen«, murrte Schubert und folgte Breschnow die Treppe hinauf.

Sie klingelten bei Sonja Krain. Eilige Schritte näherten sich der Tür. Dann wurde sie aufgerissen, und das kleine Mädchen strahlte sie an. Hinter ihr erschien ihre Mutter.

»Bitte mach nicht einfach so die Tür auf«, tadelte sie das Kind gutmütig und bat die beiden herein. Sie folgten ihr durch einen langen Flur ins hintere Zimmer, in dem überall Kinderspielzeug verstreut lag. In einer Ecke stapelten sich Umzugskartons. Die Frau nahm das Handy und einen USB-Stick vom Schreibtisch und reichte sie dem Kommissar. »Ich habe Ihnen die Aufnahmen auf einen Stick gezogen.«

»Und auf dem Apparat sind alle Aufnahmen gelöscht?«, vergewisserte sich Breschnow.

»Ja, und man kann sie auch nicht wiederherstellen.«

Schubert ließ sich das Mobiltelefon geben und inspizierte es sorgfältig.

Sonja Krain lächelte. »Ihre persönlichen Daten sind noch alle drauf. Ich habe sie weder gelöscht noch kopiert.«

Breschnow deutete mit dem Daumen hinter sich. »Mit Ihnen bin ich fertig. Sie können gehen.«

Der Reporter gehorchte widerstrebend und spazierte betont langsam in Richtung Ausgang. Breschnow wartete genervt, bis sich die Wohnungstür hinter ihm geschlossen hatte, und drehte sich der Mutter zu.

»Ich würde gerne noch kurz mit Ihnen reden.«

»Und mit mir auch?«, fragte das kleine Mädchen.

»Oh ja, mit dir auch. Das ist wichtig.«

Die Mutter schob einen großen Bären vom Sofa und winkte ihre Tochter zu sich. Breschnow schob sich den Schreibtischstuhl ans Sofa und wandte sich dem Mädchen zu. »Sag mir doch als Erstes mal deinen Namen, und dann möchte ich gern alles wissen, was du gesehen hast.«

Die Kleine plapperte munter drauflos, und Breschnow erfuhr, dass sie Lynn hieß, gerne in die Kita ging und so einen Mann wie den von unten noch nie gesehen hatte. Und dass die rote Farbe sich anders angefühlt hatte als die Malfarbe von Mama.

Breschnow lächelte, wurde aber sofort wieder ernst, als er dem strengen Blick der Mutter begegnete. »Ist Ihnen noch etwas aufgefallen?«

Die Frau verneinte.

»Wie lange wohnen Sie schon hier?«

»Genau einen Monat. Ich habe mich von meinem Mann getrennt.«

»Aber Papa kommt uns immer besuchen, und in den Ferien fahren wir an das große Meer«, redete die Kleine dazwischen.

»War dein Papa heute oder gestern hier?«

Das Mädchen dachte nach und entschied, dass es nicht so gewesen war.

»Mein Ex-Mann war vor drei Tagen hier. Er kommt meistens montags und donnerstags.«

»Kennen Sie die Leute hier im Haus?«

»Nur die Frau von nebenan. Ich kaufe für sie ein, und sie passt auf meine Tochter auf.«

»Ich mag Tante Müller«, sagte die Kleine. »Sie hat immer Gummibärchen für mich, und ich darf fernsehen.«

Ihre Mutter strich ihr über das blonde Haar.

»Kennst du noch jemanden im Haus?«, erkundigte sich Breschnow. Das Mädchen schüttelte den Kopf.

»Haben Sie den jungen Mann aus dem Hochparterre im Seitenflügel schon mal gesehen?«

»Nein. Tut mir leid. Ist er auch …?« Sie ließ den Satz unvollendet.

Breschnow verneinte und zog eine verknitterte Visitenkarte aus seiner Gesäßtasche. Das Mädchen sprang auf und ließ sie sich geben. Er bat sie, gut darauf aufzupassen. Dann notierte er die Handynummer der Mutter und verabschiedete sich. Das Mädchen begleitete ihn schwatzend zur Tür. Dort fiel ihr ein, dass sie ihm unbedingt noch etwas zeigen wollte, und sie zerrte ihn in ihr Zimmer. Auf einem kleinen rosafarbenen Tischchen stand ein funkelnagelneues Polizeiauto.

***

Breschnow trat vor die Tür und steckte sich eine Zigarette an. Es standen nur noch wenige Passanten auf der gegenüberliegenden Straßenseite. Die Leiche war abgeholt worden und damit das Interesse der Schaulustigen befriedigt. Breschnow steuerte den Kiosk an.

»Fertig nebenan?«, erkundigte sich der Besitzer.

Breschnow nickte und kaufte einen Sixpack Bier.

»Der Polizist hat mir den Toten gezeigt. Ich hab den Mann schon mal gesehen«, erklärte der Kioskbesitzer ungefragt.

Breschnow riss ein Bier aus dem Sixpack und öffnete es. »Wo?«

»Hier im Kiosk. Er hat Cola und Zigaretten gekauft, kam mit dem Fixer aus dem Seitenflügel.«

»War er öfter hier?«

Der Kioskbesitzer zuckte mit den Schultern. »Ich hab ihn nur einmal gesehen.«

»Wann war das?«

»Vor drei oder vier Tagen, glaube ich.«

Breschnow nickte und betrachtete die drei Männer an dem Bistrotisch im Hintergrund. Sie lauschten interessiert. Er ging zu ihnen hin, stellte den Sixpack auf den Tisch und zog sein Handy aus der Tasche. Es dauerte eine Weile, bis es ihm gelang, das Foto des Toten auf den Bildschirm zu zaubern.

»Habt ihr den schon mal gesehen? Vielleicht gestern Abend oder heute Morgen ganz früh?«

Einer der Männer betrachtete ihn grimmig. Sein pockennarbiges Gesicht war gerötet. »Wir waren die ganze Zeit hier drin. Und rausgeguckt haben wir auch nicht.«

Breschnow verteilte die Bierdosen.

»Was is denn da drin passiert?«, erkundigte sich ein Bärtiger.

»Der Mann wurde erstochen.«

Die drei Männer griffen synchron zu den Büchsen und tranken.

»Er war gut gekleidet und gepflegt, schwarze Haare, eher einen dunkleren Teint, sieht man auf dem Foto nicht so gut.«

»Die kommen sowieso nich hier in den Laden«, klärte ihn der Bärtige auf.

Breschnow sah ihn fragend an. »Aber er war hier im Kiosk.«

»Klar, hat schnell mal was gekauft, aber sonst bleiben die Kanaken unter sich. So wie wir auch.«

Breschnow zündete sich eine Zigarette an und deutete auf den Kioskbesitzer.

»Na, das is was anderes«, sagte der Bärtige. »Der is Türke und gehört trotzdem zu uns.«

»Und den Fixer? Ein junger Mann, circa eins siebzig, schmächtig, helles Haar. Biodeutsch. Kennt ihr den?«

»Die wandelnde Leiche«, antwortete der Pockennarbige. »Kauft manchmal Cola hier.«

Breschnow riss die letzten zwei Dosen auf, verteilte sie und orderte einen neuen Sixpack. Die zweite Runde wurde getrunken. Danach die dritte. Als Breschnow den Kiosk verließ, kannte er nicht nur die Namen der Männer, sondern auch ihre Lebensgeschichten. Er ging die Braunschweiger Straße entlang, hielt sich dann links und stieg am Bahnhof Neukölln in die U-Bahn. Eine halbe Stunde später erreichte er seine Dienststelle in der alten Backsteinkaserne gegenüber vom Flughafen Tempelhof.

Stimmen drangen aus dem Besprechungsraum. Breschnow trat ein und ließ sich an einem der weißen Resopaltische nieder, die die Kollegen zu einem Rechteck zusammengeschoben hatten. Drass nickte ihm kurz zu und blätterte sich dann weiter durch seine Notizen, Delego trat ein und setzte sich neben ihn.

»Wo ist Regina?«, erkundigte sich Breschnow.

»Es geht ihr nicht so gut«, log Delego, die vergessen hatte, ihre Kollegin zu informieren. »Aber morgen ist sie bestimmt wieder fit.«

Breschnow bat Schmitti anzufangen.

»Ich habe das Foto des Toten durch unsere Täterdatenbank laufen lassen und den Fingerabdruck, den die Rechtsmedizinerin mir geschickt hat, in die AFIS-Datenbank eingegeben. Unser Toter ist kein Unbekannter. Sein Name ist Johannes Rosenholz …«

»Johannes Rosenholz?«, unterbrach ihn Drass erstaunt. »Er sah eher aus wie Mohammed Irgendwas.«

»Sein Vater ist Syrer, Kadir Aziz. Kam 1980 als Ingenieur nach Deutschland. Hat 1984 Isabella Rosenholz geheiratet. Eine Tänzerin. Die Ehe hielt bis 1991. Frau Rosenholz ließ sich scheiden und zog mit ihrem damals fünfjährigen Sohn nach Braunschweig, nahm wieder ihren Mädchennamen an und ließ ihren Sohn ebenfalls umbenennen. Kadir Aziz blieb zunächst in Berlin. Nachdem das Sorgerecht seiner Frau zugesprochen worden war, soll er mehrmals versucht haben, seinen Erstgeborenen zu entführen. Es liegen zwei Anzeigen gegen ihn vor, aber es kam nie zu einer Gerichtsverhandlung. 1995 ging er ohne seinen Sohn zurück nach Syrien.«

»Und ist er noch dort?«

Thorsten Schmitt zuckte die Schultern. »Bei der derzeitigen Lage in dem Land glaube ich nicht, dass wir das überprüfen können.«

Breschnow stand auf und stellte sich an das Whiteboard. Er genoss die innere Erregung, die jede neue Ermittlung am Anfang begleitete. Daran hatten auch dreißig Jahre Dienstzeit nichts geändert. Er griff nach dem Stift, zeichnete einen Kreis auf das Board, schrieb Johannes Rosenholz hinein und in einen weiteren Isabella Rosenholz und Kadir Aziz.

»Er hat noch einen Mittelnamen«, ergänzte Schmitti. »Er heißt Johannes Faris Rosenholz, geboren am 17.6.1986 hier in Berlin.«

Breschnow notierte es auf dem Whiteboard.

»Faris bedeutet Ritter«, ergänzte Delego.

»Unser Ritter ist nicht besonders alt geworden, gerade mal achtundzwanzig«, stellte Schmitti fest, »und er hat sich ziemlich unritterlich verhalten. Es gibt mehrere Einträge über ihn.«

»Was für Einträge?«, erkundigte sich Breschnow.

»Johannes Faris Rosenholz«, Schmitti betonte den zweiten Namen, und Delego warf ihm einen wütenden Blick zu, »kam 2004 zurück nach Berlin. Er nahm sich gemeinsam mit seiner Freundin Silvia Trauchte eine Wohnung in Neukölln. Ein halbes Jahr später zeigte sie ihn wegen Körperverletzung an. Kurz danach zog sie die Anzeige zurück, und neun Monate später war sie tot.«

»Er hat sie totgeschlagen?«, fragte Delego.

Schmitti verneinte. »Sie starb an einer Überdosis Heroin und mit ihr das fünf Monate alte Kind im Bauch. Mittlerweile hatte sich Rosenholz einen Namen im Drogengeschäft gemacht.«

Breschnow setzte sich wieder an den Tisch. »Hast du dich mit unseren Kollegen vom Drogendezernat kurzgeschlossen?«

Schmitti nickte. »Unser Toter ist dort bekannt wie ein bunter Hund.«

»Das dachte ich mir. Ist ein Fahrzeug auf ihn zugelassen?«

»Ja, ein schwarzer Volvo XC90 SUV.«

Breschnow stellte sich wieder an das Whiteboard und schrieb die Automarke in den Kreis von Rosenholz. »Sag den Uniformierten Bescheid. Sie sollen nach dem Fahrzeug suchen.«

Der Computerspezialist fuhr fort: »Im Frühjahr 2006 wird Rosenholz der Vergewaltigung beschuldigt. Aber auch hier wird die Anzeige zurückgezogen, und die junge Frau verlässt Berlin.«

»Wie heißt die Frau?«, erkundigte sich Drass.

»Marion Dunke«, antwortete Schmitti. »2008 und 2009 folgen weitere Anzeigen wegen Körperverletzung. Wahrscheinlich interne Streitigkeiten im Drogenmilieu. Rosenholz erhält eine Geldstrafe. Danach wird es ruhig um ihn. Seit Anfang des Jahres ist er am Weigandufer 17 gemeldet.«

Breschnow notierte die Angaben und verband den Rosenholz-Kreis mit dem des Drogensüchtigen. »Delego und ich fahren zu seiner Mutter. Ich will nicht, dass sie es aus der Zeitung erfährt. Schmitti, du versuchst es trotzdem in Syrien und besorgst uns die Schlüssel für seine Wohnung. Drass, du fährst ins Krankenhaus und redest mit der Frau, die die Leiche gefunden hat, und fragst die Kollegen vom Drogendezernat, ob sie jemanden zur nächsten Dienstbesprechung herschicken können. Wir treffen uns morgen früh um neun.«

***

Aus dem Wohnzimmer drang lautes Lachen, Grunzen und Stöhnen. Kimmie drehte sich auf die andere Seite und schob sich das Kissen über den Kopf. Das Stöhnen steigerte sich zu Lustschreien. Ihre Mutter hatte mal wieder in irgendeiner Kneipe einen besoffenen Kerl aufgetrieben, der sie nun ordentlich durchvögelte. Und morgen würde sie es wieder bereuen, Abbitte schwören und sich wegen Aids und anderer Krankheiten sorgen. Aber jetzt schien sie ihren Spaß zu haben.

Wütend pfefferte Kimmie das Kissen gegen die Wand und zog sich wieder an, die Jeans, das graue Kapuzensweatshirt und die schwarze Daunenjacke. Mittlerweile waren die Nächte kühl geworden. Leise schlich sie auf den Flur hinaus, sah noch einmal nach ihren Geschwistern, die tief und fest schliefen, und verließ die Wohnung. Eine Weile irrte sie ziellos durch die nächtliche Gropiusstadt, stieg dann in die U-Bahn und schlüpfte am Bahnhof Neukölln unbehelligt an den Betrunkenen in der Bahnhofsvorhalle vorbei. Zügig marschierte sie durch die fast menschenleeren Straßen zur Braunschweiger, erreichte ungesehen das Mietshaus und betrat den Eingangsflur.

Sie verharrte einen Moment lang. Von oben drang eine schrille Frauenstimme zu ihr herunter, eine Tür wurde geöffnet und wieder zugeschlagen, schwere Schritte stürmten die Treppe hinab. Kimmie lief zur Hinterhoftür, zog sie auf und blieb geblendet stehen. Ein kräftiger Scheinwerfer strahlte den Treppenaufgang des Seitenflügels an, ein anderer tauchte den Hinterhof in grelle Helligkeit. Ein junger Polizist streckte seine Hand aus und verlangte ihren Ausweis. Kimmie drehte sich blitzschnell um und flüchtete. Der Uniformierte sah ihr verdutzt hinterher, blieb aber in Stellung.

Sie rannte so lange, bis ihre Lungen brannten. Atemlos blieb sie stehen. Ihr Herz klopfte heftig. Ein Mann mit einem Hund zog an ihr vorbei. Sie wusste nicht mehr, wo sie war, wollte aber auch nicht nach dem Weg fragen. Stattdessen ging sie weiter, bis die Straße an einem Kanal endete. Sie spazierte daran entlang und beruhigte sich langsam. Der Polizist konnte sie nicht erkannt haben. Dafür war sie zu schnell gewesen.

An der Wildenbruchstraße hielt sie sich links und erreichte eine Viertelstunde später den U-Bahnhof Rathaus Neukölln, saß noch eine Weile auf einer Wartebank auf dem Bahnsteig und ließ eine Bahn nach der anderen vorbeiziehen. Sie dachte an Toto und den Polizisten in seinem Haus. Also hatten sie den Kräftigen gefunden. Und Toto? War er noch in der Wohnung?

Als ihr kalt wurde, stieg sie in eine Bahn, die sie zurück in die Gropiusstadt brachte, und hoffte inständig, dass der Besuch ihrer Mutter mittlerweile gegangen war.

***

Sie verließen die Stadtautobahn am Ortseingang Alt-Tegel. Breschnow hatte während der Fahrt zwei Zigaretten geraucht und

Delego das Fenster geöffnet. Kalte Luft füllte den Wagen, und sie fröstelte. Sie bogen in die Berliner Straße ein und kurz danach in die Veitstraße. Die stille Nebenstraße mit ihren restaurierten Altbauten wirkte verlassen. Fluchend kurvte Breschnow zweimal die Straße rauf und runter und parkte dann in der Einfahrt direkt vor dem Haus. Delego legte ein Polizeischild ins Fenster und ihre Handynummer dazu. Sie klingelten bei Rosenholz. Es wurde ihnen sofort geöffnet. Ein roter Teppich begleitete sie durch das hell erleuchtete Treppenhaus in den zweiten Stock, wo eine schlanke blasse Frau bereits auf sie wartete. Enttäuschung spiegelte sich in ihrem Gesicht.

»Frau Rosenholz?«, fragte Breschnow und hielt seinen Dienstausweis hoch.

»Was wollen Sie?«, erkundigte sie sich und verschränkte die Arme.

»Können wir drinnen reden?«, bat Delego.

Frau Rosenholz deutete auf die Tür und lotste die beiden in ein geräumiges Wohnzimmer.

Breschnow ließ sich auf die weiße Sitzlandschaft sinken und gab ihr ein Zeichen, sich ebenfalls zu setzen.

Isabella Rosenholz strich sich eine Haarsträhne aus dem Gesicht. »Es ist spät, und ich erspare mir die Höflichkeit, Ihnen etwas zu trinken anzubieten. Ich bin müde, wollte mich grade hinlegen. Also was gibt es? Was soll ich angestellt haben?«

»Setzen Sie sich«, befahl Breschnow.

Isabella Rosenholz zögerte einen Moment, ließ sich dann in einen der weißen Sessel gleiten und funkelte ihn wütend an. Ihr grellrotes Kostüm bildete einen harten Kontrast zu dem Möbelstück. Delego schob den anderen Sessel heran und setzte sich ihr schräg gegenüber. »Es tut mir leid, Ihnen mitteilen zu müssen, dass Ihr Sohn Opfer eines Gewaltverbrechens geworden ist.«

Die Frau betrachtete die Kommissarin zweifelnd und sah Breschnow an, der zustimmend nickte. Dann erhob sie sich und verließ wortlos den Raum. Delego wollte ihr folgen, aber Breschnow hielt sie zurück.

»Lass ihr etwas Zeit«, flüsterte er.

Kurz danach kehrte Frau Rosenholz mit einem Tablett zurück, auf dem drei Gläser und eine Flasche Sekt standen.

»Wollen Sie feiern?«, fragte Delego verwundert.

Die Angesprochene blickte auf das Tablett. Dann schien sie zu verstehen und schüttelte den Kopf. Stumm stellte sie die Gläser auf einen Beistelltisch, öffnete die Flasche und schenkte sich ein. Sie kippte den Sekt noch im Stehen, goss sich nach und setzte sich wieder in den Sessel.

»Jetzt geht es besser«, sagte sie. »Ich habe nichts anderes im Haus. Normalerweise trinke ich nicht.« Gedankenverloren betrachtete sie das sprudelnde Getränk. »Lassen Sie mich allein!«

»Nur ein paar Fragen, Frau Rosenholz.«

»Hat das nicht Zeit bis morgen?«

»Nein, hat es nicht. Ich brauche eine Liste mit den Namen der Bekannten Ihres Sohnes. Wissen Sie, ob er Feinde hatte?«

Isabella Rosenholz zuckte mit den Schultern. »Ich habe ihn seit zwei Jahren nicht mehr gesehen. Ich habe keine Ahnung, mit welchen Leuten er zusammen war.«

Die Frau leerte ihr Glas und stellte es auf den Tisch. »Wir haben ständig gestritten.«

»Worüber?«

»Ich wollte, dass er eine Ausbildung macht oder eine Abendschule besucht. Die Zeit lief ihm davon. Jo ist schlau, aber faul. In der Schule ist ihm doch alles nur so zugeflogen, und irgendwann flogen ihm auch die Mädchen und die Drogen zu. Ich wollte, dass er damit aufhört. Ich hatte Angst, dass er irgendwann im Gefängnis landet.« Sie schenkte sich noch ein Glas Sekt ein. »Nach unserem letzten Streit ist Jo einfach gegangen, hat mich angebrüllt, ich soll ihn endlich in Ruhe lassen.«

»Und sein Vater?«

»Kadir ist 1995 zurück nach Syrien. Vorher hat er mehrmals versucht, seinen Sohn zu entführen. Ich kann es ihm nicht verdenken. Er hat sehr an Jo gehangen. Er wollte, dass wir alle gemeinsam nach Syrien gehen. Aber ich konnte es mir nicht vorstellen, in einem muslimischen Land zu leben. Kadir hatte immer Heimweh. Das hat ihn fast umgebracht.«

»Hatte Ihr Sohn noch Kontakt zu seinem Vater?«

Frau Rosenholz verneinte. »Er hat meinem Ex-Mann die Schuld für die Scheidung gegeben. Aber das stimmt nicht. Wir haben einfach nicht zusammengepasst. Kadir wollte eine große Familie und eine Ehefrau, die zu Hause bleibt und sich um die Kinder kümmert. Zuerst dachte ich, so ein Leben würde mich glücklich machen. Ich hatte die Nase voll von dem ständigen Kampf um Auftritte, von der schlechten Bezahlung und der harten Konkurrenz. Ich war einfach müde.«

Sie sah Delego an. »Aber als Jo ein Jahr alt war, habe ich gemerkt, dass ich so nicht leben kann, und wieder angefangen zu tanzen und Jo in die Kita gegeben. Das konnte Kadir nicht akzeptieren.«

»Fällt Ihnen wirklich niemand ein, mit dem Ihr Sohn befreundet war?«

»Seine neuen Drogenfreunde hat er mir nicht mehr vorgestellt«, antwortete sie bitter, lehnte sich zurück, sprang aber gleich wieder auf. »Vor zwei Jahren hatte Jo eine Freundin. Sie ist auch Künstlerin. Schauspielerin in irgendeiner Serie, glaube ich.«

»Wie hieß die Dame?«, erkundigte sich Delego und zog ihr Notizheft aus der Handtasche.

»Ihr Künstlername ist Angie D. Warten Sie, ich glaube, ich habe irgendwo noch ihre Visitenkarte.« Sie erhob sich und verließ den Raum.

»Was denkst du?«, erkundigte sich Delego.

»Wir sollten sie auf jeden Fall überprüfen«, antwortete Breschnow.

Frau Rosenholz kam zurück ins Zimmer. »Die Freundin heißt Katarina Müller, und ich habe noch einen Daniel Busse gefunden. Keine Ahnung, wer das ist.«

Sie reichte ihnen die Visitenkarten. »Und jetzt möchte ich wirklich gerne allein sein.«

Die Kommissare erhoben sich zögernd und folgten der Frau zur Tür.

»Noch eine Frage. Wo waren Sie heute Morgen?«, erkundigte sich Breschnow.

Isabella Rosenholz sah ihn entgeistert an, schubste ihn aus der

Wohnung und knallte die Tür zu, noch bevor er einen Fuß in den Spalt stellen konnte.

Breschnow trat wütend gegen das Holz und legte den Daumen auf die Klingel.

»Lass ihr doch ein bisschen Zeit«, versuchte Delego ihn zu beschwichtigen. »Ich frage sie gleich morgen früh.«

Er brummte und streckte die Hand aus, um sich ihr Handy geben zu lassen. Der Anruf bei Schmitti blieb unbeantwortet.

»Und Katarina Müller finden wir auch morgen«, sagte Delego. »Außerdem wissen wir nicht, ob sie überhaupt noch seine Freundin ist. Es ist fast Mitternacht, Chef! Fährst du mich nach Hause?«

Wortlos gab Breschnow ihr das Handy zurück und stieg die Treppen hinab.

***

Worte hüpften durch seinen Kopf, leichte Worte, aber sie wollten sich nicht einfangen lassen. Er bestellte sich noch einen Kaffee und sah Rosie zu, wie sie im hinteren Teil der Kneipe die Stühle auf die Tische stellte. Die Zufallsgäste waren weg, geblieben waren nur Rosies Stammkunden, die entweder bereits mit dem Kopf auf dem Tresen dösten oder sich mit schweren Zungen unterhielten.

Nachdem Breschnow Delego nach Hause gebracht hatte, war er direkt zu seiner Stammkneipe gefahren und hatte nach dem vierten Bier zu Kaffee gewechselt. Er wollte noch mit Thomas Tollner reden und hoffte, dass der Fixer mittlerweile aus seinem Rausch erwacht war. Er trank seine Tasse leer und schlenderte in den hinteren Teil der Kneipe, um sich von Rosie zu verabschieden.

Die Nachtluft empfing ihn kalt und feucht. Ein leichter Nieselregen hatte eingesetzt und tauchte die Stadt in zarten Nebel. Breschnow liebte dieses Wetter, liebte die regennassen dunklen Straßen und das getrübte Licht der Laternen. Es stimmte ihn friedlich. Er zündete sich eine Zigarette an, schob eine CD in den Spieler und fuhr los.

Der weiße Krankenhausneubau im Süden von Neukölln mutete futuristisch an. Er mochte den Altbau lieber, sofern man Krankenhäuser überhaupt mögen konnte, und betrat die in grelles Neonlicht getauchte Eingangshalle.

Unliebsame Erinnerungen an die langen Nächte am Bett seiner kranken Nichte schwappten in sein Bewusstsein. Sie war an einer seltenen Immunkrankheit mit Fieberschüben erkrankt. Die Berliner Ärzte hatten sie nach Hamburg in eine Spezialklinik überwiesen. Einerseits war er froh, dass das Kind dort in fachmännischen Händen war, andererseits fehlte sie ihm sehr. Und jedes Mal, wenn er sie in Hamburg besuchen wollte, kam etwas dazwischen.

Breschnow ließ den Blick durch die Halle gleiten und steuerte den Informationsschalter an. Eine junge Frau mit Kopftuch erkundigte sich höflich nach seinem Anliegen. Sie ließ sich seinen Dienstausweis zeigen und scrollte sich durch den Computer.

»Einen Thomas Tollner haben wir nicht im System«, sagte sie nach einer Weile.

Breschnow beugte sich über den Tresen. »Sie müssen ihn finden. Ich weiß genau, dass die Sanitäter ihn hierhergebracht haben. Tollner ist dringend tatverdächtig, einen Mann erstochen zu haben.«

Die junge Frau griff zum Telefon.

»Er liegt noch in der Notaufnahme«, informierte sie ihn erleichtert und erklärte ihm den Weg.

Breschnow ging ihrer Beschreibung nach durch einen langen weißen Gang und stand vor einer verschlossenen Glastür. Als er hinter sich ein Schlurfen hörte, drehte er sich um. Ein alter Mann, auf einen Rollator mit einem Sauerstoffgerät gestützt, lächelte ihn an.

»Die ist immer zu«, erklärte er, »wegen der Ansteckungsgefahr«, und drückte auf einen weißen Schalter. Die Tür glitt zischend auf. Breschnow trat zur Seite, um dem Alten den Vortritt zu lassen. Der schüttelte den Kopf und deutete auf eine andere Tür, die in den Hof führte.

»Ich geh eine rauchen«, verkündete er.

Breschnow betrat die Notaufnahme. Im Gegensatz zu der

schlummernden Ruhe in der Halle herrschte hier Hochbetrieb. Drei Notfallmediziner rannten hin und her und versorgten blutende Patienten. Er griff einen am Arm und erkundigte sich nach dem Drogensüchtigen.

»Keine Ahnung. Sehen Sie nicht, dass hier die Hölle los ist? Unfall auf der A 100«, wimmelte der Arzt ihn ab.

Breschnow sah sich um und steuerte eine Ärztin an, die sich gerade über den Kopf eines Kindes beugte, um dessen Wunde notdürftig zu versorgen. Er hielt ihr seine Dienstmarke hin und erkundigte sich nach Thomas Tollner.

»Ist das der junge Mann, der von der Polizei gebracht wurde?«

Breschnow nickte.

»Wir haben ihn kurz untersucht und dann erst einmal zwischengeparkt«, sagte sie und deutete mit dem blutigen Zeigefinger hinter sich.

Zwei atemlose Krankenschwestern schoben den Kriminalen zur Seite, um sich von der Medizinerin weitere Anweisungen geben zu lassen. Breschnow ging in den hinteren Teil der Station und landete in einer Sackgasse mit drei Türen. Vor einer saß eine Polizistin und starrte ins Leere. Er wies sich wieder aus und erkundigte sich, ob es irgendwelche Vorfälle gegeben hätte. Die Uniformierte verneinte.

Breschnow öffnete die Tür des kleinen Raumes, der eher einer Besenkammer glich als einem Behandlungszimmer. Ein halb gefüllter Wassereimer stand auf dem Boden vor einer Rollliege, auf der Thomas Tollner friedlich schlief. Über ihn ausgebreitet lag eine Wolldecke mit der Aufschrift des Krankenhauses. Breschnow zwängte sich neben die Liege und gab dem Drogensüchtigen einen leichten Klaps auf die Wange. Als er nicht reagierte, schlug er fester zu. Die Wangen des jungen Mannes röteten sich, und er versuchte die Augen zu öffnen.

»Herr Tollner, können Sie mich hören?«

Der Drogensüchtige stöhnte leise und schien zurück in den Schlaf zu gleiten.

»Herr Tollner? Ich muss mit Ihnen reden.«

Der Junkie lächelte. Breschnow griff seine knochigen Schultern, setzte ihn auf und schüttelte ihn. Tollners Körper glich einer Gummipuppe, jeder Muskel entspannt, keine Gegenwehr. Er ließ ihn zurück auf das Laken fallen. Ein leises Stöhnen, dann wieder das friedliche Lächeln.

Breschnow verließ ärgerlich den Raum und schärfte der Polizistin ein, den Verdächtigen nicht aus den Augen zu lassen. Er durchquerte mit großen Schritten die Notaufnahme, ging zum Auto und fuhr bis zur nächsten Tankstelle. Dort deckte er sich mit Keksen, Chips, Zigaretten und Bier ein, parkte vor einem nahe gelegenen Discounter, schob Tracy Chapman in den CD-Spieler, riss eine Büchse Bier auf und machte es sich auf dem Fahrersitz bequem.

Montag

Ein gellender Schrei. Cosma riss die Augen auf. Einen Moment lang wusste sie nicht, wo sie war. Vor ihr fiel ein Mann auf den Boden, und ein anderer steckte seine Pistole zurück in das Halfter. Das Gute hatte gesiegt.

Cosma atmete erleichtert auf, schob das Buch von ihrem Schoß und schaltete den Fernseher ab. Müde schlurfte sie ins Bad, wollte sich die Zähne putzen. Ihr Blick traf den kleinen Wecker auf dem Fensterbrett. Es war fast sechs Uhr. In zwei Stunden würde sie das Haus verlassen und in die Redaktion gehen müssen, um dort ihren Artikel über die Tagung von »Für Berlin« so lange zurechtzubiegen, bis alles Kritische daraus verschwunden war. Neutralität nannte die Zeitung das. Sie nannte es Konformismus. Jedenfalls war es zu spät, um ins Bett zu gehen. Sie schälte sich aus den Kleidern, ließ heißes Wasser in die Wanne laufen, tat etwas Badeschaum dazu und glitt hinein.

Robert hatte recht. Sie musste durchhalten und endlich lernen, kleine Brötchen zu backen und sich langsam hochzuschreiben. Und ihr Freund würde sie dabei unterstützen. Schon jetzt ließ er sie ab und zu an einem Artikel für den Tagesspiegel mitschreiben und führte sie so in den Kriminaljournalismus ein. Denn genau da wollte sie hin. Sie wollte über Mord und Totschlag schreiben und über all die fürchterlichen Dinge, die sich Menschen gegenseitig antaten. Dabei interessierten sie vor allem die Hintergründe, wie Menschen dazu kamen, zu töten oder jemanden zu quälen.

Sie dachte an den Mann, der vor drei Jahren in ihre Wohnung eingedrungen war und sie mit einem Messer verletzt hatte. Würde es ihre Angststörung heilen, wenn sie seine Hintergründe kennen würde, verstehen konnte, warum er ihr das angetan hatte?

Das heiße Wasser ließ sie schläfrig werden. Sie duschte sich lauwarm ab, ging ins Schlafzimmer und entschied, dass heute ein roter Tag war. Rote Jeans, ein langärmeliges rotes T-Shirt und darüber eine schwarze Jacke. Zufrieden blickte sie in den

Spiegel, ging weiter in die Küche, schaltete das Radio ein und setzte Teewasser auf.

Der Laptop stand noch auf dem Tisch, und sie fuhr ihn hoch. Sie brauchte Hintergrundinformationen über »Für Berlin«, denn in der Redaktion würde es zu hektisch sein, um in Ruhe einen Artikel über die Tagung zu schreiben, der oberflächlich neutral wirkte und trotzdem etwas aussagte.

***

Die Kamera über dem Eingang summte leise und fixierte ihn. Kurz danach öffnete sich die Eingangstür zum Rechtsmedizinischen Institut in Moabit. Monika erwartete ihn bereits.

»Du siehst müde aus«, begrüßte sie ihn. »Vielleicht solltest du zur Abwechslung mal schlafen.«

Breschnow nickte und folgte ihr durch den kahlen langen Gang.

»Ich kann die Obduktion jetzt leider doch nicht machen«, informierte sie ihn. »Mein Assistent ist noch im Kreißsaal. Vier-Augen-Prinzip, wie du weißt. Sonst hat die Obduktion vor Gericht keinen Bestand.«

»Und warum hast du mich nicht angerufen?«

Monika lächelte schelmisch. »Weil wir sehr wahrscheinlich die Frage nach der Tatwaffe auch ohne Obduktion beantworten können. Wollen wir?«

Auf Breschnows Nicken hin öffnete die Rechtsmedizinerin die Tür zur Schleuse. Sie zogen sich die Overalls über und die Hand- und Fußschuhe an. Dann betraten sie den Sektionssaal. Nur einer der Edelstahltische war belegt. Die anderen glänzten im grellen Neonlicht.

»Wenig zu tun heute?«, erkundigte sich Breschnow verwundert.

»Einige sind schon obduziert, aber die meisten noch in ihren Schubladen. Zu wenig Personal.«

Sie traten an den Tisch. Das gleißende Neonlicht ließ die Gesichtshaut von Johannes Rosenholz blass und fahl wirken. Monika zog eine weitere Leuchte von der Decke und justierte sie über dem Oberkörper. Dann öffnete sie das Jackett und knöpfte langsam sein Hemd auf. Rosenholz trug einen goldenen Anhänger um den Hals. Breschnow vermutete einen Schutzheiligen, war sich aber nicht sicher.

»Das ist Michael«, bestätigte die Rechtsmedizinerin.

»Ist das nicht ein christlicher Schutzheiliger?«, wunderte sich Breschnow.

»Sozusagen überchristlich«, antwortete Monika. »Michael steht für die Frage: ›Wer ist wie Gott?‹ In der hebräischen Überlieferung ist er ein Engel. In der Offenbarung des Johannes tritt Michael als Bezwinger Satans auf, und der Koran rezipiert die Gestalt seit dem siebten Jahrhundert nach Christus unter dem Namen Mikal beziehungsweise Mika'il.«

Breschnow staunte. »Wolltest du mal Priesterin werden?«

Monika lachte. »Mein Ex-Mann war Theologe, und ich habe mich sehr für seine Geschichten interessiert.« Sie betrachtete den Toten. »Aber ich würde an deiner Stelle in das Schmuckstück nicht zu viel hineininterpretieren. Heutzutage tragen die Leute doch alles Mögliche um den Hals, ohne dass sie überhaupt wissen, was sie da tragen. Vielleicht war er gläubig, vielleicht nicht. Wer will das wissen?«

Die Rechtsmedizinerin beugte sich wieder über den Toten. Vorsichtig schob sie das ehemals weiße Unterhemd Stück für Stück hoch. Das Blut hatte es mit den Wunden verklebt.

»Seit wann seid ihr geschieden?«, erkundigte sich Breschnow so beiläufig wie möglich.

»Wer?«, fragte Monika irritiert.

»Du und dein Theologe.«

»Wir sind nicht geschieden.«

Monika griff nach einem Skalpell. »Halt das mal hoch«, bat sie und reichte ihm den bisher gelösten Stoff.

Breschnow tat wie gebeten. Vorsichtig schob sie das Messer unter das Hemd und löste Millimeter für Millimeter festgeklebtes Material von der blutigen Haut. Nach zwanzig Minuten hatte sie endlich die Wunden freigelegt. Sie schwitzte unter der hellen Lampe und wischte sich über die Stirn, bevor sie Breschnow den Stoff aus der Hand nahm, ihn sorgfältig aufrollte und ihn auf dem

Schlüsselbein des Toten ablegte. Breschnow trat einen Schritt zurück.

Monika griff nach der Lupe und hielt sie über die Wunden. »Mein erster Eindruck hat sich bestätigt. Das ist kein Messerstich.«

Sie reichte ihm die Lupe. Die Wunden waren fast rechteckig, die Schnitte breiter als bei einem Messerstich und ihre Ränder wulstig und uneben. Die Rechtsmedizinerin griff nach der Schere aus der Junkie-Wohnung und hielt sie dicht über die Einstichstelle. Dann ließ sie sich die Lupe zurückgeben, betrachtete abwechselnd die Wunde und die Spitze der Schere und näherte sich mit dem Instrument millimeterweise dem Stich.

»Weiter kann ich leider nicht ran«, erklärte sie, »aber ich denke, das ist die Tatwaffe. Wenn ich die Obduktion mache, schneide ich die Wunde auf und untersuche den Stichkanal. Dann weiß ich es genau.«

Vorsichtig schoben sie das Unterhemd wieder über den toten Körper, und Monika knöpfte das Hemd zu. Dann griff sie nach der rechten Hand der Leiche und untersuchte mit der Lupe die Fingernägel. »Sehr gepflegt. Ich schätze, er ist regelmäßig zur Maniküre gegangen.«

Breschnow fragte sich, warum ein Mann so etwas tat. Was war der Anreiz, sich von anderen die Fingernägel schneiden und feilen zu lassen und dafür Zeit und Geld zu verschwenden?

Monika schabte mit einem kleinen Haken unter jedem Nagel. »Sauber«, murmelte sie. »Ich wette, er ist von der Maniküre direkt zu dem Fixer gefahren.«

Sie umrundete den Obduktionstisch und untersuchte die andere Hand. »Es sieht auch nicht so aus, als ob er sich gewehrt hat. Die Nägel sind unversehrt, keine erkennbaren Hautpartikel darunter.«

»Ein Überraschungsangriff?«

»Möglich«, antwortete Monika. »Man braucht gar nicht so viel Kraft, wenn es gelingt, jemanden zu überraschen.«

»Aber um zuzustechen.«

»Eigentlich auch nicht. Wenn du nicht gerade auf Knochen triffst. Andererseits«, sie betrachtete die Schere, »ist die nicht besonders scharf.«

»Denkst du, der Fixer könnte das getan haben?«
»An seiner Kleidung war kein Blut. Theoretisch kann man natürlich jemanden erstechen, ohne sich zu besudeln. Wenn man keine Ader trifft, quillt das Blut eher, als dass es spritzt. Allerdings ist das sehr selten.«
»In der Wohnung gab es aber Blutspritzer.«
»Das Opfer hat sich bewegt, nachdem es verletzt worden ist.«
»Und körperlich – denkst du, Tollner war kräftemäßig dazu in der Lage?«
»Bevor er sich die Spritze gesetzt hat, bestimmt. Entzugserscheinungen machen aus jedem Junkie eine Art Superman.«
Breschnow grinste über den Vergleich. »Vielleicht hat sich unser Held nach der Tat umgezogen.«
»Vielleicht. Auf jeden Fall hat er die Tat nicht nach dem Schuss verübt. Wenn erst mal das Heroin im Körper ist, hat er keine Kraft mehr. Außerdem macht die Droge friedlich, nicht aggressiv.«
Breschnow erinnerte sich an den gummigleichen Körper von Thomas Tollner in der Notaufnahme.
Monika suchte seinen Blick. »Auch auf die Gefahr hin, mich zu wiederholen, aber wenn die Drogeneinnahme und die Tat zeitlich zu nahe beieinanderliegen, kann man nicht unterscheiden, was zuerst war.«
»Das habe ich befürchtet«, brummte Breschnow.
»Hilfst du mir, ihn zurück in die Kühlkammer zu bringen?«
Vorsichtig hievten sie Johannes Rosenholz auf eine Rollbahre und fuhren ihn in den Kühlraum. Die Rechtsmedizinerin griff nach einem Schild, beschriftete es und band es der Leiche um den großen Zeh. Dann öffnete sie ein Kühlfach, und Breschnow schob die Rollbahre daneben. Sie betteten den Körper um und bedeckten ihn mit einem weißen Laken. Anschließend entledigten sie sich in der Schleuse der Schutzkleidung und stopften sie in einen sterilen Müllbehälter.
»Ich muss noch die Aufnahmepapiere ausfüllen«, sagte Monika, als sie wieder draußen im Flur standen.
Die Frau der kurzen Wege, dachte Breschnow.
Die Rechtsmedizinerin hatte ihr Büro im Erdgeschoss, nur

wenige Schritte vom Sektionssaal entfernt. Sie hielt sich gerne in der Nähe der gekühlten Leichen auf.

»Wann wirst du ihn obduzieren?«, fragte er.

»Ich schätze, morgen. Bin auf der Suche nach einem Ersatz für meinen Assistenten.«

»Ruf mich an, wenn du jemanden gefunden hast«, bat Breschnow und eilte davon. Er brauchte jetzt eine Zigarette und ein kühles Bier.

***

Delego suchte den Wagen ihrer Kollegin, atmete erleichtert auf, als sie ihn auf dem Parkplatz nicht entdeckte, und postierte sich an der Hintertür.

Mit den Augen verfolgte sie einen Mannschaftstransporter, der voll beladen langsam vom Hof rollte. Dann sah sie Regina Monats Opel heranfahren und ging ihm entgegen. Als der Wagen stand, riss sie die Beifahrertür auf und ließ sich auf den Sitz fallen. Regina musterte sie fragend.

»Ich hab gestern Mist gebaut«, gestand Delego. »Hab vergessen, dich anzurufen, um dich zur Dienstbesprechung zu holen. Und als Breschnow nach dir gefragt hat, habe ich ihm erzählt, dass es dir nicht gut geht.«

»Warum?«

»Warum ich gesagt habe, dass es dir nicht gut geht?«

»Nein, warum du es vergessen hast?«

Delego zuckte die Schultern. »Frag Freuds Unterbewusstsein. Wahrscheinlich wollte ich dir noch einen schönen Abend gönnen. Wir haben nämlich eine Leiche.«

»Das mit dem schönen Abend ist dir gelungen, trotzdem möchte ich nicht, dass das noch mal passiert.«

Delego versprach es.

»Und was plagte mich, dass ich nicht zum Dienst erscheinen konnte?«

»Ich habe mich bedeckt gehalten. Schau mal, da kommt unser sportlicher Kollege.«

Regina schloss den Wagen ab und steuerte den Hintereingang

der Dienststelle an. Delego folgte ihr. An der Tür warteten sie auf Drass und stiegen dann in den Aufzug, der sie in den ersten Stock brachte. Schmitti saß bereits an seinem Computer. Delego stellte sich hinter ihn und legte ihm die Hände auf die Schultern. »Ist unser Chef schon da?«

Schmitti verneinte.

»Es ist schon nach neun«, murrte Drass und verschwand im Besprechungsraum. Regina folgte ihm und blieb überrascht in der Tür stehen. Am Tisch saß eine rot gelockte junge Frau und wischte über ihr Smartphone.

»Marion Freudig«, stellte sie sich vor. »Ich bin vom Drogendezernat, soll an der Dienstbesprechung teilnehmen. Euer Toter ist auch mein Kandidat.«

Drass ließ sich ihr gegenüber nieder und lächelte charmant.

»Habt ihr vielleicht einen Kaffee?«, erkundigte sich die Drogenfahnderin.

Er stand wieder auf und setzte die Kaffeemaschine in Gang.

Fünf Minuten später betrat Breschnow mit großen Schritten den Raum und musterte die Rothaarige. »Drogendezernat?«

Marion Freudig nickte. Delego und Schmitti setzten sich an den Tisch. Die Kaffeemaschine gurgelte geräuschvoll vor sich hin.

»Thomas Tollner ist uns im Drogendezernat nicht als kriminell bekannt«, begann sie. »Er ist wahrscheinlich nur ein Konsument. Aber Rosenholz hat eine dicke Akte. Er hatte überall seine Finger mit drin. War dabei nicht besonders geschickt, aber doch schlau genug, um uns immer wieder durch die Lappen zu gehen.«

»Hat ihm nichts genützt«, kommentierte Schmitti.

Mit einem giftigen Zischen verkündete die Maschine, dass der Kaffee fertig war. Delego erhob sich und schenkte allen ein.

»Wir kennen Johannes Rosenholz seit 2005. Er hat Drogen vertickt und wahrscheinlich sein Mädchen angefixt und dann auf den Strich geschickt. Sie ist an einer Überdosis gestorben, war schwanger, aber das wisst ihr vielleicht schon.«

Breschnow nickte. »Und die Frauen danach? Hat er die auch auf den Strich geschickt?«

»Anzunehmen, aber wir, beziehungsweise unsere Kollegen

von der Sitte, haben dafür keine Beweise. Rosenholz war mittlerweile so gut im Geschäft, dass er das eigentlich nicht mehr nötig gehabt hätte.«

»Aber die Gier …«, flötete Schmitti.

»Rosenholz war gierig und brutal«, bestätigte die Drogenfahnderin.

»Er wurde 2008 und 2009 wegen Körperverletzung angeklagt. Die Verfahren wurden jedoch wegen Mangel an Beweisen eingestellt«, ergänzte Schmitti.

»Das waren keine Frauen«, sagte Marion Freudig. »Da hat Rosenholz richtig aufgedreht und sich die Drogenrechte für ganz Neukölln gesichert. Eigentlich wundert es mich, dass seine Vorgänger überhaupt noch leben.«

»Vielleicht waren sie fügsam«, schlug Delego vor.

»Wahrscheinlich. Zumindest haben sie beide die Stadt verlassen. Wir sind ihnen bis nach Bremen gefolgt, aber da verliert sich ihre Spur.«

»Und wieso ist Rosenholz nie eingefahren?«

Das Gesicht der Drogenfahnderin verfinsterte sich. »2014 hatten wir ihn fast. Wir haben ihn und seinen Kompagnon monatelang observiert und wussten, dass er bei einer ganz großen Lieferung selber dabei sein wollte. Aufbau eines neuen Marktes sozusagen.« Sie trank einen Schluck und schüttelte ungläubig den Kopf. »Die größte Schlappe meiner Dienstzeit. Rosenholz war zur richtigen Zeit am richtigen Ort und wir auch. Wir ließen die Ladung hochgehen. Aber statt Drogen fanden wir nur Inkontinenzunterwäsche. Er hat uns voll verarscht, und uns wurde klar, dass wir einen Maulwurf in den eigenen Reihen haben.«

»Habt ihr ihn mittlerweile gefunden?«

Die Fahnderin verneinte. »Rosenholz war gewarnt. Seitdem ließ er die Arbeit von anderen verrichten, trieb sich nur noch in Nachtclubs und bei der Maniküre herum. Dort war er ständig.«

»Vielleicht war das sein neuer Geschäftspartner.«

»Das haben wir auch schon vermutet, aber keine Hinweise gefunden.«

»Er war verliebt?«, bot Delego an.

Marion Freudig lachte.

»Wie heißt der Kompagnon?«, erkundigte sich Breschnow.

»Max Landauer. Aber um den ist es auch ruhig geworden. Genauer gesagt haben wir ihn schon eine ganze Weile nicht mehr gesehen. Vermutlich hat Rosenholz ihn kaltgestellt. Mit einem Maulwurf in den eigenen Reihen ist es nicht leicht zu ermitteln«, sie hielt kurz inne, »eigentlich ist es sogar unmöglich. Rosenholz war uns immer einen Schritt voraus.«

»Wenn er so gut im Geschäft war, was wollte er dann bei diesem Fixer?«, fragte Drass.

»Vielleicht etwas Persönliches«, mutmaßte die Fahnderin, griff ihr Smartphone und erhob sich. »Oder der Mann hat Drogen für ihn verkauft.«

Drass erhob sich ebenfalls.

Die Drogenfahnderin lächelte zum Abschied in die Runde. »Wenn ich noch etwas für euch tun kann, sagt mir einfach Bescheid.«

Drass bedankte sich für ihre Hilfe und begleitete sie zur Tür, die er hinter ihr schloss. »Ich denke, Tollner hat für Rosenholz gedealt.«

»Und war zusätzlich sein Liebhaber«, schlug Delego vor.

Schmitti stöhnte. »Du und deine Liebesgeschichten. Der Junkie ist ziemlich versifft und runtergekommen und Rosenholz sehr gepflegt. Der würde sich doch nicht mit so einem einlassen.«

»Ich vermute eher, Rosenholz hat Tollner mit Drogen versorgt und auf den Strich geschickt«, sagte Regina.

»Gibt es in der Datenbank Einträge über den Junkie?«, erkundigte sich Breschnow.

»Bisher ist der Junge polizeilich noch nicht aufgefallen. Außer Schuleschwänzen hat er sich nichts zuschulden kommen lassen. Ist noch nicht mal schwarzgefahren.« Schmitti scrollte sich durch den Bericht. »Thomas Tollner wurde am 16.1.1996 in Neukölln geboren, keine Geschwister. Sein Vater starb an Krebs, als Tollner drei Jahre alt war. Danach wohnte er mit seiner Mutter alleine in der Gropiusstadt und ist seit seinem achtzehnten Geburtstag in Nord-Neukölln in der Braunschweiger Straße 58 gemeldet.«

»Und was war mit der Schule?«, fragte Regina.

»Hat in der Neunten abgebrochen. Es gibt eine Versäumnisanzeige von der Schule, aber keinen Eintrag beim Jugendamt.«

»Das heißt, sie haben sich nicht mehr darum gekümmert?«

»Wahrscheinlich hat die Mutter die Strafe bezahlt, und gut war's.«

»Und danach ist er an die Drogen geraten«, mutmaßte Delego. »Aber wie hat er seinen Konsum finanziert? Vielleicht hast du recht, Regina.«

»Das müssen wir rausfinden«, sagte Breschnow und schrieb Thomas Tollner an das Whiteboard. »Er liegt in der Notaufnahme. Ich habe gestern versucht, mit ihm zu reden, aber er war noch völlig weggetreten.«

Er malte einen weiteren Kreis auf das Board und setzte ein Fragezeichen hinein.

»Du warst gestern noch bei ihm?«, fragte Delego überrascht.

Breschnow nickte und wandte sich Drass zu. »Was sagt unsere englische Zeugin?«

»Ich habe Margaret Ayden heute Morgen in der Braunschweiger besucht. Sie war nur zur Notfallversorgung im Krankenhaus. Ihre Freundin hat sie nach ein paar Stunden wieder abgeholt. Miss Ayden behauptet, außer dem Toten hätte sie niemanden gesehen. Sie kennt auch keinen aus dem Haus. Kommt jedes Jahr zu Besuch. Mehr nicht.«

»Und das Blut an ihrer Kleidung?«

»Stammt nach ihren Angaben vom Opfer. Rosenholz ist zu ihr hingerobbt und hat versucht, sich an ihrem Bein hochzuziehen. Ihre Klamotten sind in der KTU.«

»Alibi?«

»Ihre Gastgeberin hat ihr ein Alibi für die Nacht und den Morgen gegeben. Die beiden haben in einem Zimmer geschlafen, und die Freundin behauptet, einen leichten Schlaf zu haben. Sie hätte es gehört, wenn Margaret Ayden die Wohnung verlassen hätte.«

»Drogen?«

Drass schüttelte amüsiert den Kopf. »Die beiden sind hundert Prozent vegan. Bis in die Kleidung.«

»Das ist jetzt Mode in Neukölln«, kommentierte Schmitti.

»Ich werde die Damen trotzdem mal durchs System laufen lassen.«

Breschnow nickte. »Tu das, und du, Delego, kümmerst dich um die Rosenholz. Drass hängt sich an das Drogendezernat, und Regina fährt mit mir noch mal zu Tollner.«

Fünfzehn Minuten später bogen sie in den Columbiadamm ein.

»Was war denn gestern mit dir los?«

»Komischer Magen, nichts Schlimmes«, wiegelte Regina ab. »Auf der Karl-Marx-Straße wird gebaut. Fahr lieber die Hermannstraße runter.«

Breschnow ließ es dabei bewenden und beschrieb ihr während der Fahrt detailliert den Tatort. Regina machte sich im Geiste Notizen.

Thomas Tollner lag mittlerweile auf der geschlossenen Abteilung. Sie wurden angemeldet und ließen sich den Weg beschreiben. An der Stationstür wartete eine junge Krankenschwester und brachte sie zum Zimmer. Der wachhabende Uniformierte kontrollierte ihre Dienstausweise, bevor er sie näher treten ließ. Breschnow betrachtete die schlafende Gestalt durch das Fenster im oberen Teil der Tür und fluchte leise. »Ich dachte, ich kann heute mit ihm reden.«

»Wir haben ihn sediert«, erklärte die Schwester. »Als er zu sich gekommen ist, hatte er heftige Entzugserscheinungen und hat in der Notaufnahme randaliert.« Sie sah ebenfalls durch die Scheibe. »Aber jetzt schläft er«, stellte sie zufrieden fest.

»Dann werden wir ihn wecken«, entschied Breschnow.

»Das dürfen Sie nicht«, widersprach die Krankenschwester. »Ich piepse die Ärztin an. Dann können Sie alles Weitere mit ihr besprechen.«

Regina griff den Arm ihres Chefs und zog ihn zu einer nahe gelegenen Nische, in der ein Tisch und vier Stühle standen.

»Beruhige dich, Stefan. Tollner ist auf Entzug. Das dauert eben seine Zeit.« Sie setzte sich und griff nach einer Zeitung. Breschnow lief nervös auf und ab. Eine halbe Stunde später erschien die Stationsärztin, begrüßte beide mit Handschlag und entschuldigte sich, es nicht früher geschafft zu haben.

»Wie Sie selber sehen, ist mein Patient zurzeit nicht vernehmungsfähig«, erklärte sie. »Selbst wenn er aufwacht, ist das, was er sagt, vor Gericht nicht verwendbar, weil man nicht unterscheiden kann, ob er halluziniert oder die Wahrheit sagt.«

»Und ab wann sind seine Aussagen gerichtsfest?«, fragte Regina.

»In zwei bis drei Tagen, wenn er durch das Gröbste durch ist.«

»Wir haben aber keine zwei bis drei Tage«, schimpfte Breschnow. »Können Sie ihm nicht irgendetwas spritzen, was ihm wieder auf die Beine hilft?«

»Wir sind hier in einem Krankenhaus und nicht beim Geheimdienst«, antwortete die Ärztin barsch.

»Bleibt er solange in dem Zimmer, oder wird er sich frei bewegen können?«, erkundigte sich Regina, bevor ihr Chef etwas erwidern konnte.

»Wahrscheinlich wird er sich wegen der Schmerzen gar nicht bewegen *wollen*, und die Station ist abgeschlossen. Außerdem haben Sie ja auch noch Ihren Wachmann.«

Ein Telefon klingelte im Hintergrund. Kurz danach rief eine Krankenschwester nach der Ärztin.

Regina zog ihr Handy aus der Tasche. »Für eine Dauerüberwachung brauchen wir einen Beschluss. Ist das Gericht mit unserem Fall schon vertraut?«

Breschnow schüttelte den Kopf und stellte sich wieder an das Türfenster. Thomas Tollners Körper zitterte, Schweiß hatte sich auf seiner Stirn gebildet. Der zufriedene Gesichtsausdruck von gestern hatte einer schmerzhaften Maske Platz gemacht. Sein magerer Körper zuckte immer wieder von spastischen Anfällen. Breschnow wandte den Blick ab und stellte sich neben Regina, die mit der Staatsanwaltschaft telefonierte. Sie bat ihren Gesprächspartner um einen Moment Geduld, legte die Hand über das Mikrofon und wandte sich ihm zu.

»Rund-um-die-Uhr-Bewachung für die nächsten drei Tage. Dann kommt er entweder in U-Haft oder ins Gefängniskrankenhaus«, sagte Breschnow.

Regina gab die Informationen weiter, ging zum Schwesternzimmer und ließ sich die Faxnummer der Station geben. Auf dem Tisch lag die Hauptstadtzeitung. Sie nahm sie und eilte zurück zu ihrem Chef, der unruhig den Gang auf und ab tigerte.

»Mord in Neukölln! Wie sicher ist der Kiez noch?«, las Regina.

Die Schlagzeile wurde von einem verschwommenen Foto untermalt. Zwei Männer trugen eine Trage mit einem durch eine schwarze Plastikplane abgedeckten Körper. Ein Arm hatte sich gelöst und hing schlaff herunter. Im Hintergrund lehnten zwei in weiße Schutzanzüge eingehüllte Figuren in der Eingangstür. Daneben stand Breschnow und rauchte.

»Hast du die Presseabteilung informiert?«

»Das hat Schmitti erledigt«, antwortete Breschnow.

»Das Gericht faxt in der nächsten halben Stunde den Beschluss.«

»Gut. Dann warte ich hier, und du fährst zu dem Nägelschneider.«

Breschnow stellte sich wieder an die Tür zum Krankenraum, sah sich um und drückte die Klinke herunter.

***

Es brummte wie in einem Bienenstock, nur ungesünder. Hin und wieder erschienen Köpfe über den einzelnen Waben und riefen sich etwas zu. Die Telefone klingelten unentwegt, das Summen der Computer füllte die Luft.

Cosma ließ sich an ihrem Schreibtisch nieder und war froh, zu Hause vorgearbeitet zu haben. Sie rief einige Online-Zeitungen auf und las die Schlagzeilen. Neukölln war das Event des Tages.

»Auch schon da?«, erkundigte sich die Schwarzhaarige vom Nachbartisch. Sie hatte dauernd ein Auge auf Cosma und kontrollierte jeden ihrer Schritte. Wahrscheinlich führt sie Buch über meine Arbeitszeiten und bekommt eine Prämie für die Fehlminuten, dachte Cosma genervt und steckte den Stick mit ihren Recherchen vom Morgen in den Computer.

»Für Berlin« war ein eingetragener Verein mit hundertneunundvierzig Mitgliedern. Das hatte ihr das Vereinsregister der Stadt verraten, über die Altersstruktur schwieg es sich leider aus. Es gab einen geschäftsführenden Vorstand, der nur aus einer einzigen Person bestand. Die Ziele des Vereins bestanden vorgeblich darin, drogenabhängige Jugendliche und junge Erwachsene von der Straße zu holen, ihnen strukturfördernde Maßnahmen angedeihen zu lassen und so ihre Teilhabe am gesellschaftlichen Leben zu reaktivieren und zu sichern. Von einem Kampf gegen ausländische Dealer stand in der Satzung nichts.

Alles eine Sache der Interpretation, dachte Cosma und begann zu schreiben: »Gestern lud der Verein ›Für Berlin‹ in Neukölln zu einem Vortrag ein. Auf dem Podium ein Schwein der besonderen Art. Die unverhohlene Abscheu auf alles Ausländische, was in den Parks rumsteht und junge Menschen mit Drogen verführt, sprach aus jedem seiner Worte …«

»Was schreibst du denn da?«

Cosma zuckte zusammen. Sie hatte nicht bemerkt, dass die Schwarzhaarige hinter sie getreten war.

»Bezahlt man dich jetzt auch noch dafür, dass du mir über die Schulter schaust?«, fauchte Cosma.

»Was willst du denn damit sagen?«

»Ach, vergiss es! Geh wieder an deinen Schreibtisch und lass mich in Ruhe.«

Erstaunlicherweise tat die Schwarzhaarige wie ihr geheißen. Cosma atmete auf, löschte das Geschriebene und begann erneut. Eine Stunde später schickte sie den Artikel der Chefredaktion, griff ihr Portemonnaie und stellte sich an die Nische der Schwarzhaarigen.

»Elf Uhr vierundvierzig«, sagte sie. »Für dein Protokoll. Ich geh jetzt hoch in die Kantine und trinke einen Kaffee. Vielleicht esse ich auch noch ein Schokocroissant dazu.«

***

Vorsichtig stieß sie die schwere Eingangstür auf und betrat das Treppenhaus. Die Sorge um ihren Freund hatte Kimmie erneut in die Braunschweiger Straße geführt. Der Bereich um die Briefkästen war mit einem rot-weißen Band abgesperrt. Sie eilte daran vorbei, öffnete vorsichtig die Tür zum Hinterhof und linste durch den Spalt. Polizei und Scheinwerfer waren verschwunden. Sie stieß die Tür zum Seitenflügel auf. Die Treppe war rechts und links ebenfalls abgesperrt und ließ nur einen schmalen Weg frei. Leise stieg sie die Stufen zum Hochparterre hinauf. Totos Tür war verschlossen und versiegelt. Sie klingelte trotzdem. Innen blieb es ruhig.

Unschlüssig, was sie jetzt tun sollte, stieg sie die Treppe wieder hinab. Unten auf dem Hof stand ein kleines Mädchen und betrachtete sie neugierig.

»Wohnst du auch hier?«

Kimmie schüttelte den Kopf.

»Ich habe gestern einen Mann gefunden«, sagte das Kind stolz. »Da drin.«

Es deutete auf die Tür zum Vorderhaus. »Meine Mama sagt, der Mann ist jetzt im Himmel. Vielleicht kann er uns gerade sehen. Wollen wir ihm winken?«

Kimmie starrte das Kind fassungslos an, rannte hinaus auf die Straße und übergab sich. Das Mädchen folgte ihr neugierig. Kimmie versuchte ein Lächeln, versicherte, dass es ihr wieder gut ging, und winkte zum Abschied. Am Kiosk kaufte sie eine Flasche Wasser und Kaugummi und machte sich auf den Weg in die Hasenheide. Unruhig durchquerte sie die Grünanlage und spähte immer wieder in die Büsche. Endlich fand sie einen Dealer, den sie kannte, und kaufte für zwanzig Euro Gras. Zufrieden schlenderte sie in Richtung U-Bahn, dachte an Marinda, mit der sie heute Abend chillen wollte, bis sie eine vertraut verhasste Stimme zurück in die Gegenwart holte.

»Ach, unsere Kleine hat die Gropiusstadt verlassen.« Häme tropfte aus jedem Wort.

Kimmie drehte sich blitzschnell um. »Lass mich in Ruhe, du Spast!«

»Oho, heute so aufmüpfig?« Der Mann baute sich breitbeinig vor ihr auf und versperrte ihr den Weg. »Sag brav ›Entschuldigung‹!«

Kimmie versuchte, sich an ihm vorbeizuschlängeln, aber er griff ihren Oberarm und zog sie zu sich heran. Sie roch sein Männerparfüm und den süßlichen Atem. »Lass mich los, du Opfer!«

Er verstärkte seinen Griff. Kimmie holte aus und trat ihm in den Schritt.

Überrascht ging der Mann in die Hocke und wimmerte. Sie nutzte den Moment und rannte los.

Sie hatte sich gewehrt! Sie hatte tatsächlich den Schwarzen in die Knie gehen lassen. Aber sie wusste auch, dass der Anführer der Gropius-Clique schon bald seine Chargen schicken würde, um sich zu rächen. Angst stieg in ihr hoch. Sie versuchte, sie zu verdrängen. Atemlos erreichte sie den Hermannplatz, sprang in die U-Bahn und fuhr zurück in die Gropiusstadt.

***

»Hässliche Gegend«, stellte Drass fest, als sie in die Hugo-Heimann-Straße einbogen. Vor ihnen öffnete sich eine Reihe aus gleich aussehenden grauen Betonhochhäusern.

»Geschmäcker sind verschieden. Und vielleicht sind die Wohnungen gut. Da vorne ist es.« Delego deutete auf den Block, der sich nur durch die Hausnummer von den anderen unterschied. Drass sah sich nach einem Parkplatz um.

Kurz danach standen sie in einem kahlen Hausflur vor den Aufzügen. Ein leiser Signalton, die Tür öffnete sich, undefinierbarer Gestank drang zu ihnen heraus. Die Innenseiten der Kabine waren mit einer rotbraunen Masse beschmiert. Delego trat zurück und rief den Nachbaraufzug, der angenehm nach Veilchen duftete. Drass deutete mit dem Zeigefinger auf einen violetten Duftbaum, der von der Decke der Kabine baumelte, und grinste. Sie fuhren hinauf in den sechsten Stock, wo Lisa Tollner sie bereits erwartete. Drass zückte seinen Ausweis.

»Was ist mit meinem Sohn?«, erkundigte sich die Mutter besorgt.

»Ihrem Sohn geht es so weit gut«, antwortete Delego. »Aber wir haben einige Fragen. Dürfen wir hereinkommen?«

Frau Tollner bat sie ins Wohnzimmer und bot ihnen Kaffee an. Sie lehnten ab. Drass schilderte der Mutter die Ereignisse des Vortages und den Zustand der Wohnung, in der ihr Sohn gefunden wurde. Frau Tollners Miene versteinerte zunehmend.

»Ihr Sohn steht unter Mordverdacht«, endete Drass. »Er liegt im Krankenhaus und ist zurzeit nicht ansprechbar.« Frau Tollner bat um Entschuldigung und verließ den Raum.

»Musste das sein?«, fauchte Delego.

»Was?«

»Ihr so detailgenau mitzuteilen, wie versifft ihr Sohn gehaust hat und dass er unter Mordverdacht steht und dass er nicht ansprechbar ist. Alles auf einmal, hintereinanderweg. Manchmal denke ich, ihr Männer habt überhaupt kein Gefühl.«

»Es ist schon in Ordnung«, wiegelte Lisa Tollner ab, die unbemerkt ins Zimmer zurückgekommen war. »Ich weiß, dass mein Sohn Drogen nimmt, aber dass es so schlimm um ihn steht, habe ich nicht geahnt. Und getötet hat er bestimmt niemanden.«

»Wann haben Sie ihn zuletzt gesehen?«

»Toto kam meistens am Dienstagabend.« Sie sah Drass an. »Und er war immer gewaschen und trug saubere Kleidung. Ich habe gekocht. Wir haben zusammen gegessen und uns anschließend eine DVD angesehen. Toto liebt Zeichentrickfilme, und ich arbeite in einer Videothek, sitze sozusagen an der Quelle. In welchem Krankenhaus liegt er?«

Drass sagte es ihr. »Hat Ihr Sohn mit Ihnen über seinen Drogenkonsum gesprochen?«

»Manchmal schon«, seufzte sie. »Meistens, wenn er Geld brauchte, aber manchmal war er auch verzweifelt, weil er von dem Zeug nicht mehr loskam. Er hat es immer wieder versucht, glaube ich.«

»Kennen Sie seine Freunde?«

»Toto ist ein Einzelgänger geworden. Ich glaube, er trifft sich nur noch mit Kimmie. Die beiden kennen sich noch aus dem Kindergarten.«

»Können Sie uns bitte den vollen Namen und die Adresse geben?«, bat Delego und zog ihren Notizblick aus der Handtasche.

»Kimmie Naumann. Sie wohnt im Idealhochhaus, Fritz-Erler-Allee 120.«

»Haben Sie eine Ahnung, wie Ihr Sohn seinen Drogenkonsum finanziert hat?«, erkundigte sich die Kommissarin.

»Durch mich auf jeden Fall nicht. Ich drücke ihm ab und zu

mal einen Fünfziger in die Hand. Ich habe selber nicht viel Geld, und das weiß Toto.«

»Hatte Ihr Sohn Schulden?«

»Das weiß ich nicht.«

»Hat Ihr Sohn jemals von einem Johannes Faris Rosenholz gesprochen?«

»Nein. Den Namen habe ich noch nie gehört.«

»Rosenholz wurde in der Wohnung Ihres Sohnes erstochen.«

»Ich kann mich nur wiederholen. Toto würde niemals töten. Er kann sich ja noch nicht einmal wehren.«

»Hat er jemals erwähnt, dass er bedroht wurde?«

Frau Tollner schüttelte den Kopf.

»Was meinen Sie damit, Ihr Sohn kann sich nicht wehren?«, hakte Delego nach.

Die Mutter seufzte und deutete auf die Küchentür. »Ich brauche jetzt wirklich einen Kaffee. Wollen Sie nicht doch einen?«

Die Kommissarin erhob sich und begleitete die Mutter in die enge Küche. Der Raum war zweckmäßig eingerichtet. An den Wänden hingen weiße Pressspan-Hängeschränke, darunter standen der Kühlschrank und der Herd. Frau Tollner öffnete eine der Türen, nahm zwei Becher heraus und stellte sie auf die Ablage auf der anderen Seite. Sie schaltete die Kaffeemaschine aus und schenkte ihnen ein. »Den hatte ich gerade aufgesetzt, bevor Sie gekommen sind. Wollen Sie Milch und Zucker?«

»Milch wäre schön.«

»Toto war oft hier drin. Als Kind hat er immer auf der Ablage gesessen und mir beim Kochen zugesehen, und als er größer wurde, hat er oft für mich gekocht. Er ist ein guter Junge.« Sie sah die Kommissarin an.

Delego nickte und trank einen Schluck.

»Die Probleme begannen in der Schule. Toto war ein schmächtiges Kind und wurde immer gehänselt, genauso wie Kimmie. Ich glaube, das hat die beiden zusammengeschweißt. Sie haben gemeinsam die Schule in der Neunten abgebrochen.«

»Wer hat die beiden gehänselt?«

»Die Gropiusstadt-Clique. Eine gefährliche Ansammlung von Versagern. Kriegen nichts auf die Reihe und lassen ihren Frust an den Schwächeren aus. Ich hasse diese Typen. Ich habe Kimmie und Toto immer ermutigt, sich gegen sie zu wehren. Aber das haben sie nicht getan. Sie hatten Angst, und wahrscheinlich war die auch berechtigt.« Sie pustete in ihren Kaffee. »Mein Sohn hat niemanden getötet, Frau Kommissarin. Toto ist der friedlichste Mensch, den ich kenne.«

»Damals, haben Sie da auch mit den Eltern der Cliquenmitglieder gesprochen?«, fragte Delego.

»Ich und die anderen Mütter, deren Kindern es genauso ging. Wir haben es immer wieder versucht. Aber die Eltern haben gemauert.« Sie trank einen Schluck. »Heute glaube ich, dass sie Angst vor ihren eigenen Kindern haben und deswegen nicht mit uns sprechen wollten.«

»Und die Schule? Wie haben sich die Lehrkräfte verhalten?«

»Die Lehrer haben auch versucht, mit den Familien zu reden. Haben sich sogar Hilfe beim Jugendamt geholt. Die haben Sozialarbeiter zu den Familien geschickt. Aber das hat es nur noch schlimmer gemacht. Wahrscheinlich haben die Eltern ihre Kinder verdroschen, weil sie ihnen Ärger gemacht haben.« Sie hielt kurz inne. »Oder umgekehrt.«

»Existiert die Clique noch?«, erkundigte sich Delego.

Frau Tollner nickte. »Deswegen ist mein Sohn hier ausgezogen. Er hatte die Nase voll von der Gewalt, wollte sich endlich mal frei bewegen können.«

»Hat es geklappt?«

Frau Tollner nickte. »Seitdem er weggezogen ist, haben sie ihn in Ruhe gelassen. Nord-Neukölln ist nicht ihr Terrain.«

»Wollten Sie hier nie weg?«

»Doch, natürlich. Ich träume von einem Haus mit Garten am Stadtrand, aber das kann ich mir nicht leisten. Die Wohnung hier ist wenigstens preiswert.«

Frau Tollner leerte ihre Tasse und stellte sie in die Spüle. Delego tat es ihr gleich. Als sie ins Wohnzimmer zurückkamen, stand Drass am Fenster und blickte auf die grauen Häuser gegenüber. »Hat Ihr Sohn noch ein Zimmer bei Ihnen?«

»Nein. Als er ausgezogen ist, habe ich mir zum ersten Mal in meinem Leben ein Schlafzimmer eingerichtet. Mein Sohn hat mir gefehlt, und ich hätte ihn gerne noch länger um mich herum gehabt, aber das neue Zimmer hat mich ein bisschen getröstet. Toto und ich haben es gemeinsam eingerichtet, sind zu Ikea gefahren und haben die Möbel ausgesucht. – Kann ich ihn besuchen?«

»Sicher. Aber ich weiß nicht, ob Ihnen das gefallen wird.«

Drass reichte der Mutter seine Visitenkarte und verabschiedete sich.

Vor dem Haus drehte sich Delego einmal um ihre eigene Achse. »Eigentlich sieht es hier ganz friedlich aus. Die Häuser sind gepflegt, Rasen dazwischen, viel Freifläche. Ich habe nicht gedacht, dass es hier wie in Nord-Neukölln zugeht.«

»Ich auch nicht.«

»Was hältst du von ihr?«

»Ich denke, dass sie ehrlich zu uns ist. Lass uns gleich weiter zu dieser Kimmie Naumann fahren«, schlug Drass vor.

»Und ich glaube, dass sie ihren Sohn gut kennt. Ich glaube, sie hat recht, wenn sie sagt, dass ihr Sohn niemanden getötet hat.«

»Kann sein. Zurzeit ist er aber unser einziger Verdächtiger.«

Zehn Minuten später parkte Drass in der breiten Einfahrt am Idealhochhaus. Delego klingelte bei Naumann. Niemand öffnete. Nach dem fünften Versuch gaben sie auf.

***

»Oh mein Gott, wie siehst du denn aus!«

Regina starrte den schlanken Mann mit den weißblond gefärbten und zurückgegelten Haaren an, der sich ihr langsam näherte und seine schmalen Finger durch ihre Locken gleiten ließ.

»Viel zu lang. Viel zu lang«, schimpfte er leise, schob sie in den Salon hinein und drückte sie in einen Frisierstuhl. »Da hast du aber Glück, mein Engel. Gerade eben hat ein Kunde abgesagt. Wer hat dich denn empfohlen?« Er betrachtete noch einmal ihre Haare und schnalzte missbilligend mit der Zunge.

»Machen Sie auch Nägel?«, erkundigte sich Regina.

»Aber natürlich.«

Er griff ihre Hand und studierte sie. Dann glitt sein Blick wieder zu den Locken. »Also wenn du mich fragst, und deswegen bist du ja hier, deine Nägel sehen noch recht passabel aus, ein wenig Farbe würde nicht schaden, aber deine Haare?«

Er legte ihr einen Umhang um und sah in den Spiegel. »Also, wer hat mich empfohlen?«

»Johannes Rosenholz.«

Der Frisör, der sich laut Ladenschild Haarstylist nannte, zog fragend die Augenbrauen hoch.

»Faris«, versuchte es Regina.

»Faris? Er hat noch nie eine Frau geschickt. Wie geht es ihm?«

Regina ließ die Frage unbeantwortet. »Und was wollen Sie mit meinen Haaren machen?«

Der Haarstylist sah wieder in den Spiegel. »Also erst mal werde ich sie ausdünnen, dann kürze ich sie in deinem wunderschönen Nacken und an deinen kleinen Öhrchen, und oben lasse ich sie etwas stehen.«

Ohne ihre Zustimmung abzuwarten, griff er nach der Schere und begann mit seinem Werk.

»Kommt Faris oft hierher?«

»Täglich, aber heute hat sich der Schlingel noch nicht blicken lassen.«

»Aber was macht ihr jeden Tag?«, rutschte es ihr heraus.

Der Haarstylist hielt kurz in seinem Tun inne und hielt die Schere hoch. »Was ist denn das für eine Frage? Ich rasiere ihn, wasche und style seine Haare. Einmal in der Woche schneide ich sie, und dreimal in der Woche pediküre ich seine Nägel. Wieso willst du das so genau wissen, Herzchen?«

»Nur so«, murmelte Regina.

»Neugieriges kleines Frauchen. Falls du auch so einen Service suchst, muss ich dich leider enttäuschen. Mein Kalender gibt höchstens noch einmal im Monat einen Termin her.«

»Schade«, sagte Regina erleichtert.

»Ja, bedauerlich. Deine Haare sind wirklich interessant.«

Ihr Handy klingelte. Automatisch sprang sie auf. Der Frisör drückte sie zurück in den Stuhl. »Du bleibst schön sitzen. Meine Kunden müssen ihren kleinen Nervtöter ausschalten, wenn sie bei mir sind. Das hat dir Faris offensichtlich nicht gesagt. Also lass es klingeln, Schätzchen. Nachher ist auch noch früh genug.«

»Woher kennen Sie Faris eigentlich?«

»Woher? Was soll das heißen? Ich bin Haarstylist und Kosmetiker, und mein Salon hat eine Tür, die man aufmachen kann. Hier kennt mich jeder. Aber du anscheinend nicht. Vielleicht sollte ich lieber dich fragen, woher du Faris kennst.«

»Über die Arbeit«, sagte Regina.

»Über seine Arbeit haben wir nie geredet.« Er betrachtete sie im Spiegel. »Aber falls du scharf auf Faris bist, dann schmink dir das ab. Er spielt nicht mit Mädchen, nur mit Jungs.«

***

Außer der angeblichen Homosexualität von Johannes Faris Rosenholz hatte die Dienstbesprechung am Abend nicht viel Neues gebracht. Thomas Tollner war weiterhin nicht ansprechbar, Kimmie Naumann ging nicht ans Telefon, und der Kompagnon von Rosenholz blieb verschwunden. Die Einzige, die sie gefunden und gesprochen hatten, war die Ex-Freundin Angie D., die mittlerweile in Hamburg lebte und seit der Trennung vor zwei Jahren keinen Kontakt mehr zu dem »Arsch Rosenholz« pflegte, wie sie sich ausdrückte.

Hamburg, dachte Breschnow. Er musste hinfahren und seine Nichte Mona und Schwester Iris besuchen. Er wusste nur nicht, wie er das anstellen sollte. Die beiden fehlten ihm sehr. Sie waren sein einziges Privatleben, sie waren Familie. Und sie hatten ihm Struktur gegeben. Jetzt drohte er zu fallen.

Seine Schwester war vor einem Jahr – oder waren es schon zwei? Breschnow wusste es nicht mehr genau – mit ihrer Tochter nach Hamburg gegangen, um sie in einer Spezialklinik behandeln zu lassen. Eine Immunstörung hatte immer wieder bedrohlich hohes Fieber ausgelöst. In Hamburg hatten sie zumindest das in den Griff bekommen. Die Krankheit benennen konnten auch sie nicht. Iris hatte beschlossen, sich am Stadtrand von Hamburg niederzulassen, um in der Nähe der Klinik zu bleiben. Außerdem tat die Seeluft dem Kind gut. Am Telefon hatten sie sich immer wieder verabredet, und immer wieder war etwas dazwischengekommen. Meistens ein Mordfall, manchmal aber auch seine Sauferei. Und in den letzten Monaten waren sogar die Telefonate seltener geworden.

Ich könnte jetzt anrufen, dachte er, griff nach dem Hörer auf seinem Schreibtisch und legte ihn wieder zurück. Stattdessen stand er auf und zog die Flasche Wodka hinter den Büchern hervor. Er trank einen Schluck und dann noch einen, und seine Sehnsucht wurde erträglicher. Nach dem fünften Schluck war sie fast verschwunden. Er ging zurück in den Besprechungsraum, stellte sich vor das Whiteboard und verschränkte die Arme vor der Brust. Ein Tag war vergangen, und sie waren Johannes Faris Rosenholz nicht viel näher gekommen. Es war Zeit, sich die Wohnung anzusehen.

Er ging zum Büro seiner Kollegen. Drass zog gerade seine Jacke an, Regina saß am Schreibtisch und hob den Blick.

»Regina, überprüf diese Gropius-Clique. Ich glaube nicht, dass die Gang drogenfrei ist. Vielleicht war Rosenholz ihr Dealer.« Er wandte sich Drass zu. »Und wir beide fahren zum Weigandufer und sehen uns seine Wohnung an.«

»Aber wir wollten doch eigentlich auf die Schlüssel warten«, erinnerte ihn sein Kollege.

»Das dauert mir zu lang. Pack deinen Dietrich ein.«

***

Willy hatte bei Edeka drei leere Flaschen eingetauscht. Der Punk und sein Hund hatten sich ihm wieder angeschlossen, und gemeinsam waren sie zu einer Bank auf der Schillerpromenade gezogen. Dort hatten sie auch die Frau im Kampfanzug getroffen. Sie hatte doch tatsächlich einen Zwanni lockergemacht und ihnen weiteren Schnaps besorgt. Willy betrachtete sie aus glasigen Augen.

»Du musst ein Engel sein«, lallte er und bedankte sich erneut.

»Jetzt is aber gut, hast dich bestimmt schon zehnmal bedankt«, grinste die Kampfanzugträgerin.

Willy nickte, schob den schweren Hund von seinem Schoß

und betrachtete den Punker, der an seiner Schulter lehnte und selig lächelte.

»Tollesch Tier«, nuschelte er. »Mein tollesch Tier.«

Der Hund versuchte erneut, auf Willys Schoß zu springen, war aber zu betrunken und rollte sich mitten auf dem Weg zusammen. Er hob noch einmal den Kopf und schlief dann ein. Bis auf die kleine Gruppe war die Schillerpromenade menschenleer. Nur ab und zu holperte ein Auto langsam über das Kopfsteinpflaster. Willy verschränkte die Arme und schloss die Augen.

»Na, ich geh dann mal. Mit euch is ja nix mehr anzufangen. Vielleicht is anner S-Bahn noch was los«, verkündete die Kampfanzugträgerin.

»Danke«, flüsterte Willy noch einmal. »Hoffe, wir sehen uns.«

»Warte, isch komm mit«, nuschelte der Punker und versuchte, sich von der Bank zu lösen. Die Frau zog ihn hoch. Er legte einen Arm um sie und pfiff nach seinem Hund, der sich schwankend erhob.

Die drei entfernten sich langsam. Willy blickte ihnen hinterher, bis ihm die Augen zufielen. »Ein Engel«, murmelte er und schlief ein.

***

Breschnow schälte sich aus dem engen Sportwagen seines Kollegen und blickte auf den Kanal. Die Wasseroberfläche schimmerte im Licht des Vollmondes. Zwei Schwäne dümpelten auf dem ruhigen Wasser dahin.

Ich sollte einfach hier stehen bleiben und warten, bis die Worte zurückkommen, dachte er.

Seit einigen Wochen hatte er kein Gedicht mehr geschrieben. Die Worte verirrten sich in seinem Hirn, steckten fest oder wollten sich nicht mehr ordnen lassen. Sie fehlten ihm. Das Schreiben fehlte ihm. Eike A., alias Hauptkommissar Breschnow, der Glanz des Literaturclubs in Spandau, war stumm geworden.

Drass richtete seinen Blick auf den typischen Berliner Altbau und drehte sich dann zu seinem Chef um. Breschnow zwang seine Gedanken zurück zu dem Fall.

Eine junge Frau parkte vor ihnen in der Einfahrt, öffnete den Kofferraum und hievte drei prallvoll gefüllte Einkaufstüten heraus. Drass kam ihr zu Hilfe und griff sich zwei. Die Frau öffnete dankbar die Haustür, ließ sich den Einkauf in den vierten Stock hinauftragen und sich nach Johannes Rosenholz ausfragen. Sie hatte ihn ein-, zweimal im Treppenhaus gesehen. Man hatte sich gegrüßt, mehr nicht. Drass reichte ihr dennoch eine Visitenkarte und stieg wieder hinunter. Breschnow wartete schwer atmend vor der Tür im zweiten Stock.

»Vielleicht solltest du weniger rauchen«, schlug Drass vor, fischte den Bund mit den Dietrichen aus der Jackentasche und öffnete nach drei Versuchen das Schloss.

Ein Bewegungsmelder tauchte den Flur der Wohnung in helles Licht. Ein Hauch von Aftershave hing noch in der Luft. Breschnow öffnete die erste Tür rechts von ihm. Sie führte in eine moderne Küche mit edlen Echtholzeinbauschränken und drei kleinen Arbeitsplatten. Die Luft roch nach Gewürzen.

»Er hat gekocht«, stellte Drass fest und deutete auf eine benutzte Pfanne auf dem Ceranfeld.

Die nächste Tür führte sie in ein marmorverziertes Bad mit goldfarbenen Wasserhähnen. Die Handtücher waren farblich mit dem blauen Waschbecken und der Badewanne abgestimmt. Die Kacheln blitzten.

»Und er hatte bestimmt eine Putzfrau«, brummte Breschnow und ging zurück in den Flur.

Hinter der letzten Tür erwartete sie ein großer Raum mit abgezogenen Dielen. Zwei blaue Sessel, ein wuchtiger Eichenschreibtisch, ein Flachbildfernseher mit Dolby-Surround-Boxen. Ein blauer Samtvorhang trennte den Schlafbereich ab. Dort standen ein breites Bett und ein mit Holzmalerei verzierter Kleiderschrank.

Drass öffnete eine der Türen und pfiff durch die Zähne. »Der Mann hat Geschmack. Alles Designeranzüge und -hemden.«

Er streifte sich Plastikhandschuhe über, schob die Bügel zur Seite und klopfte die hintere Schrankwand ab. Dann wühlte er sich durch die Regale und die Schubladen. »Sogar die Unterwäsche ist edel. Rosenholz muss echt Geld verdient haben.«

»Gemacht«, korrigierte ihn Breschnow, der auf den leeren Schreibtisch starrte, »nicht verdient. Er hat Designermöbel und Klamotten, aber keinen Computer. Ist das nicht merkwürdig?«

Drass gab ihm recht und inspizierte das Bett. »Und keine Pornos unter der Matratze.«

»Hatte er wohl nicht nötig«, erwiderte Breschnow und sah unter den Tisch. In der Steckdose hing noch das Stromkabel für einen Laptop.

Breschnow zog die erste Schreibtischschublade auf. Briefumschläge, Stifte, unbeschriebene Postkarten. Die zwei anderen waren leer.

»Da war jemand vor uns hier«, stellte er fest. »Und derjenige muss einen Schlüssel gehabt haben.«

»Wir haben in Tollners Wohnung keine Jacke gefunden. Und in Rosenholz' Hosentasche waren weder Schlüssel noch Handy«, erinnerte ihn Drass.

»Vielleicht hat der Täter ihm die Sachen abgenommen.«

»Aber dann kann es nicht Tollner gewesen sein.«

»Nein«, gab Breschnow seinem Kollegen recht.

»Rosenholz könnte seinen Laptop aber auch zur Reparatur gebracht haben«, schlug Drass vor.

»Ohne Stromkabel?«

»Sind die nicht bei allen Geräten gleich? Ich sehe mir noch mal die Küche an.«

Kurz darauf klapperte Geschirr. Breschnow setzte sich in einen der blauen Sessel und ließ den Blick durch den Raum gleiten. Es gab nicht viel, an dem er hängen bleiben konnte. Keine Regale, keine Bilder, keine Bücher.

»Nichts«, rief Drass. »Ich geh jetzt ins Bad.«

Breschnow hörte, wie der Deckel der Klospülung angehoben wurde, hörte Wasser rauschen und seinen Kollegen laut schimpfen. Er stand auf, um nachzusehen. Drass lag halb unter dem Waschbecken und versuchte mit bloßen Händen den Siphon abzuschrauben.

»Lass gut sein. Das, was wir hätten brauchen können, ist schon weg. Wir versiegeln die Wohnung und schicken morgen die Spurensicherung durch.«

Breschnow streifte sich die Handschuhe ab und steckte sie in die Jackentasche. Drass drehte sich noch einmal um seine eigene Achse und verließ dann unzufrieden den Raum.

Als sie wieder im Hausflur standen, merkte Breschnow, dass er das Siegelband vergessen hatte.

»Erspar mir einen Kommentar«, brummte er und stieg schweigend die Treppe hinab.

Drass folgte ihm. »Soll ich dich irgendwo absetzen?«

»Nicht nötig«, antwortete Breschnow. »Ich mach noch einen Spaziergang.«

»In die Braunschweiger?«

Breschnow nickte. »Ich will noch mal nach der Jacke suchen.«

»Ich komme mit«, entschied Drass. Sein Ton ließ keinen Widerspruch zu.

***

Überall Licht, dachte Kimmie und drückte sich an der Flurwand entlang, schlich zum Zimmer ihrer kleinen Schwestern, spähte hinein. Wenigstens hier war es dunkel. Die Zwillinge schliefen tief. Kimmie lauschte einige Minuten ihren gleichmäßigen Atemzügen, schloss dann leise die Tür und ging zum Wohnzimmer. Der heutige Kerl ihrer Mutter lag wie hingegossen auf dem fleckigen Sofa. Sein weißer schwabbeliger Bauch hob und senkte sich, begleitet von lautstarkem Schnarchen, wobei er immer wieder schmatzte und grunzte.

Kimmie dachte an den Kerl, den ihre Mutter vor drei Monaten angeschleppt hatte und der zu ihr ins Zimmer gekommen war, sie mit seinen Wurstfingern begrapscht hatte, während ihre Mutter ihren Rausch ausschlief. Bevor er sie vögeln konnte, hatte sie eine Bierflasche auf seinem hirnlosen Schädel zertrümmert und war selber überrascht gewesen, sich gewehrt zu haben. Er hatte stark geblutet und war nie wieder aufgetaucht. Ihre Mutter hatte ihr die Schuld dafür gegeben.

Angeekelt schloss sie die Tür und ging zum Schlafzimmer. Ihre Mutter lag in ihrem Bett, über sich eine unbezogene Bettdecke, neben sich auf dem Nachttisch die Schnapsflasche. Sie würde morgen früh bestimmt nicht aufstehen und die Zwillinge wecken, ihnen beim Anziehen helfen, Frühstück machen und sie in die Kita bringen. Und das dicke Etwas aus dem Wohnzimmer würde wahrscheinlich immer noch dort liegen, wenn die Kleinen aufwachten.

Kimmie hasste ihre Mutter, und sie hasste ihr Leben. Manchmal erträumte sie sich einen Vater, der ihr die Welt zeigte und sie gegen die Clique verteidigte, und eine Mutter, mit der sie reden konnte, die sie verstand. Sie sah sich mit ihnen und ihren Geschwistern zu sechst am sonntäglichen Frühstückstisch sitzen, vor frischen Brötchen und Marmelade. Eine richtige Familie.

Der Druck in ihr verstärkte sich, doch sie wusste, dass sie sich heute nicht ritzen konnte. Die Wunden an ihrem Arm waren noch zu frisch. Stattdessen griff sie nach ihrem Handy. Die verschlafene Stimme von Marinda meldete sich nach dem fünften Klingeln.

»Kann ich zu dir kommen?«, fragte Kimmie.

»Ich muss schlafen«, nuschelte ihre Freundin. »Morgen schreiben wir Englisch, und das darf ich nicht verhauen. Tut mir echt leid«, fügte sie nach einer kurzen Pause noch hinzu.

»Zu Toto kann ich auch nicht«, beklagte sich Kimmie, aber Marinda hatte das Gespräch bereits beendet.

Im Wohnzimmer regte sich etwas. Kurz danach stand der Mann im Flur. Kimmie drückte sich fest an die Wand. Der Dicke bemerkte sie nicht, kratzte sich im Schritt und verschwand im Bad.

Kimmie flüchtete aus der Wohnung, fuhr hinunter in den Keller und baute sich im Schutz einer Nische einen Joint. Dann lief sie die Treppe hinauf zum Ausgang. Ein kalter Wind pfiff um das Hochhaus. Kimmie zog die Kapuzenjacke enger um sich und eilte in das kleine Wäldchen. Sie ließ sich, durch den Stamm einer alten Eiche etwas geschützt, auf den Boden sinken und zündete den Joint an. Er nahm ihr nicht den inneren Druck, beruhigte sie aber ein wenig. Sie wunderte sich, wo Toto steckte, spielte mit dem Gedanken, noch einmal in die Braunschweiger zu fahren. Wenn Toto zu Hause wäre, könnte sie dort übernachten. Zurück in die Wohnung ihrer Mutter wollte sie auf gar keinen Fall und die Nacht draußen verbringen auch nicht. Dann fiel ihr Totos Kumpel in der Nähe der Schillerpromenade ein.

Toto versteckt sich bestimmt bei Moritz, machte sie sich Mut. Und ich werde auch noch dort pennen können. Vielleicht sogar so lange, bis ich die Kohle zusammenhabe. Und dann fahren Toto und ich an die Ostsee.

Sie drückte den Joint an dem Baumstamm aus und versuchte, sich das Meer vorzustellen. Sie hatte es noch nie gesehen, nicht in Wirklichkeit, immer nur auf Bildern. Schließlich machte sie sich hoffnungsvoll und leicht bekifft auf den Weg zur U-Bahn.

***

Er sah ihn schon von Weitem. Das dreckige Ding da auf der Bank schnarchte vernehmlich. Er beschleunigte seine Schritte und baute sich vor ihm auf. »Steh auf, du nutzloses Stück Scheiße!«

Der Obdachlose schmatzte und versuchte, sich auf der engen Bank zusammenzurollen.

Der Mann rüttelte an seiner Schulter. »Hast du nicht gehört, du Abschaum. Du sollst verschwinden!«

Willy öffnete mühsam ein Auge und versuchte, es auf den Schimpfenden auszurichten.

Der Mann spuckte ihm ins Gesicht. »Bist du taub? Steh auf!«

Willy riss beide Augen auf, griff nach der Rücklehne der Holzbank und zog sich mühsam hoch. Als er endlich saß, schlug ihm der Mann ins Gesicht, rechts und links, einmal, zweimal, dann boxte er ihm in den Magen. Der Obdachlose stöhnte und fiel vornüber.

Der Mann gab ihm einen Handkantenschlag in den Nacken. »Du verdammter Penner! Lebst von meinem Geld. Verschmutzt mein Land. Dich schlag ich tot!«

Er griff den Kragen des Lodenmantels und riss Willy hoch. Der Alkoholatem streifte seine Nase. Angewidert warf er den Obdachlosen auf den Boden und trat ihm in die Seite. Willy versuchte wieder, sich zusammenzurollen, und legte schützend die Arme über den Kopf. Ein Tritt traf seinen Rücken, dann die

Hand, ein weiterer den Arm, der wie von selbst zur Seite rutschte und den Schädel freigab.

Der Mann rang keuchend nach Luft und setzte zum Sprung an. Willy wimmerte, flehte um Gnade. Eine schrille Stimme schrie im Hintergrund. Schnelle Schritte näherten sich. Ein dumpfer Schlag. Ein Stein fiel auf den Weg.

Dann sackte der Mann neben dem Obdachlosen zu Boden und starrte ihn aus weit aufgerissenen Augen an.

Dienstag

»Hauptkommissar Breschnow?«

Breschnow knurrte. Sein Mund war trocken. Er fingerte nach der Büchse auf seinem Nachttisch und trank einen Schluck. Dann zündete er sich eine Zigarette an.

»Uns wurde ein Leichenfund gemeldet. Zwei Kollegen sind bereits am Tatort und die Sanitäter unterwegs.«

Breschnow nahm noch einen Schluck und spülte sich den Mund.

»Wo?«

»Nord-Neukölln. Grünstreifen auf der Schillerpromenade, zwischen Herrfurthplatz und Kienitzer Straße.«

Breschnow drückte den Anrufer weg und wählte die Nummer von Drass. Seine Hände zitterten leicht.

»Wir haben eine Leiche auf der Schillerpromenade.«

»Oh, Neukölln hat Hochkonjunktur«, murmelte sein Kollege verschlafen und versprach, sich sofort auf den Weg zu machen.

Breschnow trank den Rest des Biers und quälte sich aus dem Bett. Er trug noch die Klamotten vom Vortag, konnte sich nicht erinnern, sie nicht ausgezogen zu haben. Er schlurfte ins Bad und starrte in den Spiegel. Zwei blutunterlaufene, müde grüne Augen starrten zurück. Er spritzte sich kaltes Wasser ins Gesicht, griff sich ein neues Bier, zündete sich eine Zigarette an und verließ die Wohnung.

Der kleine rote Nissan, den seine Schwester ihm als Dauerleihgabe zur Verfügung gestellt hatte, stand direkt vor dem Haus. Dahinter, im Parkverbot, sein alter VW Passat, der nicht mehr anspringen wollte. Hinter den Scheibenwischerblättern sammelten sich die Strafzettel. Er würde ihn in die Werkstatt bringen müssen, hatte aber bisher noch nicht dort angerufen.

Nachher, wenn ich wieder im Büro bin, dachte er, startete den Nissan, riss die Büchse auf und fädelte sich in den Morgenverkehr ein.

Zehn Minuten später erreichte er den Schillerkiez. Das Blaulicht der Streifenwagen glitt über den Grünstreifen, an dessen Rand einige Neugierige versuchten, einen Blick auf den Toten zu erhaschen oder mit ihren Handys Fotos zu schießen. Breschnow hielt seinen Dienstausweis hoch und schlüpfte unter dem Absperrband durch. Neben dem Toten stand der Bereitschaftsarzt. Er streifte sich den Handschuh von der Rechten und begrüßte Breschnow mit Handschlag.

»Er hat einen Schlag auf den Hinterkopf bekommen. Wahrscheinlich ist er verblutet. Auf jeden Fall war es kein natürlicher Tod.«

Breschnow kniete sich neben die Leiche. Der Mann lag zusammengekrümmt auf der Seite, einen Arm schützend über seinen Kopf gelegt. Geronnenes Blut klebte auf seinen Haaren und Händen. Die taubenblaue Jacke und die Jeans waren dreckverschmutzt.

»Wenn der Schlag auf den Hinterkopf ihn getötet hätte, würde er dann nicht vornüberliegen?«

»Eigentlich schon«, bestätigte der Arzt. »Aber wenn er nach dem Schlag noch gelebt hat, kann er sich auch noch bewegt haben. Vielleicht hat er versucht, sich vor weiteren Schlägen zu schützen.«

Der Mediziner hob ein Klemmbrett vom Boden auf und ließ sich von Breschnow das Einsatzformular unterschreiben. Dann eilte er mit großen Schritten davon. Aus den Augenwinkeln sah Breschnow seinen Kollegen unter der Absperrung hindurchschlüpfen. Drass musterte seinen Chef und reichte ihm schweigend einen Pfefferminzbonbon. Anschließend hockte er sich vor den Toten und betrachtete ihn eingehend.

»Meinst du, die beiden Toten gehören zusammen? Eine Abrechnung unter Dealern?«

»Zieh keine voreiligen Schlüsse. Wir müssen erst mal wissen, wer er ist«, antwortete Breschnow, ließ den Blick über den feuchten Weg gleiten und trat einen Schritt näher an die Bank heran.

Der Boden davor war mit Kippen übersät, der Abfalleimer quoll über. Zwei Flaschen Korn lagen daneben. Ein Alptraum für die Spurensicherung.

»Sieht so aus, als ob hier gefeiert wurde«, brummte er und umrundete die Parkbank. Ein Stück Stoff war an einer Schraube hängen geblieben, und er rupfte es vorsichtig ab. Grauer Lodenstoff. Er kannte den Mantel und seinen Besitzer. Ohne weiter darüber nachzudenken, ließ er den Fund in seiner Jackentasche verschwinden.

»Komm mal her«, sagte Drass.

Breschnow erhob sich, was seine Knie mit einem vernehmlichen Knacken kommentierten, und stakste zu seinem Kollegen. Drass deutete auf einen mittelgroßen Stein vor sich. Die Farbe darauf war unverkennbar.

»Könnte die Tatwaffe gewesen sein.«

Breschnow rief einen Uniformierten heran und bat ihn um Absperrband. Er schnitt großzügig ein Stück ab und drapierte es sorgfältig um den Stein herum.

»Moin, moin. Seid ihr jetzt unter die Künstler gegangen?« Der Spurensicherer klopfte Breschnow kameradschaftlich auf die Schulter und begrüßte Drass mit Handschlag. »Kurze Nacht«, stellte er fest. »Habt ihr außer diesem Kunstwerk hier noch was für mich?«

Breschnow deutete auf die Bank. »Das Übliche. Kippen, Flaschen, Müll.«

»Na, dann ans Werk«, sagte Manfred, winkte seine Kollegen heran, verteilte weiße Overalls und Handschuhe und fischte eine Kamera und eine übergroße Pinzette aus seinem schweren Spurensicherungskoffer. Dann deutete er auf den Stein.

»Den wirst du noch brauchen, nehme ich an, aber den Rest kann ich schon einsammeln, oder?«

Breschnow nickte. Manfred schob ihn ein Stück zur Seite und fotografierte das vermeintliche Tatwerkzeug von allen Seiten. Die zwei anderen Kriminaltechniker wandten sich der Bank zu.

»Weiß Monika schon Bescheid?«, erkundigte sich Breschnow und steckte sich eine Zigarette an.

Drass nickte.

»Zwei Männer in zwei Nächten quasi um die Ecke. Einer schwarzhaarig, der andere blond.«

»Beide kräftig.«

»Unterschiedliche Tötungsarten. Einmal ein Messer, einmal ein Stein.«

»Ein Racheakt? Vielleicht wurde ein Bandenmitglied auf dieselbe Art getötet?«

»Rosenholz war doch schon der King.«

»Eben. Vielleicht wollte jemand seinen Platz.«

»Und der hier?«

»Kann zu der einen oder der anderen Seite gehören.«

»Lass uns unsere Gedanken wieder neutralisieren«, schlug Breschnow vor. »Sonst ermitteln wir zu einseitig.«

»Keine Schusswaffen. Das könnte aber wichtig sein«, sagte Drass.

Ein Uniformierter stellte sich neben sie. »Ich arbeite schon lange in diesem Kiez und habe den Eindruck, dass die Täter immer wahlloser werden, was ihre Waffen angeht«, sagte er ungefragt. »Schusswaffen sind höchst selten geworden, obwohl man sie auf dem Schwarzmarkt relativ leicht bekommen kann, Messer sind eindeutig auf dem Spitzenrang.« Er sah von einem zum anderen. »Aber was ich eigentlich sagen wollte: Dahinten sitzt der Mann, der die Leiche gefunden hat, und er will nicht mehr länger warten.«

Breschnow folgte dem Polizisten zu einem der Streifenwagen.

»Haben Sie seine Personalien überprüft?«

Der Uniformierte nickte und reichte Breschnow einen Zettel mit dem Namen und der Adresse.

»Na endlich«, murrte der weißhaarige Zeuge. »Dachte schon, Sie würden nie kommen.«

Neben ihm auf dem Boden lag ein alter Hund.

»Und überprüft wird man hier auch noch«, meckerte der Mann. »Am besten, man schert sich um nix und geht einfach weiter.«

»Sie hatten keinen Ausweis dabei«, sagte Breschnow bemüht freundlich. »Und falls wir Sie noch einmal befragen müssen, dann wollen wir schon sicher sein, dass Ihre Adresse auch stimmt.«

Der Hund schien die Anspannung seines Herrchens zu spüren und knurrte leise.

»Alles gut, mein Herz«, beruhigte ihn sein Herrchen mit sanfter Stimme.

»Also, was haben Sie gesehen?«, fragte Breschnow.

»Ich gehe immer hier spazieren«, erklärte der Mann, »dreimal am Tag. Meine Kleine muss ja schließlich auch mal. Und heute lag da dieser Mann. Eigentlich ist das nichts Ungewöhnliches. Der Grünstreifen wird oft zum Übernachten genutzt. Aber dann pennen sie auf den Bänken und liegen nicht auf dem Boden.«

Der Hund knurrte erneut, und sein Herrchen strich ihm sanft über das verzottelte Fell.

»Ich bin an ihm vorbeigegangen, aber meine Kleine wollte unbedingt schnuppern. Dann fing sie an zu bellen, die Gute. Das macht sie sonst nie, und da wusste ich, dass irgendetwas nicht stimmt, und habe die Polizei gerufen.«

»Um wie viel Uhr war das?«

»So gegen fünf, halb sechs?«

»Haben Sie sonst noch jemanden gesehen?«

»Ein paar Menschen gingen schon zur Arbeit, Herr Kommissar. Sind nicht alle Hartz-IV-Empfänger, wie die Medien behaupten.«

»Und auf dem Grünstreifen?«

»Nein, der war leer. Außer uns natürlich. Noch nicht mal Penner.«

Breschnow drückte dem Mann eine Visitenkarte in die Hand und ließ ihn ziehen.

»Was sagen Sie dazu?«, fragte er den Uniformierten, der immer noch neben ihm stand.

»Ja, kann so stimmen. Zuerst haben die Leute nur tagsüber und am Abend auf den Bänken gesessen und getrunken, aber seit dem letzten Sommer kommen auch welche zur Nacht.«

»Obdachlose?«

»Die eher selten. Ich vermute, es sind Leute, die unerlaubt ins Land gekommen sind.«

»Illegale Flüchtlinge?«

Der Uniformierte nickte und setzte zum Spurt an. Einer der Gaffer hob gerade das Absperrband an. Breschnow erkannte den Kriminalreporter vom Tagesspiegel, der ihm unverhohlen zuwinkte. Der Polizist packte den Mann an beiden Schultern, schob ihn zurück und verwarnte ihn. Der Journalist protestierte lautstark. Breschnow grinste und ging zurück zum Tatort. Die Rechtsmedizinerin war mittlerweile angekommen und begrüßte ihn mit einem sorgenvollen Blick. »Mein Assistent ist immer noch im Krankenhaus. Bei der Geburt hat es Komplikationen gegeben. Aber ich habe Ersatz bekommen.«

Sie rief ihre neue Assistentin heran und stellte sie als Beate Ahlen vor. Dann zogen die beiden Schutzkleidung über. Ahlen fotografierte die Leiche von allen Seiten, Monika maß die Temperatur des Toten und die der Luft, trug die Daten in eine Tabelle ein und rechnete.

»Ich schätze, er ist seit sechs bis acht Stunden tot. Die Leichenstarre ist fast voll ausgebildet. Es war ziemlich kühl heute Nacht. Das kann den Prozess etwas verzögert haben.«

Sie kniete sich neben den Toten und zog das Sweatshirt etwas hoch. Das weiße Unterhemd darunter war dreckverschmiert. Sie hob es an und deutete auf einen Bluterguss am Rücken. »Man hat ihn getreten.« Dann widmete sie sich der Vorderseite des Körpers, die keine offensichtlichen Verletzungen aufwies.

Sie rutschte ein wenig zur Seite, damit ihre Assistentin das Hämatom fotografieren konnte. Dann schob sie Unterhemd und Sweatshirt wieder nach unten und strich dem Opfer gedankenverloren über den Rücken. Sie bat die Assistentin um eine Lupe und wandte sich dem Schädel zu.

»Er hat eine Schlagverletzung am Hinterkopf. Sieht nach einem relativ runden Gegenstand aus. Vielleicht einem Stein.« Sie sah zu Breschnow auf. »Habt ihr ihn gefunden?«

Der Hauptkommissar nickte. Monika setzte wieder die Lupe an. »Der Schlag hat ihn bestimmt eine Zeit lang außer Kraft gesetzt, aber ich glaube nicht, dass er ihn sofort getötet hat. Er ist wahrscheinlich langsam verblutet.«

Sie beugte sich weiter nach vorne und betrachtete das Gesicht. »Er ist noch jung. Ich schätze, so um die zwanzig. Und er hat keine Verletzungen im Gesicht.«

»Heißt das, es gab keine Schlägerei und man hat den Mann von hinten angegriffen?«, fragte Breschnow.

Monika stellte sich vor ihn. »Normalerweise stehen die Kämpfer frontal zueinander, und es gibt zuerst Schläge ins

Gesicht.« Sie näherte sich mit ihrer Faust seinem Auge. »Man versucht, den anderen k.o. zu setzen.« Sie deutete einen Schlag in den Magen an und griff ihn an beiden Schultern. »Dann geht der Kampf vielleicht auf dem Boden weiter, weil es einem gelungen ist, den anderen in die Knie zu zwingen. Aber bei einem Kampf, würde ich sagen, ist das Gesicht immer zuerst betroffen.«

Breschnow klatschte. »Beeindruckende Darstellung. Wolltest du mal zum Theater?«

Die Rechtsmedizinerin deutete eine Ohrfeige an und winkte ihre Assistentin heran, reichte ihr die Lupe und bat um ein Maßband. Dann fotografierte sie den Stein, hielt das Maßband an, fotografierte noch einmal, hielt das Maßband an die Wunde am Hinterkopf und nickte. »Die Größe stimmt.«

Die Assistentin fotografierte den Tatort und die nähere Umgebung. Monika griff wieder nach der Lupe, um sich die Hand des Toten anzusehen. »Seine Knöchel sind unverletzt. Das spricht ebenfalls dafür, dass es keinen Kampf gegeben hat. Nach der Obduktion habt ihr Gewissheit.«

»Wann?«, drängte Breschnow.

»Wir haben durch den Personalmangel einen Rückstau«, antwortete sie, senkte die Stimme und flüsterte. »Aber deine Mordopfer haben bei mir immer Vorrang.«

***

Kimmie mischte sich unter die Gaffer und beobachtete die beiden hochgewachsenen Männer, der eine jung und gut gebaut, der andere alt und verschlissen. Gerade kroch der Alte unter die Bank, der andere besah sich irgendetwas auf dem Weg.

Neben ihr drängte sich ein beleibter Mann nach vorne und versuchte, unter dem Absperrband hindurchzukriechen. Ein Uniformierter schoss auf ihn zu. Kimmie erschrak, sprang zurück und prallte auf einen anderen Gaffer, der lauthals schimpfte. Sie kämpfte sich durch die Traube und trat den Rückzug an. Sie war müde, ihr war schlecht, und sie wollte nicht nach Hause. Totos Kumpel hatte sie diese Nacht bei sich schlafen lassen, ihr aber klar gesagt, dass ein zweites Mal nicht drin ist. Auch er hatte Toto seit Tagen nicht gesehen.

Sie ließ den Bahnhof Leinestraße links liegen und ging weiter bis zum Bahnhof Neukölln. Auf dem Vorplatz rempelte sie ein Mann an. Kimmie taumelte kurz und spürte Wut in sich aufsteigen. Der Mann ging seelenruhig weiter. Ohne nachzudenken, rannte Kimmie hinter ihm her und trat ihm mit voller Wucht mit dem Fuß in die linke Kniekehle. Der Mann schrie auf, taumelte und fing sich wieder. Bevor er sich nach ihr umsehen konnte, war sie bereits im Tunnel der U-Bahn verschwunden. Sie atmete schwer und fühlte sich auf einmal stark. So wie damals, als sie dem Lover ihrer Mutter die Flasche über den Kopf gezogen hatte.

Eine halbe Stunde später erreichte sie das Hochhaus. Sie hielt einer alten Frau die Tür auf und wünschte ihr freundlich einen guten Morgen. Die Alte musterte sie misstrauisch.

Kimmie lächelte und stieg in den Aufzug, horchte oben kurz an der Wohnungstür, schloss auf und schlich zum Wohnraum. Erleichtert stellte sie fest, dass der Kerl weg war, ging in ihr Zimmer, um sich umzuziehen, und weckte dann die Zwillinge. Die beiden Mädchen freuten sich, sie zu sehen, und hüpften ohne zu murren ins Bad. Währenddessen räumte Kimmie in der Küche das schmutzige Geschirr weg, stellte die leeren Wein- und Bierflaschen neben den Mülleimer und griff sich die Milch aus dem Kühlschrank. Ihre Mutter hatte wieder nicht eingekauft, und es würde für die Kleinen wie üblich kein Frühstück geben, aber wenigstens reichte die Milch für einen heißen Kakao.

Sie rief nach ihnen, und als sie nicht reagierten, ging sie ins Bad. Die Kleinen hatten es unter Wasser gesetzt und bespritzten nun sie. Kimmie scheuchte sie in ihr Zimmer und warf einen Scheuerlappen auf den Boden. Dann ging sie zurück in die Küche, nahm die Milch vom Herd, goss den Kakao auf und half ihren Geschwistern beim Anziehen. Kurz danach saßen sie zusammen in der Küche.

Wie eine richtige kleine Familie, dachte Kimmie zufrieden.

Bis ihre Mutter im Türrahmen erschien. »Müsst ihr so laut

sein?«, maulte sie und fuhr sich durch die wirren Haare. Ihr Blick glitt über die Arbeitsplatte. »Wo sind die Flaschen?«

Kimmie deutete auf den Abfalleimer. Die Mutter steuerte darauf zu und hob jede Flasche einzeln an. Dann scheuchte sie Moni vom Stuhl, setzte sich und leerte den Kakao des Kindes in einem Zug.

»Was soll der Scheiß?«, fauchte Kimmie.

Ihre Mutter sah sie erstaunt an.

»Wenn du schon nichts einkaufen gehst außer deinem Fusel, dann lass den Kleinen wenigstens ihren Kakao!«

»Was willst du?«, blaffte die Mutter. »Sieh lieber zu, dass du Geld heimbringst. Ich hab's satt, für dich zu sorgen.«

»Wenn ich Geld heimbringen würde, würdest du das auch nur versaufen. Außerdem kriegst du die Kohle für mich vom Amt.«

»Als ob das reichen würde«, beklagte sich die Mutter, sah zuerst Mira an, die geduckt am Tisch saß und sie ängstlich beobachtete, und dann Moni, die sich an Kimmie festhielt.

»Oh, meine Kleinen«, jammerte sie, »es tut mir ja so leid. Eure Mutter hat es gar nicht leicht. Vier Mädchen und keinen Mann.«

Kimmie schnaubte und schob die Kinder sanft aus der Küche. »Es ist Zeit. Ich bringe sie in die Kita.«

***

»Hallo meine Schöne? Bist du schon in der Redaktion?«

»Nein, noch in meiner Küche und höre gerade ein wunderbares Lied über die schlechte Welt. Aber ich muss gleich los. Wo bist du?«

»An der Schillerpromenade.« Robert machte eine Kunstpause und flötete. »Es gibt einen zweiten Toten.«

»Zwei Tote im selben Kiez.«

»Es ist nicht derselbe Kiez«, korrigierte sie Robert. »Die Braunschweiger liegt auf der anderen Seite der Hermannstraße, ganz anderes Volk, keine Gentrifizierung.«

»Erbsenzähler. Das schwappt bestimmt bald rüber. Weißt du schon Genaueres?«

Der Reporter schnaubte. »Unser verehrter Herr Hauptkommissar hüllt sich in Schweigen, und sein Adonis sieht wie immer umwerfend aus, ist aber leider auch nicht gesprächig. Zumindest nicht mir gegenüber. Aber vielleicht könntest du ja mal mit ihm reden, meine Schöne.«

»Ich werde darüber nachdenken. Aber nur wenn du mit mir zusammen den Artikel schreibst«, sagte Cosma.

»Du weißt, dass das nicht geht. Ich bin fest angestellt. Schon vergessen, Prinzessin? ... Ah, da kommen die Herren Bestatter. Stehen noch etwas unschlüssig herum. Aber jetzt kann ich den Toten sehen. Warte mal ... Das ist doch ...«

»Was?«

»Das ist der Kerl von ›Für Berlin‹, der, der vorgestern den Dicken markiert hat.«

»An der Tür?«

»Vielleicht redet Hauptkommissar Breschnow ja jetzt mit mir. Ich muss auflegen, mein Schatz.«

Cosma ließ das Handy sinken. Wenn das Opfer bei »Für Berlin« gelistetes Mitglied war, hatte sie eine Chance, ihn zu finden. Sie fuhr den Laptop hoch, scrollte sich durch die Homepage der Organisation und betrachtete jede Porträtaufnahme sorgfältig. Das Gesicht von vorgestern fand sie nicht. Enttäuscht griff sie sich ihre Arbeitsunterlagen und verließ das Haus.

***

Langsam löste sich der Kampfanzug aus der Gaffermenge und ging weiter in Richtung Hasenheide. Der Park wirkte wie ausgestorben. Nur die Dealer standen an ihren angestammten Plätzen, und zwei Frühaufsteher führten ihre Hunde aus. Sie konnte Hunde nicht leiden. Sie pissten, kackten und stanken. Ein Schwarzer kreuzte ihren Weg und bot ihr verschlafen etwas zu rauchen an. Sie lehnte unwirsch ab und lief weiter zur Hasenschänke, wo sie Willy in den Toiletten vermutete.

Der große Wirtshausvorplatz war menschenleer, die Sanitäranlagen waren verschlossen. Aber auf den Bänken im Rosengarten lagen Gestalten. Sie betrat das Rondell, entdeckte den Obdachlosen auf der hintersten Bank in einen dicken Armeeschlafsack eingehüllt und atmete erleichtert auf. Seinem Schnarchen nach zu urteilen, war er sehr lebendig. Sie stupste ihn leicht an der Schulter an. Er zuckte erschrocken zusammen, starrte sie benommen an und setzte sich auf. Sie ließ sich neben ihn sinken.

»Du siehst ziemlich scheiße aus«, stellte sie nach einem Blick in sein Gesicht fest.

»Hast du 'ne Kippe?«

Sie steckte zwei Zigaretten an und reichte ihm eine.

»Was ist passiert?«

»Ich bin eingeschlafen, auf der Promenade, und irgendwann ist dann dieser Typ aufgetaucht. Mochte wohl keine Obdachlosen.«

»Die Polizei ist dort.«

»Warum?«

»Ich glaub, der Mann, der dich ... ist tot. Hast du ...?«

Willy schüttelte den Kopf. »Da kam jemand. Hat mir geholfen.«

»Hast du deinen Retter gesehen?«

Der Obdachlose ignorierte die Frage, sah sie an und reichte ihr die Hand. »Ich bin Willy.«

Sie lachte. »Aber das weiß ich doch. Haste mir gestern schon erzählt. Ich bin Maria.«

»Maria, von Gott geschickt. Wohnst du auch hier im Park?«

Sie verneinte, fingerte eine kleine Flasche aus ihrer Hosentasche und reichte sie ihm. Hastig drehte er den Schraubverschluss auf und hielt ihr mit zittrigen Händen den Wein hin.

»Ist noch zu früh für mich«, sagte Maria. »Mach sie alle.«

Gierig goss Willy den Wein in sich hinein und strahlte. »Bist wirklich 'n Engel.«

»Und, hast du deinen Retter nun gesehen oder nich?«

Der Obdachlose senkte den Blick und betrachtete angestrengt seine schmutzigen Schuhe.

»Kann mich nicht mehr richtig erinnern«, murmelte er. »Hab eins in die Fresse gekriegt, und irgendwann bin ich dann hier auf der Bank wieder wach geworden.«

Maria betrachtete ihn skeptisch. Willy hob den Kopf und lächelte verlegen. Dann streckte er sich und starrte auf den Weg. Maria folgte seinem Blick. Ein hagerer, hochgewachsener Mann näherte sich mit großen Schritten der Hasenschänke. Sie hatte ihn vorhin auf dem Grünstreifen gesehen.

Willy stöhnte. »Dahinten kommt ein Kumpel, dem ich jetzt nich über den Weg laufen will.«

»Kumpel? Das ist ’n Bulle. Und du kennst den?«

Ohne zu antworten, rollte der Obdachlose seinen Schlafsack zusammen. Dann griff er Marias Hand und zog sie zum Nebenausgang gegenüber vom Märchenspielplatz. Maria linste um die Ecke. Der Hochgewachsene wurde gerade von einer blonden Frau angesprochen und drehte ihnen den Rücken zu. Kurz entschlossen betraten sie den Weg und liefen in entgegengesetzter Richtung davon.

***

Cosma hatte am U-Bahnhof Schönleinstraße den Eingang auf der einen Seite genommen und den Bahnhof auf der anderen Seite wieder verlassen. Ohne lange darüber nachzudenken, war sie in Richtung Schillerpromenade gelaufen, in der Hoffnung, dort auf Robert zu treffen. Sie war gut in Form, joggte wieder regelmäßig fünf Tage in der Woche. Nur die Zeiten variierten, passten sich ihren unterschiedlichen Arbeitszeiten an. Als sie den Hauptkommissar entdeckte, spurtete sie los.

»Guten Morgen«, grüßte sie leicht außer Atem.

Breschnow drehte sich zu ihr hin. »Joggen Sie jetzt wieder in der Hasenheide?« Er betrachtete sie genauer. »Keine Sportklamotten. Was machen Sie hier?«

Cosma passte sich seinen Schritten an. Gemeinsam marschierten sie weiter in Richtung Hasenschänke.

»Ich habe Ihren Toten schon einmal gesehen.«

Er stoppte abrupt.

»Bei einer Informationsveranstaltung von ›Für Berlin‹.«

»Wann?«

»Am Sonntag um die Mittagszeit. Er hat Robert und mich beschimpft und angerempelt, als wir gehen wollten.«

»Haben Sie einen Namen?«

»Leider nicht.«

»Und was ist ›Für Berlin‹?«

»Eine Ansammlung von Schwachköpfen. Offiziell ein Verein, der sich die Rettung drogenabhängiger Jugendlicher auf die Fahnen geschrieben hat. Sie wollen alle Dealer aus den Parks vertreiben.«

»Das wäre doch gar nicht so schlecht.«

Cosma gab ihm in diesem Punkt recht. »Dieser Typ, der tot ist, hat den Türsteher gemimt, und er hatte eindeutig etwas gegen Schwule. Aber vielleicht gehört er auch gar nicht zum Verein. Auf der Homepage habe ich ihn nicht gefunden. Wer war der erste Tote?«

»Warum soll ich Ihnen das erzählen?«

»Weil ich Ihnen Informationen gegeben habe.«

Breschnow betrachtete sie amüsiert und fingerte seine Zigaretten aus der Hosentasche. Er hielt ihr das Päckchen hin, und sie schüttelte den Kopf.

»Soviel ich weiß, sind Sie noch keine Kriminalreporterin«, sagte er und ließ den Rauch langsam entweichen.

Cosma funkelte ihn wütend an.

»… und außerdem rede ich nicht mit Journalisten im Park. Kommen Sie zur Pressekonferenz, die es bestimmt bald geben wird.«

Dann eilte er davon.

»Sie sind selber schuld, wenn irgendein Mist geschrieben wird«, rief sie ihm hinterher und setzte ihren Weg in den Schillerkiez fort.

Nach einer Viertelstunde erreichte sie die Promenade. Die Gaffer waren wieder ihrer Wege gegangen und Robert nirgends zu sehen. Drei Weißgekleidete krochen auf dem Boden der Grünanlage herum und sammelten Beweismaterial ein, ab und zu blitzte ein Fotoapparat. Cosma trat an das Absperrband. Sofort schnellte ein Uniformierter vor.

Sie hob beschwichtigend die Hände. »Ich will da nicht durch«, sagte sie lächelnd. »Ich bin auf der Suche nach Hauptkommissar Drass.«

»Die Kripo ist schon weg. Treten Sie bitte einen Schritt zurück.«

»Pedant«, schimpfte sie leise, beobachtete noch eine Weile die Kriminaltechniker und versuchte sich vorzustellen, was hier geschehen war.

Ein junger Mann mit roten Haaren und rotem Bart umrundete sie. Er hielt sich das Telefon ans Ohr und flüsterte gerade. »Ich habe alles gesehen. Was mache ich jetzt bloß?«

Cosma drehte sich zu ihm um. Ein schwarzer Kombi hielt an, der Mann stieg ein. Sie spurtete los, war aber nicht schnell genug. Der Fahrer gab Gas und bog um die nächste Ecke.

***

Die Rechtsmedizinerin hatte den Transportdienst angewiesen, den zweiten Toten sofort in den Obduktionsraum zu bringen, und die einzig verfügbare Assistentin im ganzen Institut abgezogen. Die Proteste der Kollegen über ihr egoistisches Verhalten waren an ihr abgeprallt. Sie hatte bereits einen Tag verloren. Neben ihr an den Tischen wurde eifrig geschnitten und gesägt. Die Leitung hatte Ersatz aus anderen Instituten angefordert und sie auch bekommen. Hätte Monika die Reihenfolge eingehalten, wäre der Tote von der Schillerpromenade frühestens in zwei Tagen dran gewesen.

Sie schob den Mundschutz vor die Lippen und betrachtete den nackten Körper auf dem Edelstahltisch. Er war abgesehen vom Hämatom am Rücken unversehrt. Nur der Kopf war ernsthaft verletzt, das blonde Haar durch das Blut dunkelrot verfärbt, das linke Auge zugeschwollen. Sie griff nach der rechten Hand und ließ sich von ihrer Assistentin eine Lupe reichen. Nachdem sie jeden Millimeter der Haut untersucht und die Fingernägel gereinigt hatte, drückte sie die Finger einzeln auf ein Touchpad und scannte die Abdrücke des Toten ein. Anschließend schoben die beiden Frauen den Mann zurück in den Kühlraum und holten sich die Leiche vom Sonntag.

Die Assistentin verließ kurz den Raum, um die Fingerabdrücke in das Polizeinetzwerk einzuspeisen. Monika entkleidete den Toten und beschriftete die einzelnen Kleidungsstücke. Dann griff sie zum Mikrofon. »Die Identität der ersten Neuköllner Leiche ist uns mittlerweile bekannt. Es handelt sich um Johannes Faris Rosenholz. Sein Körper weist außer den beiden Stichen an der Vorderseite keine weiteren akuten Verletzungen auf, allerdings mehrere ältere Narben, teils von Operationen, teils von Schnittverletzungen. Die Röntgenaufnahmen zeigen weder alte noch neue Bruchverletzungen.«

Die Rechtmedizinerin tauschte das Aufnahmegerät mit der Lupe und untersuchte noch einmal die Wunden und deren unmittelbare Umgebung.

Die Schleuse öffnete sich zischend, und Breschnow betrat in Begleitung der Assistentin den Raum. »Weißt du schon, wer der zweite Tote ist?«

»Seine Fingerabdrücke laufen gerade durchs System. Wir kümmern uns erst mal um ihn hier. Ich habe doch noch Faserspuren an seinen Händen gefunden. Sind auf dem Weg in die Kriminaltechnik.«

Breschnow schob den Mundschutz hoch und stellte sich Monika gegenüber.

»Er hat eine schlecht verheilte Blinddarmnarbe und am ganzen Körper alte Verletzungen. Wahrscheinlich Stichwunden. Und hier«, sie deutete auf den Bauch des Toten, »hat man ihn mit Zigaretten traktiert.«

Breschnow betrachtete die vernarbten Kreise, die sich halbmondförmig um den Bauchnabel gruppierten. Monika bat ihn, einen Schritt zurückzutreten, und setzte den Ypsilonschnitt an. Es zischte leise, als sie in den Toten stach. Faulgase entwichen. Vorsichtig klappte sie den Körper auf, untersuchte die Unterhaut und die von der Verletzung betroffenen Organe.

»Genauso, wie ich vermutet habe«, sagte sie. »Die Lunge ist kollabiert.«

»Es ist also möglich, dass Rosenholz in Tollners Wohnung erstochen wurde und sich dann ins Vorderhaus geschleppt hat?«

»Absolut möglich und, den Blutspritzern an den Wänden im Treppenhaus nach zu urteilen, auch sehr wahrscheinlich. Je nach Verletzung braucht die Lunge eine Weile, bis sie kollabiert. Und diese hier hat noch eine Zeit lang funktioniert.«

Monika ließ sich von ihrer Assistentin die Schere aus der

Fixerwohnung geben und führte sie vorsichtig durch die Haut in den Stichkanal ein.

»Das Gewebe hat sich zwar wieder etwas zusammengezogen, und es gab Einblutungen, aber die Schere passt.«

»Hundertprozentig?«, erkundigte sich Breschnow und trat wieder näher heran.

»Neunundneunzigprozentig«, antwortete Monika, schnitt sorgfältig das verletzte Stück Haut ab und legte es auf einen Objektträger. Breschnow folgte ihr zum Mikroskop und setzte sich.

»Siehst du die Markierungen am äußeren Rand?«, erkundigte sich die Rechtsmedizinerin. »Die musst du für dich scharf stellen.«

Breschnow tat wie geheißen und betrachte das Stück Haut, das jetzt riesengroß vor ihm lag.

»Siehst du die feinen Scharten?«

»Ja, ich glaube schon.«

»Merk sie dir.«

Monika schob einen neuen Objektträger in das Mikroskop.

»Das sieht genauso aus«, sagte Breschnow.

»Ich habe gestern einen Abdruck von der Schere gemacht, einen simulierten Stich sozusagen.«

Sie schob die beiden Objektträger übereinander.

Die Scharten waren identisch.

»Die Schere ist also die Tatwaffe.«

»Hundertprozentig«, bestätigte Monika und lächelte. »Und ich habe noch etwas für dich.«

Sie drehte sich um und steuerte ein Schränkchen in der linken Ecke des Raumes an. Eine der Schubladen trug ihren Namen. Sie zog sie auf, griff einen Asservatenbeutel mit einem blutigen Stück Papier und reichte es Breschnow.

»Was ist das?«

»Eine Visitenkarte. Habe ich in der Brusttasche des Hemdes gefunden. Das Papier hat das Blut aufgesaugt, sodass nicht mehr viel zu erkennen ist, aber die Kriminaltechniker kriegen das bestimmt wieder hin.«

Breschnow ließ den Fund in seiner Jackentasche verschwinden.

Monika streckte lächelnd die Hand aus. »Wir gehen lieber den offiziellen Weg. Ich habe schon einen Boten bestellt. Er wird jeden Moment hier sein.«

»Aber ich gehe sowieso noch hoch in die Technik«, widersprach Breschnow.

Die Rechtsmedizinerin ließ die Hand ausgestreckt.

Widerstrebend gab ihr der Hauptkommissar den Fund zurück und verließ wortlos den Sektionssaal.

***

Als er die Ausgangstür öffnete, schlug ihm fahles Licht entgegen. Der sonnige Herbsttag ging in den Nachmittag über und damit unerbittlich der frühen Dunkelheit entgegen. Breschnow lief zu seinem Auto und fuhr zurück nach Neukölln. Er stellte den Wagen am Osteingang der Hasenheide ab und steuerte die Hasenschänke an. Schon von Weitem sah er, dass die Türen rechts und links des Kiosks offen standen. Eine junge Frau schleppte gerade den letzten Stuhl hinein und verschloss den Abstellraum. Als Breschnow den Verkaufstresen erreichte, senkte sich die elektrische Jalousie langsam. Eine Hand schnellte hervor und griff den Zuckerstreuer, der noch auf der Ablage stand. Breschnow packte die Hand, die Jalousie stoppte, und eine kräftige Männerstimme brüllte: »Feierabend. Verschwinde!«

»Ich will nur noch ein Bier«, bat Breschnow. »Oder am besten einen Sixpack.«

»Bist du taub?«

»Ich bin Polizist.«

»Und ich arbeite jeden Tag hier in diesem Kiosk. Ich will auch mal Feierabend haben.«

»Vielleicht mit einem Feierabendbier?«, versuchte es Breschnow noch einmal.

Der Mann ließ die Jalousie wieder ein Stück hochfahren und musterte sein Gegenüber neugierig. »Dich kenn ich.« Er griff nach hinten und zog die heutige Zeitung hervor. »Einen Sixpack für dich, wenn du mir ein Bier spendierst.« Breschnow nickte. Der Verkäufer deutete mit dem Kopf auf eine Bank am Rande des Rosengartens. »Setz dich da hin.«

Der Hauptkommissar griff den Sixpack und schlenderte über den Platz. Hinter ihm schloss sich die Jalousie geräuschvoll. Kurz danach kamen der Mann und eine mittelalte Brünette zu ihm herüber.

Breschnow riss drei Dosen auf und hielt ihnen die Zigarettenpackung hin. »Kennt ihr einen Obdachlosen mit einem grauen Lodenmantel?«

»Meinst du den Willy?«, fragte die Frau.

Breschnow nickte.

»Seit sie den Tunnel zugeschüttet haben, schläft er manchmal in den Toiletten. Ich lass dann abends auf.« Sie sah ihren Kollegen an. »Aber nicht, dass du mich verpetzt. Er ist ein anständiger Kerl.«

Der Verkäufer schwor ihr, sie nicht zu verraten, und ließ sich eine Zigarette geben.

»Der Tunnel ist weg?«, fragte Breschnow erstaunt.

Die Frau lachte. »Du warst wohl länger nicht mehr hier. Den haben sie vor ungefähr vier Monaten zugeschüttet und eine Wiese darauf wachsen lassen.«

»Mit einem Haus«, ergänzte der Mann.

Die Frau nickte. »Ein Haus für die Tiere. Für die Menschen wäre es sinnvoller gewesen. Aber die mussten im Tunnel pennen. Jetzt sind sie alle weg oder in den Toiletten.«

»Welche Tiere?«, erkundigte sich Breschnow.

Die Brünette zuckte die Schultern. »Welche mit Hörnern. Ist das wichtig?«

»Nicht wirklich«, antwortete er und öffnete drei weitere Dosen.

»Eigentlich muss ich los«, sagte der Mann und griff sich das Bier.

Die Frau wies mit dem Daumen hinter sich. »Ich habe Willy heute gesehen. War in Gesellschaft. Eine Frau mit Kampfanzug. Gehört sich doch eigentlich nicht für 'ne Frau, so rumzulaufen, oder?«

»Wann heute?«

»So kurz nachm Aufmachen. Gegen Mittag.«

Breschnow zog eine verknitterte Visitenkarte aus seiner Gesäßtasche und reichte sie ihr. »Falls du ihn wieder siehst, ruf mich an.«

Die Frau besah sich die Karte. »Du bist ja wirklich 'n Bulle. Was willste denn von ihm?«

»Ich will, dass er zum Arzt geht.«

»Is er krank?«

»Verletzt.«

»Und woher kennste den Willy?«

»Aus einer Läusepension.«

Die Frau betrachtete die Visitenkarte noch einmal und dann ihn. »Also biste jetzt gar kein Polizist mehr? Siehst ja eigentlich auch gar nich wie einer aus.«

Breschnow grinste. »Ich habe damals in dieser Obdachlosen-einrichtung ermittelt.«

Nach einer weiteren Zigarette verabschiedeten sich die drei. Breschnow ging zurück zum Auto. Als er kurz darauf auf den Columbiadamm einscherte, raste ein metallic grüner Sportwagen an ihm vorbei.

»Du wirst dich noch um Kopf und Kragen fahren«, brummte der Kommissar, bog in die Golßener Straße ein und fragte sich, ob er die neue Backsteinmauer, die die Polizeikaserne an dieser Seite seit ein paar Wochen umgab, mochte oder nicht. Er passierte die Schranke, rollte im Schritttempo auf den Hof und parkte neben seinem Kollegen.

»Du warst wieder zu schnell.«

»Es wird kaum noch kontrolliert, und wenn, dann weiß ich es ja immer rechtzeitig. Ich bin die Polizei«, antwortete Drass.

Gemeinsam gingen sie zum Hintereingang. Drass hielt seinem Chef die Tür auf.

Regina und Delego saßen bereits im Besprechungsraum und blätterten in ihren Notizen. Breschnow stellte sich an das Whiteboard.

»Regina, du siehst echt klasse aus, das muss ich dir doch noch einmal sagen«, sagte Drass charmant lächelnd. »War das wirklich dieser Nägelschneider?«

»Kosmetiker und Haarstylist«, korrigierte ihn seine Kollegin.

Breschnow drehte sich zu ihr um.

Regina lachte. »Du hast es schon gestern nicht gesehen, oder?«

»Irgendwas ist anders?«

»Stefan Breschnow, du hast wirklich ein gutes Auge, was Tatorte und Verdächtige angeht, aber bei deinem Team bist du blind.«

Schmitti betrat den Besprechungsraum, setzte sich neben Delego und stellte den Laptop vor sich auf. »Ich warte auf eine Mail«, erklärte er.

»Hast du noch etwas über Rosenholz in Erfahrung gebracht?«, erkundigte sich Breschnow.

»Ich habe versucht, seinen Vater in Syrien ausfindig zu machen. Keine Chance.«

»Das war zu befürchten. Delego, hast du mittlerweile mit Isabella Rosenholz gesprochen?«

»Sie geht nicht ans Telefon.«

»Dann fahr noch mal hin«, sagte Breschnow und wandte sich wieder Schmitti zu. »Wie sieht es mit den Telefon- und Kontodaten aus?«

»Machst du Witze? Bring mir erst mal einen Kontoauszug oder einen Telefonvertrag. Wir müssen alle Banken und Telefonanbieter anfragen. Das dauert!«

»Und der Wagen?«

»Ebenfalls Fehlanzeige. Aber sie suchen weiter.«

»Ich war vorhin in der Rechtsmedizin«, informierte Breschnow sein Team. »Die Schere ist eindeutig die Tatwaffe. Und in Rosenholz' Hemdtasche hat Monika eine Visitenkarte gefunden.«

»Was stand drauf?«, erkundigte sich Delego.

»War nicht zu lesen. Ist in der KTU.«

Zögerlich radierte er das Fragezeichen hinter dem Wort Schere aus.

»Du glaubst nicht, dass der Fixer Rosenholz erstochen hat, oder?«

Breschnow zuckte die Achseln.

»Er ist in seiner Wohnung getötet worden, und die Schere hat unter seinem Körper gelegen«, erinnerte ihn Drass.

»Das weiß ich«, brummte Breschnow, »aber irgendwie traue ich dieser armseligen Gestalt keinen Mord zu.«

»Und seine Mutter behauptet, Tollner wär der friedlichste Mensch auf der Welt«, ergänzte Delego. »Meinst du, jemand hat ihm die Tatwaffe untergejubelt?«

»Wir sollten das zumindest in Betracht ziehen«, antwortete Breschnow. »Noch wissen wir nicht, in welchem Zustand der Fixer war, als Rosenholz ihn besucht hat.«

Drass nickte. »Und werden es vielleicht auch nie herausfinden.« Er machte eine kleine Pause. »Breschnow und ich waren gestern noch einmal in Tollners Wohnung und haben nach Rosenholz' Jacke gesucht, sie aber nicht gefunden.«

»Vielleicht hat er sie im Auto gelassen«, schlug Schmitti vor.

»Aber dann müsste sein SUV doch irgendwo in der Nähe der Braunschweiger Straße stehen«, wandte Drass ein.

»Nicht, wenn der Täter anschließend damit weggefahren ist«, sagte Breschnow. »Es reicht nicht, nur den Kiez nach dem Fahrzeug abzusuchen. Schmitti, leite eine Fahndung ein.«

»Wir waren auch in der Wohnung von Johannes Rosenholz«, fuhr Drass fort. »Und wie es aussieht, war schon jemand vor uns da. Wir haben weder einen Computer noch ein Handy oder irgendwelche Notizen, ein Adressheft oder Ähnliches gefunden.«

»Vielleicht hatte er keinen Computer«, warf Delego ein.

Schmitti betrachtete sie fassungslos.

»So was soll es auch geben. Ist nicht jeder so ein Freak wie du.«

»Doch, er hatte einen Laptop. In der Steckdose hing noch das Stromkabel mit Laptopstecker«, sagte Breschnow.

Schmitti warf Delego einen triumphierenden Blick zu.

»Aber Tollner kann nicht in der Wohnung von Rosenholz gewesen sein. Zu der Zeit war er bereits im Krankenhaus«, stellte Regina fest.

»Nicht danach, aber vielleicht war er vorher dort, und Rosenholz hat ihn deswegen aufgesucht«, schlug Delego vor.

»Oder er hat einen Helfer gehabt.«

»Sie haben eine neue E-Mail«, verkündete eine blecherne Stimme.

»Habe ich installiert«, lächelte Schmitti. »Ist doch besser als diese ewigen Signaltöne.« Er überflog den Text. »Bingo. Wir haben die Fingerabdrücke der zweiten Leiche in der Datenbank. Der Mann war aktenkundig wegen Körperverletzung und Diebstahl. Beide sind aber als Bagatelldelikte behandelt worden.«

»Verrätst du uns auch noch, wie er heißt?« fragte Delego.

»Sein Name ist Daniel Busse.«

Breschnow notierte den Namen auf dem Whiteboard. Schmitti tippte einen Befehl in seinen Laptop und scrollte.

Delego stöhnte. »Das kann dauern. Ich brauche einen Kaffee.«

Sie stand auf und setzte die Maschine in Gang. Breschnow stellte sich ans Fenster und zündete sich eine Zigarette an.

»Ich hab ihn!«, rief Schmitti. »Es gibt Einträge von uns und eingescannte Berichte von Sozialarbeitern. Daniel Busse wurde am 17. Februar 1992 in Marzahn-Hellersdorf geboren. Die Mutter ist Hausfrau, der Vater hat als Techniker bei der Reichsbahn gearbeitet. Busse war ein Einzelkind. Seine leibliche Mutter starb, als er zwölf war. Der Vater heiratete sofort wieder. Eine schwangere Russin. Daniel bekam einen Stiefbruder, den er nicht besonders zu mögen schien.«

»Was hat er gemacht?«, fragte Delego.

»Gib mir einen Moment.«

Breschnow schnippte die Kippe aus dem Fenster und blickte über den belebten Parkplatz. Zwei Streifenwagen verließen gerade das Gelände. Er schloss das Fenster und stellte sich wieder neben das Whiteboard.

»Er hat seinen Stiefbruder durch eine Glastür gestoßen«, sagte Schmitti, »und seine Stiefmutter bedroht und geschlagen.«

»Ist das die gemeldete Körperverletzung?«

Schmitti nickte und scrollte weiter. »Busse ist an seinem achtzehnten Geburtstag ausgezogen.«

»Wahrscheinlich hat ihn sein Vater rausgeschmissen«, mutmaßte Regina.

Breschnow notierte die neuen Fakten auf dem Whiteboard. »Und der Diebstahl?«

»Busse hat sich selbst ein großzügiges Geburtstagsgeschenk

gemacht. Am Tag seines Auszugs hat er mit der EC-Karte das Konto der Familie abgeräumt.«

»Er brauchte was zu essen und ein Zimmer und Möbel«, mutmaßte Delego.

Schmitti fuhr fort. »Sein Vater hat ihn angezeigt, aber die Anzeige am nächsten Tag wieder zurückgezogen.«

»Vielleicht hat sein Sohn ihn bedroht. Er war ziemlich kräftig.«

»Auf jeden Fall hat er sich durchgeschlagen.«

»Im wahrsten Sinne des Wortes. Es gibt diverse Einträge wegen kleinerer Schlägereien und Sachbeschädigung. Er hat Hauswände vollgeschmiert und sich dabei erwischen lassen. Vor einem Jahr hat ihn der Besitzer eines türkischen Restaurants angezeigt.«

»Und Busse hat ihm dann eins aufs Maul gehauen. Stimmt's?«, fragte Breschnow und grinste. »Hat wohl nicht damit gerechnet, dass ihn mal jemand anzeigt.«

Schmitti scrollte weiter. »Ein Jahr auf Bewährung.«

»Sie kannten sich!«, unterbrach Delego und sprang auf. »Chef, die Visitenkarten.«

Sie rannte hinaus und kehrte mit einem triumphierenden Lächeln zurück.

»Als wir Frau Rosenholz nach den Bekannten oder Freunden ihres Sohnes gefragt haben, hat sie uns diese Visitenkarten gegeben. Und eine davon ist von Daniel Busse.«

***

Sie hatten noch einen Auftrag für diesen Abend bekommen und sich gleich nach der Dienstbesprechung auf den Weg gemacht. Delego schmollte bis Friedrichshain. Dann ließ sie ihrem Ärger freien Lauf.

»Blöder Job«, schimpfte die Kommissarin. »Und ich verpasse wieder ›Law & Order‹.«

»Niemand überbringt gerne Todesnachrichten«, versuchte Regina sie wieder freundlich zu stimmen und fädelte sich in den Verkehr der Frankfurter Allee ein. Sie hielten sich stadtauswärts und erreichten bald Mahlsdorf. Einfamilienhäuser säumten die Straße. Nach kurzem Suchen fanden sie ihr Ziel und parkten vor einem weiß getünchten Dreißiger-Jahre-Haus. Kurz nachdem Regina geklingelt hatte, öffnete ihnen ein älterer Mann die Tür.

Regina wies sich aus und erkundigte sich, ob er Herr Busse sei. Er nickte und winkte sie herein.

Es roch nach Kohl und frischem Zimtgebäck. Der Hausherr wies mit dem Zeigefinger auf die Wohnzimmertür und bat sie, schon mal Platz zu nehmen. Dann öffnete er die Küchentür und rief nach seiner Frau. Der Labrador der Familie hatte es sich auf dem dicken Teppich vor dem grünen Samtsofa bequem gemacht und beobachtete die Kommissarinnen gelangweilt. Karl-Heinz Busse stieg über ihn hinweg und setzte sich. Mit einer Handbewegung bat er seine Gattin, sich neben ihn zu setzen.

Delego räusperte sich. »Es tut mir leid, Ihnen mitteilen zu müssen, dass Ihr Sohn verstorben ist.«

Der Hausherr starrte sie ungläubig an. Seine Frau griff seine Hand.

»Mein Sohn ist tot?«, stammelte er.

»Was ist passiert?«, fragte Frau Busse mit leiser Stimme.

»Er wurde Opfer eines Gewaltverbrechens. Man hat ihn heute auf einem Grünstreifen in Neukölln tot aufgefunden.«

Regina übernahm und schilderte den Eltern, was sie bisher wussten.

»Erschlagen? Oh mein Gott.« Die Frau hielt sich die Hand vor den Mund und bekreuzigte sich. »Ich habe immer gewusst, dass es ein schlimmes Ende mit ihm nehmen wird.«

»Mich wundert das eigentlich auch nicht«, flüsterte der Vater nach einer Weile. »Mein Sohn war ein schlechter Mensch, aber …« Ihm versagte die Stimme, und er schluckte. »Ich habe ihn trotzdem geliebt. Er ist doch mein Junge.«

Er schluchzte leise. Seine Frau reichte ihm ein Taschentuch und tätschelte seine Hand. Nach einer Weile stand er auf und verließ den Raum.

»Geben Sie ihm bitte einen Moment, die Nachricht zu verdauen«, bat Frau Busse. »Wollen Sie einen Tee?«

Die Kommissarinnen lehnten dankend ab.

»Wie war Ihre Beziehung zu Daniel?«, erkundigte sich Delego.

»Nicht gut. Daniel hat mich von Anfang an gehasst und uns das Leben zur Hölle gemacht. Als er volljährig wurde, hat mein Mann ihn schweren Herzens vor die Tür gesetzt.«

»Nachdem er Sie geschlagen hatte?«

»Sie wissen davon?«, fragte Frau Busse erstaunt.

»Es gab eine Anzeige.«

»Wir haben ihn angezeigt, weil wir gehofft haben, dass er dann damit aufhört. Aber das hat er nicht getan.«

»Warum war er so wütend auf Sie?«

»Er hat mir die Schuld am Tod seiner Mutter gegeben. Er dachte, wenn ich nicht aufgetaucht wäre, würde sie noch leben. Als er noch ein Kind war, habe ich das verstanden. Aber später …« Sie schüttelte den Kopf. »Ich seh mal nach meinem Mann.«

Frau Busse eilte aus dem Raum. Der Hund erhob sich träge und folgte ihr. Regina schlenderte zu dem schlichten Eichenholz-Sideboard, betrachtete die in Reihe aufgestellten Rahmen und griff sich eine Fotografie heraus. Es zeigte die Familie Busse, Vater, Mutter, ein großer und ein kleiner Junge. Alle lächelten verbissen in die Kamera. Sie stellte das Foto wieder ab und betrachtete das nächste. Zwei alte Menschen starrten sie steif an. Daneben ein Bild von einem Mann und einer anderen Frau mit einem Kind. Die drei hielten sich lächelnd umarmt.

»Das waren gute Zeiten«, sagte Herr Busse und stellte sich hinter Regina. »Da ist Daniel sechs und gerade in die Schule gekommen.«

»Warum gibt er Ihrer zweiten Frau die Schuld für den Tod seiner Mutter?«, fragte die Kommissarin.

»Setzen wir uns wieder?« Ohne eine Antwort abzuwarten, steuerte er das Sofa an. Seine Frau hatte bereits wieder Platz genommen. Der Hund saß jetzt vor Delego auf dem Boden und ließ sich kraulen.

»Daniel war vielleicht acht oder neun, als unsere Ehe Risse bekam. Wir stritten immer häufiger, und dann habe ich in der Firma Ivenka kennengelernt. Meine Ex-Frau und ich wollten uns einvernehmlich scheiden lassen. Aber dann wurde sie krank. Krebs, nicht mehr zu heilen. Also blieb ich bei ihr. Wir hatten uns ja immer noch gern, und ich wollte sie nicht alleinlassen.«

»Wusste Ihre Frau von der Affäre?«

Herr Busse nickte. »Nachdem wir endlich verstanden hatten, dass wir einfach nicht zusammenpassten, stritten wir uns nicht mehr. Wir konnten weiterhin wie gute Freunde zusammenleben. Ich zog ins Gästezimmer und blieb auch immer wieder über Nacht weg. Es hat ihr nichts ausgemacht. Nur Daniel tat sich schwer damit. Als dann die Krankheit sichtbarer wurde, haben wir versucht, mit ihm darüber zu reden. Aber er hat es nicht zugelassen, rannte mitten im Gespräch raus oder fing an zu schreien und hielt sich die Ohren zu. Meine Ex-Frau war Erzieherin. Sie wusste eigentlich, wie man mit Kindern umgehen muss, aber bei Daniel war sie rat- und hilflos. Er wurde immer stiller und gleichzeitig aggressiver. Er wurde auffällig in der Schule, störte permanent den Unterricht und ärgerte seine Mitschüler. Und nach dem Tod meiner Ex-Frau geriet er völlig aus dem Ruder. Er gab Ivenka die Schuld.«

»Wir hatten Angst vor ihm«, flüsterte Frau Busse.

»Ja, wir hatten Angst vor ihm«, bestätigte ihr Mann. »Angst vor dem eigenen Sohn. Können Sie sich das vorstellen?«

Delego schüttelte kaum merklich den Kopf. »Haben Sie deswegen die Anzeige wegen Körperverletzung zurückgezogen?«

Karl-Heinz Busse nickte. »Wir hatten Angst, dass es noch schlimmer wird, dass er uns die Bude über dem Kopf anzündet oder seinen Stiefbruder quält. Wir haben den Kleinen vorsichtshalber eine Zeit lang zu den Großeltern gebracht. Und als Daniel dann achtzehn war, habe ich ihn gebeten zu gehen.«

»Und das hat er einfach so getan?«

»Ohne ein Wort«, bestätigte Herr Busse. »Dafür war dann unser Geld futsch. Er hätte uns nicht bestehlen müssen. Ich hätte ihm auch so Geld gegeben, bis er eine Arbeit findet.«

»Und er ist nie mehr hier aufgetaucht?«, erkundigte sich Delego.

Herr Busse verneinte. »Anfangs lebten wir noch in Sorge, aber irgendwann fingen wir an, in unser neues Leben zu vertrauen.«

»Wussten Sie, wo er wohnt?«

»Er hat uns seine Anschrift und seine Kontoverbindung mitgeteilt.«

»Warum hat er das getan, wenn er keinen Kontakt mehr haben wollte?«, fragte Regina.

»Als er ausgezogen ist, hatten wir noch Anspruch auf Kindergeld. Das habe ich ihm überwiesen, und für die Änderungsmitteilung brauchte ich seine neue Adresse und die Meldebestätigung. Außerdem«, er sah seine Frau an, »habe ich ihn besucht.«

»Du hast Daniel besucht? Wieso hast du mir das nie gesagt?«

Karl-Heinz Busse zuckte mit den Schultern. »Ich war genau zwei Mal im Rollberg. Beim ersten Mal hat er mich nicht reingelassen. Beim zweiten Mal wollte er mich auch wieder wegschicken, aber da war ein junger Mann zu Besuch, der ihm gut zugeredet hat, und dann durfte ich rein.«

»Wie sah der junge Mann aus?«, erkundigte sich Regina.

»Er war dunkler als mein Sohn. Ich glaube, er hatte einen Migrationshintergrund. Das hat mich gewundert. Daniel war ja ziemlich konservativ eingestellt.«

»Konservativ ist wahrscheinlich noch freundlich ausgedrückt«, sagte Delego. Als sie ihren Fauxpas bemerkte, lächelte sie entschuldigend, zog ihr Smartphone aus der Tasche und zeigte dem Vater ein Foto von Rosenholz.

»Das ist er. Warum haben Sie diese Aufnahme?«

Delego ließ die Frage unbeantwortet. »Haben Sie sich mit ihm unterhalten?«

»Nein. Eigentlich nicht. Mein Sohn hat mich in seine Küche gelotst, und der junge Mann ging zu dem anderen in den Wohnraum.«

»Da war noch ein dritter Mann?«

Busse nickte. »Er war auch dunkel. Ich habe damals gedacht, das ist bestimmt ein Verwandter des Jungen.«

»Können Sie ihn beschreiben?«

»Er war älter, eher so in meinem Alter. Vielleicht sein Vater oder ein Onkel. Er war schlank, hatte schwarze Haare und einen schwarzen Bart. Gepflegt wirkte er.«

»Aber einen Namen haben Sie nicht?«

»Nein. Er hat sich nicht vorgestellt«, antwortete Karl-Heinz Busse. Seine Frau sah ihn immer noch erstaunt an.

***

»Das ist das Paradies«, murmelte Willy und drehte den Wasserhahn auf. Die warme Flüssigkeit umschmeichelte seine Hand. Er formte sie zu einer Muschel, führte sie immer wieder ins Gesicht und ließ das warme Wasser über seine ledrige Haut laufen. Nach einer Weile drehte er den Wasserhahn zu und tauchte unter. Er konnte sich nicht mehr erinnern, wann er zuletzt ein Bad genommen hatte, griff nach dem Shampoo und verteilte es über seine langen zotteligen Haare und den Bart. Er wusch sie drei Mal, genauso wie seinen Körper, den er vorsichtig einseifte, bemüht, den Schorf nicht abzureißen.

Maria klopfte an die Badezimmertür und wollte auf die Toilette. Willy zog den Stopfen und sah dem schmutzigen Wasser zu, wie es sich verwirbelte und gurgelnd im Abfluss verschwand. Zurück blieb ein grauer fettiger Schmutzfilm. Er wickelte sich in das große Handtuch ein und betrachtete sich im Spiegel. Seine grau melierten Haare standen wirr vom Kopf ab, der Bart reichte ihm bis auf das Schlüsselbein. Die Haut war gegerbt, und seine Augen waren gerötet. Die zehn Jahre auf der Straße hatten ihre Spuren hinterlassen. Er griff nach Marias Morgenmantel und schloss die Tür auf. Sie drängte sich an ihm vorbei.

Willy ging ins Wohnzimmer. Dort war bereits der Tisch gedeckt mit Brot, Wurst und Bier. Er ließ sich auf das Sofa fallen.

Als Maria zurückkam, lachte sie und deutete mit dem Finger auf ihn. »Passt wohl nicht so ganz, mein Morgenmantel, bist doch einiges länger als ich. Aber für heute wird's gehen. Deine Klamotten sind in der Waschmaschine.«

Sie setzte sich neben ihn.

Willy griff sich ein Bier und leerte es in einem Zug.

»Baden macht durstig«, erklärte er.

»Hoffentlich auch hungrig«, sagte Maria. »Greif zu. Ich hasse es, wenn Kerle wenig essen.«

Das ließ sich Willy nicht zweimal sagen. Danach saßen sie

noch eine Weile beieinander und erzählten sich Geschichten aus ihrem Leben. Nur die lustigen. Die schmerzhaften ließen sie aus. Als der Zeiger sich über die Zwölf schob, gähnte Maria vernehmlich. Gemeinsam räumten sie die Flaschen und die Teller in die Küche. Dann rollte Willy seinen Schlafsack auf dem Boden aus.

»Du kannst doch auf dem Sofa pennen«, sagte Maria und gähnte erneut. »Man kann es ausziehen.«

Willy schüttelte den Kopf und rollte sich auf dem Boden zusammen. »Aber ein Kissen wäre schön.«

Als Maria zurückkehrte, war er bereits eingeschlafen. Sie schob ihm das Kissen vorsichtig unter den Kopf und löschte das Licht.

***

Breschnow und Drass eilten den Gang entlang. Vor Daniel Busses Tür stand eine junge Frau. Als sie sie sah, drehte sie sich um und ging in die entgegengesetzte Richtung. Drass sprintete hinter ihr her und versperrte ihr den Weg.

»Warten Sie auf Daniel Busse?«, fragte er.

Sie nickte.

»Sind Sie seine Freundin?«

»Ein bisschen.«

»Wie kann man denn ein bisschen Freundin sein?«, erkundigte sich Breschnow amüsiert.

»Wir sind in demselben Verein.

»Bei ›Für Berlin‹?«

»Woher wissen Sie das? Wer sind Sie eigentlich?«

»Mordkommission.«

Die junge Frau riss die Augen auf. »Ist Daniel etwas passiert?«

»Kann man so sagen«, antwortete Breschnow.

Drass hatte mittlerweile die Tür aufgesperrt und rief seinen Chef heran.

»Warten Sie hier auf uns.«

Die junge Frau nickte automatisch und setzte sich auf einen zurückgelassenen Stuhl im Hausflur. Die beiden Kommissare verschwanden in der Wohnung.

»Hast du dir ihren Ausweis zeigen lassen?«, fragte Drass.

Breschnow verneinte und streifte sich die Handschuhe über.

»Dann werde ich das jetzt nachholen. Falls sie abhaut, haben wir wenigstens ihre Personalien.«

»Sie haut nicht ab. Sie will wissen, was mit ihrem Ein-bisschen-Freund passiert ist«, sagte Breschnow. »Die Wohnung sieht irgendwie unbewohnt aus. Bei mir im Flur stehen Schuhe und Krams, über den ich ständig stolpere.« Er öffnete die Küchentür. »Und hier? Kein Krümel, kein Bierrand, kein Geschirr. Hat er wirklich hier gewohnt?«

»Das andere Extrem«, stellte Drass fest. »Thomas Tollner lebt total verwahrlost, und Daniel Busse hatte einen Putzzwang.«

»Mehr als das«, murmelte Breschnow und öffnete den Kühlschrank. Milch, Käse und Wurst lagen genau abgegrenzt nebeneinander. Auf der unteren Ablage standen ein Butterfass und ein Glas Marmelade. Er riss den Küchenschrank auf. Tasse neben Tasse, Glas neben Glas. Alles in einer Linie.

»Ich wette, wenn ich nachmesse, hat das Geschirr denselben Abstand.«

»Manche Leute sind so und andere anders. Bei dir sieht es immer aus wie nach einer Hausdurchsuchung.«

Breschnow ignorierte den Kommentar, schob sich wortlos an seinem Kollegen vorbei und ging ins Bad. Alles glänzte, und die Handtücher hingen akkurat gefaltet über den Ablagestangen. Breschnow verspürte Lust, mit Wasser zu spritzen und die Handtücher schief zu hängen, riss sich aber zusammen und öffnete stattdessen den dreiflügligen Badezimmerschrank über dem Waschbecken. Shampoo, Duschgel, Rasierschaum, Einmalklingen und ein Schlüssel. Ansonsten war er leer. Und sauber. Er griff den Schlüssel und ging zu seinem Kollegen ins Wohnzimmer.

»Hier hat offensichtlich alles seine Ordnung. Stimmst du mir da zu?«

Drass nickte.

Breschnow hielt den Fund hoch. »Was macht dann also ein einzelner Schlüssel im Toilettenschrank?«

»Zweitschlüssel? Freundin?«

Breschnow winkte seinen Kollegen zu einem grau glänzenden

Brett mit schwarzen Haken, an denen vier sorgfältig beschriftete Schlüssel mit unterschiedlich farbigen Plastikanhängern hingen, und testete seinen Fund an der Wohnungstür. Der Schlüssel passte nicht in das Schloss. Er riss die Tür auf und rief die junge Frau heran. Sie näherte sich zögernd.

»Haben Sie den schon mal gesehen?«

»Das ist ein Schlüssel«, stellte sie fest. »Er sieht aus wie so viele Schlüssel. Woher soll ich wissen, ob ich den schon mal gesehen habe?«

»Zu Ihrer Wohnung passt er nicht?«

»Nein. Ich wohne im Altbau und habe einen ganz großen Schlüssel.«

»Und zu den Vereinsräumen?«

»Vereinsräume sind hier am Board«, rief Drass. »Beschriftet!«

Breschnow fummelte umständlich ein Asservatentütchen aus der engen Hosentasche und ließ den Fund darin verschwinden. Dann ging er wieder hinein. Drass stand in der Mitte des kleinen Wohnzimmers und sah sich um. Die Einrichtung bestand aus zwei weißen Sesseln vor einem weißen Tisch, einem schwarzen Fernseher und einer grauen Stereoanlage. An der weißen Wand hingen keine Bilder.

»Er hat keinen Schreibtisch und keinen Schrank hier drin. Wo hat er seine Unterlagen aufbewahrt?«, fragte Breschnow.

Drass deutete mit dem Zeigefinger auf die einzige noch verschlossene Tür. »Vielleicht dort?«

Das Schlafzimmer war ebenfalls weiß gestrichen und bestand aus einem Doppelbett und einem Einbauschrank, der die gesamte Wand einnahm.

Breschnow ging darauf zu und ließ die rechte Schiebetür aufgleiten. Ein schwarzer Anzug, ein graues und ein weißes Hemd teilten sich die schmale Kleiderstange mit drei olivfarbenen Cargohosen. Daneben waren fein säuberlich Sweat- und T-Shirts in unterschiedlichen Farben in die Regale gestapelt. Die mittlere Tür gab den Blick auf Bettwäsche, Handtücher und Socken frei. Breschnow schob die letzte Tür auf und pfiff durch die Zähne. Drass war sofort hinter ihm.

»Alles, was man heute so braucht«, kommentierte er trocken,

schob sich den Hemdsärmel über die Hand und griff nach dem Baseballschläger. Das Holz war abgenutzt und mit feinen Scharten übersät.

»Sieht nicht so aus, als ob der nur im Schrank gelegen hätte«, stellte er fest und legte ihn zurück.

Sie fanden noch drei Kampfmesser, einen Elektroschocker, Reizgas und ein schwarzes Adressheft. Breschnow blätterte die Seiten durch und stieß auf insgesamt vier Einträge.

»Gundula Merck, Karl-Heinz Busse, ›Für Berlin‹ und die Telefonnummer von Johannes Faris Rosenholz.«

Gedankenverloren steckte er sich das Adressheft in die Hosentasche.

»Das kannst du nicht machen. Das ist Unterschlagung von Beweismaterial.«

»Was?«

»Das Heftchen.« Drass deutete auf Breschnows Hosentasche. Der zeigte ihm einen Vogel, ging hinaus in den Hausflur und steckte sich eine Zigarette an.

»Ich glaube nicht, dass Sie hier rauchen dürfen«, sagte die junge Frau freundlich.

Breschnow bedachte sie mit einem vernichtenden Blick und brummte: »Sagt mir denn heute jeder, was ich zu tun habe?« Er hielt ihr das Adressbuch hin. »Sind Sie Gundula Merck?«

Sie nickte.

»Kennen Sie einen Johannes Faris Rosenholz?«

»Ein bisschen. Er ist ein Kumpel von Daniel. Sagen Sie mir jetzt endlich, was passiert ist?«

»Wann haben sie die beiden zuletzt gesehen?«

»Das ist schon ein paar Monate her, glaube ich.«

»Ein paar?«, fragte Breschnow streng.

»Vielleicht ein halbes Jahr. Wir waren in einer Kneipe. Daniel hat ihn mitgebracht. Sie haben sich gut verstanden, haben die ganze Zeit nebeneinandergesessen und getuschelt. Mein Freund und ich fanden das nicht so gut.«

»Wegen Rosenholz' Hautfarbe?«

Gundula Merck verdrehte die Augen. »Nein, weil es unhöflich ist, wenn man zu viert unterwegs ist.«

»Hatten die beiden auch danach noch engen Kontakt?«

»Ich glaube schon. Manchmal hat Daniel etwas von einem Club oder einer Disco erzählt, in die Johannes immer geht, und dass er ihm vielleicht dort einen Job besorgen kann. Ich kenn ja solche Lokale nicht.«

»Club oder Disco?«, fragte Breschnow streng.

Gundula Merck zuckte mit den Schultern.

»Kennen Sie den Namen?«

Sie schüttelte den Kopf.

»Die Adresse, den Stadtbezirk, irgendetwas?«, erkundigte sich Breschnow ungeduldig.

»Nein. Erzählen Sie mir jetzt endlich, was los ist?«

»Erst mal kommen Sie mit uns in die Wohnung, Frau Merck«, befahl Breschnow.

Die junge Frau folgte ihm genervt.

»Ist hier irgendetwas anders als sonst?«

Gundula Merck warf einen Blick in die Küche, das Wohnzimmer und das Bad. Drass trat zu ihnen und deutete auf die Schlafzimmertür.

»Da war ich nie drin. Ich glaube, es sieht aus wie immer.«

»Ihr Freund legt offensichtlich viel Wert auf Ordnung«, sagte Drass.

Gundula Merck nickte. »Und er ist eigentlich immer zuverlässig. Bis auf gestern.«

»Was war gestern?«

»Wir wollten uns auf ein Bier treffen. Ich habe Probleme mit meinem Laptop, und Daniel kennt sich gut aus mit solchen Sachen.«

»Um wie viel Uhr wollten sie sich treffen?«

»Um zehn. Bei Lange. Im Schillerkiez.«

»Deswegen war er auf dem Grünstreifen der Schillerpromenade«, sagte Breschnow.

»Ist ihm etwas passiert?«

Drass schob sie in das Wohnzimmer, drückte sie in einen der weißen Sessel und informierte sie behutsam über den Tod ihres Freundes. Anschließend rekonstruierte er gemeinsam mit ihr den letzten Weg, den Daniel Busse wahrscheinlich genommen hatte.

»Ist er gestorben, weil er mir helfen wollte?«, schluchzte Gundula Merck.

Drass nahm ihre Hand. »Er ist gestorben, weil ihn jemand getötet hat«, tröstete er sie und reichte ihr ein Taschentuch. »Es ist nicht Ihre Schuld.«

***

Die Luft war rein, und sie atmete erleichtert auf. Wahrscheinlich saß ihre Mutter mit irgendeinem Kerl in der Kneipe und versoff den Rest des Haushaltsgeldes. Aber das war Kimmie im Moment egal. Hauptsache, sie war nicht zu Hause. Aus dem Wohnzimmer drang fröhliches Kinderlachen. Die Zwillinge hatten sich vor den Fernseher gekuschelt und sprangen auf, um sie zu umarmen.

»Mama hat uns eine DVD ausgeliehen«, erklärte Mira.

»Sie sagt, wenn wir brav sind, dürfen wir fernsehen, bis du kommst«, ergänzte Moni.

Kimmie strich ihr sanft über das helle Haar. »Und wo ist sie jetzt?«

»Arbeiten«, sagte Mira und kletterte zurück aufs Sofa.

»Wollen wir einen Kakao trinken und Marshmallows dazu essen?«

Die Kleinen jubelten.

»Gut, meine Mäuse, dann laufe ich gleich in den Supermarkt.«

Kimmie ging in die Küche und sah in den leeren Kühlschrank. Wütend angelte sie die Blechdose mit dem Haushaltsgeld vom Hängeschrank. Ein Fünf-Euro-Schein und zwei Münzen. Wenigstens das hatte ihre Mutter nicht angerührt. Es würde für Milch und Süßigkeiten reichen. Vielleicht auch noch für ein Brot, das sich die Kleinen morgen früh mit Marshmallows belegen könnten.

Ihr Handy klingelte. Marinda erkundigte sich, ob sie später noch vorbeikommen würde. Kimmie versprach es gerne. Dann nahm sie das Geld und einen Stoffbeutel, sah noch einmal nach den Kindern und verließ gut gelaunt das Haus.

Die Nacht war grau, es nieselte. Kimmie zog sich die Kapuze über den Kopf und lief los.

Sie bemerkte nicht, dass vier Augenpaare ihr folgten.

***

Als es klingelte, riss Cosma das Wohnzimmerfenster auf und sah hinaus.

Robert stand am gegenüberliegenden Kanalufer und winkte ihr zu. In Windeseile schlüpfte sie in ihre Daunenjacke. Im Hausflur hielt sie kurz inne, prüfte, ob sie die Wohnungstür richtig zugezogen hatte, schloss konzentriert ein Sicherheitsschloss nach dem anderen, rannte die Treppe hinunter, kickte im Vorbeilaufen einen Kinderschuh zur Seite und stolperte fast über eine volle Mülltüte.

»Was gibt es so Geheimnisvolles? Wohin gehen wir?«, erkundigte sie sich, nachdem sie ihren Freund herzlich umarmt hatte.

»Wie wäre es mit Jacques?«

Cosma zögerte.

»Ach, ich vergaß. Meine Prinzessin isst ja am liebsten Pizza.«

Er hielt ihr seinen Arm hin. Cosma hakte sich unter, und sie schlenderten am Ufer entlang. Robert deutete auf eine Gruppe Schwäne, die von einem gemächlich fahrenden Boot verfolgt wurde.

»Sie schwimmen nicht zur Seite«, sagte Cosma. »Das tun sie nie, und ich habe keine Ahnung, warum. Aber jetzt sag mir endlich, weshalb wir uns treffen. Du hast doch sonst nie Zeit.«

»Das ist eine infame Unterstellung, mein Sonnenschein. Für dich habe ich doch immer Zeit!«

Cosma stöhnte und wiederholte ihre Frage. Robert vertröstete sie auf später und beschrieb ihr haarklein die Tatortuntersuchung der Kriminalisten auf der Schillerpromenade.

»Ich war auch dort«, sagte Cosma. »Die Gaffer waren schon fast alle weg. Da ist so ein Nerd an mir vorbeigegangen und hat in sein Handy gequatscht und gesagt, dass er etwas gesehen hat.«

Robert verdrehte liebevoll die Augen. »Schätzchen, sie telefonieren alle, immer und überall. Übrigens hat mich ein Kommissar Schmitt aus Breschnows Team angerufen. Er wollte meine Version der Pöbelei mit Busse hören.«

»Busse?«

»Ja, ich habe ihn ganz nebenbei gefragt, und er hat es nicht bemerkt. Der Tote von der Schillerpromenade heißt Daniel Busse. Hast du mittlerweile mit unserem immer freundlichen Hauptkommissar geredet?«

Cosma nickte und berichtete von dem Treffen mit Breschnow in der Hasenheide. Sie überquerten den Kottbusser Damm und spazierten das Planufer hinunter.

»Hast du uns einen Tisch bestellt?«

Robert schüttelte den Kopf. »Für dich haben sie doch immer einen frei.«

Cosma hoffte, dass es auch heute so sein würde. Sie war hungrig.

Lautes Stimmengewirr schlug ihnen entgegen, als sie das Il Casolare betraten. Zwei Kellner eilten mit voll beladenen Tabletts an ihnen vorbei. Cosma begrüßte die Frau hinter dem Tresen, die nach langem Suchen und Hin- und Hergeschiebe der Reservierungen noch einen Tisch bis einundzwanzig Uhr für sie fand.

Robert sah auf die Uhr. »Eine Stunde. Das ist perfekt.«

Sie bedankten sich, steuerten den Tisch an und bestellten Rotwein und Pizza.

Robert griff ihre Hand. »Ich brauche deine Hilfe, Sherlock.«

Cosma lächelte. »Wofür, Watson?«

»Ich möchte einen Hintergrundartikel über Johannes Rosenholz schreiben und dafür seine Mutter gewinnen. Die Biografie des jungen Mannes bietet viel. Migrationshintergrund, Syrien, Entführungsversuche, vielleicht eine gescheiterte Karriere, Drogenproblematik.«

»Und die Tatsache, dass er erstochen wurde«, unterbrach Cosma.

»Genau! Das macht ihn erst richtig interessant«, gab Robert ihr recht.

»Wieso redest du nicht selber mit der Mutter?«

»Weil ich glaube, dass ein Gespräch von Frau zu Frau mehr

Erfolg verspricht. Du kannst ja sagen, dass du auch in einer multikulturellen Ehe lebst und deine Tochter verschwunden ist oder so ähnlich.«

»So was kann ich nicht, und das weißt du ganz genau.«

Robert griff ihre Hand. »Schätzchen, das schaffst du. Ich denke, du willst eine gute Journalistin werden? Um an Informationen zu kommen, muss man schon manchmal ein wenig tricksen. Du interviewst zwar keinen Straftäter und stellst auch keine Analyse auf, warum der Mörder zum Mörder geworden ist, sondern beschäftigst dich mit den Hintergründen des Opfers. Betrachte es als Übung für deine Karriere.«

Ein Kellner stellte zwei voll beladene Teller auf den Tisch und zwinkerte Cosma zu. Sie lächelte zurück.

»Ich denk drüber nach. Okay? Hast du ihre Telefonnummer?«

»Aber natürlich, Sherlock. Watson hat bereits vorgearbeitet.«

Er schob ihr eine Karteikarte über den Tisch und schnitt seine Pizza in zwei Teile.

»Ich rufe sie gleich morgen an. Aber ob ich ihr eine Geschichte auftische, weiß ich noch nicht.«

Robert runzelte die Stirn. »Morgen?«

Cosma hob die Hände. »Okay, ich ruf sie gleich nach dem Essen an. Besser?«

»Braver Sherlock«, lächelte er und schob sich zufrieden eine Peperoni in den Mund.

***

Breschnow ließ sich durch den Rollberg treiben. Er erinnerte sich an die Jahre, als seine Kollegen hier im Dauereinsatz waren und versuchten, der Gewalt Herr zu werden. Ein übles Viertel war das damals, aber das schien sich mit der Gentrifizierung endgültig geändert zu haben.

Bärtige Hipster im Rollberg, dachte er grinsend, steuerte den Kiosk an, kaufte zwei Päckchen Zigaretten, drei Fläschchen Schnaps und Kaugummi und erkundigte sich nach Daniel Busse. Niemand kannte ihn. Er leerte den ersten Schnaps gleich vor Ort, spazierte dann die Werbellinstraße zur Karl-Marx-Straße hinunter und stieg in die U7. Hier unten waren die Veränderungen im Kiez noch nicht angekommen. Heruntergekommene Gestalten, Deutsche mit und ohne Migrationshintergrund und Jugendliche teilten sich die Bahn. Die Hauptsprache war Türkisch und nicht wie oben Spanisch oder Englisch. Vielleicht war der Bahnhof Rathaus Neukölln die Grenze der Szene. Britz, Bukow, Rudow und die Gropiusstadt gehörten auf jeden Fall noch nicht dazu.

Er verließ die U-Bahn in Britz-Süd und ging zum Krankenhaus. Der Eingangsbereich war nur schwach beleuchtet, ebenso die langen Stationsflure. Es war sehr still. Nur ab und zu ein Husten oder ein Stöhnen. Dann näherte sich ein Quietschen von Gummisohlen auf Linoleum.

»Kann ich Ihnen helfen?«, erkundigte sich die Nachtschwester freundlich.

Breschnow wies sich aus und erklärte, dass er bei Thomas Tollner nach dem Rechten sehen wolle. Die Nachtschwester begleitete ihn ungefragt zum Krankenzimmer und setzte dann ihren Rundgang fort.

Vor dem Raum saß eine Polizistin. Sie stand auf und begrüßte ihn mit Handschlag.

»Wann werden Sie abgelöst?«, erkundigte sich Breschnow.

Sie sah auf die Uhr. »In knapp zwei Stunden.«

»Wie geht es ihm?«

»Entweder er schläft, oder er schreit. Dann kommt eine Schwester angerannt, gibt ihm eine Spritze, und dann schläft er wieder.«

Er deutete auf die Tür. »Abgeschlossen?«

Die Polizistin schüttelte den Kopf. »Genauso, wie wir es gestern besprochen hatten.«

Breschnow warf einen Blick nach rechts und links in den langen Krankenhausgang und öffnete dann leise die Tür. Thomas Tollner lag auf dem Rücken. Sein Gesicht war vor Schmerzen verzerrt. Er stöhnte leise. Schweiß stand ihm auf der Stirn.

Breschnow berührte ihn an der Schulter. »Herr Tollner? Können Sie mich hören?«

Der junge Mann reagierte nicht.

»Toto?«

Er griff beide Schultern und rüttelte ihn. Tollner riss die Augen auf und schrie. Breschnow hielt ihm kurz den Mund zu.

»Keine Angst, Toto. Ich tue dir nichts. Ich muss nur mit dir reden.«

»Einen Schuss«, nuschelte der junge Mann und versank wieder in seinem Entzug.

»Was ist in deiner Wohnung passiert?«

»Es hat keinen Zweck, mit ihm zu reden«, erklärte die Krankenschwester, die unbemerkt das Zimmer betreten hatte. »Er kann Sie nicht verstehen. Die Medikamente sind zu stark.«

»Hat er irgendwas gesagt, seitdem er hier ist?«

»Nur das, was er eben auch gesagt hat. ›Einen Schuss.‹ Das sind die beiden einzigen Worte, die ich bisher gehört habe. Nein, warten Sie. Er hat auch noch so was wie ›Kim‹ oder ›Kimi‹ genuschelt. Können Sie sich darauf einen Reim machen? Ein Name vielleicht?«

Mit einem angedeuteten Nicken reichte Breschnow ihr eine Visitenkarte. Sie steckte sie in ihre Kitteltasche, bevor sie ihn hinausscheuchte. Vor der Tür zog Breschnow sich einen Stuhl heran und setzte sich neben die Uniformierte.

»Zum Glück habe ich keine Kinder«, gestand die Polizistin. »Es muss schrecklich sein, sie so zu erleben.«

Breschnow nickte und fragte sich, was aus seiner Nichte Mona einmal werden würde. Er hoffte, dass das Mädchen einen anderen Weg nahm, sich überhaupt von Drogen fernhielt.

»Passen Sie gut auf ihn auf«, sagte er zum Abschied.

Draußen zündete er sich eine Zigarette an und erwog kurz, noch mit Kimmie Naumann zu sprechen. Aber ein Blick auf die Uhr ließ ihn zurück zur U-Bahn gehen. Zwei Mädchen lungerten auf dem Bahnsteig herum. Als sie ihn sahen, kicherten sie und schlenderten in Richtung Ausgang. Breschnow schätzte sie auf höchstens zwölf und wunderte sich, was sie um diese Zeit noch hier unten zu suchen hatten. Aus den Augenwinkeln sah er zwei Jungs näher kommen.

Sein Handy klingelte, und er fischte es umständlich aus der engen Hosentasche.

»Was machst du gerade?«, erkundigte sich seine Schwester.

Breschnow freute sich, ihre Stimme zu hören. »Ich war eben bei einem jungen Fixer.«

»Ein Verdächtiger?«

»Vielleicht«, sagte Breschnow und zündete sich eine Zigarette an. »Wie geht es euch?«

»Ganz gut. Wann kommst du?«

»Wenn dieser Fall abgeschlossen ist.«

»Versprochen?«

»Versprochen.«

»So, wie du es immer versprichst?«, fragte Iris. Ihr Ton war schärfer geworden.

»Hallo, Sie?« Ein untersetzter BVG-Angestellter näherte sich Breschnow. »Sie dürfen hier in der U-Bahn nicht rauchen. Haben Sie denn die Hinweisschilder nicht gesehen?«

»So, wie du es immer versprichst«, insistierte Iris.

»Wart mal eben kurz«, bat Breschnow, drückte die Zigarette am Boden aus und warf sie in einen der Abfallbehälter.

»Kostet trotzdem«, sagte der BVG-Angestellte und zog einen Verwarnungsgeldbogen aus seiner blauen Tasche. »Name?«

»Hören Sie?«, versuchte es Breschnow.

Der Mann sah ihn kühl an.

»Dann lassen Sie mich wenigstens mein Gespräch beenden«, bat er.

»Iris, es tut mir leid. Hier ist etwas, was ich erledigen muss.« Am anderen Ende blieb es still. »Iris?« Breschnow sah auf das Display. Seine Schwester hatte bereits aufgelegt.

Eine U-Bahn rollte donnernd in den Bahnhof.

Breschnow zahlte seine Strafe und sprang in den Zug, dessen Türen sich gerade schlossen. Er ließ sich auf eine der Sitzbänke fallen und verschränkte die Arme. Das sanfte Schaukeln lullte ihn ein. Er dachte noch, dass er seine Schwester zurückrufen sollte. Dann schlief er ein.

***

»Hallo Kimmie, was geht ab?«, fragte das Mädchen aus der Gropius-Clique scheinheilig und gesellte sich an ihre rechte

Seite. Kurz danach trat ein zweites an ihre linke. Sie passten sich Kimmies Schritten an und gingen eine Zeit lang im Gleichschritt. Plötzlich riss eines der Mädchen Kimmie die Kapuze vom Kopf. Kimmie schob sie wieder zurück. Nun griffen beide danach, krallten sich in dem Kleidungsstück fest und bremsten Kimmie aus. Eine schlug ihr mit der flachen Hand auf den Kopf, die andere in den Nacken. Kimmie wand sich aus der Jacke und rannte los. Die Mädchen lachten ihr hinterher und johlten, als plötzlich der Schwarze aus dem Gebüsch sprang und sich vor Kimmie aufbaute. Ein zweiter Junge trat hinter sie und hielt sie an den Schultern fest.

»Na? Jetzt nich mehr so mutig wie vorhin in der Hasenheide. Auf die Knie mit dir!«

Kimmie spuckte ihm auf die Schuhe. Der Schwarze fluchte, und der Junge hinter ihr trat ihr in die Kniekehlen. Sie sank auf den Asphalt.

»Na, geht doch«, zischte der Anführer. »Du weißt doch, wir wollen hier keinen Ärger. Und auch keine wie dich. Dein kleiner Drogenfreund hat's gecheckt und sich verpisst, aber du kapierst's einfach nich.«

Er krallte sich in ihr Haar und drückte ihren Kopf tiefer. »Leck mir die Schuhe, du Opfer!«

Kimmie spuckte noch einmal. Einen Moment lang schien die Zeit stillzustehen. Fassungslos betrachtete der Schwarze seine besudelten Schuhe. Dann trat er zu. Die Mädchen feuerten ihn kreischend an. Ein Tritt traf Kimmie an der Schläfe, dann einer ins Gesicht. Sie wurde hochgezogen. Der Schwarze baute sich vor ihr auf und lachte. »Unsere Kimmie, immer ein Held.« Er packte sie am Kapuzenshirt und beugte sich vor zu ihr. »Verschwinde, du Missgeburt. Für immer.«

Er boxte sie in den Magen. Kimmie würgte. Der Junge hinter ihr ließ sie los, und sie fiel auf den Asphalt, rollte sich zusammen und legte eine Hand schützend über den Kopf. Der Schwarze trat zur Seite und drehte sich den Mädchen zu. »Wollt ihr auch euren Spaß haben?«

Eines der Mädchen lachte schrill und trat Kimmie gegen die Schulter, die andere immer wieder in den Rücken.

Nach einer Weile pfiff der Anführer die beiden zurück und stellte sich neben Kimmie. Er schob seine verschmutzte Schuhspitze unter ihre Wange und rieb sie sauber.

Kimmie stöhnte und wünschte sich weit weg, raus aus diesem Leben in der Gropiusstadt, und vielleicht war es jetzt endlich so weit. Der Schwarze stellte seinen Fuß auf ihre Hand und drehte ihn nach rechts und links. Kimmie schrie auf, versuchte, sie wegzuziehen.

Sie dachte an die Zwillinge, und sie dachte an Toto. Dann traf sie ein Tritt am Kopf und erlöste sie von ihren Schmerzen.

***

»Endstation«, sagte eine Frauenstimme.

Verschlafen blickte Breschnow in das freundliche Gesicht einer Reinigungskraft, erhob sich steif und verließ den Waggon. Wie ein Penner, dachte er.

Er hatte vergessen, seine Schwester zurückzurufen, und ein Blick auf die Bahnhofsuhr verriet ihm, dass es dafür jetzt zu spät war. Langsam erklomm er die Treppen zum Ausgang Rathaus Spandau und zündete sich eine Zigarette an. Die Nacht war kalt, die Luft frisch. Er spazierte los.

Ein Toter in einem heruntergekommenen Hauseingang, dachte er, und einer auf der Schillerpromenade. Die beiden kannten sich, waren vielleicht Freunde, hatten gemeinsame Feinde.

Er schlenderte durch die menschenleere Spandauer Fußgängerzone und fühlte sich wie in einer anderen Welt. Kein Hin- und Herhasten, keine hupenden Fahrzeuge, keine Drogensüchtigen. Hatte Thomas Tollner die Kraft gehabt, Rosenholz zu erstechen? Und falls ja: Was war sein Motiv?

Er betrachtete die niedrigen, mit Stuck verzierten Altbauten, fühlte sich wie in einer Kleinstadt und fragte sich, wenn Tollner den einen erstochen hatte, wer hatte dann den anderen erschlagen? Zwei Morde kurz hintereinander in demselben Bezirk. Zufall? Zwei Mörder für zwei Freunde?

Ein Flugzeug dröhnte über ihn hinweg. Er blieb stehen und beobachtete, wie es blinkend am Horizont verschwand.

Und was war das für ein Schlüssel, den sie bei Busse gefunden hatten?

Vor ihm hielt ein weißer Transporter. Ein Mann legte einen Stapel Zeitungen vor dem noch verschlossenen Kiosk ab. Breschnow trat näher und las die Schlagzeile des Boulevardblatts.

»Blutige Morde in Neukölln! Wird der Kiez wieder zur NO-GO-AREA? Polizei verweigert Auskunft.«

Sie haben uns doch noch gar nicht gefragt, brummte er und beschleunigte seine Schritte, um kurz danach am U-Bahnhof Altstadt Spandau wieder in den Schacht hinunterzusteigen.

Mittwoch

Schmitti strich sich über die kurz geschorenen Haare. Delego hatte sich wieder hinter ihn gestellt und nippte an ihrem heißen Kaffee. Regina lehnte in der Tür und gähnte vernehmlich.

»Warst du gestern noch weg?«, erkundigte sich Delego.

»Schlimmer. Ich habe die halbe Nacht Serie geschaut.«

Delego lachte. »Ich dachte, das tue nur ich mit ›Law & Order‹.«

Schmitti sah von einer zur anderen. »Ihr hört euch an wie meine pubertierenden Töchter.«

Die beiden Kommissarinnen prusteten los.

»Jetzt noch mehr«, kommentierte Schmitti und wandte sich genervt dem Bildschirm zu, beendete seine Recherchen, speicherte das Ergebnis auf einen Stick und verließ mit seinem Laptop wortlos den Raum. Delego und Regina folgten ihm zum Besprechungsraum. Breschnow stand am Whiteboard und studierte die Aufzeichnungen des Vortags.

»Unser Chef hat auch nicht viel Schlaf bekommen«, tuschelte Delego und setzte sich neben Drass an den Besprechungstisch.

Der Kollege wirkte frisch und ausgeschlafen. »Ich war gestern Abend noch mal bei Frau Rosenholz. Sie behauptet, Thomas Tollner nicht zu kennen. Als ich sie nach ihrem Alibi für Sonntag gefragt habe, hat sie mir die Tür vor der Nase zugeschlagen. Ich kann es ja heute noch mal versuchen.«

Breschnow betrachtete ihn aus geröteten Augen und strich sich über die schwarzen Bartstoppeln. »Ich habe dieses Affentheater satt. Wir laden sie vor.«

»Ich weiß jetzt einiges über den Verein«, sagte Schmitti. »›Für Berlin‹ ist ein eingetragener Verein. Vor fünf Jahren gegründet von einem Frank Schneider. Der Verein bemüht sich um ›gefallene‹ Jugendliche, versucht, sie vom Drogenmissbrauch abzubringen.«

»Hört sich doch nicht schlecht an«, sagte Delego.

»Bei Cosma Anderson hörte sich das anders an. Schwulen- und fremdenfeindlich«, sagte Breschnow.

»Du hast mit ihr geredet?«, fragte Drass.

Breschnow grinste. »Sie hat mich in der Hasenheide überfallen, kurz nachdem wir Busse gefunden hatten. Sie war auf einer Veranstaltung, bei der Busse als Türsteher fungiert hatte und ihren schwulen Freund und sie angemacht hat.«

Delego warf ihm einen fragenden Blick zu. »Wieso hast du uns nichts davon erzählt?«

»Hab ich wohl vergessen«, brummte Breschnow.

»War Busse Mitglied bei ›Für Berlin‹?«, erkundigte sich Regina.

Schmitti nickte.

»Und wie passt Rosenholz da rein?«, fragte Regina.

»Falls Busse fremdenfeindliche Tendenzen hatte, schien ihn das bei Rosenholz offensichtlich nicht zu stören«, antwortete Drass. »Busse und Rosenholz haben sich privat getroffen. Das wurde sowohl von Gundula Merck, einer Bekannten von Busse, als auch von Busses Vater bestätigt.«

Breschnow begann im Zimmer auf und ab zu laufen. »Und jetzt sind die beiden Freunde tot. Bezieht der Verein Fördermittel?«

Schmitti nickte. »EU-Gelder.«

»Was hast du über den Vorsitzenden Frank Schneider herausgefunden?«

Schmitti schob eine Karteikarte mit der Adresse einer Kanzlei über den Tisch.

»Er ist Rechtsanwalt, und es gibt natürlich keine Einträge im Strafregister. Schneider ist in Zehlendorf gemeldet, wohnt dort mit Frau und Kind. Er hat einen Sohn, der gerade achtzehn geworden ist. Schneider arbeitet in seiner eigenen Kanzlei Schneider und Söhne in der Klosterstraße.«

Breschnow erhob sich und bedeutete Delego, ihm zu folgen. »Wir beide werden ihn besuchen.«

»Und ich würde es doch gerne noch einmal persönlich bei Isabella Rosenholz probieren, bevor wir sie vorladen«, sagte Drass. »Immerhin hat sie gerade ihren Sohn verloren.«

»Meinetwegen«, stimmte Breschnow zu. »Regina, du suchst Kimmie Naumann, und Schmitti, du sprichst noch mal mit Frau Gundula.«

»Sie kommt nachher wegen ihrer Aussage hierher«, antwortete der Kollege. »Schon vergessen?«

Breschnow ignorierte die Frage und ging zur Tür. »Und halte mir unsere Presseabteilung vom Hals. Füttere den Pressesprecher mit allem, was wir bereits haben.«

Schmitti runzelte die Stirn. »Aber wir haben noch nicht viel. Was soll ich ihm sagen?«

»Lass deine Kreativität spielen.«

»Ich bin Beamter der Kriminalpolizei und kein Geschichtenerzähler«, maulte Schmitti.

Delego klopfte ihrem Kollegen aufmunternd auf die Schulter und folgte ihrem Chef.

***

Cosma trat von einem Fuß auf den anderen. Mittlerweile hatte der Regen den Weg über den Kragen ihrer wasserdichten Jacke durch den Schal in ihren Nacken gefunden. Sie verfluchte Robert. Nach dem gemeinsamen Essen gestern Abend hatte der Kriminalreporter sofort zum Handy gegriffen und seine geheimen Quellen angezapft, um mehr über Isabella Rosenholz zu erfahren. Er hatte Tiramisu, Espresso und Sekt spendiert und eine halbe Stunde später gewusst, dass die Mutter des ersten Mordopfers in einem Supermarkt tätig war. Der Markt öffnete um acht Uhr, und Cosma hatte um halb gegenüber vom Haus in der Veitstraße Stellung bezogen. Jetzt war es fast neun, und Frau Rosenholz hatte sich noch nicht blicken lassen. Unschlüssig ging Cosma die Straße auf und ab. Ein Mann mit Hund, der auf seinem Spaziergang bereits zweimal an ihr vorbeigekommen war, musterte sie misstrauisch. Sie fürchtete, dass er die Polizei holen würde, wenn sie noch länger hierbliebe.

Tegel ist nicht Neukölln, dachte sie, überquerte kurz entschlossen die Straße und klingelte. Als die Tür verschlossen blieb, entschied sie, die Frau im Supermarkt zu suchen.

»Hallo Frau Anderson«, begrüßte sie eine tiefe Stimme. »Wollen Sie auch zu Frau Rosenholz?«

Cosma stammelte etwas Unverständliches und errötete.

Drass zog eine Augenbraue hoch. »Sie wollten sie interviewen, stimmt's?«

»Ja, das wollte ich. Und das ist auch mein gutes Recht«, antwortete sie trotzig.

»Sie brauchen sich vor mir nicht zu rechtfertigen«, sagte Drass in freundlichem Ton.

Cosma sah zu ihm auf. »Sie ist nicht da.« Dann zwängte sie sich an ihm vorbei und hastete die Straße hinunter. Er folgte ihr, schloss an einer roten Ampel zu ihr auf und stellte sich dicht neben sie.

»Für welche Zeitung arbeiten Sie denn mittlerweile?«

»Das muss ich Ihnen nicht sagen.«

»Nein, das müssen Sie nicht«, gab Drass ihr recht und lächelte verbindlich.

»Robert Schubert will einen Hintergrundartikel schreiben, und ich helfe ihm dabei«, erklärte Cosma und passierte die Straße.

»Eigentlich schade, dass wir uns immer nur bei Ermittlungen begegnen«, gestand Drass.

Cosma stoppte abrupt und musterte ihn.

»Ich meine, wir wollten uns doch eigentlich schon nach den letzten Ermittlungen verabreden. Vielleicht sollten wir es jetzt einfach tun.«

»Isabella Rosenholz arbeitet in einem Supermarkt«, stammelte Cosma und lief weiter.

Sie gingen eine Weile schweigend nebeneinanderher.

»Und, was sagen Sie zu meiner Einladung?«, fragte Drass. »Vielleicht heute Abend?«

Cosma deutete auf einen Discounter auf der anderen Straßenseite. »Das müsste er sein.«

Sie überquerten einen großen Parkplatz, auf dem gerade eine Hähnchenbraterei ihre Rollläden öffnete. Zwei Handwerker warteten geduldig neben dem Imbiss. Cosma legte die Hand vor den Mund und nuschelte: »Dieser Geruch. Wenn ich das Zeug morgens essen müsste, würde ich kotzen.« Sie drehte sich Drass zu. »Ich gehe gerne mit Ihnen heute Abend essen. Aber nur vegetarisch!«

»Da bietet sich Kreuzberg an. Das Café V am Lausitzer Platz?«

»Lieber Baraka«, entschied sie und betrat den Supermarkt.

Leise Musik dudelte aus den Lautsprechern. Drass erkundigte sich nach dem Filialleiter. Die Kassiererin deutete auf eine Tür und schob den nächsten Artikel über den Scanner.

»Kennen Sie Frau Rosenholz?«, fragte er.

»Na klar. Die hat mich heute hängen lassen. Ist einfach nicht gekommen.«

»Junger Mann, reden Se nich so ville«, murrte eine Stimme von hinten. »Sie halten den janzen Verkehr uff.«

Die Kassiererin verdrehte die Augen und schob den nächsten Artikel über den Scanner. Der Filialleiter winkte sie in sein enges, stickiges Büro und ließ sich auf dem einzigen Stuhl nieder, der hinter einem angeschlagenen Schreibtisch stand. Cosma und Drass blieben stehen.

»Wie lange arbeitet Frau Rosenholz schon hier?«

»Vielleicht wollen Sie mir erst einmal sagen, wer Sie sind.«

Drass wies sich aus und deutete auf Cosma. »Und das ist unsere Praktikantin. Also, wie lange …«

»Acht Monate«, unterbrach ihn der Filialleiter. »Und sie ist eigentlich immer sehr zuverlässig. Bisher ist sie noch nie zu spät gekommen und war auch nicht krank. Sie ist eine gute Kraft, immer freundlich zu den Kunden. Und …«, er grinste anzüglich, »eine richtige Augenweide.«

»Haben Sie versucht, bei ihr anzurufen?«

»Bin noch nicht dazu gekommen.«

»Dann versuchen Sie es bitte jetzt.«

Der Filialleiter griff zum Telefon und ließ es klingeln.

»Sie geht nicht ran«, stellte er fest.

Drass legte ihm eine Visitenkarte auf den Tisch und bat ihn, sofort Bescheid zu sagen, falls sie auftauchen sollte.

»Was wollen Sie eigentlich von ihr?«, erkundigte sich der Filialleiter neugierig.

»Nur mit ihr reden. Sie ist eine wichtige Zeugin«, antwortete Cosma.

»Was ist denn passiert?«

»Laufende Ermittlungen«, erklärte Drass.

Der Filialleiter verkniff sich einen Kommentar und begleitete sie schmollend zum Ausgang.

Cosma sah auf die Uhr und seufzte. »Ich muss in die Redaktion. Ich nehme an, Sie werden mir auch nichts über die Neuköllner Toten erzählen, oder?«

»Das darf ich nicht, Frau Anderson, auch wenn ich es gerne wollte. Laufende Ermittlungen. Und falls Sie Frau Rosenholz ausfindig machen, wäre es schön, wenn Sie mir Bescheid sagen.«

Cosma betrachtete ihn unschlüssig.

»Werden Sie das tun?« Drass lächelte gewinnbringend, trat einen Schritt vor und nahm ihre Hand.

Ein schriller Ton zerriss den Moment. Er verzog das Gesicht und griff zum Handy, lauschte einen Moment. Dann schüttelte er den Kopf. »Nein, sie war nicht zu Hause und ist auch nicht bei der Arbeit erschienen.«

Cosma löste sich von ihm und trat einen Schritt zurück.

Er legte die Hand über das Mikrofon. »Heute Abend um acht beim Marokkaner?«

Sie nickte und eilte davon. Drass sah ihr hinterher, bis sie um die nächste Hausecke bog. »Okay, Regina. Bin schon auf dem Weg.«

***

Das Klappern der Werkzeuge drang leise zu ihr herüber. Die Sektionsassistenten bereiteten gerade die Obduktion vor. Die Rechtsmedizinerin öffnete den Kühlschrank und griff nach einem Tetrapak Apfelsaft. Sie trank direkt aus der Tüte. Daniel Busse war die zweite Obduktion an diesem Morgen. Vor ihm hatte sie eine junge Frau untersucht, die in ihrer Badewanne eingeschlafen war, nachdem sie Tabletten genommen hatte. Monika stellte den Saft zurück in den Kühlschrank und ging in den Sektionssaal. Ihre Assistentin wartete bereits neben dem Edelstahltisch, der andere Sektionsassistent war zu der nächsten Leiche geeilt, um sie vorzubereiten.

Die Rechtsmedizinerin griff nach dem Aufnahmegerät. »Der Tote ist ein weißer Mann, gut genährt und kräftig, dunkelblondes Haar.« Sie nahm beide Hände in Augenschein. »Keine typischen Abwehrspuren, die Haut ist unverletzt, aber es gibt kleine Hämatome und Unregelmäßigkeiten an den ersten drei Fingerknöcheln.« Sie ließ sich einen Haken geben und reinigte die Nägel.

»Schmutzpartikel. Eine Untersuchung wird wahrscheinlich ergeben, dass es sich um Erddreck von der Schillerpromenade handelt.«

Die Rechtsmedizinerin schaltete das Aufnahmegerät aus und wandte sich an ihre Assistentin. »Es hat keinen Kampf gegeben, aber unser Toter hat vor dem Sturz wahrscheinlich noch jemanden geschlagen.«

Gemeinsam drehten sie den Toten auf den Bauch. Auf seinem Rücken prangte ein eiförmiger Bluterguss.

»Und er hat einen Tritt in den Rücken bekommen.« Sie ließ sich eine Lupe reichen. »Eher von einer Schuhspitze als von einer Sohle.«

Die beiden Frauen vermaßen das Hämatom. Danach machten sie eine kurze Pause. Monika sah auf die Uhr. »Hast du Hauptkommissar Breschnow informiert?«

Die Sektionsassistentin nickte. »Ich habe ihm auf seine Mailbox gesprochen und auf seiner Dienststelle Bescheid gesagt.«

»Und warum ist er dann nicht hier?«

Das Knistern der Gegensprechanlage drang durch den Raum, dann eine Männerstimme, die ihnen mitteilte, dass der nächste Tote für sie bereitlag.

»Fließbandarbeit heute«, murrte einer der Kollegen an den anderen Tischen.

»Rückstau«, beschwichtigte ihn ein anderer. »Zu hoher Krankenstand. Aber in zwei Tagen sind wir durch.«

Die Rechtsmedizinerin sah noch einmal zur Tür und zog sich frische Handschuhe über. »Länger können wir nicht mehr auf Breschnow warten«, entschied sie, griff nach dem Schädel des Toten und zog das Mikrofon zu sich heran.

»Der Hinterkopf weist eine leicht muldenartige Wunde auf, die wahrscheinlich durch einen kräftigen Schlag verursacht wurde. Der Rest des Kopfes ist unverletzt.«

Sie betrachtete die Wunde unter der Lupe. »Der Schädelknochen ist leicht nach innen verbeult, aber nicht durchgeschlagen. Die Rundung der Wunde weist auf einen stumpfen Gegenstand hin. Dem rechtsmedizinischen Institut liegt die vermeintliche Tatwaffe, ein Stein, bereits vor. Wir werden sie später zur eindeutigen Feststellung der Todesursache hinzuziehen.«

Sie legte die Lupe beiseite und lockerte ihre Muskeln. Dann griff sie zum Skalpell und setzte zum Ypsilonschnitt an. Die beiden Frauen arbeiteten schweigend und zügig. Das Innere der Leiche brachte keine Überraschungen. Der Mann war gesund. Leber, Herz, Nieren, alles seinem Alter gemäß.

»Vermutlich hat der Schlag eine vorübergehende Ohnmacht herbeigeführt, er war aber nicht tödlich. Und auch der eine Tritt nicht.«

»Hämorrhagischer Schock?«, erkundigte sich die Assistentin.

Monika nickte. »Der Mann ist verblutet.«

***

Es knisterte in der Gegensprechanlage. Die mürrische Stimme von Frank Schneider beklagte die Unterbrechung, informierte seine Vorzimmerdame über das anstehende Gespräch mit New York und bat sie, ihn zu verbinden. Delego und Breschnow wechselten einen Blick. Die Kommissarin trat an den Empfangstresen und legte sanft eine Hand auf die der Sekretärin, die gerade zu wählen begonnen hatte. Breschnow stürmte los und riss die ledergepolsterte Tür von Frank Schneiders Büro auf.

»Was soll das?«, herrschte der Anwalt ihn an.

Neben Schneider auf dem Sofa saß Gundula Merck und errötete. Vor ihnen auf dem Tisch lagen Unterlagen, die der Anwalt blitzschnell zusammensteckte und in einer Mappe verschwinden ließ. Dann sprang er auf und ging zum Telefon.

»Ich werde jetzt sofort meinen Anwalt rufen«, sagte er und hob den Hörer ab.

Die Leitung war besetzt.

Breschnow trat näher. »Ein Anwalt, der seinen Anwalt ruft? Ich gebe zu, das war ein schlechter Start, Herr Schneider. Aber ich denke, New York kann sicherlich noch fünf Minuten warten.«

Er ließ sich in einen Sessel der Sitzgruppe fallen und betrachtete Gundula Merck. »Sollten Sie nicht eigentlich auf dem Revier sein und Ihre Aussage zu Protokoll geben?«

»Später«, dröhnte Schneider. »Ich habe Frau Merck zu einer dringenden Besprechung hergebeten. Nach dem unerfreulichen Versterben von Daniel Busse muss einiges neu geregelt werden.«

Gundula Merck errötete wieder. Breschnow fragte sich, ob die beiden ein Verhältnis hatten, und rief nach Delego, die ein untrügliches Gespür für Liebesangelegenheiten besaß. Als seine Kollegin den Raum betrat, starrte Schneider sie angewidert an. Die Kommissarin verzog keine Miene, hielt ihre Dienstmarke hoch und begrüßte Gundula Merck mit einem Lächeln. Die junge Frau lächelte gequält zurück. Ihr Blick pendelte ängstlich zwischen der Kommissarin und dem Vorsitzenden hin und her. Schneider hatte sich hinter seinem breiten Schreibtisch verschanzt.

Breschnow, dem Schneiders Antipathie gegen seine dunkelhäutige Kollegin nicht entgangen war, stellte sich in die Sichtachse der beiden und zog ein Notizheft aus der Jeanstasche. »Welche Aufgaben hatte Daniel Busse im Verein?«

»Er koordinierte Termine und kümmerte sich um die Referenten und die Security. Sie müssen wissen, wir sind nicht bei allen beliebt.« Schneider beugte sich leicht nach rechts und warf Delego einen Blick zu.

Breschnow drehte sich zu ihr um. »Er meint, weil seiner Auffassung nach alle Dealer illegale Ausländer sind, die man schnell abschieben muss.«

Schneider schnaubte.

»Vielleicht mag er auch keine Andersfarbigen, auch wenn sie keine Dealer sind.« Es musterte den Anwalt. »Herr Schneider, komme ich damit der Wahrheit ein Stück näher?«

Schneider versuchte ein professionelles Lächeln. »Ich dachte, Sie ermitteln in einem Mordfall an einem unserer Mitarbeiter, Hauptkommissar Breschnow. Also tun Sie Ihre Arbeit und unterlassen Sie Ihre infamen Unterstellungen. ›Für Berlin‹ ist ein eingetragener Verein, und wenn Sie Ihre Hausaufgaben gemacht hätten, dann würden Sie auch unsere Zielsetzung kennen.«

Gundula Merck strahlte den Vorsitzenden an. Frank Schneider

erwiderte ihren Blick, erhob sich langsam und strich sich über das kurz geschnittene grau melierte Haar. Er trug einen maßgeschneiderten Anzug, und man sah ihm an, dass er irgendwo Gewichte stemmte und regelmäßig ein Solarium aufsuchte. Er knöpfte die Anzugjacke zu und strich sie glatt. »Wenn Sie keine weiteren Fragen haben, würde ich jetzt gerne weiterarbeiten.«

»Setzen Sie sich, ich habe noch Fragen!«, befahl Breschnow.

Schneider starrte ihn irritiert an und ließ sich zurück auf den Stuhl sinken.

Delego beobachtete das Kräftemessen amüsiert. Gundula Merck schnitt eine Schnute.

»Wie gut kannten Sie Daniel Busse?«

»Ich wusste so viel über ihn, wie man über einen Vertrauensmitarbeiter wissen muss.«

»Und was gehört alles dazu?«

Schneider zählte einige biografische Fakten auf.

»Wissen Sie auch, dass Busse versucht hat, seinen Stiefbruder zu töten?«

Schneider schüttelte desinteressiert den Kopf.

»Oder dass er immer wieder in gewalttätige Auseinandersetzungen involviert war?«

»Was er privat tat, hat mich nicht interessiert. Er hat für mich gearbeitet, und das hat er meistens gut gemacht.«

»Und Johannes Rosenholz?«

»Wer soll das sein?«

»Ein Freund von Daniel Busse.«

»Der Name sagt mir nichts«, erklärte Schneider.

»Wo waren Sie in der Nacht von Montag auf Dienstag?«

»Wieso wollen Sie das wissen?«

Als Breschnow nicht antwortete, wählte der Anwalt die Nummer seiner Sekretärin und aktivierte den Lautsprecher. Sein Blick glitt wieder zu Gundula Merck.

»Am Montag waren Sie auf einer Wohltätigkeitsveranstaltung in Rostock, Herr Schneider.«

»Allein?«, fragte Breschnow in den Raum hinein.

»Das kann ich Ihnen leider nicht beantworten«, rief die Sekretärin.

Schneider legte den Hörer auf. »Nein. Ich war mit meiner Frau in Rostock.«

»Und was haben Sie nach der Wohltätigkeitsveranstaltung gemacht?«

»Wir haben in Rostock übernachtet und auch noch den halben Dienstag dort verbracht.«

»Gibt es dafür Zeugen?«

»Ja, meine Schwiegerfamilie. War's das jetzt?«

Breschnow ließ sich die Adresse und Telefonnummer geben. »Und am Sonntagmorgen? Wo waren Sie da?«

»Zu Hause«, schnaubte Schneider und sprang auf.

»Und ich nehme an, Ihre Frau bestätigt das.«

»Natürlich!«

Breschnow wandte sich seiner Kollegin zu. »Hast du noch Fragen?«

Bevor Delego antworten konnte, fauchte Schneider: »Ich rede mit Ihnen, Herr Kommissar, aber ich werde nicht mit dieser Braunhäutigen reden.«

Breschnow drehte sich blitzschnell um und knallte ihm eine.

***

Jemand berührte ihre Schulter. Mühsam schlug sie die Augen auf. Ein Kindergesicht lächelte sie an. Ein zweites schob sich daneben.

»Was?«, blaffte sie.

Das Kindergesicht verzog sich. Die ersten Tränen rollten über die pausbäckigen Wangen. Gisela Naumann kämpfte sich mühsam in Sitzstellung hoch.

»Kimmie ist nicht da«, sagte Mira weinend. »Die ganze Nacht schon nicht. Und vor der Tür steht ein Mann und klingelt.«

»Was für ein Mann?«

Mira zuckte die Schulter. Ihre Mutter griff nach der Weinflasche und trank einen Schluck. Als es wieder klingelte, schlich Mira zurück in den Flur und kletterte auf den Hocker unter dem Spion. Dann schlich sie zurück ins Schlafzimmer. »Der Mann hat schwarze Haare und redet mit jemandem.«

Frau Naumann zog die Bettdecke zurück und forderte die Zwillinge mit einer Kopfbewegung auf, sich neben sie zu legen.

»Die wollen uns nur irgendwas verkaufen. Wir schlafen noch ein bisschen, und dann ist Kimmie bestimmt wieder da.«

Zögernd und ängstlich folgten die beiden Mädchen ihren Anweisungen und legten sich steif neben ihre Mutter, die noch einen großen Schluck aus der Flasche nahm, den beiden fahrig über den Kopf strich und kurz danach wieder einschlief.

Es klingelte weiter. Moni kroch aus dem Bett, Mira folgte ihr. Sie schlichen durch den Flur und setzten sich vor die Wohnungstür auf den Boden.

»Wieso ist Kimmie nicht zurückgekommen?«, schluchzte Moni. »Sie hat doch versprochen, uns Marshmallows zu kaufen. Ich habe Hunger.«

Mira deutete auf die Tür. »Vielleicht ist das ein Freund von Kimmie, und er bringt uns Essen und sagt uns, wo sie ist.«

Jetzt klopfte es. Mira stand langsam auf und stellte sich wieder auf den Hocker.

»Frau Naumann, bitte machen Sie die Tür auf«, bat Hauptkommissar Drass. »Es ist wichtig. Wir müssen mit Ihnen über Ihre Tochter reden.«

Die Nachbartür wurde aufgerissen.

»Wolln Se hier noch lange Lärm machen?«, erkundigte sich eine raue Stimme links von ihm. »Die hat viere, zwee jroße und zwee kleene. Mit welcher wolln Se denn reden?

»Mit Kimmie«, antwortete Regina.

»Die iss janz in Ordnung«, stellte die Nachbarin klar, »anders als ihre Mutter«, und schloss die Tür.

»Frau Naumann, wir wissen, dass jemand zu Hause ist, machen Sie uns endlich die Tür auf.«

Regina ging zur Nachbartür und notierte sich den Namen. Dann drehte sie eine Runde durch den Flur, schrieb sich auch die anderen Mietparteien auf und kehrte zu ihrem Kollegen zurück.

Drass trommelte jetzt rhythmisch mit den Fingern gegen die Tür. Sie öffnete sich zaghaft.

Mira sah zu ihm auf. »Bist du ein Freund von Kimmie?«

Regina ging in die Hocke. »Ist deine Mutter zu Hause?«

Mira nickte.

»Ich habe Hunger«, quengelte Moni und schob sich an ihrer Schwester vorbei. »Hast du uns was zu essen mitgebracht?«

Regina drehte sich ihrem Kollegen zu. »Unten im Haus ist ein Kiosk. Vielleicht sollte ich etwas für sie holen.«

»Lass uns erst mal sehen, was hier los ist. Wo ist denn eure Mutter?«

Mira legte den Zeigefinger an den Mund. »Sie schläft.«

Regina schob die beiden Kinder behutsam zurück in den Flur und trat ein. Drass schloss leise die Tür hinter sich. Die Luft roch nach Zigaretten, Alkohol und Schlaf.

Regina deutete auf die verschlossene Tür. »Ist eure Mutter da drin?«

Moni nickte und flüsterte: »Aber wir dürfen sie nicht wecken. Dann wird sie böse.«

»Ist Kimmie auch zu Hause?«

Unvermittelt begann Moni zu weinen. »Sie wollte uns Marshmallows kaufen und ist nicht zurückgekommen.«

»Wann war das?«

»Gestern Abend«, schluchzte das Kind.

Die Tür vom Schlafzimmer wurde aufgerissen. Gisela Naumann erschien im Türrahmen und beschwerte sich über den Krach. Ihr Gesicht war aufgedunsen, ihr schmutzig weißer Schlafanzug mit Flecken übersät. Als sie die Kommissare sah, kniff sie wütend die Augen zusammen und blaffte: »Wer sind Sie denn? Und was machen Sie in meiner Wohnung?«

Drass und Regina hielten ihre Dienstmarken hoch. Frau Naumann trat näher und besah sie sich genau.

»Hat sie Sie geschickt?«

»Wer ›sie‹«?

»Na, mein verzogenes Blag. Kimmie. Weiß auch nicht, was ich da falsch gemacht habe.«

Sie schlurfte an ihnen vorbei. Die Zwillinge machten ihr ängstlich Platz. Drass und Regina folgten ihr in die Küche.

»Ich brauch jetzt einen Kaffee. Ist spät geworden gestern

Nacht. Habe lange gearbeitet. Die Leute wollten nicht gehen.« Sie füllte die Kaffeemaschine und goss sich ein Glas Wasser ein. »Aber so ganz verkehrt ist sie nicht, meine Kimmie. Kümmert sich um ihre Geschwister, bringt sie in die Kita.«

Sie setzte sich an den Küchentisch. Die Kaffeemaschine gurgelte leise.

»Wir müssen mit Ihrer Tochter reden«, sagte Regina. »Wissen Sie, wo sie ist?«

»Haben Sie schon in ihrem Zimmer nachgesehen?«

»Darf ich?«, fragte Drass.

Frau Naumann nickte, »die letzte Tür auf der rechten Seite«, griff sich eine Tasse und schenkte sich ein.

»Das Zimmer ist abgeschlossen«, rief Drass.

»Dann ist sie nicht da«, erklärte die Mutter und pustete in die Tasse.

»Das scheint Sie nicht zu beunruhigen«, stellte Regina fest.

Frau Naumann sah sie erstaunt an. »Ich bin doch keine verdammte Glucke! Kimmie ist achtzehn. Die bleibt öfter über Nacht weg.«

»Haben Sie vielleicht eine Idee, wo wir sie finden können?«

»Na, entweder bei Toto oder bei Marinda.«

Regina ließ sich die Adressen geben. »Braunschweiger Straße 58. Heißt dieser Toto zufällig Thomas Tollner?«

»Kann sein. Wir nennen ihn immer Toto. Die beiden sind Sandkastenfreunde.« Sie trank den Becher leer, grunzte behaglich und goss sich nach.

Moni trat in die Küche. »Mama, ich habe Hunger.«

»Später!«

Die Kleine drehte sich widerspruchslos um und verließ den Raum.

»Wir haben vorhin eine Nachbarin von Ihnen auf dem Flur getroffen. Sie erzählte uns, dass Sie vier Kinder haben, zwei große und zwei kleine.«

Frau Naumann nickte. »Vier Mädchen. Wollte immer gerne einen Jungen. Is aber keiner gekommen. Die einzigen Männer in meinem Leben waren die Väter der Mädchen. Kimmie und Mandy haben denselben Vater. Die Zwillinge sind von einem anderen. Hab jedes Mal gedacht, es ist die große Liebe. Hat aber nicht gehalten. Jetzt steh ich alleine da.«

»Könnte Kimmie bei ihrer Schwester sein?«

Frau Naumann schüttelte den Kopf. »Die beiden sind sich spinnefeind. Mandy würde Kimmie nicht einmal in ihre Wohnung lassen. Mich auch nicht.«

»Können Sie uns trotzdem die Adresse geben?«

»Ich kenne ihre verdammte Adresse nicht. Sie hat uns auch sitzen lassen. Genau wie ihr Vater. Das sind wohl die Gene. Vielleicht ist Kimmie ja jetzt auch weg und lässt mich mit den Kleinen allein.«

»Heißt Mandy auch Naumann, oder ist sie verheiratet und hat vielleicht den Namen des Mannes angenommen?«, erkundigte sich Drass.

Die Mutter zuckte die Schultern.

»Hat Kimmie ein Handy, auf dem wir sie erreichen können?«

»Natürlich hat sie ein Handy. Jeder hat ein Handy. Aber ich kenne ihre Nummer nicht.«

Regina stand auf. »Frau Naumann, Ihre Kinder haben gesagt, dass sie Hunger haben. Haben sie denn heute Morgen schon was gegessen?«

»Weiß ich nicht. Da kümmert sich Kimmie drum.«

»Haben Sie jetzt etwas zu essen hier?«

»Na klar«, antwortete die Mutter, öffnete eine Schranktür nach der anderen und zuletzt den Kühlschrank.

»Zucker und Haferflocken sind noch da. Man müsste Milch kaufen. Geht aber auch mit Wasser.«

Drass erhob sich, legte Frau Naumann eine Visitenkarte auf den Tisch und bat sie, Bescheid zu sagen, falls ihre Tochter nach Hause kam.

»Würd ich gerne machen, kann ich aber nicht. Hab kein Telefon. Die Rechnung, wissen Sie?«

Regina drehte sich an der Tür noch einmal um. »Ich komme gleich noch mal hoch und bringe Lebensmittel für Sie und die Kinder.«

Frau Naumann lächelte. »Können Sie mir dann auch 'ne Flasche Wein mitbringen?«

Regina verbiss sich einen Kommentar und verließ die Wohnung, ohne sich zu verabschieden.

***

Breschnows Diensttelefon klingelte. Kurz danach läutete es im Büro von Regina und Drass, und schließlich landete der Anruf bei Schmitti.

»Ihr Vorgesetzter ist nicht zu erreichen«, beschwerte sich der oberste Dienststellenleiter.

»Er ist unterwegs, befragt Zeugen in den Mordfällen Busse und Rosenholz.«

»Und was ist mit seinem Mobiltelefon?«

»Das, hm, ach ja, das musste gewartet werden. Ich bin gerade dran.«

»Wenn er zurückkommt, soll er sich sofort bei mir melden, Herr Schmitt. Haben Sie verstanden? Sofort!«

Schmitti legte den Hörer zurück auf die Gabel und betrachtete den altertümlichen Apparat, den Delego in einem Anfall von Nostalgie angeschleppt hatte. Dann wählte er Breschnows Handynummer. »Der Teilnehmer …«

Manchmal verstand Schmitti seinen Chef nicht. Da gab es diese wunderbare Technik der kurzen Wege und erleichterte die gemeinsamen Ermittlungen enorm, aber Breschnow nutzte sein Handy selten und schrieb nie eine SMS. Ein Tablet verwechselte er mit einem Tablett, und mit dem Zentralcomputer, der in kurzer Zeit Fingerabdrücke oder DNA-Ergebnisse verglich, kannte er sich nicht aus. Gestern hatte ihn Schmitti sogar mit der Hand schreiben sehen. Er wunderte sich über so viel Verbohrtheit.

Das Diensttelefon läutete erneut. Dieses Mal war der Pressesprecher am Apparat. Er teilte ihm mit, dass für heute Abend um neunzehn Uhr eine Pressekonferenz angesetzt war, und bedauerte, Breschnow nicht erreichen zu können.

Schmitti versprach, seinen Chef rechtzeitig zu informieren, und sah auf die Uhr. Es war fast drei. Gundula Merck war noch immer nicht aufgetaucht.

Schmitti hinterließ ihr eine weitere Nachricht auf dem Anrufbeantworter und widmete sich wieder seinen Recherchen. Das Dossier über Daniel Busse war nicht lang. Seine Zeit bei »Für Berlin« hatte vor fünf Jahren begonnen. Aber außer dem Eintrag im Vereinsbuch gab es keine weiteren Erwähnungen. Schmitti scrollte weiter. Als er nichts mehr fand, loggte er sich noch einmal ins Polizeiarchiv ein und entdeckte einen acht Monate alten Eintrag.

»Ach, sieh mal einer an«, freute er sich. »Daniel Busse und Frank Schneider.«

***

Ohne auf den Verkehr zu achten, lief Breschnow mit großen Schritten über den dicht befahrenen Hohenzollerndamm. Delego hielt die Luft an. Ein Autofahrer hupte, statt abzubremsen. Gerade noch rechtzeitig sprang Breschnow auf den Bürgersteig und steuerte den Kiosk an. Er nickte den trinkenden Männern zu, die unter dem kleinen Vordach Zuflucht vor dem Novemberwetter gesucht hatten, bestellte Bier und einen Schnaps. Delego überquerte den Damm an der nächsten Ampel und stellte sich neben ihn. Breschnow drückte ihr die zwei Flaschen in die Hand, zündete sich eine Zigarette an und deutete mit dem Kopf auf das Bushäuschen.

»Danke, Chef«, sagte Delego und ließ sich auf einen der Plastiksitze fallen.

»Erlebst du das öfter?«

Seine Kollegin nickte. »Als ich ein Teenager war, habe ich mich wegen meiner dunklen Haut und den krausen Haaren geschämt. Aber dann habe ich einen weißen Jungen getroffen, der mir Mut gemacht hat, und irgendwann habe ich angefangen, meine Hautfarbe zu akzeptieren, und mittlerweile mag ich sie. Aber es gibt immer wieder Situationen, in denen ich beschimpft und bedroht werde, weil ich schwarz bin.« Sie hielt ihm die zwei Flaschen hin. »So etwas hat noch nie ein Chef für mich getan. Ich hoffe, du kriegst keinen Ärger.«

Breschnow zertrat die Kippe. »Oh doch. Das werde ich. Wahrscheinlich klingelt gleich mein Handy, und ich werde aufs Revier zitiert. Schneider hat sich bestimmt schon beschwert.« Er grinste. »Und weißt du was? Das ist es mir wert. Du bist eine gute Polizistin, Delego, und sowieso hat niemand das Recht, so mit dir zu reden.«

Die Kommissarin betrachtete ihn erstaunt. »Hast du mich gerade gelobt?«

Breschnow lächelte und fummelte ein Feuerzeug aus seiner Hosentasche, öffnete eine Flasche und reichte sie ihr.

»Gundula Merck himmelt diesen Typen an«, sagte Delego und trank einen Schluck. »Es kann gut sein, dass sie mit ihm ins Bett geht. Die Erotik der Macht.«

»Wird sie Busses Nachfolgerin?«

»Für die Koordination? Das glaube ich nicht. Sie ist eine Frau, und wenn sie ein Verhältnis mit dem Vorsitzenden hat, wird er sie nicht mehr so leicht los, wenn sie ein zentrales Amt besitzt.«

Delego wischte sich mit dem Handrücken den Schaum vom Mund.

»Nutzt es einem von beiden, dass Busse nicht mehr da ist?«

»Vielleicht. Wer weiß, was da hinter den Kulissen abläuft.«

»Und Rosenholz?«

»Vielleicht kennt Schneider ihn wirklich nicht.« Sie rümpfte die Nase. »Aber sein Alibi für die Mordzeit kann man vergessen. Gattinnen sagen doch immer für die Angetrauten aus. Ich wette, sie ist viel jünger als er und bildschön.«

»Wir müssen herausfinden, wer die Nachfolge von Daniel Busse antritt.«

Sie diskutierten noch eine Weile ihre Möglichkeiten. Delego trank ihre Flasche leer und sah ihren Chef nachdenklich an.

»Was ist?«, fragte Breschnow.

»Ich war doch in der Braunschweiger und habe die Bewohner befragt und natürlich auch den Kioskbesitzer. Der war ganz überrascht, weil du auch schon mit ihm geredet hattest. Warum hast du uns das in der Dienstbesprechung nicht gesagt?«

Breschnow zuckte mit den Schultern. »Vergessen.«

Delegos Handy meldete sich. Sie ließ es klingeln.

»Hast du noch mehr vergessen?«

Breschnow zögerte.

»Ich bin von den Guten. Schon vergessen?«, ermunterte ihn seine Kollegin.

»Ich habe an der Bank auf der Schillerpromenade einen Fetzen grauen Lodenmantel gefunden.«

Delego dachte einen Moment lang nach. »Fällt mir jetzt nichts dazu ein.«

»Willy trägt einen grauen Lodenmantel.«

»Das war doch einer der Obdachlosen, die wir im Mordfall Pohl befragt haben, oder? Denkst du, er hat Busse getötet?«

Breschnow schüttelte den Kopf. »Wenn, dann aus Notwehr. Vielleicht ist Busse auf ihn los und hat ihn geschlagen.«

»Trotzdem solltest du eine Fahndung rausgeben.«

Breschnow ignorierte den Einwand. »Aber wenn Willy nicht selber zugeschlagen hat, hat er bestimmt den Täter gesehen.«

»Auf jeden Fall eine Fahndung!«, insistierte Delego.

»Gib mir noch ein, zwei Tage. Ich werde Willy finden. Ich will ihm nicht den ganzen Apparat auf den Hals schicken.«

»Aber du hättest uns trotzdem informieren können.«

»Denkst du, dass alle mein Vorgehen mitgetragen hätten? Bei Drass bin ich mir nicht mehr so sicher. Er ist immer so korrekt.«

»Wieso willst du erst mit dem Obdachlosen alleine –« Das Klingeln ihres Handys unterbrach die Frage.

Breschnow leerte sein Bier und beobachtete die Autos, die sich träge auf der breiten Straße Stoßstange an Stoßstange vorbeischoben.

»Das war Schmitti«, informierte ihn Delego. »Wir sollen sofort aufs Revier kommen. Der Pressesprecher hat für neunzehn Uhr die Journalisten geladen und will vorher den Text mit dir durchgehen.«

Sie steckte den Apparat zurück in die Tasche und eilte voraus. Breschnow folgte ihr unwillig. Dieses Mal nahmen beide die Ampel.

***

Sie schlug die Augen auf und starrte in grelles Neonlicht. Eine Frau mit glatten blonden Haaren und pickeligem Gesicht saß an ihrem Bett und lächelte.

Kimmie versuchte, das Lächeln zu erwidern, und schrie schmerzgeplagt auf. Die Frau rief nach einer Krankenschwester. Kurz danach betrat die Stationsärztin den Raum, notierte die Uhrzeit auf dem Klemmbrett am Fußende des Bettes und betrachtete ihren Neuzugang. »Wie geht es Ihnen, Frau Naumann?«

Kimmie versuchte eine Antwort, aber ihre Kehle war zu trocken. Die Ärztin ließ das Kopfende des Krankenbettes hochfahren und reichte ihr eine Schnabeltasse. Kimmie trank gierig, obwohl das Schlucken schmerzte.

»Wo bin ich?«, krächzte sie.

»Auf der Unfallstation im Krankenhaus Neukölln. Sie haben Hämatome im Gesicht, das rechte Auge ist geschwollen, das mussten wir reinigen. Jemand hat Ihnen durch Schläge und Tritte Kopfverletzungen zugefügt. Wir haben die Wunden verbunden. Ihre rechte Hand ist geprellt und angebrochen, feine Haarrisse im Mittelhandknochen. Weiterhin schwere und mittelschwere Hämatome am Bauch und am Rücken, Prellungen am linken Oberschenkel.«

Kimmie wandte den Blick von der Medizinerin ab, ließ ihn über ihren Körper gleiten. An ihrer linken Hand war ein Schlauch befestigt. Aus einem Tropf rann eine durchsichtige Flüssigkeit in ihre Ader. Sie drehte den Kopf. Neben dem Bett stand eine Maschine.

»Sie zeichnet Ihren Herzschlag auf und kontrolliert Ihren Blutdruck und Ihre Körpertemperatur«, erklärte die Ärztin. »Sie sind nicht lebensgefährlich verletzt, »aber wir müssen auf Nummer sicher gehen. Manchmal treten innere Blutungen erst später auf.« Sie griff nach dem Tropf und verstellte die Geschwindigkeit. »Wollen Sie mir sagen, was passiert ist?«

Kimmie schloss schweigend die Augen. Sofort tauchte das Gesicht des Schwarzen auf. Er lachte und schlug dann zu. Immer wieder. Sie spürte seine Faust und seine Tritte im Gesicht und auf ihrem Körper, hörte sein irres Lachen und schrie. Jemand griff nach ihrem Kinn. Sie versuchte, den Angreifer loszuwerden, hörte ihren Namen, eine freundliche Frauenstimme rief ihn immer und immer wieder. Langsam glitt Kimmie zurück in die Wirklichkeit und riss die Augen auf.

»Sie sind hier in Sicherheit, Frau Naumann. Ich spritze Ihnen jetzt ein Schlafmittel.«

Bevor Kimmie protestieren konnte, pikste es in ihrem Arm, die freundliche Stimme brach ab, ihre Muskeln entspannten sich, und sie sank in ein wohliges, traumloses schwarzes Loch.

***

»Der Oberste will dich sehen«, empfing ihn Schmitti.

»Wirkte er sehr verärgert?«

»Er war sauer, weil er dich nicht erreichen konnte.«

»Vielleicht hat Schneider noch nicht angerufen.«

»Wieso sollte er anrufen?« Schmitti folgte ihm in den Besprechungsraum.

»Weil er meine Ehre verteidigt hat«, sagte Delego, setzte sich an den Tisch und klopfte auf den Stuhl neben sich.

Breschnow ging hinauf in die Chefetage. Kurt Willich saß wie immer vor seinem aufgeräumten Schreibtisch. Sein braun gebranntes Gesicht zeugte von einem erst kürzlich beendeten Südseeurlaub. Breschnow schob sich einen Stuhl heran und ließ sich neben den Pressechef nieder. Der kleine schmächtige Mann mit der großen schwarz umrandeten Brille rümpfte missbilligend die Nase. »Sie riechen nach Alkohol und Nikotin, Herr Hauptkommissar.«

»Das ist nun mal so, wenn man raucht und trinkt«, sagte Breschnow und gab den beiden eine kurze Zusammenfassung seiner bisherigen Ermittlungsergebnisse.

Der Pressesprecher notierte eifrig die für ihn wichtigen Fakten auf einen schwarzen Notizblock. Willich nickte fortwährend. Er hatte wenig Ahnung von Ermittlungsarbeit und war auch nicht daran interessiert. Seine Beamten sollten ihre Fälle erfolgreich und zügig abschließen. Wie sie das taten, war ihm egal. Breschnow schätzte das sehr, weil es ihm viel Freiraum ließ. Er hatte bei seinem Vorgesetzten ein Stein im Brett, seine Ermittlungsquoten waren mit Abstand die besten in der Stadt. Willich und er gerieten nur selten aneinander, meist dann, wenn sein Chef durch Breschnows Verhalten den guten Ruf der Abteilung gefährdet sah. Denn der war ihm wirklich wichtig.

Willich hörte auf zu nicken und beugte sich vor. »Gar nicht gut, dass der einzige Tatverdächtige drogensüchtig und nicht ansprechbar ist. »Er klopfte auf das Zifferblatt seiner Armbanduhr. »In einer Stunde wollen die Journalisten etwas mehr erfahren als das, was Sie mir gerade mitgeteilt haben. Lassen Sie sich etwas einfallen, meine Herren.«

Breschnow sprang auf und ging wortlos zur Tür. Der Pressesprecher folgte ihm eilig. »Was denken Sie: Sollen wir den Verdächtigen beim Namen nennen?«

Breschnow schüttelte den Kopf und ging mit großen Schritten weiter. »Bisher haben wir noch keine handfesten Beweise gegen ihn.«

»Jetzt bleiben Sie doch mal stehen«, verlangte der Pressesprecher, »so kann man doch nicht arbeiten!«

Breschnow stoppte und drehte sich langsam zu ihm um. »Muss ich nachher dabei sein?«

»Eigentlich ist es immer gut, wenn der leitende Ermittler dabei ist, aber …«, er musterte ihn und rümpfte die Nase.

Breschnow strich sich über die Bartstoppeln und grinste. »… nicht, wenn er so aussieht wie ich.«

Der Pressesprecher nickte. Breschnow klopfte ihm dankbar auf die Schulter, beantwortete bereitwillig alle Fragen. Dann eilte er zurück in seine Dienststelle.

»Monika hat angerufen«, informierte ihn Drass. »Daniel Busse ist verblutet.«

»Das heißt, er hat noch gelebt, nachdem er mit dem Stein niedergeschlagen wurde?«

»Hat den Anschein«, erwiderte Drass. »Und wenn du vorhin dabei gewesen wärst, wüsstest du jetzt Genaueres.«

»Wann hat sie ihn denn obduziert?«

»Heute Nachmittag. Und sie hat sich gewundert, dass du nicht da warst.«

Acht Augen betrachteten ihren Chef.

Sie denken, ich trinke zu viel, und sie haben recht, dachte Breschnow, drehte seinem Team den Rücken zu und schrieb die Todesursache auf das Whiteboard. Er konnte sich nicht mehr erinnern, einen Termin mit der Rechtsmedizinerin vereinbart zu haben. Er atmete tief durch und drehte sich wieder um. »Wie lief es bei euch?«

»Wir waren heute bei Gisela Naumann, der Mutter von Kimmie«, antwortete Regina zögernd und berichtete über den Besuch.

»Und die Kinder?«, erkundigte sich Breschnow.

»Ich habe das Jugendamt eingeschaltet, und die Sozialarbeiterin hat mir versprochen, sich sofort darum zu kümmern.«

»Weiß die auch, dass wir mit Kimmie Naumann reden müssen?«

Regina nickte. Breschnow berichtete über das Gespräch mit Frank Schneider. Seine Auseinandersetzung mit dem Vorsitzenden verschwieg er. Delego würde sowieso darüber reden.

»Ich habe etwas über Busse und Schneider gefunden«, frohlockte Schmitti. »Busse wurde vor fünf Jahren und zwei Monaten von einem Herrn Lewinski der Körperverletzung bezichtigt. Schneider hat Busse verteidigt und es geschafft, dass Lewinski die Anzeige zwei Tage später zurückgezogen hat.«

»Busse war damals auf Bewährung. Er wäre sofort wieder eingefahren«, ergänzte Delego.

»Weswegen hat dieser Lewinski ihn angezeigt?«

»Wir warten noch auf die Akte. Der Fall wurde archiviert, weil die Anzeige fallen gelassen wurde.«

»Hast du mit Lewinski Kontakt aufgenommen?«, erkundigte sich Breschnow.

»Fehlanzeige. Er ist vor einem Jahr verstorben.« Schmitti sah in die Runde und ergänzte: »Herzversagen. Lewinski war dreiundachtzig Jahre alt.«

»Und die Befragung von Gundula Merck?«, erkundigte sich Regina.

»Die ist nicht aufgetaucht.«

»Kein Wunder, wenn sie bei Schneider rumhockt«, brummte

Breschnow. »Wir werden sie besuchen. Übernimmst du das, Delego?«

»Gleich nach der Dienstbesprechung, Chef.«

»Hast du noch mal die verschiedenen Melderegister durchforstet?«, erkundigte sich Breschnow.

»Aber klar doch«, antwortete Schmitti. »Kadir Aziz hat einen Bruder, Rayhan Aziz.«

»Vielleicht war das der ältere Mann, den Busses Vater erwähnt hat«, sagte Regina.

»Wo wohnt Aziz?«, fragte Breschnow.

»Das ist das Problem«, erklärte Schmitti. »Er hat eine Geheimadresse. Die finden wir natürlich raus, aber dafür brauchen wir die Staatsanwaltschaft.«

Breschnow schlug mit der flachen Hand auf den Tisch und fluchte vernehmlich. »Von einem Onkel hat uns die Dame Rosenholz nichts erzählt. Und jetzt ist sie weg. Oder hast du sie mittlerweile ausfindig gemacht?«

Drass verneinte.

Breschnow sprang auf und begann im Raum hin und her zu gehen.

»Ich hab gedacht, Isabella Rosenholz könnte bei ihren Eltern sein«, sagte Schmitti. »Ich meine, auch erwachsene Kinder weinen sich bei ihren Eltern aus, wenn sie eine schlechte Nachricht erhalten.«

»Und ich vermute, du hast die Adresse recherchiert«, sagte Delego. »Verrätst du sie uns auch?«

»Sie wohnen auf dem Kirchhof Rudow am Ostburger Weg.«

»Sie wohnen auf einem Friedhof?«, fragte Drass erstaunt.

Schmitti sah auf seine Notizen. »Mutter Rosenholz ist vor fünf und der Vater vor drei Jahren gestorben. Natürliche Todesursache, bei beiden. Sie waren über achtzig.«

»Und die Schwiegereltern?«

»Die leben in Syrien«, erinnerte Schmitti.

»Und sie nimmt bestimmt nicht frei und fliegt ins Kriegsgebiet, um die Eltern eines Mannes zu sehen, von dem sie sich getrennt und den sie angezeigt hat«, ergänzte Drass.

»Sie hat sich nicht freigenommen«, korrigierte ihn Regina,

»sie ist einfach nicht zur Arbeit erschienen und jetzt vom Erdboden verschwunden.«

»Vielleicht sollten wir mal einen Blick in ihre Wohnung werfen«, schlug Breschnow vor.

»Dafür bekommst du niemals einen Beschluss. Das Einzige, was die Frau getan hat, ist, ihren Sohn zu verlieren und dann vielleicht wegzufahren oder bei Freunden unterzutauchen, um Abstand zu bekommen. Eine trauernde Mutter. Die Staatsanwältin grillt dich.«

Regina musterte ihren Chef. »Ich kann mir denken, was du vorhast. Aber es wäre besser, du würdest es sein lassen. Vielleicht hat die Nachbarin einen Schlüssel.«

»Ja, vielleicht«, brummte Breschnow und verließ den Raum.

***

Kurt Willich schob den einzigen Papierstapel auf seinem Schreibtisch von rechts nach links und wieder zurück. Dann erhob er sich schwerfällig und suchte den Pressesprecher. Er fand ihn im Kopierraum, wo er Handouts für die Konferenz produzierte, und sah ihm eine Weile schweigend dabei zu.

»Hauptkommissar Breschnow ist mein fähigster Ermittler. Seine Aufklärungsquote ist hervorragend. Aber es lässt sich nicht mehr leugnen, dass er …« Willich stockte.

»Ein massives Alkoholproblem hat«, beendete der Pressesprecher den Satz. »Ich habe ihn von der Teilnahme an der Konferenz freigestellt. Er ist nicht vorzeigbar. Außerdem ist der Mann unberechenbar.«

»Jetzt übertreiben Sie aber«, tadelte ihn der Oberste und deutete auf die Uhr. »Wir müssen.«

Schweigend fuhren sie hinunter ins Erdgeschoss. Aus dem Multifunktionssaal drang lautes Stimmenwirrwarr. Es verstummte augenblicklich, als sie eintraten und sich an den langen Tisch an der Stirnseite setzten. Der Pressesprecher tippte an das Mikrofon, eröffnete die Konferenz mit einer allgemeinen Begrüßung und leitete über zu dem aktuellen Fall.

»In der Nacht von Sonntag auf Montag wurde in der Braunschweiger Straße ein Mann im Hausflur eines Neuköllner Altbaus erstochen aufgefunden. Es handelt sich um den dreißigjährigen Johannes Faris Rosenholz. Aus Rücksicht auf die Angehörigen werden wir die Details, die zu seinem Tode geführt haben, noch nicht bekannt geben. Was wir aber sagen können, ist, dass das Opfer im Drogenmilieu kein Unbekannter war.«

»Gibt es bereits einen Verdächtigen?«, unterbrach ihn eine junge Reporterin.

»Wir haben einen Mann in Gewahrsam genommen. Mehr kann ich leider zum jetzigen Zeitpunkt noch nicht dazu sagen.«

»Wer ist der Verdächtige?«, erkundigte sich ein Journalist trotzdem.

Der Pressesprecher wiederholte geduldig, was er eben bereits gesagt hatte. Das tat er noch einige Male, bis die Reporter endlich Ruhe gaben.

»Und was ist mit dem zweiten Toten?«, erkundigte sich Robert Schubert.

»Der zweite Mann, der vierundzwanzigjährige Daniel Busse, wurde Opfer einer«, der Pressesprecher zögerte, »Schlägerei und erlag noch vor Ort seinen Verletzungen. Ein Passant entdeckte den Toten am nächsten Morgen auf dem Grünstreifen der Schillerpromenade, ebenfalls in Neukölln.«

»Gibt es einen Zusammenhang zwischen den beiden Opfern?«, erkundigte sich eine Reporterin mit schriller Stimme.

»Davon ist mir zurzeit nichts bekannt«, antwortete der Pressesprecher. »Aber wir stehen erst am Anfang der Ermittlungen.«

»Haben Sie für den zweiten Toten auch einen Verdächtigen?«, fragte Robert Schubert.

Der Pressesprecher schüttelte den Kopf.

»Kann es derselbe Täter gewesen sein?«

Der Pressesprecher warf seinem Chef einen kurzen Blick zu. Kurt Willich zuckte kaum merklich mit den Schultern.

»Das können wir zum jetzigen Zeitpunkt weder bestätigen noch ausschließen. Bitte geben Sie uns noch etwas Zeit. Die Pressekonferenz ist damit beendet. Sie können aber noch schriftlich Fragen nachreichen. Wir beantworten sie so bald wie möglich.«

»Leere Phrasen«, schimpfte Cosma leise und drängte sich an der Seite ihres Freundes aus dem Saal.

»Ich muss etwas essen«, stöhnte Robert und schlug eine Pizzeria in der Nähe vor, die sie nach einem fünfzehnminütigen Marsch durch den Kiez erreichten.

Robert schnaufte schwer und ließ sich auf einen Stuhl plumpsen.

»Vielleicht solltest du lieber mal etwas abspecken«, schlug Cosma vor.

Er schlug nach ihr, aber sie wich geschickt aus und tänzelte um ihn herum.

»Verbringst du deine Zeit immer noch mit diesem ungesunden und zeitfressenden Joggen?«

Cosma nickte und winkte die Bedienung heran. Robert bestellte sich eine Lasagne und ein Bier, Cosma eine Apfelschorle. Ein junger Kellner brachte die Getränke. Robert sah ihm wie immer hinterher.

»Die Polizei weiß gar nichts«, sagte sie und versperrte mit der linken Hand ihrem Freund die Sicht. »Du bist verheiratet.«

»Und das ist auch gut so«, sagte Robert.

Sie prusteten los.

»Ist unser neuer Bürgermeister auch schwul?«

»Nein, Müller hat wohl das Hetero-Gen. Da kann das bürgerlich-konservative Lager aufatmen.«

Er leerte sein Glas zur Hälfte und strich sich den Schaum vom Mund.

»Wir wissen aber auch nichts«, seufzte Cosma, »und Isabella Rosenholz hat sich offensichtlich aus dem Staub gemacht.«

»Warum hat sie das getan? Was denkst du, Prinzessin?«

»Vielleicht will sie dem Rummel aus dem Weg gehen, den so ein Mord nach sich zieht.« Sie lächelte. »Ich würde uns auch aus dem Weg gehen.«

»Pass auf mit dem, was du sagst. Du beschmutzt gerade dein eigenes Nest.« Robert trank einen Schluck. »Ich schreibe trotzdem meinen Hintergrundartikel über diesen Johannes Faris Rosenholz, und …«, er zog ein Handy aus der Tasche und hielt es ihr hin, »… hier habe ich ein Foto.«

Sie betrachtete das unscharfe Bild auf dem Display. Die Gestalt auf dem Boden konnte man nur mit Mühe erkennen.

»Wann hast du das gemacht?«

»Noch bevor die Polizei uns am Wickel hatte. Ich habe für solche Fälle immer ein zweites Gerät in der Tasche.«

Er betrachtete das Bild eingehend. »Einen Fotowettbewerb werde ich damit nicht gewinnen, aber wir hübschen es ein wenig auf und dann raus damit. Und dich, meine Schöne, lade ich herzlich dazu ein, mich jetzt in mein Arbeitszimmer zu begleiten und einen Artikel dazu zu schreiben. Wir haben eine halbe Seite und werden den Teil der Mutter wohl im Netz recherchieren müssen.«

Cosma sprang auf und drückte ihm einen feuchten Kuss auf die Wange.

»Aber, Frau Anderson, nicht so stürmisch«, neckte Robert sie, »Sie wissen doch, ich bin verheiratet.«

***

»Max Landauer, der Kompagnon von Rosenholz, hat uns verlassen«, verkündete die rot gelockte Kollegin von der Drogenfahndung und betrat den Besprechungsraum.

Delego, Regina und Drass saßen noch am Tisch und gingen die Ermittlungsergebnisse durch. Marion Freudig setzte sich zu ihnen. »Rosenholz hat ihn abserviert.«

»Ist er tot?«, erkundigte sich Regina.

»Nein, wieso?« Die Drogenfahnderin hielt kurz inne und lachte dann. »Wir sehen überall Drogen, Dealer und Süchtige und ihr Leichen. Max Landauer erfreut sich bester Gesundheit. Er ist nach Dänemark gezogen und hat dort einen neuen Club gekauft.«

»Und was ist mit den Clubs hier?«, fragte Drass.

»Die hat er verkauft. – Übrigens war Max Landauer kein Kompagnon, sondern ein Kunde von Rosenholz.«

»Rauschgift«, sagte Delego.

»Max Landauer war kokainsüchtig«, ergänzte Marion Freudig.

»Woher kommen die Infos?«

»Direkt von unserem Verräter.« Die Drogenfahnderin strahlte über das ganze Gesicht. »Wir haben den Maulwurf in unserer Abteilung endlich geschnappt! Und er ist gefeuert.«

»Gefeuert? War er ein direkter Kollege?«

Marion Freudig nickte finster. »Das ist ekelig, oder?«

»Aber ihr habt ihn. Das ist die Hauptsache. Glückwunsch«, gratulierte Drass. »Gibt es noch etwas Neues über Rosenholz?«

Die Drogenfahnderin seufzte. »Das dauert. Leider. Wir sind gerade dabei, den persönlichen Computer unseres Ex-Kollegen zu untersuchen. Das Ding ist gesichert wie eine Festung und der Mann nicht gerade gesprächig. Aber ich habe etwas über euren Tollner gefunden. Wie ihr schon vermutet habt, war Rosenholz sein Lieferant. Aber nicht nur für den Eigenbedarf. Tollner hat für Rosenholz gedealt. Und in den letzten Monaten hat er ziemlich geschwächelt und wenig verkauft. Ich vermute, dass er aber trotzdem weiter konsumiert hat.«

»Und Schulden gemacht«, sagte Drass.

»Und er ist beim letzten Mal nicht mehr zur Warenübergabe erschienen«, ergänzte die Drogenfahnderin.

»Wann hätte die sein sollen?

»In der Nacht von Freitag auf Samstag.«

»Und wo?«

»In einer alten Lagerhalle in Oberschöneweide.«

»Ein Mordmotiv wie aus dem Bilderbuch«, stellte Regina fest. »Am Sonntag taucht Rosenholz überraschend bei Tollner auf …«

»So überrascht wird er nicht gewesen sein«, fiel ihr Delego ins Wort.

Regina nickte. »Aber einen Besuchstermin wird er auch nicht vereinbart haben. Rosenholz besucht Tollner, will sein Geld, kündigt ihm die Geschäftsbeziehung, droht ihm. Der Fixer sticht zu und setzt sich dann einen Schuss.«

»So ist es oft«, sagte die Drogenfahnderin. »Entweder die Geldvariante oder die Stoffvariante. Dann bestehlen sie sich gegenseitig und stechen sich ab.«

»Habt ihr einen Daniel Busse in eurer Drogenkartei?«, erkundigte sich Delego.

Monika Freudig gab den Namen in ihr Smartphone ein und schüttelte den Kopf.

»Oder eine Kimmie?«

»Habt ihr einen Nachnamen?«

»Kimmie Naumann.«

»Naumann sagt mir was. Muss bei dem Namen aber wohl nichts heißen.« Die Drogenfahnderin griff wieder ihr Smartphone. »Hier finde ich sie nicht. Aber es gibt noch eine zweite Datenbank. Ein Archiv sozusagen. Kann ich mal an euren Computer?«

Delego nickte und ging mit ihr ins Büro. Schmitti wich keinen Zentimeter von seinem Platz. Marion Freudig stellte sich hinter ihn und gab ihm die notwendigen Anweisungen, sich in das Netzwerk der Drogenfahndung einzuloggen.

»Gib nur den Nachnamen ein«, dirigierte die Drogenfahnderin.

Sie starrten gebannt auf das Wartezeichen.

»Sechsunddreißig Treffer«, stöhnte Schmitti.

»Habt ihr die Adresse?«

Er tippte sie ein und landete einen Treffer. Delego drängelte sich neben die Drogenfahnderin.

»Das ist nicht Kimmie«, stellte sie mit einem Blick auf das Geburtsdatum fest. »Das ist ihre Mutter.«

Das Telefon klingelte. Schmitti hob ab und hörte zu. »Okay. Ich richte es aus.«

Er drehte sich zu Delego um. »Das war die KTU. Sie sind mit der Visitenkarte fertig. Breschnow soll zu ihnen raufkommen.« Er hielt inne. »Wo ist er eigentlich?«

***

Eine kalte Böe ließ ihn frösteln. Breschnow zog die dünne Jacke enger um sich und hastete zu seinem Fahrzeug zurück. Dort wühlte er in dem Handschuhfach nach dem Flachmann, trank einen Schluck und steckte sich eine Zigarette an. Das, was er eben noch für einen guten Ermittlungsschachzug gehalten hatte, löste sich allmählich in Zweifel auf, und er fragte sich, ob es wirklich gerechtfertigt war, ohne Gerichtsbeschluss die Wohnung von Frau Rosenholz zu durchsuchen. Einer Frau, die Sekt geholt hatte, als sie hörte, dass ihr Sohn ermordet worden war. Was hoffte er dort zu finden?

Sein Handy klingelte. Er sah auf das Display. Es war Delego, aber er wollte jetzt nicht mit ihr reden.

Breschnow startete den Wagen. Eine Dreiviertelstunde später erreichte er das Krankenhaus in Neukölln. Die Polizistin vor Thomas Tollners Tür war von einem Kollegen abgelöst worden. Dieser stand breitbeinig davor, die Fäuste in die Hüften gestemmt. Vor ihm eine zierliche Frau, die auf ihn einredete. Breschnow wies sich aus.

»Sie sagt, sie ist die Mutter«, erklärte der Uniformierte. »Hat aber keinen Ausweis bei sich. Kann sie nicht reinlassen.«

Lisa Tollner sah zu Breschnow auf. »Sind Sie auch von der Polizei?«

Er nickte und nannte seinen Namen.

»Zwei Kollegen von Ihnen waren am Montag bei mir. Eine Farbige und ein Mann, hochgewachsen, schwarze Haare. Beide hießen irgendwas mit D, glaube ich.«

Breschnow nickte. »Kommissarin Delego und Hauptkommissar Drass.«

»Sie haben mir gesagt, dass es vielleicht nicht gut wäre, meinen Sohn so zu sehen, aber ich habe ihnen nicht geglaubt. Ich bin jetzt zum dritten Mal hier.« Tränen füllten ihre Augen. »Er ist doch mein Kind.«

»Wollen wir zusammen zu ihm reingehen?«, fragte Breschnow.

Die Frau nickte kaum merklich. Er gab dem Uniformierten ein Zeichen, die Tür zu öffnen. Der Krankenraum roch nach saurem Schweiß und Medikamenten. Frau Tollner trat an das Bett und strich ihrem Sohn liebevoll über den Kopf. Er stöhnte leise. Dann riss er plötzlich die Augen auf und packte ihren Arm, erschlaffte wieder und fiel zurück in seinen Dämmerzustand.

»Er sieht schon besser aus«, sagte Breschnow, »und wenn er durch den Entzug durch ist, wird er sich schnell erholen.«

»Und wofür? Damit Sie ihn dann einsperren können?«, flüsterte die Mutter.

»Nur, wenn er der Täter ist. Wollen Sie mir von ihm erzählen?«

Die Mutter strich ihrem Sohn noch einmal über die Wange und verließ den Raum. »Toto hat niemanden getötet.«

»Auch nicht in Notwehr?«

Sie schüttelte den Kopf. »Er hat sich nie gewehrt. Hören Sie? Nie!«

Sie drehte sich abrupt um und steuerte den Ausgang an. Breschnow sah ihr kraftlos hinterher. So wie es im Moment aussah, würde er ihren Jungen für eine lange Zeit in den Knast bringen. Die Schere war zwar abgewischt worden, aber dennoch hatten die Kriminaltechniker Fragmente von Tollners Fingerabdrücken darauf gefunden.

Und genau das wunderte ihn. Wenn der Fixer im Wahn des Entzuges Rosenholz erstochen und sich dann an den Drogen bedient hatte, würde er dann noch die Tatwaffe abwischen? Würde er sie abwischen und sich erst danach einen Schuss setzen, obwohl er bereits schwer an den Entzugserscheinungen litt?

Und wieso hatte die Waffe unter ihm gelegen? Mit nur einem Funken Verstand hätte er sie aus dem Fenster geworfen oder sonst wie entsorgt, nachdem Rosenholz halb tot aus der Wohnung getaumelt war.

Der Uniformierte räusperte sich. »Sie brauchen da nicht zu stehen, Herr Hauptkommissar. Der haut Ihnen nicht ab. Da pass ich schon auf.«

Breschnow warf noch einen letzten Blick in das Zimmer und verließ das Krankenhaus. Es hatte wieder angefangen zu regnen, und der Wind peitschte die eiskalten Tropfen in die Waagerechte. Breschnow sah auf die Uhr. Es war noch zu früh, um nach Hause zu fahren, und nach Rosie stand ihm auch nicht der Sinn.

Kurz nach Mitternacht parkte er vor dem Literaturclub in Spandau und klingelte an der Hintertür. Sein Freund Paul öffnete sofort und musterte ihn überrascht.

»Hast du Zeit für ein Bier?«, fragte Breschnow.

Der Betreiber winkte ihn herein. Sie betraten den kleinen Veranstaltungsraum und setzten sich an den Tresen.

»Wie war die Lesung heute?«

»Nicht so gut besucht wie bei dir«, antwortete Paul. »Du hast wirklich eine richtige Fangemeinde für deine Gedichte.« Er schob ein Bier über den Tresen. »Du hast in letzter Zeit alle Lesungen abgesagt. Was ist los mit dir?«

»Nichts«, log Breschnow.

»Prima, dann kann ich ja ins Bett gehen. Zieh die Tür hinter dir zu, wenn du gehst.«

»Bitte«, widersprach Breschnow. »Bleib. Ich …«

»Wir sind seit einer Ewigkeit befreundet, Stefan.«

Breschnow nickte. »Ich kann nicht mehr schreiben.«

Der Veranstalter zog sich einen Hocker heran und setzte sich neben ihn. »Seit wann?«

»Seit ein paar Wochen, vielleicht auch schon länger.«

»Ich klopf dir jetzt nicht auf die Schulter und sag, das wird schon wieder.«

»Das wäre auch nicht hilfreich. Unser ganzes Leben, Paul, unser ganzes gemeinsames Leben hat aus Sprache bestanden. Angefangen von den zaghaften Versuchen in unserer Jugend, etwas halbwegs Leserliches aufs Papier zu bringen, bis hierher, du als Veranstalter, ich als Lyriker. Und jetzt sind die Worte weg, oder sie lassen sich nicht mehr sortieren.«

»Du trinkst zu viel«, sagte Paul.

»Das tun andere Dichter auch«, widersprach Breschnow.

Paul lachte und nippte an seiner Apfelschorle.

Breschnow betrachtete die Bierflasche. »Trotzdem hast du recht. Ich trinke zu viel, aber ich kann auch nicht damit aufhören. Seit Iris und Mona weg sind, ist es ist wie ein Sog.«

»Kein Wunder. Du hast deinen einzigen Halt verloren«, stellte Paul fest. »Plant deine Schwester, in Hamburg zu bleiben?«

Breschnow leerte die Flasche in einem Zug und hielt sie seinem Freund hin. »Ich glaube schon. Iris will mit der Kleinen in der Nähe der Klinik sein. Hast du noch eins?«

Paul umrundete den Tresen und nahm eine Flasche aus dem Kühlschrank.

»Die letzte«, sagte er. »Dann muss ich schlafen, und das solltest du auch mal wieder tun. Du siehst müde aus.«

»Ich war vorhin bei einem Jungen im Krankenhaus. Vielleicht hat er seinen Dealer getötet.«

Paul schwieg.

»Es geht mir zu nah. Ich habe nicht nur meine Familie verloren, sondern auch meine Distanz.«

»Und deinen Ausgleich durch das Schreiben«, ergänzte Paul. »Nimm dir ein paar Tage frei und besuch die beiden endlich mal. Das wird dir guttun.«

Breschnow dachte an das Schreiben, das ihn nach einem hektischen Ermittlertag wieder ins Lot gebracht hatte, dachte an die Besuche bei Iris, an die Gespräche am Küchentisch, die ihn immer in eine normale Alltagswelt zurückgeholt hatten, in der Themen wie Kinderspielplätze und Weihnachten eine große Rolle spielten. Weg von den Toten. Weg von den Tätern.

»Was ist mit deiner Lesung nächsten Monat?«

»Sag sie ab. Mir steht nicht der Kopf danach, die alten Gedichte wieder und wieder zu rezitieren, und neue gibt es nicht.« Breschnow versuchte ein Lächeln. »Ich weiß, dass ich unsere Freundschaft arg strapaziere.« Er klopfte seinem Freund zum Abschied auf die Schulter. »Es tut mir leid, Paul.«

Donnerstag

»Guten Morgen«, flötete die eifrige Krankenschwester. »Wie geht es uns heute?«

Kimmie knurrte eine Antwort.

»Und die Maschinen und die Schläuche sind auch weg.« Die Schwester lächelte unbeirrt und fuhr das Kopfteil des Bettes hoch. Dann drehte sie das Tablett zu Kimmie hin und stellte einen Teller mit warmem Grießbrei darauf.

Kimmie wurde übel.

Die Krankenschwester betrachtete sie traurig. »Vielleicht einen Tee?«

Kimmie nickte.

»Und ick nehm den Brei«, verkündete die Bettnachbarin.

Ein Arzt betrat den Raum. Er grüßte knapp, kontrollierte Kimmies Werte und gab der Schwester Anweisungen, einen Termin mit dem Krankenhauspsychologen zu vereinbaren.

»Das können Sie sich sparen«, fauchte Kimmie. »Ich gehe zu keinem Psychodoc.«

»Das werden wir noch sehen«, erwiderte der Arzt und verließ eilig den Raum.

Kimmie trank den Tee in kleinen Schlucken und bat die Schwester um ein Stück trockenes Brot.

»Du kannst meens haben«, sagte die Bettnachbarin. »Brei jegen Brot, is doch 'n prima Tausch.«

Sie lachte, als ob sie einen guten Witz gemacht hätte. Die Krankenschwester tauschte die beiden Frühstücke aus und kippte das Fenster.

Vorsichtig setzte Kimmie ihre Füße auf den Linoleumboden. Er war angenehm warm und glatt. Dann stand sie langsam auf, wartete, bis der Schwindel vorbei war, und schlurfte in Richtung Nasszelle.

»Mädchen, mach aber hinne. Ick muss gleich pullern«, sagte die Bettnachbarin und dann an die Krankenschwester gewandt: »Ick hab Se hier noch nie jesehen.«

»Ich helfe auch nur aus. Normalerweise arbeite ich in der Geschlossenen.«

»Bei die Bekloppten?«

»Psychiatrie«, korrigierte sie die Schwester sanft.

Kimmie hielt in der Bewegung inne und horchte auf.

»Sind da auch Drogensüchtige?«, erkundigte sie sich so beiläufig wie möglich.

Die Schwester nickte und klopfte das Kopfkissen auf.

»Willste nu doch nich da rin?«, erkundigte sich die Bettnachbarin und deutete auf die Tür der Nasszelle. »Dann kann ick ja erst mal pullern.«

Sie machte Anstalten, das Bett zu verlassen. Die Schwester eilte ihr zu Hilfe.

»Fünf Minuten«, bat Kimmie und war im Bad verschwunden.

***

»Ist Hauptkommissar Breschnow schon da?«

Schmitti verneinte und war verwundert, dass der Oberste höchstpersönlich vom Olymp in die Tiefen seines Fußvolkes herabgestiegen war.

»Sobald er hier aufkreuzt, sagen Sie ihm, er soll umgehend zu mir hochkommen.«

Schmitti versprach es.

»Umgehend! Vergessen Sie es nicht.«

Delego sah ihn besorgt an. »Schneider hat sich bestimmt bei ihm beschwert.«

Schmitti zuckte mit den Schultern und strich sich über die Glatze. »Was auch immer, ich brauche jetzt erst mal etwas zu essen.« Er sah auf die Uhr. »Vor neun kommt Breschnow sowieso nicht. Da kann ich vorher noch in die Kantine.«

»Nicht gefrühstückt?«

Schmitti verzog das Gesicht. »Frühstück mit zwei Pubertierenden? Das kannst du vergessen.«

Er schob den Schreibtischstuhl zurück. »Willst du auch was?«

»Was Süßes.«

»Geht's nicht genauer?«

»Lass deiner Phantasie freien Lauf«, flötete Delego und spazierte in den Besprechungsraum.

Nach und nach trudelte das Ermittlungsteam ein. Breschnow kam als Letzter. Delego betrachtete ihn besorgt. Unter seinen geröteten Augen hatten sich dunkle Ringe gebildet, sein Gesicht wirkte noch hagerer als sonst. Sie hielt ihm einen Pfefferminzbonbon hin und deutete mit dem Finger an die Decke. »Der Oberste will dich sprechen. Er ist sogar runtergekommen und hat dich gesucht.«

Breschnow stöhnte, steckte den Bonbon in den Mund und eilte ohne ein weiteres Wort davon.

»Setzen Sie sich«, befahl Willich und deutete auf den Stuhl vor seinem Schreibtisch. Er wartete, bis Breschnow gehorchte, und sagte dann: »Sie wissen, warum ich Sie gerufen habe?«

Breschnow nickte.

»Und?«

»Ich hatte keine andere Wahl.«

Kurt Willich sprang auf. »Sie hatten keine andere Wahl, als einen Befragten zu schlagen?«

»Er hat meine Kollegin beleidigt!«

Willich kniff die Augen zusammen und forderte seinen Hauptkommissar auf, ihm den Vorfall genau zu schildern, was Breschnow tat.

»Schneider ist ein arrogantes Miststück«, endete er, »und es würde mich nicht wundern, wenn er Dreck am Stecken hätte. Eins der Opfer und er haben sich bereits vor der Vereinsgründung gekannt. Er hat ihn verteidigt und vor dem Knast bewahrt. Das hat ihm sozusagen freie Hand mit dem Mann gegeben. Daniel Busse war auf Bewährung.«

Willich musterte seinen Mann, nahm die Brille von der Nase und rieb sich die Augen. »Das rechtfertigt immer noch nicht Ihr Verhalten, Hauptkommissar Breschnow. Sie werden sich entschuldigen.«

Breschnow schüttelte den Kopf.

Willich setzte die Brille wieder auf und notierte etwas auf einem Spiralblock. »Doch, das werden Sie! Und vorher werden

Sie noch duschen, sich rasieren und saubere Sachen anziehen. Ich gebe Ihnen genau einen Tag. Wenn Sie sich meinen Anweisungen widersetzen, ziehe ich Sie von dem Fall ab. Dann können Sie zu Hause Ihre Dämonen jagen, statt auf die Befragten loszugehen. Haben wir uns verstanden?«

Breschnow nickte und verließ wortlos den Raum. Willich rief ihm hinterher: »Und noch was. Haben Sie nicht behauptet, dass Sie diesem Journalisten das Handy weggenommen haben? Wie zum Teufel kommt er dann an dieses Foto?«

Breschnow drehte sich um und blickte auf die Titelseite des Hauptstadtblattes.

»Polizei verweigert Zusammenarbeit! Reporter deckt auf!«, prangte dort die fette schwarze Schrift. Darunter ein viertelseitiges, wenn auch nicht sehr scharfes Foto von Johannes Faris Rosenholz im Eingangsbereich des Altbaus.

Breschnow trat näher und betrachtete die Aufnahme. »Wenigstens erkennt man niemanden«, brummte er und eilte davon.

Im Treppenhaus zündete er sich eine Zigarette an und verwünschte Frank Schneider und Robert Schubert. Willich machte ernst, und Breschnow wusste, dass es nur eine Frage der Zeit war, bis er ihn suspendieren würde. Er konnte es ihm nicht verdenken.

Als er den Besprechungsraum betrat, erstarben die Gespräche. Sein Team sah ihn erwartungsvoll an.

»Und?«, fragte Regina.

»Was und?«, blaffte Breschnow.

»Lass deinen Frust nicht an mir aus«, gab sie wütend zurück.

»Ich war gestern noch in der KTU«, sagte Drass. »Eigentlich hatten sie nach dir gefragt, Breschnow. Sie haben die Visitenkarte aus Rosenholz' Hemdtasche untersucht und so etwas wie einen Namen entziffert, die Adresse und die Telefonnummer waren nicht wiederherstellbar. Ich nenne dir die Buchstaben, die sie haben. Großes R, klein ha und großes A.«

Breschnow schrieb die Fragmente an das Whiteboard und trat einen Schritt zurück.

***

Willy tigerte unruhig im Wohnraum hin und her. Maria beobachtete ihn genervt.

»Tut mir leid«, sagte er nun bereits zum fünften Mal.

Maria schnaubte. »Du sollst dich nicht immer entschuldigen. Das nervt.«

»Ich bin schon so lange auf der Straße. In geschlossenen Räumen fühle ich mich wie im Knast«, erklärte er, ließ sich auf das Sofa fallen, um kurz danach wieder aufzuspringen und auf und ab zu laufen.

»Breschnow hat mich im Obdachlosenasyl in der Hermannstraße gefunden«, sagte er. »Da war ich auch fast zwei Tage eingesperrt. Wir hatten nichts zu trinken und zu rauchen. Das war die Hölle.«

Er ließ sich wieder auf das Sofa fallen, und Maria setzte sich neben ihn. »Triff dich mit diesem Bullen. Der scheint ja ganz okay zu sein. Erzähl ihm, was passiert ist und was du gesehen hast.«

»Nein, mach ich nicht. Ich habe viel zu viel Schiss, dass sie mich einsperren und dass Breschnow auch nichts daran ändern kann.«

»Aber du hast doch nichts getan. Haste mir zumindest erzählt.«

»Der Mann is tot, und ich bin 'n Penner. Denkst du, die glauben mir?« Willy griff nach der leeren Zigarettenschachtel und zerknüllte sie. »Ich sollte rausgehen und Flaschen suchen. Für Zigaretten.«

Maria nickte. »Ja, lass uns rausgehen. Deine Unruhe geht mir auf den Wecker.«

***

Cosma starrte auf den Bildschirm und öffnete immer wieder dieselben Fenster. Keine neuen Informationen. Isabella Rosenholz war ein unbeschriebenes Blatt. Sie tanzte gelegentlich bei kleineren Veranstaltungen und postete diese auf Facebook.

Ihr Handy klingelte.

»Es sieht so aus, als ob unsere gute Frau für eine Fortsetzungsgeschichte taugt!«

»Robert, wieso ist dein Foto von Rosenholz beim Hauptstadtblatt abgedruckt?«

»Der Tagesspiegel wollte es nicht bringen.«

»Und dann hast du es einfach diesem Schmierblatt verkauft?«

»Ich bin Journalist, meine Schöne.«

Cosma seufzte.

»Frau Rosenholz hat sich engagiert«, sprach Robert unbeirrt weiter.

»Sie hat bei Facebook gepostet. Nennst du das Engagement?«

»Aber nein, mein Sonnenschein«, lachte der Journalist.

»Mach's nicht so spannend«, nörgelte Cosma.

»Oh, ich kann schon dein Blut rauschen und dein Herzchen schneller schlagen hören.«

»Ich lege gleich auf.«

»Okay, okay. Isabella Rosenholz hat sich für die Legalisierung von Cannabis engagiert.«

»Woher weißt du das?«

»Aber Schätzchen, ich nenne meine Quellen nicht.«

»Ein Spitzel bei der Polizei?«

Er schwieg.

»Ich fahr noch mal zum Supermarkt«, entschied Cosma.

Er lachte. »Willst du dort fragen, ob die gute Frau bekifft zur Arbeit erschienen ist?«

Aber Robert erhielt keine Antwort mehr. Cosma hatte das Gespräch bereits beendet.

***

Die Tür zum Besprechungsraum wurde aufgerissen. Manfred polterte herein und steuerte die Kaffeemaschine an.

»Wir haben tausend Spuren«, seufzte der Kriminaltechniker. »Die Wohnung wimmelt von unterschiedlichen Fingerabdrücken, geraucht haben mindestens vier verschiedene Personen, getrunken zwei, und gegessen hat nur Tollner.«

»Kein Wunder bei dem Dreck«, murmelte Drass.

»Trotzdem«, Manfred machte eine Kunstpause, »stammt das Erbrochene nicht von Thomas Tollner.«

»Aber es war frisch?«, erkundigte sich Breschnow.

Manfred nickte.

»Irgendwelche Vergleichsdaten?«

Der Kriminaltechniker schüttelte den Kopf. »Keine DNA im Zentralarchiv, die passt. Bring mir Verdächtige, und du bekommst ein Ergebnis.«

»Und die Faserspuren?«

Manfred stöhnte. »Die im Labor sind fast alle krank. Ein Virus hat sie dahingerafft. War schon schwierig genug, eure Visitenkarte auf die vorderen Plätze zu bringen. Ihr werdet wohl noch ein bisschen warten müssen.« Er deutete auf das Whiteboard. »Habt ihr das Rätsel schon gelöst?«

Breschnow nickte. »Rayhan Aziz. Er war Rosenholz' Onkel.«

»Klingt nicht besonders vielversprechend«, sagte der Kriminaltechniker.

»Sag das nicht«, widersprach Delego. »Wie viele Visitenkarten von deinen Verwandten trägst du in deiner Hemdtasche herum?«

»Im Moment gerade keine«, antwortete Manfred lachend.

»Und dann kommt noch dazu, dass der gute Mann eine Geheimadresse hat«, fuhr Delego triumphierend fort. »Wir haben bei der Staatsanwaltschaft einen Beschluss beantragt, die Adresse freizugeben. Den werden wir jetzt schnell bekommen.«

Breschnow grinste und wandte sich an Schmitti. »Hast du was bei Frau Gundula erreicht?«

Der Kollege sah auf seine Armbanduhr. »Sie kommt in exakt achtzehn Minuten.«

»Hoffentlich«, kommentierte Delego, die bereits zweimal erfolglos versucht hatte, die Frau telefonisch zu erreichen.

»Gibt es noch was über Busse und Schneider?«

»Schneider hat Busse damals nicht nur verteidigt. Er hat auch die Geldstrafe für ihn übernommen und für ihn gebürgt«, antwortete Schmitti.

»Aber es kam doch gar nicht zu einer Verhandlung.«

»Stimmt. Lewinski hat die Anklage fallen lassen. Aber Busse war auf Bewährung. Da hat Justitia ein bisschen genauer hingesehen. Er wurde zwar nicht verurteilt, aber verwarnt.«

»Wie viel hat Schneider für ihn bezahlt?«

»Zweitausend Euro in die Kasse für wohltätige Zwecke.«
»Vielleicht hat er die durch die Vereinsgründung wieder herausgeholt?«, mutmaßte Drass.
»Nein, er hat einen anderen Topf angezapft. Schneider hat EU-Gelder beantragt und eine Förderung für fünf Jahre erhalten.«
»Die jetzt ausläuft«, stellte Breschnow fest. »Ich fahre zu Schneider und konfrontiere ihn mit unseren neuen Erkenntnissen.«
»Das solltest du besser nicht tun, Chef«, sagte Delego.
»Sie hat recht«, mischte sich Drass ein. »Schneider wird nicht mit dir reden und mit Delego auch nicht. Wir sollten ihn nicht noch mehr verärgern. Ich fahre hin.«
Breschnow sprang auf, stellte sich ans Fenster und zündete sich eine Zigarette an. »Dieser Schneider hat Dreck am Stecken, und unser Oberster schützt ihn, weil er in seiner Liga spielt.«
»Daran werden wir im Moment nichts ändern können«, versuchte Regina ihn zu beruhigen. »Lass es uns so machen, wie Drass vorgeschlagen hat.«
»Meinetwegen. Dann fahren wir beide noch mal in die Gropiusstadt und suchen Kimmie Naumann, und du, Delego, machst mit der Hausbefragung bei der Rosenholz und bei Busse weiter.«
»Was sagt denn die schöne Monika über die Todesursache?«, erkundigte sich Manfred.
»Rosenholz wurde eindeutig mit der Schere erstochen, und Busse ist durch die Kopfverletzung verblutet«, antwortete Regina.
»Das heißt, man hätte ihn noch retten können?«
»Vermutlich«, brummte Breschnow. »Hast du die Spuren schon ausgewertet?«
»Schillerpromenade. Ein Grauen. Bin teilweise durch. Aber bisher ist noch nichts dabei, was euch weiterhelfen könnte«, antwortete Manfred und erhob sich. »Auf dem Grünstreifen sind die Spuren noch diffuser als in der Fixerwohnung.«
»Und was ist mit dem Stein?«, fragte Drass.
»Keine Fingerabdrücke. Der Täter hat Handschuhe getragen.«
»Kein Wunder bei diesem Wetter.«
Manfred nickte und verabschiedete sich.

»Wir wissen immer noch nicht, was die beiden Opfer außer ihrer Freundschaft verband und was sich als Mordmotiv eignen würde«, stellte Breschnow mit Blick auf das Whiteboard fest.

»Ich tippe auf Drogen«, sagte Regina.

»Es wurden weder bei Busse noch bei Rosenholz Drogenrückstände im Körper gefunden. Und auch keine Einstiche oder verätzte Nasenschleimhäute.«

»Busse könnte trotzdem für Rosenholz Kunden geworben und Drogen vertickt haben.«

»Schmitti, frag Frau Gundula nachher, ob Drogen im Verein ein Thema waren, und frag sie, ob Busse ihr gesagt hat, woher er Schneider kannte«, sagte Breschnow und wandte sich Regina zu. »Hast du Katarina Müller ausfindig gemacht?«

»Die Visitenkarte, die uns Isabella Rosenholz gegeben hat, ist wohl schon älter. Müller wohnt seit zwei Jahren in der Toskana. Und da war sie auch, als Rosenholz getötet wurde. Das sagt zumindest der Carabiniere, den ich kontaktiert habe. Er hat freundlicherweise ohne großen Papierkram das Alibi der Frau überprüft.« Regina hielt inne. – »Was wollte eigentlich der Oberste von dir?«

»Nichts für die Ermittlungen Relevantes«, knurrte Breschnow. »Schmitti, hast du was über diese Gropius-Clique gefunden?«

»Im Netz kursieren kleine Filmchen, in denen sie damit prahlen, wie sie die Kleinen abziehen. Aber man sieht ihre Gesichter nicht. Und ich habe beim Rauschgift nachgefragt. Eine Gropius-Clique ist ihnen nicht bekannt.«

»Chef, das stimmt doch nicht, dass das, was der Oberste gesagt hat, für unsere Ermittlungen nicht relevant ist«, platzte Delego heraus.

Breschnow warf ihr einen drohenden Blick zu. Drass hob eine Augenbraue.

»Wenn Breschnow sich nicht bei Schneider entschuldigt, will Willich ihn von dem Fall abziehen.«

»Woher weißt du das?«, erkundigte sich Regina.

»Ich war oben.«

»Du hast mit Willich geredet?«, fragte Breschnow verwundert.

Delego nickte. »Ich habe ihm angeboten, mich in deinem Namen zu entschuldigen.« Sie senkte den Blick und blätterte in ihren Unterlagen. »Aber davon wollte er nichts wissen.«

***

Unruhig wälzte sich Kimmie im Bett hin und her. Sie dachte an den Schwarzen mit seinen strohblonden Haaren und seinen lächerlichen schwarzen Klamotten, und an Mike, der immer so schlau tat, das pickelige Arschloch aus der Hilfssiedlung, und an Angie und Jessica, die beiden blonden Schönen, die für einen Joint ihre Beine breit machten und nix im Hirn hatten.

Sie hörte ihr Blut durch den Körper rauschen. Der Druck war unerträglich. Automatisch griff sie nach der Schere auf dem Nachttisch und führte sie zum Arm, zögerte und warf sie in hohem Bogen durch das Krankenzimmer.

Ich werde mich nicht mehr ritzen, dachte sie. Ich werde mich wehren.

Sie schloss die Augen, sah die verhasste Clique, stellte sich vor, wie sie einen nach dem anderen totschlagen, erstechen oder erschießen würde, und lachte gequält auf.

Wahrscheinlich würde sie sich eher vor Angst in die Hosen scheißen. Aber vielleicht gab es Drogen, die einen mutig machten. Sie musste Toto finden. Sie musste ihn fragen.

Mühsam setzte sie sich auf und schlurfte zum Schrank. Ihre Kleidung lag zusammengeknüllt auf dem Boden. Als sie sich danach bückte, riss ein stechender Schmerz an ihrem Rücken.

Sie nahm die schmutzigen Klamotten und ließ sich erschöpft auf den einzigen Stuhl im Krankenzimmer fallen, versuchte, den linken Arm zu beugen, um das T-Shirt anzuziehen, und schrie vor Schmerz auf. Ärgerlich ließ sie das Shirt auf den Boden fallen und zog sich die Kapuzenjacke über das Nachthemd, schlüpfte in ihre Jeans und humpelte hinaus. Die Schwester freute sich über die Aktivität ihrer jungen Patientin und mahnte sie, rechtzeitig zur Visite zurück zu sein.

Kimmie versprach es, fuhr ins Erdgeschoss hinunter und erkundigte sich an der Information nach der Psychiatrie.

Kurz danach stand sie an der verschlossenen Abteilungstür und klingelte. Eine Krankenschwester öffnete ihr.

»Ich bin eine Cousine von Thomas Tollner und suche ihn«, log Kimmie. »Wir hatten einen Autounfall.«

»Aber solltest du dann nicht besser im Bett liegen?«

Kimmie senkte den Kopf. »Ja, doch. Aber er muss doch wissen, dass ich noch lebe«, flüsterte sie.

Die Krankenschwester ließ sie eintreten und brachte sie zum Zimmer. Dort verweigerte ihr der Uniformierte den Zutritt, ließ sie aber eine Weile an der Scheibe stehen. Kimmies Augen füllten sich mit Tränen. Sie wischte sie verstohlen weg.

»Wie geht es ihm?«, erkundigte sich eine tiefe Stimme.

Kimmie drehte sich um und sah in ein verknittertes Gesicht mit wachen grünen Augen.

»Und wer bist du?«

»Eine Cousine«, log Kimmie.

Breschnow ließ den Blick durch ihr verschwollenes Gesicht an ihrem Körper hinuntergleiten und blieb an dem weißen Nachthemd unter der Kapuzenjacke hängen.

»Eine Cousine, die auch hier im Krankenhaus liegt?«

Kimmie reagierte nicht.

»Du hast Blut auf deiner Jacke. Schlägerei?«

Kimmie nickte. »Kann ich zu ihm rein?«

»Ja, Cousine«, sagte Breschnow und öffnete die Tür.

Thomas Tollner lag zusammengekrümmt auf der Seite, die Hände um den Leib gepresst, aber sein Gesicht wirkte fast friedlich.

Kimmie strich ihm sanft über den Kopf. Der Junkie öffnete die Augen und lächelte.

»Kimmie«, flüsterte er und griff nach ihrer Hand.

»Kimmie Naumann?«, erkundigte sich Breschnow.

Die junge Frau drehte sich um. »Woher kennst du meinen Namen?«

»Weil wir nach dir suchen.«

Kimmie befreite sich aus Totos Hand und starrte auf die geöffnete Zimmertür. Breschnow folgte ihrem Blick. »Keine Chance. Mein Freund da draußen ist bestimmt schneller als du.«

»Kimmie«, flüsterte Toto noch einmal und schloss wieder die Augen.

»Warum sucht ihr nach mir?«

Breschnow deutete auf den Junkie. »Du bist seine beste Freundin.«

Kimmie atmete erleichtert auf. »Und was willst du von ihm?«

»Das sage ich dir auf dem Revier«, entschied Breschnow.

»Ich muss aber nicht mitkommen.«

»Dann werde ich mir etwas anderes überlegen müssen. Gehst du mit mir in die Kantine?«

»Wenn ich danach noch einmal herkommen darf?«

»Abgemacht.«

Kimmie griff wieder Totos Hand. Der Fixer öffnete die Augen und lächelte. Sie strich ihm über das verklebte Haar und versprach, später noch einmal vorbeizukommen. Dann folgte sie dem Kommissar.

***

»Schon wieder die Polizei«, murrte Frank Schneider.

Drass lächelte freundlich. Der Vorsitzende sah an ihm vorbei.

»Hauptkommissar Breschnow kommt nicht«, sagte Drass, »und ich möchte mich für sein Verhalten entschuldigen.«

»Hat Kurt Willich mit ihm gesprochen?«

Drass hob eine Augenbraue. »Woher kennen Sie meinen Vorgesetzten?«

Schneider deutete auf den Stuhl vor seinem Schreibtisch. »Meine Sekretärin hat ihn ausfindig gemacht. Er war sehr entgegenkommend am Telefon.«

Die beiden Männer setzten sich.

»Ich habe noch ein paar Fragen«, begann Drass.

»Warum haben Sie nicht angerufen?«

»Ich sitze den Leuten lieber gegenüber. Seit wann kennen Sie Daniel Busse?«

»Er ist in meinem Verein. Er ist mein Organisator und Bodyguard.«

»Das beantwortet meine Frage nicht ganz, Herr Schneider.«

Der Anwalt musterte ihn skeptisch. »Busse war von Anfang an dabei. Er ist Vereinsmitgründer.«

Drass lächelte freundlich. »Und davor? Herr Schneider, machen Sie es uns doch nicht so schwer.«

»Ach, jetzt weiß ich, was Sie meinen. Ich habe Busse als Anwalt vertreten. Er war in eine Schlägerei verwickelt und auf Bewährung. Aber das wissen Sie wahrscheinlich bereits.«

»Ist es in Ihrer Branche üblich, die Strafe eines Mandanten zu übernehmen und für ihn zu bürgen?«

Schneider griff nach einem Bleistift und ließ ihn durch die Finger gleiten. »Nicht üblich. Aber es kommt vor. Wir sind auch nur Menschen, und mancher Fall geht einem ans Herz.« Er ließ den Stift fallen, stand auf und umrundete den Schreibtisch. »Aber ich wüsste nicht, was das mit Ihren Ermittlungen zu tun hat. Wenn Sie also keine weiteren Fragen haben, würde ich Sie jetzt gerne verabschieden.«

Er ging zur Tür und hielt sie auf.

Drass drehte sich zu ihm hin. »Wer wird der Nachfolger von Daniel Busse?«

Schneider verschränkte die Arme und lehnte sich in den Türrahmen. »Mein Sohn. Er ist jetzt volljährig. Aber ich hätte den Posten ohnehin bald neu besetzt.«

»Waren Sie mit Busse nicht mehr zufrieden?«

»Daniel hat im Verein gute Arbeit geleistet. Aber in letzter Zeit hatte er sein Temperament nicht mehr so gut im Griff.«

Drass erhob sich. »Wusste Daniel Busse von Ihren Plänen?«

Schneider schüttelte den Kopf.

»Und Frau Merck?«

»Auch nicht. Ich bin Vereinsvorstand, und ich informiere die Mitglieder, sobald ich es für richtig halte. Man vertraut mir hier, Herr Kommissar.«

»Ich möchte Ihren Sohn gerne fragen, wo er in der Nacht von Montag auf Dienstag war.«

»Die Mühe können Sie sich sparen. Er ist auf Reisen und noch genau achtundzwanzig Tage nicht erreichbar. War's das jetzt?«

»Geben Sie mir seine Handynummer?«

»Bestimmt nicht«, antwortete Schneider und deutete auf das

Telefon. »Es wäre zu Ihrem Vorteil, wenn Sie mich nicht dazu nötigen würden …«

»… mich bei Ihrem Vorgesetzten zu beschweren«, beendete Drass den Satz.

»Auf Wiedersehen, Herr Kommissar.«

Drass lächelte und hielt Schneider zum Abschied die Hand hin. Der Vorsitzende griff sie widerstrebend.

»Ich danke Ihnen für das Gespräch und wünsche Ihnen noch einen guten Tag, Herr Schneider.«

Der Anwalt sah ihm wütend hinterher und griff nach dem Hörer.

***

Die Fahrt zog sich endlos, und sie bezweifelte, dass sie jemals ihr Ziel erreichen würde. Schienenersatzverkehr nach Tegel. Cosma quetschte sich in einen überfüllten Bus und bemühte sich, ihre Platzangst in Schach zu halten. Ihr Herz raste, der Raum um sie herum zog sich unangenehm zusammen, und es gab keine Möglichkeit, der Enge zu entfliehen. Sie zwang ihre Gedanken zu dem gestrigen Abend mit Andreas Drass.

Sie hatten bei dem Marokkaner gegessen und getrunken, es vermieden, über die Ermittlungen zu reden, weil Andreas darauf bestand, und sich im Laufe des Abends das Du angeboten. Anschließend waren sie in eine Bar weitergezogen und hatten Backgammon gespielt. Andreas hatte die meisten Partien gewonnen. Cosma dachte an den Spaß, den sie miteinander gehabt hatten, und an die zärtliche Berührung zum Abschied. Die Erinnerung reichte, um ihre Angst in Schach zu halten, und als sie am Ziel erleichtert aus dem Bus sprang, fragte sie sich, ob sie sich verliebt hatte.

Im Discounter arbeitete dieselbe Kassiererin wie am Vortag.

»Heute hat sie sich krankgemeldet«, sagte sie. »Wenigstens wissen wir jetzt Bescheid.«

Cosma lungerte noch eine Weile an der Kasse herum und beobachtete die Kundenschlange, die sich langsam weiterschob.

»Das stört«, maulte die Kassiererin.

»Wann werden Sie abgelöst?«

Die Frau sah auf die Uhr. »Ungefähr in einer Viertelstunde. Dann hab ich zehn Minuten Pause.«

»Ich warte draußen.«

Die Kassiererin schob den nächsten Artikel über den Scanner.

»Ich treffe Sie dann draußen«, wiederholte Cosma.

»Meinetwegen. Wenn's sein muss.«

Cosma verließ den Markt und trat auf den Parkplatz. Der Wind hatte zugelegt und kroch rasch durch die Schichten ihrer Kleidung. Nach zwei Minuten eilte sie zurück ins Warme. Eine junge Frau mit einem Kind schob ihren voll beladenen Einkaufswagen an das Ablageboard. Mutter und Tochter trugen die gleichen bunten Mäntel. Ihre Haare waren zu Zöpfen gebunden. Das Kind starrte Cosma an.

»Schau mal, Mutti, die Frau hat ein Tier im Gesicht. So eins will ich auch.«

Automatisch hob Cosma die linke Hand und verdeckte die kleine rotbraune Echse, die sich vom Wangenknochen bis hoch zur Schläfe zog.

»Die brauchst du doch nicht zu verstecken«, sagte die Frau lächelnd. Sie hob ihr Kind hoch und setzte es auf die Ablage. Cosma ließ die Hand sinken.

»Seit wann trägst du das Tattoo?«

»Einige Jahre schon«, antwortete Cosma. »Aber manchmal ist es echt nervig, wie ein Tier im Zoo angestarrt zu werden.«

Die Mutter begann, den Inhalt des Einkaufswagens in Tüten zu packen.

»Würdest du also nicht noch einmal tun«, mutmaßte sie.

»Nicht an dieser Stelle«, gab ihr Cosma recht.

»Ich bin so weit«, sagte die Kassiererin und lief an ihnen vorbei.

Cosma folgte ihr um das Gebäude herum zu einer windgeschützten Nische. Die Kassiererin zündete sich eine Zigarette an. Dann hielt sie das Päckchen Cosma hin, die dankend ablehnte.

»Arbeiten Sie schon lange mit Frau Rosenholz zusammen?«

Die Frau schüttelte den Kopf. »Eigentlich sehen wir uns kaum.

Sie hat die Spätschicht, und ich mache früh, damit ich mein Kind aus der Kita abholen kann.«

Sie zog den Rauch tief in ihre Lungen. »Zu Hause rauche ich ja nicht. Ist nicht gut fürs Kind.«

»Gibt es jemanden im Markt, der Ihre Kollegin besser kennt?«

Die Kassiererin verneinte. »Wir arbeiten immer alleine. Ist ja nicht so groß, der Markt, und wenn's mal ganz eng ist, dann springt der Filialleiter ein. Der ist immer da. Die ganzen zwölf Stunden.« Sie tippte sich mit dem Zeigefinger an die rechte Schläfe. »Seinen Job möchte ich nicht haben. Er wird immer von seiner Frau gefahren und abgeholt.« Sie lachte. »Ganz schön bekloppt, oder?«

Cosma bemühte sich um ein Lächeln und nickte.

»Die Rosenholz wird auch öfter abgeholt, sagt Renate.«

»Wer ist Renate?«

»Meine Freundin. Ich habe ihr hier die Putzstelle vermittelt.«

»Weiß sie auch, von wem?«

Die Kassiererin nickte. »Erst hat Renate gedacht, es wäre ihr Lover. Deswegen hat sie mir überhaupt davon erzählt. So ein junger Knackiger. Dunkelhaarig. Fährt einen großen schwarzen SUV.«

»Und wer ist er?«, fragte Cosma ungeduldig.

Die Kassiererin lachte. »Ihr Sohn.«

***

Regina klingelte bei Popovicz, weil ihr der Name gefiel. Kurz danach wurde die erste und dann die zweite Tür geöffnet, und sie betrat den Ostflügel des Rollbergwürfels. Ein korpulenter Endvierziger lugte aus der Tür. Regina hielt ihm ihre Dienstmarke hin. Der Mann wedelte den Ausweis weg, ohne einen Blick darauf zu werfen. Die Kommissarin erkundigte sich nach Daniel Busse. Der Mann schien sie nicht zu verstehen. Sie trat zwei Schritte zurück und deutete auf die Nachbartür. Der Mann strahlte sie an.

Die nächste Tür wurde von einer dunkelhaarigen Schönheit geöffnet. Sie trug ein grünes Gewand und hatte ihre Haare mit einem silbernen Tuch bedeckt.

»Wer sind Sie?«, erkundigte sich die Frau in akzentfreiem Deutsch.

Die Kommissarin zeigte der Schönheit Busses Foto.

»Das ist mein Nachbar. Obwohl ich ihm nur sehr selten hier im Hausflur begegne, mag ich ihn nicht.«

»Weshalb?«

»Viele Muskeln, kein Gehirn und eine spürbare Feindseligkeit uns Türken gegenüber. Was ist mit ihm?«

»Er ist gestorben«, antwortete Regina.

»Wird dann seine Wohnung frei? Mein Mann und ich suchen eine für die Schwiegereltern.«

»Ich bin von der Mordkommission und nicht von der Hausverwaltung«, antwortete Regina barsch.

Sie klingelte an weiteren zehn Türen und wollte gerade den Aufgang verlassen, als ihr ein Mann um die fünfzig entgegenkam. Er stellte sich als Erwin Blatte vor und strich sich über das mit Pomade zurückgekämmte graublonde Haar. Regina zeigte ihm das Foto von Daniel Busse. Der Mann schien überrascht, gefragt zu werden, und antwortete gerne.

»Daniel hat kurz nach seinem Einzug an meiner Tür geklingelt und sich vorgestellt. Wir sind ins Gespräch gekommen, waren uns sympathisch. Eine sehr angenehme Nachbarschaft und die einzige hier im Haus. Daniel lädt mich manchmal zu sich zum Essen ein, aber meistens sitzen wir bei mir.« Er lächelte. »Ich habe die bessere Stereoanlage. Wir hören beide gerne Klassik.«

»Hat er außer Ihnen noch weitere Freunde?«

»Na ja, Freunde würde ich die nicht nennen. Da gibt es so einen dunkelhaarigen Kraftklotz und dann noch einen Mann, der ungefähr in meinem Alter ist. Auch dunkelhaarig. Sind ja die meisten hier im Block. Aber zu Daniel scheinen mir die beiden irgendwie nicht zu passen.«

Regina zeigte ihm das Foto von Johannes Rosenholz auf ihrem Smartphone.

»Das ist er. Warum haben Sie ein Foto von ihm?«

Sie ignorierte die Frage. »Was meinen Sie mit ›nicht zu passen‹?«

Der Nachbar betrachtete sie und beugte sich zu ihr hin. »Der ältere Mann und Daniel streiten sich immerzu«, flüsterte er. »Man hört es durch die dünnen Wände.«

»Versteht man es auch?«

»Natürlich nicht«, antwortete Blatte. »Warum fragen Sie mich das eigentlich alles?«

Regina sagte es ihm.

Der Mann blickte sie entsetzt und traurig an. »Das ist schlimm. Sehr schlimm. Ich mochte den Jungen wirklich.«

Da warst du wahrscheinlich der Einzige, dachte die Kommissarin und verabschiedete sich.

***

Belegte Brötchen, Gebäck und Schüsseln mit unterschiedlichen Salaten teilten sich die Vitrine. Kimmies Magen knurrte, und gleichzeitig wurde ihr übel. Breschnow trommelte ungeduldig mit den Fingern auf die Ablage. Auf seinem Tablett standen eine Tasse Kaffee und ein Teller mit einem Croissant. Hinter ihm rumorten die ersten Kunden.

»Ich nehme einen Kakao und auch ein Croissant«, entschied Kimmie.

Breschnow fischte einen Teller mit dem gewünschten Gebäckstück aus der Vitrine, zog am Automaten einen Kakao und begab sich zur Kasse. Kimmie steuerte einen Tisch am Fenster an, setzte sich mit dem Blick zur Tür. Wortlos stellte Breschnow das Tablett in die Tischmitte und riss das Hörnchen in zwei Teile. Einen davon stopfte er sich in den Mund. Kimmie nippte an ihrem Kakao.

»Woher kennst du Thomas Tollner?«, nuschelte Breschnow mit vollem Mund und verdünnte das Gebäck mit einem Schluck Kaffee.

»Wir waren zusammen in der Kita und dann in der Schule. Warum willst du das wissen? Und warum liegt Toto hier?«

»In seiner Wohnung wurde ein Mann erstochen, und dein Freund schwebte währenddessen im siebten Himmel und ist seitdem nicht ansprechbar.«

Kimmie riss ein Stückchen Croissant ab und zerbröselte es.

»Das scheint dich nicht zu wundern«, stellte Breschnow fest.

Sie zuckte mit den Schultern. »Wie heißt der Tote?«

»Johannes Rosenholz. Kennst du ihn?«

Kimmie riss das Croissant in zwei Teile und schwieg.

»Er ist wahrscheinlich sein Dealer gewesen. Hat dir Toto nie von ihm erzählt?«

»Ist mir doch egal, woher er sein Scheiß-Heroin gekriegt hat«, blaffte Kimmie. »Ich rühr das Zeug nicht an und kenne keine Dealer.«

Breschnow registrierte die wachsende Nervosität der jungen Frau und schwieg.

»Aber jetzt geht es Toto besser. Kann er bald nach Hause?«

Breschnow schüttelte den Kopf.

»Und wieso nich?«

»Weil er unter Mordverdacht steht.«

»Toto hat niemanden umgebracht«, fauchte Kimmie. »Ihr Scheiß-Bullen wollt ihm nur was anhängen.«

»Wieso sollten wir das tun?«

»Weil er 'n Sozialfall is, 'n Fixer. Nach denen kräht doch kein Hahn. Sperrt ihr ihn ein, habt ihr euren Mörder.«

»Du magst ihn wirklich sehr«, stellte Breschnow fest und trank seinen Kaffee.

»Toto könnte niemals jemanden töten.«

»Das behauptet seine Mutter auch.«

Kimmie trank einen Schluck und hielt sich an der Tasse fest. »Toto war immer nur Opfer«, nuschelte sie in den Kakao.

»Opfer?«, hakte Breschnow nach.

»Ist doch egal.«

Kimmie wollte aufstehen. Breschnow drückte sie energisch auf den Stuhl zurück. Sie schrie leise auf.

»Tut mir leid«, entschuldigte er sich. »Erzähl mir von euch.«

Sie schwieg trotzig und rührte in ihrer Kakaotasse. Dann schob sie die Croissantkrümel von einer Seite zur anderen.

Breschnow lehnte sich zurück. »Eigentlich glaube ich nicht, dass dein Freund der Täter ist, aber die Indizien sprechen gegen ihn. Also wenn du ihm helfen willst, erzähl mir von euch, damit ich mir ein Bild machen kann.«

Kimmie zog den Löffel aus ihrer Tasse und leckte ihn ab.

»Na gut, Mann. Als wir in der Neunten waren, hat sich Toto ein Smartphone gewünscht. Seine Mutter hatte nicht viel Kohle und hat darauf gespart. Toto war überglücklich. Und dann haben diese Spasten es ihm abgezogen. Er hat sich nicht gewehrt. Nie hat er sich gewehrt. Er ist einfach nur nicht mehr zur Schule gegangen, weil er diese Fressen nicht mehr ertragen hat. Und dann haben sie ihn so lange genervt, bis er die Gropiusstadt verlassen hat.« Kimmie lachte bitter und zerbröselte den Rest des Croissants.

»Wer hat ihm das Handy weggenommen?«, erkundigte sich Breschnow.

»Ist doch jetzt egal«, blaffte sie. »Das ist Jahre her. Oder willst du es ihm wiederholen?«

»Vielleicht«, bot Breschnow an.

»Eh, verarsch mich nicht!«

Sie sprang wieder auf. Breschnow hob beide Hände hoch und grinste. »Ich verarsch dich nicht. Ich vermute, das war diese Gropius-Clique. Kennst du die Namen?«

»Bestimmt nicht.«

»Jetzt verarschst du mich.«

»Kenn keine Namen von diesen Wichsern. Außerdem sind es nicht immer dieselben.«

»Ich habe mir einige der kleinen Filmchen angesehen, die sie ins Netz gestellt haben. Immer rein in die Fresse.« Er deutete auf ihr Gesicht. »Ich glaube, von dir sind auch Aufnahmen dabei. Du liegst auf dem Boden, und ein Tritt trifft dich im Rücken. Dann steht jemand auf deiner Hand. Wie heißt der Anführer? Du könntest gegen ihn Anzeige erstatten.«

»Mann, lass mich in Ruhe!«, fauchte Kimmie.

Breschnow deutete auf den Stuhl. »Okay. Ich lasse dich in Ruhe. Aber setz dich wieder. Ich brauche jetzt noch was zu trinken. Willst du auch was?«

Ohne ihn aus den Augen zu lassen, ließ sich Kimmie zurück auf den Stuhl gleiten. »Bring mir 'ne Cola mit.«

Breschnow ging das Gewünschte holen und stellte die zwei Flaschen auf den Tisch.

»Du hast vergessen, deine aufzumachen«, stellte Kimmie fest.

Er zog ein Feuerzeug aus der Hosentasche und öffnete das Bier.

»Willst du mich mit diesem Taschenspielertrick beeindrucken?«

Breschnow lachte und trank. »Seit wann ist dein Freund an der Nadel?«

»Seit der Schule.«

»Du meinst, seit der Nicht-mehr-Schule?«

Kimmie nickte. »Am Anfang haben wir nur gekifft. Das war witzig. Aber irgendwann hat Toto dann die harten Sachen angeschleppt.«

»Von wem hatte er das Zeug?«

»Keine Ahnung.«

»Wirklich nicht?«

»Nein, Mann.«

»Und du?«

»Bin beim Kiffen geblieben.«

Breschnow betrachtete die Bierflasche. »Das hier ist auch nicht besser«, brummte er, »nur legaler. Du behauptest, dein Freund könnte niemanden töten. Auch nicht im Entzug? Ich meine, wenn er so richtig Schmerzen hat und unbedingt einen Schuss braucht und da jemand ist, der was hat und der es ihm verweigert?«

Kimmie trank den Kakao leer und wischte sich mit dem Handrücken den Milchbart ab. »Nein«, antwortete sie mit fester Stimme. »Auch dann nicht.«

»Kann ihm jemand geholfen haben?«

Kimmie zuckte mit den Schultern.

»Hatte er außer dir noch andere Freunde?«

»Nicht, dass ich wüsste.«

»Und du kennst diesen Rosenholz wirklich nicht?«

Zögernd schüttelte Kimmie den Kopf.

»Wo warst du am Sonntagvormittag?«

»Willst du jetzt behaupten, ich hätte den Kerl aus Totos Wohnung kaltgemacht?«

»Ich behaupte gar nichts. Ich frage dich nur, wo du zu der Zeit warst.«

»Zu Hause«, murmelte Kimmie.

»War noch jemand da?«

»Ja, meine besoffene Mutter. Aber die wird sich wohl kaum erinnern können.«

***

»Meint ihr, man kann sie einfach so sich selbst überlassen?«, fragte Delego in die Runde der abendlichen Dienstbesprechung. Sie war noch einmal zu Frau Rosenholz gefahren. Sie hatte ihr zwar aufgemacht, war aber kaum in der Lage gewesen, ihre Fragen zu beantworten.

»Was hat sie gesagt, bevor sie eingeschlafen ist?«, fragte Regina.

»Sie behauptet, in der Mordnacht allein zu Hause gewesen zu sein.«

»Keine Zeugen, kein Alibi«, stellte Schmitti klar.

»Und wieso ist sie einfach so verschwunden?«, erkundigte sich Drass.

»Sie ist nicht verschwunden. Sie hat nur nicht aufgemacht. Sie hat diese Tabletten genommen und die Klingel nicht gehört. Sie hat tief und fest geschlafen.«

»Valium?«, vergewisserte sich Regina.

Delego nickte. »Und heute war sie auch kaum ansprechbar. Vielleicht sollten wir nach ihr sehen. Immerhin steht sie unter Schock. Man erfährt schließlich nicht jeden Tag, dass der eigene Sohn tot ist und dann auch noch ermordet.«

»Hast du sie nach diesem Verwandten gefragt?«, erkundigte sich Breschnow.

»Dazu bin ich nicht mehr gekommen«, antwortete Delego kleinlaut.

Die Kollegen schwiegen. Breschnow schrieb »Valium« in den Kreis von Frau Rosenholz und »Drogen« mit einem Fragezeichen dahinter.

»Die Frau hat sich mit Schlafmittel vollgepumpt«, versuchte es Delego noch einmal.

»Übertreib nicht. Zwei Tabletten«, wiegelte Schmitti ab.

»Sie hatte bestimmt vorher schon welche genommen. Vielleicht liegt sie jetzt alleine in ihrer Wohnung und …«

»Und was sollen wir deiner Meinung nach tun?«, erkundigte sich Drass.

»Noch einmal zu ihr fahren.«

»Aber dann stehen wir wieder vor verschlossener Tür.«

Delego seufzte und lehnte sich zurück.

»Wir sehen morgen nach ihr«, entschied Breschnow. »Gibt es sonst noch was?«

»Ich war im Rollberg«, antwortete Regina, »und es gibt tatsächlich einen Menschen, der um Daniel Busse trauert. Ein Nachbar von ihm.« Sie sah auf ihren Zettel und nannte den Namen. »Und er bestätigt, dass Daniel ab und zu Besuch gehabt hatte von Rosenholz und von einem älteren, dunkelhaarigen Herrn. Der Nachbar sagt, dass die beiden immer gestritten haben.«

»Und außer ihm hat niemand diesen Mann gesehen?«

Regina verneinte. »Die andern Nachbarn kannten Busse gar nicht.«

Schmitti öffnete eine Arbeitsmappe. »Wollt ihr wissen, was Frau Merck zu sagen hat?« Er zog einen Bogen Papier heraus und hielt ihn hoch. Er war sehr eng in einer kleinen, fast kindlichen Schrift beschrieben. »Das sind ihre Antworten auf meine Fragen.«

»Und wo sind die Fragen?«, erkundigte sich Delego.

»Im Computer, aber ich habe einen Ausdruck hier.« Er hielt ihn hoch und zählte die Fragen auf. »Und jetzt lese ich euch die Antworten vor. Erstens: Sie kann nicht mehr über Daniel Busse sagen als das, was sie euch im Rollberg bereits berichtet hat. Zweitens und drittens: Schneider ist ihr Chef bei ›Für Berlin‹, und sie erledigt die Schreibarbeiten. Sie bestreitet, irgendein persönliches Interesse an dem Mann zu haben. Viertens: In beiden Mordnächten war sie allein zu Hause. Es gibt keine Zeugen, also auch kein Alibi.«

»Und die Drogen?«

»Gundula Merck hat mehrmals betont, dass Daniel Busse keine Drogen genommen hat, weil er ein Kontrollfreak war. Außerdem sind Drogen im Verein nicht erlaubt, und Schneider ist da angeblich sehr streng.«

»Auch wenn sie kein bezeugtes Alibi hat«, dachte Drass laut, »was hätte sie für einen Grund gehabt, die beiden zu töten?«

»Keinen, den wir im Moment sehen«, sagte Breschnow. »Was ist mit dem Schlüssel aus Busses Wohnung?«

»Fehlanzeige«, antwortete Schmitti. »Es ist ein stinknormaler Schlüssel ohne Sicherungskarte und nirgends aufgelistet. Da wirst du schon das passende Schloss finden müssen.«

Breschnow wandte sich Drass zu. »Bist du mit der Visitenkarte aus Rosenholz' Hemd weitergekommen?«

»Wie man's nimmt«, antwortete Drass. »Ich war bei der Drogenfahnderin und habe ihr eine Kopie gebracht. Sie hat sie betrachtet und wurde blass.« Er sah in die Runde.

»Und weiter?«, fragte Delego ungeduldig.

»Dann hat sie mich mit der Begründung, sie müsse etwas überprüfen, aus ihrem Büro geschoben und versprochen, sich schnell bei uns zu melden.«

»Wir geben ihr bis morgen früh«, entschied Breschnow. »Und wie war dein Besuch bei Schneider?«

»Sein Sohn wird der neue Kronprinz. Schneider wollte Daniel Busse demnächst absägen. Er behauptet, damals die Kaution bezahlt zu haben, weil ihm sein Mandant ans Herz gewachsen sei.«

»Wahre Liebe«, schnaubte Breschnow und schrieb die Information auf das Whiteboard. »Er hatte nach der Verhandlung sicherlich Verwendung für Busse. Es geht doch nichts über einen dankbaren Mitarbeiter, der mit einem Fuß im Knast steht.«

»Vielleicht hat Busse die Drecksarbeit für ihn gemacht, in seinem Auftrag ab und zu mal jemanden bedroht, damit er die Anzeige zurückzieht. Das wäre für Schneiders Karriere sehr nützlich gewesen, lieber keine Verhandlung als eine, die man verliert«, schlug Delego vor.

»Wäre es für Schneider auch nützlich gewesen, wenn Busse Rosenholz aus dem Weg geschafft hätte?«

»Bisher haben wir die beiden noch nicht in Verbindung bringen können«, antwortete Regina. »Und solange Willich seine Hand schützend über ihn hält, werden wir von Schneider auch nichts erfahren.«

»Warum macht Willich das?«, fragte Delego.

»Prestige«, brummte Breschnow.

»Willich schützt Schneider nicht wirklich«, nahm Drass den Obersten in Schutz und richtete den Blick auf Breschnow. »Es sind wohl eher deine Methoden, die ihn veranlassen, so zuvorkommend zu dem Anwalt zu sein. Er fürchtet um den guten Ruf seiner Abteilung. Wenn wir irgendwas gegen Schneider in der Hand hätten, würde uns Willich sofort grünes Licht geben.«

Breschnow nickte kaum merklich und drehte sich dem Whiteboard zu. »Welche Rolle spielt der Sohn des Anwalts?«

»Vielleicht wusste Busse, dass Schneider ihn absägen und den eigenen Sohn als seinen Nachfolger installieren wollte«, antwortete Delego. »Die beiden haben gestritten, Busse hat den jungen Mann bedroht.«

»Schneiders Sohn und Busse könnten sich auf dem Grünstreifen über den Weg gelaufen sein. Der Versammlungssaal ist ganz in der Nähe«, ergänzte Regina.

»Na dann ist ja alles klar«, sagte Schmitti und lehnte sich zurück. »Dann müssen wir nur noch Schneider junior verhaften. Ein Streit mit Todesfolge. Bringt ihm höchstens fünf Jahre. Hast du seine Adresse?«

Drass schüttelte den Kopf. »Leider können wir erst in vier Wochen mit ihm reden. Schneider junior ist nämlich auf Weltreise und nicht erreichbar. Letzteres hat sein Vater unmissverständlich klargemacht.«

»Unerreichbar, heutzutage«, schnaubte Breschnow, »was für ein Blödsinn! Fühl Schneider senior doch noch mal auf den Zahn.«

»Das habe ich versucht, aber er hatte gedanklich immer eine Hand am Telefon.«

»Verdammter Mistkerl!«, fluchte Breschnow. »Ich knöpfe ihn mir noch mal vor. Ich hab ja nichts mehr zu verlieren.«

»Doch, die Ermittlungen«, widersprach ihm Delego. »Wenn Willich noch eine Beschwerde über dich hört, zieht er dich sofort von dem Fall ab.«

»Sie hat recht«, sagte Drass. »Übrigens habe ich mich für dich bei Schneider entschuldigt. Aber das gibt uns noch lange keinen Freibrief.«

Breschnow kickte wütend mit dem Fuß gegen einen Stuhl, der sich gefährlich neigte. Dann stellte er sich ans Fenster und zündete sich eine Zigarette an.

Delego stellte sich neben ihn und lächelte. »Manchmal sieht man den Wald vor lauter Bäumen nicht, Chef. Wir befragen einfach Juniors Freunde. Irgendjemand gibt uns bestimmt seine Handynummer.«

***

Drass verließ die Dienstbesprechung und schlenderte unentschlossen zu seinem Wagen. Delego wünschte ihm einen schönen Abend und stieg in ihr Fahrzeug.

Er sah ihr hinterher, wie sie langsam über den Parkplatz rollte, wie sich die Schranke für sie hob, wie sie um die Ecke bog und aus seinem Blickfeld verschwand, fasste einen Entschluss und sprang in sein Auto. Zehn Minuten später hatte er das Maybachufer erreicht und parkte vor Cosmas Haus. Er freute sich, im dritten Stock noch Licht zu sehen, stemmte die schwere, wie immer unverschlossene Eingangstür auf und eilte durch den nach Katzenpisse stinkenden Hausflur nach oben. Er wartete noch einen Moment, bevor er klingelte, um nicht so außer Atem vor ihr zu stehen.

Schritte näherten sich von innen, ein Auge schob sich vor den Spion, drei Sicherheitsschlösser wurden aufgeschlossen. Cosma sah ihn fragend an.

»Ich war ganz in deiner Nähe«, log Drass, »und wollte fragen, ob du vielleicht Lust hast, noch etwas zu unternehmen?«

»Habe ich nicht«, antwortete Cosma.

Drass' Lächeln verschwand.

»Aber du kannst gerne reinkommen«, sagte sie und trat zur Seite, um ihm Platz zu machen. »Zieh die Schuhe aus. Ich habe tatsächlich heute mal geputzt.« Sie streckte sich, gab ihm ein Küsschen auf die Wange und ging ins Wohnzimmer. Drass befreite sich von seinen schweren Schnürschuhen, hängte die Jacke an einen Garderobenhaken und folgte ihr.

Cosma hatte es sich auf ihrem blauen Sofa gemütlich gemacht

und starrte wie gebannt auf den Fernseher. Drass setzte sich neben sie, etwas unsicher wegen ihrer scheinbaren Vertrautheit. Auf dem Bildschirm flog in Zeitlupe ein Gebäude in die Luft.

»Es hat wieder einen Anschlag in Tel Aviv gegeben«, erklärte sie.

Der Nachrichtensprecher nannte die vermutlichen Todeszahlen.

Cosma griff nach der Fernbedienung, schaltete das Gerät ab und seufzte. »Wir haben es echt gut hier.«

Drass pflichtete ihr bei und sprach die Hoffnung aus, dass es noch lange so bleiben möge.

Sie wechselten in die Küche. Cosma öffnete den Kühlschrank, nahm eine Flasche Weißwein heraus und stellte zwei Gläser auf den Tisch. Sie betrachtete ihren Besucher nachdenklich, schien ihn erst jetzt wirklich zu bemerken.

»Wollen wir wieder spielen?«

Drass nickte. Sie nahm die Backgammon-Kassette aus dem Regal, klappte sie auf und fing an, die Steine auf den beiden Boards zu verteilen.

Anfangs ernst, dann zunehmend fröhlich spielte Cosma Andreas Drass an die Wand. Nach dem fünften Spiel strich er die Segel, und sie schalt ihn lachend eine Memme.

»Ich bin keine Memme«, wehrte sich der Kommissar charmant lächelnd und deutete auf die Küchenuhr. »Es ist nur schon so spät. Vielleicht sollte ich langsam gehen.«

»Mitternacht«, sagte Cosma und leerte ihr Glas. »Du kannst bleiben, wenn du willst.«

Drass zögerte einen Moment überrascht, aber nur einen winzig kleinen. Dann stand er langsam auf. Cosma tat es ihm gleich. Sie trafen sich in der Mitte des Tisches. Zärtlich legten sich Arme um Körper, näherten sich Lippen zum Kuss.

»Komm«, flüsterte Cosma, nahm mit der einen Hand seine, mit der anderen die Weinflasche, führte ihn durch den Flur in ihr Schlafzimmer und schloss leise die Tür.

***

Es war wie immer zu früh, um nach Hause zu gehen, und wie immer landete er in seiner Stammkneipe. Einige Männer standen vor der Tür und rauchten. Er wunderte sich, warum sie dafür nach draußen gegangen waren.

»Die machen Musike da drin«, klärte ihn ein dickbäuchiger Kerl mit Hosenträgern auf. »Und solange will Rosi nicht, dass wir drin rauchen.«

Breschnow zündete sich eine Zigarette an und betrachtete sein Gegenüber. Er hatte den Mann schon oft hier gesehen, aber noch nie länger mit ihm gesprochen. Das wollte er auch heute nicht ändern, trat einige Schritte von ihm weg und wählte die Nummer seiner Schwester.

»Ach du«, begrüßte sie ihn.

»Bist du immer noch sauer auf mich?«

»Ich bin nicht sauer«, widersprach Iris. »Ich bin enttäuscht, und mein Kind ist traurig. Keine gute Mischung.«

Breschnow schwieg und beobachtete, wie ein Auto rückwärts einparkte.

»Jetzt hat er wohl keine Worte mehr, mein dichtender großer Bruder.«

»Ich vermisse euch«, sagte Breschnow leise.

»Aber offensichtlich reicht das nicht, um uns zu besuchen. Am Anfang hat Mona jeden Tag nach dir gefragt. Jetzt tut sie es nur noch selten. Und wenn, dann muss ich ihr irgendeinen Mist erzählen, um sie zu trösten. Manchmal habe ich das Gefühl, gar keinen Bruder mehr zu haben. Vielleicht wäre das sogar besser.«

»Red keinen Quatsch!«, brummte Breschnow. »Ich komme euch besuchen, sobald es geht.«

»Wer's glaubt, wird selig«, sagte Iris und legte auf.

Breschnow fluchte leise und zündete sich noch eine Zigarette an.

»Ärger?«, erkundigte sich der Dickbäuchige.

Breschnow nickte und fragte sich, ob es Sinn hätte, es noch einmal zu versuchen. Aber was sollte er ihr sagen?

Gedankenverloren ließ er den Blick über die menschenleere Straße schweifen, bemerkte nicht, wie sich eine schmale Gestalt in einer Kapuzenjacke langsam im Schatten der Altbauten näherte und, als er in ihre Richtung blickte, zwei Häuser weiter mit dem Eingang verschmolz.

Er trat die Kippe aus, ging in den Schankraum und setzte sich zu Rosi an den Tresen. Sie freute sich, ihn zu sehen, und brachte ihm ein Bier und einen Schnaps. Eine Engelsstimme erreichte sein Gehör, und er drehte sich der Bühne zu. Eine junge Frau mit roten Haaren sang eine traurige irische Ballade, und ein dünner schwarz gelockter Mann begleitete sie. Die beiden waren gut miteinander eingespielt, das hörte Breschnow sofort. Vielleicht waren sie ein Paar.

»Irische Touristen«, erklärte Rosi, die seinem Blick gefolgt war. »Haben gefragt, ob sie hier gegen eine Spende spielen dürfen.«

»Sie sind gut«, sagte Breschnow und folgte dem Takt mit den Fingern auf seinem Oberschenkel.

»Können aber keinen Rauch ab«, murrte Rosie. »Und ich kann hier nicht weg.«

Wie um das Gesagte zu bestätigen, trat ein Gast an den Tresen und orderte vier Bier. Rosie machte sich an die Arbeit, und Breschnow drehte sich wieder der Bühne zu.

***

Aus dem Wohnzimmer dröhnte wie immer der Fernseher. Kimmie streifte die Schuhe von den Füßen und schlich zu ihrem Zimmer. Auf der Höhe des Wohnraums wurde die Tür aufgerissen.

»Ach, meine werte Tochter gibt sich doch noch die Ehre. Schleichst dich hier rein wie eine Diebin. Denkst wohl, deine Mutter hört nichts mehr.«

Kimmie ließ sie reden und ging weiter. Neben ihr zerschellte eine fast leere Weinflasche und hinterließ einen hässlichen roten Fleck an der Wand.

Kimmie drehte sich um und zeigte ihrer Mutter einen Vogel. Die machte einen Satz, packte ihre Tochter bei den Haaren und presste sie gegen die Wand. »Du undankbares Biest hast mir das Jugendamt auf den Hals gehetzt!«

»Lass meine Haare los«, schrie Kimmie und krallte sich im Handrücken ihrer Mutter fest, bohrte ihre Fingernägel in die weiche Haut.

Gisela Naumann lockerte den Griff, sackte in sich zusammen und wimmerte. »Ich habe doch immer nur das Beste für dich und deine Schwester gewollt. Warum seid ihr nur so undankbar?«

»Wo sind die Zwillinge?«, erkundigte sich Kimmie besorgt.

Ihre Mutter deutete auf die Zimmertür.

»Und was faselst du da vom Jugendamt?«

»Sie waren hier. Sie haben in den Kühlschrank geschaut und in alle Zimmer. Dann haben sie die Kleinen ausgefragt und mir gesagt, dass ich eine Fürsorgerin bekomme, wenn ich mich nicht besser um die beiden kümmere.«

»Ich habe sie bestimmt nicht angerufen«, sagte Kimmie. »Bin doch nicht blöd. Ich will doch keine Leute vom Amt hier haben.«

Sie ließ ihre Mutter im Flur stehen und verschwand in ihrem Zimmer. Mühsam zog sie die verdreckte und blutverklebte Kapuzenjacke aus und ließ sie auf den Boden fallen. Dann schlüpfte sie aus ihrer Jeans und dem Krankenhaushemd und zog sich eine bequeme graue Jogginghose und einen dunkelblauen Kapuzensweater an.

»Was ist mit dir passiert?«, erkundigte sich ihre Mutter ungewohnt sanft und deutete auf die Verbände.

Kimmie zuckte zusammen. »Wieso kommst du in mein Zimmer, ohne zu klopfen?«

»Weil das immer noch meine Wohnung ist und ich hier machen kann, was ich will. Wenn's dir nicht passt, zieh doch aus. So wie deine Schwester.«

Kimmie raffte die Kleider zusammen. Ihr Rücken schmerzte. Sie hätte ihrer Mutter gerne von dem Überfall erzählt, hätte sich gerne trösten lassen. Aber sie wusste, dass sie ihr nicht zuhören würde. Statt Trost würde es Vorwürfe hageln. Und natürlich wäre Kimmie wieder an allem schuld.

»Hoffentlich kriegst du die Klamotten wieder sauber«, klagte Gisela Naumann nun wie zur Bestätigung, »ich kaufe dir keine neuen.«

»Sonst noch was?«, fragte Kimmie betont gelangweilt.

»Du musst die Kleinen morgen pünktlich zur Kita bringen. Sonst gibt es Ärger. Hast du mich verstanden?«

In Kimmies Ohren pulsierte das Blut. Ihr Herz raste. »Mach ich das nicht schon die ganze Zeit?«, zischte sie.

Gisela Naumann wich zurück. »Wenn's so gewesen wäre, wäre ja wohl kaum das Jugendamt gekommen.«

Dann drehte sie sich um und knallte die Tür hinter sich zu. Kimmies Blut schien zu explodieren. Hastig klemmte sie einen Stuhl unter die Zimmertürklinke, riss die Schreibtischschublade auf und griff nach dem Messer. Es lag kalt in ihrer Hand. Sie zitterte, umfasste den Griff so fest, dass ihre Finger schmerzten. Dann hob sie den Sweater an, strich mit der Messerspitze sanft über ihre nackte Bauchhaut, drehte die Klinge ein wenig und schnitt in das weiche Fleisch. Als sie das Blut fließen sah, entspannte sie sich etwas und ließ sich auf den Teppich gleiten.

Sie dachte an ihre große Schwester, an ihre betrunkene Mutter, dachte an Toto in dem weißen Zimmer und fragte sich, warum immer alles so schieflaufen musste. Sie schloss die Augen, sah wieder den verknitterten Bullen vor der Kneipe stehen und dachte an ihren Plan. Dann schlief sie ein.

Freitag

»Bist du eigentlich gerne zur Schule gegangen?«, erkundigte sich Regina, als sie das Gebäude betraten.

Delego schüttelte den Kopf. »Ich war nicht so gut in Deutsch. Und mein Lehrer hat mir gesagt, dass das so ist, weil ich schwarz bin.«

Regina blieb abrupt stehen und sah sie entsetzt an.

»Das hat er mir natürlich nur gesagt, wenn wir unter uns waren.«

Sie erreichten das Sekretariat der Privatschule und klopften. Eine Frau in einem karierten Kostüm öffnete. Sie wiesen sich aus und wurden hereingebeten.

»Wir müssen unbedingt mit Benjamin Schneider sprechen«, erklärte Regina.

»Der ist zurzeit freigestellt und …«

»Das wissen wir«, unterbrach Regina freundlich. »Wir haben gestern mit seinem Vater gesprochen und unglücklicherweise vergessen, ihn nach der Handynummer seines Sohnes zu fragen, und heute können wir ihn nicht erreichen. Er ist auf einer Geschäftsreise.«

»Und warum wollen Sie mit Benjamin sprechen?«

»Wir wollen überprüfen, ob er tatsächlich unterwegs ist, um ihn in einem Mordfall ausschließen zu können.«

Die Schulangestellte riss erschrocken die Augen auf und ließ sich auf den Stuhl am Computer sinken.

Nach weiteren Bitten scrollte sie sich durch die Schülerliste und schrieb zögernd die Nummer auf einen Zettel. »Eigentlich darf ich das nicht«, erklärte sie, »aber der Junge hat schon genug Schwierigkeiten.«

»Was für Schwierigkeiten?«, erkundigte sich Delego.

»Bleibt das unter uns?«

Die Kommissarinnen nickten.

»Sein Vater ist ziemlich streng. Der Junge muss immer der Beste sein, und das gibt oft Ärger mit den Klassenkameraden.

Sie schimpfen ihn einen Streber und gehen ihm meistens aus dem Weg. Irgendwie kann ich sie auch verstehen. Benjamin Schneider ist kein angenehmer Jugendlicher.«

»Inwiefern?«, hakte Delego nach.

»Er ist, wie soll ich es am besten ausdrücken …«

»Eingebildet und hochnäsig?«, half Regina aus.

Die Sekretärin lächelte sie dankbar an.

»Seit wann ist er freigestellt?«

»Seit zwei Wochen.«

Die Schulglocke rief zur Pause, und innerhalb von Sekunden standen drei junge Leute im Sekretariat. Delego bedankte sich und zog Regina hinaus auf den Flur. Immer mehr junge Menschen quollen aus den Klassenräumen, zogen ihre Handys aus den Taschen, scrollten oder telefonierten. Miteinander sprechen taten nur wenige.

Delego steuerte einen Betonvorsprung an, auf dem bereits drei Jugendliche saßen. Sie gab ihnen ein Zeichen, enger zusammenzurücken, quetschte sich daneben und verfolgte interessiert das Treiben in den Gängen. Dann fragte sie ihre Sitznachbarin nach Benjamin Schneider. Die junge Frau verneinte und gab die Frage weiter.

»Ich bin mit ihm befreundet«, sagte die Schülerin am Ende des Betonblockes.

Delego beugte sich vor. »Richtig befreundet?«

Das Mädchen zuckte die Schulter. »Na, bei Facebook eben.«

***

Es war ungewohnt hell im Raum. Der Vorhang war nicht zugezogen. Breschnow drehte sich dem Fenster zu und sah, dass eine fahle Sonne blasse Strahlen durch die verschmutzten Scheiben schickte. Er streckte sich und griff nach den Zigaretten auf dem Nachttisch. Dann sah er auf die Uhr. Es war fast Mittag. Er hatte zehn Stunden geschlafen und fühlte sich wunderbar.

Langsam verflüchtigten sich die Erinnerungen an die nächtlichen Träume und machten den aktuellen Ermittlungen Platz. Er stellte sich unter die Dusche, trocknete sich mit Haushaltsrollen ab, weil er kein frisches Handtuch mehr fand, griff eine Bierflasche aus dem Kühlschrank und leerte sie, während er in den verschiedenen Stapeln in seinem Schlafzimmer nach frischer Unterwäsche suchte. Dann wusste er, was er als Erstes machen wollte.

Um kurz vor eins stand er vor Schneiders Haus an der Krummen Lanke und klingelte. Eine schlanke Blondine öffnete ihm die Tür. Breschnow bat um Einlass und wurde in ein geräumiges Wohnzimmer geführt.

»Ich ermittle in einem Mordfall an einem Ihrer Mitglieder«, begann Breschnow.

»Sie meinen, ein Mitglied im Verein meines Mannes?«

»Sie stehen auch auf der Liste.«

Frau Schneider lächelte. »Pro forma. Meinem Mann war es wichtig. Wissen Sie, ich interessiere mich nicht für Politik, aber ich habe ihm den Gefallen getan.«

»Johannes Faris Rosenholz. Haben Sie den Namen schon einmal gehört?«

»Ja, den Namen habe ich schon mal gehört, aber im Moment fällt mir nicht ein, in welchem Zusammenhang.«

»Und Daniel Busse?«

»Den kenne ich. Er war manchmal hier. Mein Mann und er haben dann die Veranstaltungen besprochen. Meist an den Wochenenden. Ich glaube, er war so etwas wie ein Sicherheitsmann. Er war immer sehr freundlich, falls es das ist, was Sie wissen wollen.«

Sie nippte an ihrem Kaffee und betrachtete ihn.

»Sie haben Ihren Mann manchmal auf seinen Reisen begleitet. Waren Sie auch in Rostock dabei?«

Sie verdrehte die Augen. »Erinnern Sie mich bitte nicht daran. Es war ein scheußliches Wochenende bei meinen Eltern. Sie mögen meinen Mann nicht besonders.«

»Wahrscheinlich, weil er so alt ist wie Ihr Vater?«, mutmaßte Breschnow.

Frau Schneider kniff die Augen zusammen. Breschnow hob versöhnlich die Hände. »Mir ist das völlig egal, Frau Schneider. Ich wollte Sie nicht verärgern. Sie sind eine attraktive junge Frau.

Was ich nicht verstehe, ist, warum Ihr Mann dann noch eine Geliebte braucht.«

Frau Schneider sprang auf. »Woher wissen Sie von dieser Tanz…« Sie hielt inne. »Mein Mann hat keine Liebschaften«, empörte sie sich.

Breschnow lächelte verbindlich und bat die Frau, sich wieder zu setzen.

»Damit ich mir noch mehr Unverschämtheiten von Ihnen anhören muss? Ich glaube, Sie sollten jetzt besser gehen.«

»Nur noch zwei Fragen, Frau Schneider. Wo war Ihr Mann in der Nacht von Montag auf Dienstag? Und tingelt sein Sohn wirklich gerade durch die Welt?«

Breschnow war überrascht, als die Gattin beides widerstandslos beantwortete, und verließ das Haus. Draußen fummelte er den Flachmann aus seiner Jackentasche und genehmigte sich einen großen Schluck.

Schneider hatte also ein Ehegattenalibi, und der Sohn war auf Weltreise, bevor er sein schweres verantwortungsvolles Amt antreten würde, die rechte Hand seines Vaters zu werden. Breschnow beneidete ihn nicht.

Er fuhr zurück in die Innenstadt, kurvte ein paarmal die Karlsgartenstraße auf und ab und parkte schließlich entnervt in der Zufahrt zur Hasenheide.

Er musste endlich Willy finden, sonst müsste er ihn heute zur Fahndung ausschreiben. Delego hatte recht. Er durfte die Ermittlungen nicht länger verzögern. Wahrscheinlich hatte der Obdachlose den Täter gesehen. Vielleicht hatte er sogar selber zugeschlagen. Zwei Morde, zwei Täter? Ein Mord, eine Tat aus Notwehr?

Eilig durchschritt er das Gelände, suchte zuerst im Rosengarten, dann in den Toiletten der Hasenschänke, erweiterte die Suche bis zum ehemaligen Tunnel und gab nach einer knappen Stunde auf. Er kaufte sich in der Hasenschänke ein Bier und eine Bockwurst, setzte sich auf eine der Bänke und erinnerte sich an die seltenen Familienausflüge. Iris und Mona hatten meistens ein Eis gegessen. Er hatte ein Bier getrunken. In Gedanken hörte er wieder das helle Lachen seiner Nichte, und sein Herz zog sich zusammen.

Wenn das hier vorbei ist, nehme ich mir lange frei und fahre nach Hamburg.

Als die Sonne am Horizont verschwand und er gerade aufbrechen wollte, sah er den Gesuchten um die Ecke biegen. Er ging Hand in Hand mit einer Frau im Kampfanzug. Breschnow grinste. Ein großer verlebter Mann in einem grauen Lodenmantel und eine schmächtige Frau in Kampfmontur. Willy hatte eine Freundin gefunden.

Er sprang auf und lief ihnen entgegen. Der Obdachlose erschrak und ließ die Hand seiner Begleitung los.

»Das sieht nicht gut aus«, sagte Breschnow und deutete auf das blaue Auge.

»Bin gestürzt«, nuschelte Willy.

Breschnow griff seinen Arm. »Mann, erzähl mir keine Märchen. Ich habe ein Stück von deinem Mantel an der Bank gefunden, und so, wie du aussiehst …« Er ließ den Satz unvollendet. »Ich bestell uns jetzt ein Bier, und du sagst mir, was auf der Schillerpromenade passiert ist.«

Er betrachtete die Frau im Kampfanzug. »Und Sie lade ich auch gerne ein, wenn Sie bleiben möchten.«

***

Gespannt verfolgten sie den kleinen Punkt auf dem Bildschirm. Schmitti hatte Schneider junior geortet.

»Er ist noch in Europa«, stellte er fest. »Griechische Südküste. Unterhalb von Athen. Soll ich euch die Verbindung herstellen?«

Regina nickte und griff nach dem Handy. Kurz danach meldete sich eine jugendliche Stimme. Die Verbindung war so gut, als ob sie in Berlin telefonieren würden. Regina stellte sich vor und informierte Schneider junior über den Grund ihres Anrufs. Er schien nicht besonders traurig über das Ableben von Daniel Busse zu sein und nannte ihnen bereitwillig die Adresse des Hotels, in der er in der fraglichen Nacht untergekommen war. Schmitti gab die Daten in den Computer ein. Delego rief im Hotel an. Man bedauerte, ihr leider keine Auskunft geben zu können, schließlich handele es sich um vertrauliche Daten.

»Südländische Sesselpuper«, schimpfte Delego und setzte sich auf die Tischkante ihres Schreibtisches. »Wir werden ganz offiziell einen Antrag auf Erteilung einer Auskunft stellen müssen.«

»Und das kann dauern«, stellte Breschnow fest, der in der Bürotür stehen geblieben war. »Schneiders Gattin hat den Namen Rosenholz schon mal gehört, und sie hat das Alibi ihres Mannes bestätigt.«

»Das war zu erwarten«, sagte Schmitti und scrollte sich durch die Antragsformulare.

»Du warst bei ihr?«, erkundigte sich Delego.

»Außerdem hatte ihr Gatte ein Verhältnis. Was fällt euch ein, wenn jemand ›von dieser Tanz?‹ sagt?«

»Tanzkapelle oder Tanzlehrerin«, antwortete Schmitti.

»Mir dieser tanzenden Hure«, ergänzte Delego.

Breschnow nickte. »Und ich denke da sofort an Frau Rosenholz.«

»Du hättest trotzdem nicht hingehen sollen. Das wird wieder eine Beschwerde nach sich ziehen.«

»Ich habe mich weder vorgestellt noch ausgewiesen.«

»Wenn sie dich beschreibt, weiß ihr Mann sofort, dass du es warst.«

»Aber ich kann es leugnen.«

Schmitti reichte ihm einen Zettel. »Das Krankenhaus hat vorhin angerufen. Thomas Tollner ist wieder ansprechbar. Du sollst dich bei dieser Ärztin melden. Sie ist bis zwanzig Uhr im Dienst.«

»Ich komme mit«, entschied Regina und griff nach ihrer Jacke.

***

»Was ist denn mit dir passiert?«, erkundigte sich Marinda mit Blick auf die Verbände und schob Kimmie schnell in ihr Zimmer.

»Hast du was zu rauchen?«

Marinda legte den Zeigefinger auf ihre Lippe und deutete auf die Wand.

»Deine Alten sind zurück?«

»Eine Woche früher als geplant. Und einfach so. Ohne Bescheid zu sagen. Da war was los.« Marinda verdrehte die Augen.

»So schlimm?«

»Schlimmer. Zwei Wochen Hausarrest. Sie haben mich beim Kiffen vor der Glotze erwischt.«

»Darfst du denn wenigstens in die Schule gehen? Oder haben sie Angst vor dem schlechten Einfluss deiner Klassenkameraden?«

Marinda starrte ihre Freundin verständnislos an. Kimmie verzog den Mund, kicherte leise und prustete los. Marinda fiel in das Lachen mit ein. Als sich die beiden wieder beruhigt hatten, öffnete Marinda ihren Nachtschrank und zog eine Flasche Apfelsaft hervor.

»Mixgetränk«, verkündete sie stolz.

Die beiden machten es sich auf dem Teppich bequem und ließen die Flasche zwischen sich hin- und herpendeln. Kimmie berichtete von dem Überfall und von dem Besuch bei Toto im Krankenhaus. Marinda schüttelte nur immer wieder den Kopf und betonte, wie froh sie darüber war, mit der Clique nichts zu tun zu haben.

Kimmie hatte nie verstanden, warum die Gang ihre Freundin in Ruhe ließ und sich stattdessen immer wieder an Toto und ihr austobte. Aber je mehr sie über den letzten Angriff auf sie erzählte, desto deutlicher entwickelte sich der Plan in ihrem Kopf weiter.

Und sie würde ihn umsetzen.

Noch heute Abend würde sie damit beginnen.

Als die Flasche leer war, machte sich Kimmie leicht angeschickert und mutig auf den Weg. Sie wusste, wo sie den Schwarzen finden würde.

***

Breschnow beobachtete Thomas Tollner durch das Türfenster. Eine Krankenschwester reichte ihm gerade das Essen und achtete darauf, dass er es auch aß. Es war die erste feste Mahlzeit, die Tollner zu sich nahm, und er hatte erhebliche Schwierigkeiten, sie zu schlucken. Nach einer Weile kam Regina mit der Ärztin im Schlepptau zurück. Sie stellte sich neben Breschnow und blickte in den Raum.

»Wenn der Patient mit dem Essen fertig ist, können Sie mit ihm reden. Ich schicke Ihnen eine Pflegerin. Sie muss die ganze Zeit dabei sein. Das sind unsere Vorschriften.«

»Wann kann er in ein Haftkrankenhaus verlegt werden?«, erkundigte sich Breschnow.

»Vielleicht morgen. Ich werde ihn vormittags noch einmal gründlich untersuchen und dann entscheiden.« Die Ärztin ging weiter zum nächsten Zimmer.

»Wahrscheinlich weiß Tollner gar nicht, was passiert ist«, sagte Regina.

»Hoffentlich nicht«, brummte Breschnow und drückte die Klinke.

Regina griff sanft seine Hand und zog sie weg. Breschnow begann, vor dem Krankenzimmer hin- und herzulaufen, und grummelte: »Vorschriften! Denken die, ich prügel ein Geständnis aus ihm raus?«

Er stellte sich an das Zimmerfenster und trommelte mit den Fingerkuppen dagegen. »Wieso dauert das so lange?«

Die Krankenschwester blickte kurz auf und reichte Tollner eine Serviette. Der junge Mann wischte sich über den Mund und starrte auf das Türfenster. Endlich erschien die von der Ärztin angekündigte Pflegerin.

»Können wir jetzt endlich?«, brummte Breschnow.

Die Pflegerin betrachtete ihn missbilligend. »Der Patient hat gerade einen schweren körperlichen Entzug hinter sich gebracht. Er ist zwar relativ klar im Kopf, aber noch sehr schwach. Ich schlage vor, dass nur eine Person ihn befragt.« Sie sah Regina an.

»Keine Chance«, sagte Breschnow und ließ sich das Smartphone seiner Kollegin geben. Die Pflegerin öffnete die Tür und ließ ihm den Vortritt. Sie schoben sich zwei Stühle an das Bett, und Breschnow schaltete die Aufnahmefunktion des Handys ein.

»Ich bin Hauptkommissar Breschnow und werde unser Gespräch aufzeichnen. Sind Sie damit einverstanden?«

Tollner bejahte. Seine Gesichtsmuskeln waren angespannt, sein Ausdruck war hart und gleichzeitig ängstlich.

»Erinnern Sie sich an Sonntag?«, erkundigte sich Breschnow.

Der Fixer sah ihn fragend an. »Welcher Tag ist heute?«

»Freitag. Sie sind am Sonntag eingeliefert worden.«

»Was ist passiert?«

»Zu viel Heroin … Sonntag, der letzte Tag zu Hause. An was erinnern Sie sich?«

»Ich hab's nicht so mit der Zeit. Ich glaub, ich hab Musik gehört, bisschen ferngesehen und …« Tollner zögerte.

»Ich bin nicht von der Drogenfahndung. Es geht nicht um Ihren Konsum«, klärte ihn Breschnow auf.

Der junge Mann entspannte sich ein wenig. »Weswegen sind Sie dann hier?«

»Sonntag, Herr Tollner. Sie haben sich einen Schuss gesetzt?«

»Wahrscheinlich.«

»Hatten Sie Besuch?«

Tollner zuckte mit den Schultern.

»Sie wissen es nicht?«

»Ich erinnere mich nicht«, sagte er mit brüchiger Stimme.

»Ich glaube, dass Sie lügen, und es wäre besser für Sie, wenn Sie die Wahrheit sagen würden.«

Tollner schwieg und senkte den Blick.

»Sehen Sie mich an«, verlangte Breschnow und packte das Kinn des Fixers.

Ihre Blicke trafen sich. Tollner starrte ihn ängstlich an.

»In Ihrer Wohnung ist ein Mann erstochen worden. Wenn Sie alleine dort waren, bedeutet das, dass Sie wahrscheinlich der Täter sind. Verstehen Sie, was ich Ihnen sage?«

Der Blick des jungen Mannes flatterte. Breschnow ließ das Kinn los und setzte sich zurück auf den Stuhl.

»Ich habe nicht, ich meine, ich …«, stammelte Toto. »Da war Rosenholz.«

Er verstummte.

Breschnow beugte sich vor. »Was wollte Rosenholz von Ihnen?«

»Kohle«, flüsterte der junge Mann.

»Sie schuldeten ihm Geld für Drogen?«

Tollner nickte.

»Aber Sie hatten kein Geld. Und statt ihn zu bezahlen, haben Sie sich die Schere gegriffen und sie ihm in den Leib gerammt.«

Der junge Mann riss die Augen auf und jammerte: »Nein, nein. Ich habe niemanden erstochen!«

Ein Krampf durchzog seinen mageren Körper. Die Augen rollten nach hinten, die Hände drehten sich nach innen.

Die Pflegerin drückte den Notrufknopf, griff nach dem zweiten Kissen und stopfte dem Patienten den Zipfel in den Mund.

»Herr Tollner«, versuchte es Breschnow noch einmal.

»Lassen Sie ihn«, verlangte die Pflegerin.

Breschnow betrachtete den krampfenden Mann und seufzte. »Ich glaube nicht, dass er der Täter war.« Er blickte zur Pflegerin hoch. »Aber er ist der Einzige, der uns im Moment weiterhelfen kann.«

»Sie müssen jetzt gehen. Aber Sie können es vielleicht später noch einmal versuchen.«

***

Schneiders Handy klingelte. Er sah auf das Display.

»Eben war ein Polizist bei mir«, informierte ihn seine Frau aufgeregt.

»Wie sah er aus?«

Sie beschrieb den Mann. »Und er roch nach Alkohol«, endete sie. »Was ist eigentlich los? Wieso erzählst du mir nichts?«

Wütend schlug Schneider mit der Faust auf den Tisch. »Dieser verdammte Breschnow. Vielleicht rufe ich noch mal seinen Vorgesetzten an.«

»Wann kommst du nach Hause?«, fragte seine Frau.

Schneider gab ihr eine ausweichende Antwort und beendete das Gespräch. Er nahm die Karte von Willich, überlegte kurz und legte sie zurück auf den Tisch. »Vielleicht sollte ich den Bogen nicht überspannen«, murmelte er. Er griff erneut nach dem Mobiltelefon und wählte. Am anderen Ende meldete sich niemand. Er hinterließ eine kurze Nachricht und wandte sich wieder seiner Arbeit zu. In zwei Stunden musste er im Gericht sein und noch einiges für die Verhandlung ausarbeiten.

Sein Handy klingelte. Er zögerte, den Anruf anzunehmen, tat es dann aber doch.

»Ich fahre weg«, sagte eine Stimme.

»Meinst du nicht, dass es besser wäre, jetzt hierzubleiben?«

»Du weißt, wo du mich finden kannst.«

»Es läuft alles aus dem Ruder«, beschwerte sich Schneider. »Ich wünschte, du und dein Sohn wärt mir nie über den Weg gelaufen.«

Ein leises Klacken beendete das Gespräch. Schneider legte das Gerät zurück auf den Tisch und schenkte sich ein Glas Wasser ein.

***

»Für dich«, sagte Schmitti und hielt seinem Chef den Hörer hin.

Breschnow schüttelte den Kopf.

»Es ist nicht Willich«, flüsterte Schmitti. »Es ist einer der Uniformierten, die am Tatort in der Braunschweiger Straße waren.«

Breschnow streckte die Hand aus und hielt sich den Hörer ans Ohr.

»Sind Sie der Ermittlungsleiter im Mordfall Rosenholz?«

Breschnow bejahte und bat um seinen Namen. Er wiederholte ihn laut, und Schmitti notierte ihn und die Uhrzeit.

»Ich weiß nicht, ob es wichtig ist, aber meine Kollegen haben mir dazu geraten, Sie anzurufen.«

»Und was wollen Sie mir sagen?«

»Ich habe nach dem Tötungsdelikt in der Braunschweiger Straße Wache geschoben. War für die erste Nachtschicht eingeteilt und hatte grade meinen Dienst angetreten. Hinten im Hof, an der Tür zum Seitenflügel.«

»Und?«, brummte Breschnow ungeduldig.

»Um zweiundzwanzig Uhr zehn ist eine junge Frau aufgetaucht. Sie hat die Tür zum Hinterhof geöffnet, und ich dachte, sie will in den Seitenflügel. Aber sie ist einfach stehen geblieben, hat mich erschrocken angesehen und ist dann weggerannt.«

Breschnow wurde hellhörig und gab Schmitti ein Zeichen, das Gespräch aufzuzeichnen.

»Wie sah die Frau aus?«

»Sie war ziemlich klein, vielleicht eins sechzig, zierlich, und sie trug eine blaue Kapuzenjacke. Daran kann ich mich genau erinnern, weil ich mich gefragt habe, warum sie so dünn angezogen ist.«

»Und dann?«

»Bin ich erst mal auf meinem Posten geblieben«, gestand der Polizist kleinlaut, »und als ich mich entschieden hatte, der Person hinterherzulaufen, war sie schon weg ... Ich wusste nicht, was ich tun sollte.«

Breschnow verdrehte die Augen. »Mit den Jahren wird es besser. Gut, dass Sie mich angerufen haben.«

Er reichte Schmitti den Hörer und fluchte. »Warum bilden die ihre Leute nicht richtig aus?«

»Man kann nicht an alles denken, Chef. Wenn man mir als Anfänger den Auftrag gegeben hätte, Hof und Tür zu bewachen, hätte ich Hof und Tür bewacht.«

»Das glaube ich dir sofort«, sagte Breschnow und eilte in den Besprechungsraum. Auf dem Whiteboard entstand ein neuer Kreis in der Nähe von Tollner und Rosenholz. Breschnow schrieb »Kapuzenjacke?« hinein. Dann trat er einen Schritt zurück. Sie hatte Tollner also vorher schon aufgesucht, das war keine Überraschung. Aber wieso war sie einfach weggelaufen, als der Uniformierte sie angesprochen hatte?

Wusste Kimmie Naumann, was in der Wohnung geschehen war?

Hatte auch sie Kontakt zu Rosenholz gehabt?

»Hast du endlich den Obdachlosen gefunden?«, unterbrach Delego seine Überlegungen.

Breschnow nickte.

»Und, was sagt er?«

Breschnow senkte die Stimme. »Er war in der Nacht auf der Schillerpromenade. Hat auf der Bank gepennt und ist wach geworden, weil ihn jemand angebrüllt hat. Das war Busse, und der hat auch zugeschlagen. Willy behauptet, Busse wäre irgendwann einfach zusammengesackt. Willy hat sich dann in die Hasenheide geschleppt.«

»Und was ist mit dem Kerl, der Busse eins über den Schädel gezogen hat?«

»Den hat er nicht gesehen.«

»Glaubst du ihm?«

»Nein. Ich glaube, er will ihn schützen. Immerhin hat ihm die Person das Leben gerettet.«

»Und jetzt laden wir ihn vor?«

»Wen laden wir vor?«, fragte Drass und stellte sich zu ihnen.

»Schneider«, log Breschnow. »Ich glaube, dass es bei dem Mord an Rosenholz um Drogen ging. Oder um irgendwelche anderen illegalen Geschäfte, und ich glaube, dass Schneider da mit drinsteckt.«

»Schneider ist ein Arschloch, aber das bedeutet nicht automatisch, dass er kriminell ist«, sagte Drass. »Und ihn ohne weitere Beweise vorzuladen ist ziemlich heikel.«

»Vielleicht braucht er Geld für seinen Verein«, sagte Breschnow.

»Das glaube ich nicht«, widersprach Delego. »Wenn alle ehrenamtlich arbeiten, muss er nur ab und zu mal einen Referenten oder einen Raum bezahlen. Außerdem hat er eine fette Förderung kassiert. Du verbeißt dich, Chef.«

Drass tippte auf den Kreis mit Isabella Rosenholz. »Was Schneider angeht, bin ich mir nicht so sicher, aber bei der Rosenholz weiß ich, dass sie uns belogen hat.«

Die beiden drehten sich zu ihm hin.

»Cosma Anderson will eine Hintergrundstory über die Rosenholz schreiben und hat ein bisschen recherchiert. Sie hat mir erzählt, dass Isabella Rosenholz öfter von ihrem Sohn abgeholt worden ist. Das weiß sie von der Kassiererin im Discounter.«

Delego runzelte die Stirn. »Wir überbringen der Frau die Todesnachricht, sie holt den Sekt und erzählt uns dann, dass sie ihren Sohn seit zwei Jahren nicht gesehen hat. Warum?«

»Hast du die Aussage überprüft?«, erkundigte sich Breschnow.

Drass nickte. »Ich habe mir von der Frühschicht die Adresse der Reinigungskraft geben lassen und ihr ein Foto von Johannes Rosenholz gezeigt. Sie hat ihn eindeutig erkannt. Sie sagt, er hat seine Mutter regelmäßig ein- bis zweimal in der Woche abgeholt. Frau Rosenholz ist wieder nicht bei der Arbeit erschienen, und ich habe heute schon mehrmals erfolglos versucht, sie anzurufen.«

»Hoffentlich ist ihr nichts passiert«, sagte Delego und fixierte ihren Kollegen.

»Wieso hat die Anderson dir das eigentlich erzählt?«

Drass strahlte sie an und schwieg. Die Kommissarin lächelte wissend.

»Wer fährt mit?«, erkundigte sich Breschnow, der nichts davon mitbekommen hatte.

Beide meldeten sich gleichzeitig. Er entschied sich für Drass und seinen Dietrich.

***

Sie entdeckte ihn im rückwärtigen Teil des Kieser-Studios und wunderte sich, dass er hier trainierte. Sie hatte ihn eher in einer billigen Muckibude vermutet. Er passte nicht recht zwischen die Rentner und Gesundheitsfreaks. Sie näherte sich ihm von hinten und blieb seitlich neben dem Gerät stehen. Der Schwarze pumpte seine Bizeps auf und stöhnte vernehmlich.

»Ist echt uncool hier«, sagte Kimmie und deutete in die Runde. »Aber macht genug Muskeln, damit du im Rudel Schwächere plattmachen kannst.«

Der Schwarze schien einen Moment zu brauchen, um zu begreifen, was da neben ihm passierte. »Was willst du denn hier, du Opfer? Hast du immer noch nicht kapiert, dass du dich verpissen sollst?«

Kimmie deutete auf ihr Gesicht. »Doch, unmissverständlich.«

Der Schwarze ließ den Griff des Gewichtes los. Sein Blick flog suchend durch das Studio.

»Ich hab euch nicht verpfiffen«, sagte Kimmie.

»Dann zisch ab, du Spast.«

Kimmie legte den Kopf schief und setzte ein falsches Lächeln auf. »Man munkelt, dass eure Quellen versiegen.«

»Wer behauptet so ’n Scheiß?«

»Rosenholz ist tot.«

»Woher willst du das wissen?«

Kimmie lachte. »Ich kann lesen. Stand in der Zeitung.«

Sie trat einen Schritt näher, roch seinen Schweiß. »Und ich könnte aushelfen.«

»Ach, verpiss dich! Was redest du da für 'n Scheiß!«

Der Schwarze griff nach dem Gewicht und zog. Einmal, zweimal, dreimal …

Kimmie rührte sich nicht von der Stelle.

… viermal, fünfmal. Dann ließ er die Gewichte aufeinanderkrachen.

»Hörst du schlecht? Mach die Biege!«

Kimmie deutete auf seine prallen Muskeln. »Da geht bald die Luft raus, wenn sie nicht regelmäßig gefüttert werden.«

Der Schwarze schnaubte und schlug nach ihr.

Kimmie sprang zurück und lächelte noch breiter. Sie hatte seine Achillesverse gefunden.

***

Sie klingelten und klopften, klingelten und klopften wieder. Niemand öffnete.

»Frau Rosenholz«, versuchte es Drass noch einmal. »Wir wollen mit Ihnen reden. Bitte machen Sie auf.«

Breschnow schob ihn zur Seite und donnerte gegen die Tür. »Machen Sie sofort auf! Sonst kommen wir rein!«

»Hört sich an wie ein Sonderkommando«, sagte Drass und deutete auf die Uhr. »Es ist fast zehn. Vielleicht schläft sie.«

»Oder sie hat zu viel Valium geschluckt, wie Delego befürchtet.« Breschnow schlug noch einmal gegen die Tür. Drinnen blieb es still. »Schließ auf!«

»Und wie begründen wir diese Aktion bei der Staatsanwaltschaft?«

»Gefahr im Verzug. Sie hat gerade ihren Sohn verloren und Schlaftabletten eingeworfen, und wir hatten den berechtigten Verdacht, dass sie sich was antut.«

Drass ging in die Hocke und inspizierte das Schloss. Nebenan öffnete sich langsam die Wohnungstür, und die Nachbarin linste durch den Spalt. Breschnow sah zu ihr hinüber. Die Tür schloss sich wieder.

»Sie denkt bestimmt, wir sind Einbrecher«, brummte er.

»Und wahrscheinlich ruft sie die Polizei.«

»Dann beeil dich!«

Drass richtete sich auf und verschränkte die Arme. »Ich werde nicht ohne Beschluss diese Tür öffnen, wenn ich damit rechnen muss, dass unsere Kollegen gleich hier auftauchen. Diese Art von Gefahr im Verzug ist Sache der Feuerwehr. Nur die dürfen sich Zutritt verschaffen.«

Breschnow schnaubte und zündete sich eine Zigarette an. »Dann klär ich das mit der Nachbarin.«

Drass hielt ihn am Ärmel fest. »Lass das besser mich machen.«

Er ließ den Bund mit den Dietrichen in seiner Jackentasche verschwinden und klopfte leise an der Wohnungstür. »Frau Vogel? Mein Name ist Hauptkommissar Drass. Wir sind von der Kriminalpolizei.«

Drinnen raschelte es leise.

»Frau Vogel? Ich halte jetzt meinen Dienstausweis vor Ihren Spion.«

Drass wartete eine Weile, aber die Tür blieb verschlossen. Breschnow trat die Kippe aus und zündete sich eine neue an. Aus der Ferne hörten sie ein Martinshorn.

»Verdammte Scheiße!«, fluchte Breschnow und trat wütend gegen Frau Rosenholz' Tür.

Das Martinshorn verstummte. Zwei Uniformierte erschienen auf dem Treppenabsatz, ihre Waffen im Anschlag. Die Kommissare hielten gut sichtbar die Dienstausweise hoch.

»Mordkommission«, sagte Drass.

Einer der Uniformierten kam langsam die Treppe hinauf und griff nach den Ausweisen, der andere hielt sie weiterhin in Schach. Sie kontaktierten über Funk die Zentrale und ließen sich die Personalien bestätigen. Erst dann ließen sie langsam ihre Waffen sinken.

»Nichts für ungut, Kollegen, aber wir hatten in der letzten Zeit öfter mit gefälschten Dokumenten zu tun. Und bei einem

Einsatz hat es einen Kollegen schwer erwischt. Jetzt sind wir vorsichtiger.« Er deutete auf die Nachbartür. »Wieso haben Sie sich nicht bei ihr ausgewiesen?«

»Das habe ich getan, aber sie hat mir nicht geglaubt«, antwortete Drass.

Der Polizist schmunzelte und klopfte bei Frau Vogel. Sofort öffnete sich die Tür einen Spaltbreit.

»Es ist alles in Ordnung, gute Frau. Die beiden Männer sind von der Mordkommission und keine Einbrecher. Sie können jetzt beruhigt schlafen gehen.«

»Einen Moment noch«, bat Breschnow und wandte sich der Alten zu. »Wissen Sie, ob Ihre Nachbarin zu Hause ist?«

Frau Vogel klinkte die Kette aus. Sie trug ihren Wintermantel und Stiefel, um den Hals hatte sie sich einen Schal geschlungen. Breschnow unterdrückte mühsam ein Grinsen.

»Sie brauchen gar nicht so zu schauen. Ich hätte jederzeit fliehen können, wenn es nötig gewesen wäre.«

»Das haben Sie gut gemacht«, lobte Drass sie. »Wissen Sie denn, ob Ihre Nachbarin zu Hause ist?«

»Sie ist übers Wochenende weggefahren.«

»Hat sie Ihnen auch gesagt, wohin sie wollte?«

Die Alte schüttelte den Kopf. »So nah sind wir uns nicht. Aber sie hat mir ihren Wohnungsschlüssel gegeben. Das hat sie vorher noch nie gemacht.«

»Dann könnten Sie uns doch jetzt aufschließen«, schlug Breschnow vor.

Die Alte kniff die Augen zusammen. »Brauchen Sie dafür nicht so ein Dokument? Im Fernsehen brauchen sie das immer. Was wollen Sie eigentlich von meiner Nachbarin? Hat sie was angestellt?«

»Schließen Sie doch einfach auf.«

Die Alte verschränkte die Arme vor der Brust. »Höflich sind Sie nicht gerade. Gehört das zu Ihrem Beruf?«

»Entschuldigung, Frau Vogel«, versuchte Drass sie zu beschwichtigen. »Mein Chef sorgt sich um Frau Rosenholz. Deswegen will er so schnell wie möglich in die Wohnung.«

»Ihr Sohn wurde ermordet«, ergänzte Breschnow.

Frau Vogel ließ die Arme sinken. »Ihr Sohn ist tot? Das tut mir leid.«

»Kennen Sie ihn?«

Frau Vogel nickte. »Er hat sie regelmäßig besucht.« Sie streckte sich etwas, damit sie größer wirkte. »Aber ich kann Ihnen trotzdem nicht so einfach aufschließen. Vielleicht ist sie ja bald wieder zurück.«

»Ja, vielleicht«, murmelte Breschnow.

Drass lächelte die alte Dame an. »Dann kommen wir am besten morgen bei Tageslicht wieder. Aber Sie müssen mir versprechen, dass Sie mich sofort anrufen, falls Frau Rosenholz vorher zurückkommt.« Er reichte ihr eine Visitenkarte.

Breschnow sammelte seine Kippen ein und fluchte leise. »Sie ist abgehauen, und wir haben sie nicht daran gehindert.«

»Vielleicht ist sie ja wirklich nur übers Wochenende weggefahren.«

»Glaubst du das?«

Drass zuckte die Schultern.

»Morgen gehen wir in ihre Wohnung«, entschied Breschnow. »Egal wie!«

Samstag

Ein Tropfen fiel auf seine Stirn und rann langsam die rechte Schläfe hinab. Ein weiterer gesellte sich dazu und konnte sich offenbar nicht entscheiden, in welche Richtung er abfließen wollte. Die Tropfen wurden zu Regen und beendeten Breschnows Schlaf.

Er war gestern noch eine Stunde durch die nächtliche Hasenheide gelaufen, hatte wieder nach Willy gesucht, entschlossen, sich nicht noch einmal so abspeisen zu lassen. Er wusste, wie tief der Schlaf war, wenn man zu viel getrunken hatte. Willy wäre nicht schnell genug wach gewesen, um sich zu wehren, aber sicherlich schnell genug, um sich bei seinem Beschützer zu bedanken. Breschnow konnte verstehen, dass der Obdachlose seinen Retter schützen wollte. Immerhin handelte es sich um fahrlässige Tötung. Und genau deswegen konnte Breschnow es nicht dabei belassen. Er musste Willy finden, musste wissen, wer Busse den Stein auf den Kopf geschlagen und ihn danach hatte verbluten lassen.

Fröstelnd zog er die dünne Jacke enger um seinen Körper und erhob sich von der Parkbank. Seine Glieder waren von der Kälte der Nacht steif, seine Kleidung war nass. Er hatte keine Ahnung, wie spät es war. Frierend stakste er durch die menschenleere Hasenheide, hastete dann den Columbiadamm entlang und erreichte völlig durchnässt sein Revier. Er betrat die alte Backsteinkaserne durch den Haupteingang und begrüßte den Wachhabenden der Nacht. In seinem Büro griff er nach dem Flachmann hinter der Fachlektüre, ließ sich in den Schreibtischstuhl fallen und zündete sich eine Zigarette an.

Der Fixer Thomas Tollner liegt mit einer blutigen Schere unter sich in seiner verdreckten Wohnung. Der Dealer Johannes Faris Rosenholz wird damit erstochen und versucht noch zu entkommen. Daniel Busse vergreift sich an einem Obdachlosen und wird mit einem Stein niedergeschlagen.

Busse und Rosenholz, zwei ungleiche Freunde. Rosenholz

war ein Dealer. Wusste Busse davon? Wollte er ihn vom Dealen abbringen? Hat er ihn deswegen erstochen? Oder wollte er seine Geschäfte übernehmen? Ist Busse von Schneider beauftragt worden? Und statt einer Belohnung wird er degradiert? Hat Schneider auch ihn töten lassen? Wollte der Vorsitzende für seinen Sohn Platz machen?

Delego hat recht. Du verrennst dich, ermahnte sich Breschnow. Schneider ist ein berechnender und unangenehmer Mistkerl, aber das macht ihn noch lange nicht zum Mörder. Und Busse war ein krankhafter Pedant, wahrscheinlich zwanghaft. Wie war Rosenholz? Von ihm wissen wir noch am wenigsten. Und die, die wir fragen könnten, schweigt und verschwindet.

Er drückte die Zigarette im Aschenbecher aus und zog einen DIN-A4-Bogen aus dem Drucker.

Noch mal von vorne.

Rosenholz wird erstochen. Er dealt und benutzt Tollner als Verkäufer. Er verlangt sein Geld. Tollner kann nicht zahlen. Busse wird erschlagen. Es gibt keinen Kampf. Der Schlag trifft ihn am Hinterkopf. Wollte der Angreifer wirklich nur Willy retten oder gezielt Busse töten? Welche Rolle spielen Schneider, Frau Rosenholz, Kimmie Naumann? Gibt es Personen, von denen wir nichts wissen?

Wo bleibt eigentlich der Beschluss für Rayhan Aziz? Busse und Rosenholz sind Freunde. Beide nehmen keine Drogen. Was verbindet sie noch? Illegale Geschäfte, die auch Schneider zugutekommen?

Breschnow hatte das Gefühl, sich seit Tagen immer wieder dieselben Fragen zu stellen. Waren sie wirklich noch kein Stück weitergekommen?

Er nahm ein zweites Blatt, legte Listen mit Unterschieden und Gemeinsamkeiten an und verglich sie miteinander. Zwischendurch studierte er das Whiteboard und notierte die Ungereimtheiten. Als der Morgen dämmerte, zündete er sich noch eine Zigarette an und starrte auf die bekritzelten Seiten. Dann griff er nach dem Flachmann.

Ich werde nachlässiger, dachte er. Dieses Zeug vernebelt mir das Hirn.

Er stand auf und ging in den Besprechungsraum. »Sie haben nichts gemeinsam«, vertraute er dem Whiteboard an. »Egal wie oft ich noch danach suche.«

Es sind zwei Fälle.

Zwei Fälle und zwei Täter.

***

Sie hatte lange warten müssen. Der Uniformierte nahm seinen Auftrag sehr ernst. Erst als die hübsche Nachtschwester ihn zu einem Kaffee ins Schwesternzimmer eingeladen und er vorher noch dreimal kontrolliert hatte, dass Thomas Tollner wirklich in seinem Bett schlief, hatte er kurz seinen Platz verlassen.

Kimmie schlüpfte zu ihrem Freund ins Zimmer und stupste ihn an der Schulter. Toto war sofort hellwach.

»Wir müssen hier weg«, flüsterte sie. »Die Polizei will dich wegen dem toten Typen in deinem Haus einsperren.« Sie öffnete ihren Rucksack und zog eine Jogginghose, einen schwarzen Pullover und eine Regenjacke heraus. »Gehört alles meiner Mutter. Nur Schuhe habe ich keine für dich. Aber diese Badelatschen.«

Während Toto sich eilig anzog, lauschte Kimmie an der Tür. Eine Frauenstimme erzählte, eine Männerstimme lachte. Toto drapierte seine Bettdecke so, dass es im Dämmerlicht aussehen würde, als ob jemand darin schliefe. Dann schlichen sie hinaus auf den Krankenhausflur, weg von der lachenden Männerstimme und den Schritten, die sich nun langsam wieder näherten. Hand in Hand gingen sie durch die spärlich beleuchteten Flure. Die Badelatschen quietschten auf dem Linoleum. Endlich erreichten sie die Halle. Der Nachtportier telefonierte und war mit seinen Notizen beschäftigt. Ein Mann im Overall schob langsam eine große Reinigungsmaschine hin und her. Kimmie passte den Moment ab, als die Maschine den Informationsschalter bedeckte. Dann rannten sie los, vorbei an einem verwunderten Putzmann.

Kimmie konnte nicht aufhören zu laufen und zog ihren Freund durch die ruhigen Straßen mit den dunklen Einfamilienhäusern hinter sich her. Erst als sie die Laubenkolonie erreichten, blieb sie stehen. Toto war blass und japste nach Luft. Kimmie legte zärtlich einen Arm um seine knochige Schulter. Als ein Auto vorbeifuhr, verdeckte sie ihn mit ihrem Körper.

»Es ist kalt. Komm, wir gehen in meine Wohnung«, schlug Toto vor.

»Da suchen sie dich zuerst.«

»Aber wir können doch wenigstens ein paar Sachen holen.« Er deutete auf seine Füße.

»Sobald der Wachmann merkt, dass du weg bist, schlägt er Alarm. Dann ist die Hölle los.«

»Der merkt doch nix. Der denkt, ich penne.«

»Aber in einer Stunde kommt die Frühschicht. Spätestens dann …«

»Waschen, Zähneputzen und Frühstück«, äffte Toto die Stimme einer Krankenschwester nach.

Kimmie kicherte.

»Und wohin gehen wir jetzt?«

»Marindas Eltern haben hier eine Laube, und im Winter steht sie leer, glaube ich.«

Wenig später betraten sie die riesige Kleingartenkolonie am Teltowkanal. Kimmie hatte Schwierigkeiten, sich zu orientieren. Sie war immer nur im Sommer hier gewesen und im Hellen gekommen und gegangen. Jetzt sah der Weg ganz anders aus. Kahle Bäume streckten ihre Äste in den Nachthimmel, die Lauben waren dunkel und still. Irgendwo krächzte eine einsame Krähe. Kimmie schauderte und hielt sich an Totos Hand fest. Nachdem sie über drei Tore gestiegen und durch zwei Teilkolonien geirrt waren, entdeckte sie endlich den Weg, den sie kannte.

Sie schob ihren Freund durch ein offenes Tor, schlich an sechs Gärten vorbei, bückte sich und zog einen Schlüssel unter einem mächtigen Blumentopf hervor. Mit klammen Fingern schloss sie das Tor zum Garten auf, und sie gelangten zu einem kleinen Steinhaus. Drinnen war es kalt und feucht. Kimmie zündete eine Kerze an und sah sich um. Toto deutete auf den Gasofen. Sie rollten ihn in die hintere Ecke neben das Bett und entzündeten ihn. Toto durchschritt den Raum und öffnete alle Schranktüren und Schubladen.

»Was machst du?«, erkundigte sich Kimmie.

»Ich such was zum Anziehen. Mir ist so kalt.«

»Komm, leg dich unter die Decke. Ich bringe dir nachher was Warmes.«

Toto zog ein paar selbst gestrickte Socken aus einer der Schubladen und hielt sie stolz hoch. »Hätte nie gedacht, dass ich mich über so was mal freuen würde.« Dann legte er sich neben Kimmie in das klamme Bett.

***

»Der Chef vom Dienst verlangt nach dir«, flötete die Schwarzhaarige und warf Cosma ein falsches Lächeln zu.

»Der Chef vom Dienst«, äffte Cosma sie nach, speicherte ihren Text ab und machte sich auf den Weg zum Glaskasten. Der Diensthabende telefonierte gerade auf zwei Leitungen gleichzeitig und winkte sie herein. Cosma stellte sich zu ihm an das Pult. Er beendete eines der Gespräche, legte eine Hand über die Sprechmuschel des anderen und flüsterte: »Dein Artikel über ›Für Berlin‹ ist so weit ganz gut, aber viel zu lang und zu kompliziert. Du musst streichen, streichen, streichen. Kurze, knappe Sätze. Unsere Leser sind nicht besonders schlau. Biete ihnen die Neuigkeiten in kleinen Häppchen. In der Kürze liegt die Würze. Und sei nicht so politisch.«

Ohne eine Erwiderung abzuwarten, scheuchte er sie mit der Hand hinaus und nahm sein Telefonat wieder auf. Cosma steuerte die Waschräume an und spritzte sich kaltes Wasser ins Gesicht. Dann zog sie ihr Handy aus der Tasche, steckte es aber gleich wieder weg, als sie sah, wie früh es noch war, und ging zurück zu ihrem Schreibtisch. Sie holte sich den Artikel zurück auf den Bildschirm und starrte ihn eine Zeit lang an. Die Schwarzhaarige schlenderte vorbei und warf ihr einen triumphierenden Blick zu. Wütend sprang Cosma auf, rannte zurück zum Glaskasten und riss die Tür auf. »Du kannst deinen Scheiß alleine machen. Wenn du denkst, dass deine Leser alle Idioten sind, dann bin ich hier falsch.«

Der Chef vom Dienst verzog keine Miene. »Das glaube ich mittlerweile auch. Seit du hier bist, machst du nur Ärger.«

»Dann kündige ich.«

»Gut. Und schließ die Tür hinter dir.«

Cosma ignorierte seinen Wunsch und schritt hocherhobenen Hauptes zurück zu ihrem Schreibtisch.

Die Schwarzhaarige musterte sie neugierig.

Cosma lächelte sie an. »Und du Miststück kannst jetzt jemand anderen ärgern.«

Sie griff sich Tasche und Jacke und fühlte sich so glücklich wie schon lange nicht mehr.

***

»Wo sind denn unsere männlichen Kollegen?«, fragte Delego.

Regina sah auf die Uhr. »Breschnow ist wie immer zu spät, und Drass und Schmitti haben frei.«

»Beide gleichzeitig? Mitten in einer Ermittlung?«

»Drass ist in einer Familienangelegenheit unterwegs.«

»Welche Familie?«, fragte Delego schelmisch.

Regina sah sie fragend an. »Habe ich was verpasst?«

Delego nickte. »Ich glaube, er hat eine neue Freundin.«

»Und?«

»Ich vermute, diese neue Freundin ist Cosma Anderson.«

»Bist du sicher?«

»Nein, ist nur so eine Ahnung.«

»Hast du ihn danach gefragt?«

Delego lachte. »Nein, natürlich nicht.« Sie hielt kurz inne und setzte sich auf Reginas Schreibtisch. »Meinst du, er würde es mir erzählen?«

Regina zuckte mit den Schultern.

»Schmittis Tochter hat heute diesen Schulauftritt, oder?«, erkundigte sich Delego.

Ihre Kollegin nickte und schlug vor, schon mal Kaffee zu kochen.

Delego sprang vom Tisch und ging in den Besprechungsraum.

Regina wählte die Festnetznummer ihres Vorgesetzten, der Anruf blieb jedoch unbeantwortet. Dann wählte sie seine Mobilnummer.

»In Breschnows Büro klingelt ein Handy«, rief Delego. »Ich geh mal nachsehen.«

Sie klopfte an die Tür und öffnete sie einen Spalt. Breschnow rieb sich verschlafen die Augen und tastete nach dem Handy.

»Morgen, Chef«, sprach Regina in den Apparat und legte auf.

»Wie spät ist es?«, brummte Breschnow.

»Zwanzig nach acht. Hast du hier übernachtet?«, erkundigte sich Delego.

Er ignorierte ihre Frage und zündete sich eine Zigarette an. »Gib mir fünf Minuten.«

Kurz danach fiel eine Tür ins Schloss, die Wasserspülung der Toilette rauschte, und ein lautes Fluchen hallte über den Flur. Dann stand Breschnow in der Tür zum Besprechungsraum und informierte die beiden über das nächtliche Debakel bei Isabella Rosenholz.

Delego kicherte. »Und wir beide fahren da heute noch mal hin?«

Breschnow nickte und schenkte sich einen Becher Kaffee ein. »Wo bleibt Drass?«

»Er hat heute frei. Hast du genehmigt«, informierte ihn Regina.

»Mist«, sagte Delego und lächelte breit. »Ohne den Dietrich unseres Kollegen wirst du dich richtig ins Zeug legen müssen, um die Alte zu bezirzen.«

»Wohl eher du«, gab Breschnow zurück. »Mich mag die Nachbarin nicht so gerne. Drass sollte mit der Drogenfahnderin reden. Hat er das getan? Oder hat sie sich gemeldet?«

»Keine Ahnung«, antwortete Regina. »Aber er wollte heute Nachmittag ins Büro kommen. Dann können wir ihn fragen.« Sie hielt ein Stück Papier in die Höhe.

»Schmitti hat mir eine Notiz hingelegt. Es gibt endlich ein Bankkonto.« Sie schob das DIN-A4-Blatt in die Mitte des Tisches. »Hier, das hat Schmitti eingekreist. Die Wohnung von Johannes Rosenholz am Kanal ist eine Eigentumswohnung, aber er zahlt auch Miete an die Nordlicht Wohnungsbaugesellschaft.«

Breschnow griff nach dem Ausdruck. »Dreihundertfünfundsechzig Euro. Eine kleine Wohnung, schätze ich, und nicht die seiner Mutter. Ruf die Gesellschaft an.«

»Mach ich gleich am Montagmorgen. Übers Wochenende erreichst du da niemanden.«

Er las den Auszug noch einmal. »Keine Adresse. Nur die Wohnungsnummer. Versuch es trotzdem heute bei der Wohnungsbaugesellschaft, und dann fährst du in die Gropiusstadt. Finde heraus, ob Frau Naumann noch Drogen nimmt, und wenn ja, woher sie das Zeug bezieht. Vielleicht war Rosenholz auch ihr Dealer. Zeig ihr auch ein Foto von Busse. Und frag sie, ob ihre Tochter immer Kapuzenjacken trägt.«

»Kapuzenjacken?«

Breschnow informierte sie über den Anruf des Uniformierten. »Was wollte sie in der Wohnung?«

»Vielleicht wusste sie noch nicht, dass ihr Freund im Krankenhaus ist, und wollte ihn besuchen.«

»Vielleicht war sie aber auch in der Wohnung, als Rosenholz erstochen wurde. Vielleicht wollte sie Spuren beseitigen«, mutmaßte Regina. »Ich frage die Mutter, ob ihre Tochter zu den Tatzeiten zu Hause war.«

»Und wann besuchen wir Rayhan Aziz?«, erkundigte sich Delego.

»Ohne richterlichen Beschluss keine Adresse«, brummte Breschnow.

»Aber der ist doch schon längst da. Schmitti hat dir die Adresse auf deinen Schreibtisch gelegt.«

Breschnow sprang auf und hastete in sein Büro. Wütend wühlte er in den Papierstapeln auf seinem Schreibtisch und fand nichts. Sein Blick fiel auf die leere Briefablage. Schmitti hatte gut sichtbar einen gelben Notizzettel mit Tesafilm daran festgeklebt. Breschnow ließ sich auf den Schreibtischstuhl sinken und fingerte den Flachmann aus der Schublade. Zwei Schlucke später hatte er sich wieder gefangen und ging zurück in den Besprechungsraum.

»Rayhan Aziz zuerst. Delego, du fährst.«

***

Baustellen durchzogen die Stadt wie ein Flickenteppich. Der Verkehr in der Kantstraße floss zäh.

»Mit der U-Bahn wären wir schneller gewesen«, brummte Breschnow.

»Wieso hast du Schmittis Notiz nicht gesehen?«, erkundigte sich Delego nun zum wiederholten Male.

Breschnow starrte aus dem Seitenfenster und blieb die Antwort schuldig. Delego bog in eine der Nebenstraßen und fand einen Parkplatz. Noch bevor sie den Motor abgestellt hatte, sprang Breschnow aus dem Wagen, lief zum Haus und klingelte. Schweigend betraten sie den mit rotem Teppichboden ausgelegten Eingang und stiegen in den zweiten Stock. Dort empfing sie ein hochgewachsener schlanker Mann, an dem die Jahre spurlos vorbeigegangen zu sein schienen. Er grüßte sie höflich, bat sie in seine überheizte Wohnung und lotste sie in ein geräumiges Arbeitszimmer.

»Hauptkommissar Breschnow, Kommissarin Delego, nehmen Sie doch bitte Platz.« Er wies auf zwei Stühle, auf denen bunt bestickte Kissen mit orientalischen Mustern lagen, und ging hinaus.

Delego setzte sich. »Wieso fragt er uns nicht, warum wir hier sind?«

Breschnow zuckte mit den Schultern und stellte sich ans Fenster.

Kurz danach schob Rayhan Aziz einen goldenen Teewagen in den Raum, auf dem ein Samowar prunkte. Er schenkte ihnen ungefragt Tee in zierliche Gläser ein und reichte sie ihnen. Dann nahm er auf einem Hocker Platz, legte die Hände in den Schoß und wartete.

»Sie scheinen nicht überrascht zu sein, uns zu sehen«, begann Delego. »Daher nehme ich an, dass Ihnen schon jemand die tragische Nachricht übermittelt hat.«

Aziz nickte kaum merklich. »Seine Mutter hat mich angerufen. Ein Jammer um den Jungen.«

»Wie war der Kontakt zu Ihrem Neffen?«

»Wir haben uns nur selten gesehen und ab und zu mal telefoniert. Johannes war nicht gut auf meinen Bruder zu sprechen.

Er gab ihm die Schuld für die Trennung und verzieh ihm nicht, dass er zurück nach Syrien gegangen ist.«

»Hat er ihn dort besucht?«

Aziz schüttelte den Kopf. »Er hat sich nicht für seine Wurzeln interessiert.«

»Wann haben Sie Ihren Neffen zuletzt gesehen?«, erkundigte sich Breschnow.

Rayhan Aziz strich sich gedankenverloren über den sorgfältig getrimmten schwarzen Bart. »Das ist bestimmt schon vier Wochen her.«

»Was haben Sie gemacht, wenn Sie zusammen waren?«

»Meistens haben wir uns in syrischen Restaurants getroffen und gegessen. Ich wollte ihm wenigstens ein bisschen von unserer Kultur näherbringen.«

Er schenkte sich Tee ein und sah die Kommissare an. Delego lehnte dankend ab, Breschnow hielt ihm sein Glas hin.

»Und Ihr Kontakt zu Frau Rosenholz?«

»Wir haben ab und zu mal telefoniert.«

»Kennen Sie einen Daniel Busse?«

Rayhan Aziz nickte. »Er war nicht gut für meinen Neffen.«

»Wieso?«

»Er hatte etwas gegen Ausländer. Ich habe nie verstanden, was Johannes mit ihm verband. Aber mein Neffe mochte ihn anscheinend.«

»Haben Sie Busse auch zu Hause besucht?«

Aziz nickte. »Ja, manchmal, und meistens haben wir uns gestritten.«

»Und wieso sind Sie immer wieder hingegangen?«

»Ich wollte Johannes die Augen öffnen über den wahren Charakter seines Freundes.«

»Aber das haben Sie nicht. Die zwei sind Freunde geblieben, oder?«

»Ja, das sind sie. Leider.«

»Haben Sie schon mal etwas von dem Verein ›Für Berlin‹ gehört? Von einem Frank Schneider?«, fragte Breschnow.

Aziz sah auf die Uhr. »Nein, und Sie müssen entschuldigen, aber ich muss leider gleich gehen.«

»Wir sind so gut wie fertig. Sagt Ihnen der Name Thomas Tollner etwas?«

Aziz zögerte kurz, bevor er antwortete. »Der Name sagt mir nichts. Ist das auch ein Freund meines Neffen?«

»Freund würde ich das nicht nennen. Wir vermuten, dass Ihr Neffe Tollner Heroin zum Verkauf gegeben hat.«

Aziz griff nach seinem Teeglas und trank. Seine rechte Hand zitterte kaum merklich.

»Johannes Rosenholz ist in Tollners Wohnung erstochen worden«, setzte Breschnow nach.

Aziz stellte das Glas zurück auf den Untersetzer und erhob sich. »Wie gesagt, ich muss leider –«

»Wo waren Sie denn an dem Morgen?«, unterbrach ihn Breschnow.

Bemüht höflich erkundigte sich Aziz nach dem Datum und der genauen Uhrzeit. Dann griff er nach dem Smartphone und scrollte sich durch seinen Kalender. »Als Johannes getötet wurde … Da steht nichts. Dann war ich bestimmt hier zu Hause, und bei Busse …« Er brach ab.

»Woher wissen Sie, dass Busse auch getötet wurde?«

Aziz verzog den Mund zu einem schmallippigen Lächeln. »Nachrichten … – Da war ich im Kino.«

»Gibt es dafür Zeugen?«

»Vermutlich nicht. Ich war allein, und die Kinokarte habe ich bereits weggeworfen. Vielleicht erinnert sich die Frau, die an dem Abend gearbeitet hat, an mich.«

»Ein Foto von Ihnen würde unsere Nachfrage dort erleichtern«, sagte Delego.

Aziz sah zu ihr herab. »Ich habe keine Fotografien von mir. Ich mag es nicht, abgebildet zu werden. Und jetzt muss ich wirklich gehen.«

»War Ihr Neffe gläubig?«, erkundigte sich Breschnow auf dem Weg zur Tür.

Aziz verneinte und verabschiedete die beiden höflich.

***

»Was wollen Sie«, blaffte Frau Naumann und versperrte mit ihrem Körper die Tür. »Haben Sie nicht schon genug Unheil angerichtet?«

»Ich muss noch einmal mit Ihnen reden.«

»Aber ich nicht mit Ihnen.« Sie schlug die Tür zu.

»Es wäre besser, wenn Sie mich reinlassen würden«, sagte Regina.

Hinter der Tür schnaubte es.

»Frau Naumann?«

Stille.

»In Ordnung, dann reden wir durch die Tür. Unseren letzten Erkenntnissen nach sind Sie bei der Drogenfahndung keine Unbekannte. Sie sind ...«

Die Tür wurde aufgerissen, und Gisela Naumann zog die Kommissarin am Ärmel ins Innere.

»Sind Sie jetzt völlig bekloppt?«, schimpfte sie und ging voran in die Küche.

Sie war sauber und aufgeräumt. Gisela Naumann öffnete den Kühlschrank und drängte Regina hineinzusehen.

»Ich bin nicht wegen Ihrer Kinder hier, Frau Naumann, sondern wegen Ihres Drogenkonsums.«

»Ich nehme keine Drogen«, widersprach die Frau und ließ sich auf den Küchenstuhl sinken. »Das war einmal. Mit dem Hartz IV kann ich mir solche Sperenzien nicht mehr leisten.«

Sie griff nach der Flasche Weißwein auf dem Tisch und schenkte sich ein Wasserglas voll.

»Und früher?«

Gisela Naumann trank in kleinen Schlucken und goss sich nach. Ihr Blick verklärte sich. »Früher war ich jung und wild und hübsch.«

»Die Drogenfahndung hat Sie im Computer.«

»Sie haben mich immer wieder einkassiert. Hatte mal Koks, mal Speed, meistens Gras oder Haschisch in der Tasche.«

Ihr Blick wanderte wieder in die Vergangenheit. »War 'ne gute Zeit, noch vor den Kindern. Aber dann. Peng! Die erste Schwangerschaft, dann die nächste, der Mann weg, kein Geld. Keine Drogen.«

»Außer Alkohol«, sagte Regina.

Frau Naumann sah sie verständnislos an.

»Haben Sie auch Drogen verkauft?«

»Nein. Ich hatte nur was für mich und meine Freunde.«

»Und verschenkt? Haben Sie Drogen an Ihre Tochter oder Thomas Tollner verschenkt?

»Was denken Sie von mir?«, protestierte die Mutter und steckte sich eine Zigarette an. »Das sind doch noch Kinder.«

Regina zog zwei Fotos aus der Tasche. »Kennen Sie diese Männer?«

»Den kenn ich nicht«, sie schob das Foto von Daniel Busse zur Seite und tippte auf das von Rosenholz, »aber den habe ich schon mal mit meiner Tochter gesehen.«

»Wissen Sie noch, wann?«

»Vor drei Wochen in der Hermannstraße.«

Regina zog die Stirn kraus.

Gisela Naumann lachte. »Jetzt fragen Sie sich bestimmt, warum ich das so genau weiß.«

Regina nickte.

»Vor drei Wochen gab's Kohle, und das Jobcenter ist in der Hermannstraße.«

»Und was haben die beiden gemacht?«

»Haben sich gestritten. An einem Kebab-Laden. Ich mag das Zeug nicht.«

»Und Sie sind sich ganz sicher, dass es dieser Mann war?«

Frau Naumann betrachtete noch einmal das Foto und nickte.

»Trug Ihre Tochter da auch eine Kapuzenjacke?«

Kimmies Mutter sah sie verblüfft an. »Sie trägt ja nichts anderes. Immer nur Kapuzenjacken. Die mag ich auch nicht. Aber warum wollen Sie das wissen?«

»Nur so. Ist Ihre Tochter noch im Krankenhaus?«

Frau Naumann zuckte mit den Schultern. »Keine Ahnung, wo sie sich rumtreibt. Hier ist sie jedenfalls nicht.« Sie erhob sich umständlich. »Ist mir auch egal. Hauptsache, sie ist am Montagmorgen wieder hier und bringt die Kleinen in die Kita.«

Sie wankte ein wenig, als sie die Küche verließ. Regina folgte ihr hinaus in den Flur.

»Sonst noch was?«

Regina schüttelte den Kopf und verließ die Wohnung.

***

»Was hältst du von Rayhan Aziz?«, erkundigte sich Breschnow, als sie wieder im Auto saßen.

»Gut aussehender, höflicher Mann«, antwortete Delego und starrte auf den Wagen vor ihr. »Wenn du mehr von mir wissen willst, beantworte mir zuerst meine Frage von vorhin.«

Breschnow schmiegte sich in den Beifahrersitz und schlief augenblicklich ein.

Delego weckte ihn in Tegel. Er streckte sich und sah sich nach einem Kiosk um, während sie bei Lieselotte Vogel klingelte. Als sie oben ankamen, linste die alte Dame durch den Schlitz, den die Sicherheitskette ihr bot. Delego grüßte freundlich und schob ihren Dienstausweis durch den Spalt.

Eine Bierfahne umwehte ihre Nase. Breschnow hatte sich ganz nah neben sie gestellt und flüsterte: »Sie ist immer noch ziemlich misstrauisch.«

Endlich öffnete sich die Wohnungstür.

»Sie tragen ein schönes Kostüm«, sagte Delego.

Die Nachbarin lächelte. »Sie brauchen mir nicht zu schmeicheln, junge Frau. Ich weiß, warum Sie hier sind. Sie wollen, dass ich Ihnen die Wohnung aufschließe.«

»Das wäre sehr freundlich. Sie können auch gerne mit reinkommen und kontrollieren, was wir tun.« Delego ignorierte den finsteren Blick ihres Chefs. »Bitte, Frau Vogel. Tun Sie Ihrer Nachbarin und uns den Gefallen.«

»Meinen Sie, Frau Rosenholz wäre damit einverstanden?«

»Bestimmt. Sie würde sich bei Ihnen bedanken, denn wenn Sie uns nicht öffnen, müssen wir die Tür aufbrechen lassen. Mein Chef hat den Beschluss der Staatsanwaltschaft dabei.«

Frau Vogel überlegte noch einen Moment und verschwand dann im Inneren ihrer Wohnung.

»Wir können sie nicht mit reinnehmen«, flüsterte Breschnow.

»Das werden wir wohl müssen«, sagte Delego schroff.

Die Alte kam mit einem Schlüsselbund zurück und hielt es der Kommissarin hin.

»Sie dürfen selber aufschließen«, sagte Delego und trat einen Schritt zur Seite.

Als die Tür geöffnet war, schob sich Breschnow an den Frauen vorbei und betrat als Erster den Wohnungsflur. Er gab seiner Kollegin ein Zeichen, mit der Alten zurückzubleiben, checkte alle Räume und rief immer wieder nach der Bewohnerin. Erst als er sicher war, dass sich niemand in der Wohnung versteckte und auch sonst keine Gefahr drohte, ließ er die beiden eintreten.

»Wir Mädels gehen am besten erst einmal in die Küche«, schlug Delego vor.

Breschnow nickte und verschwand im Wohnraum. Er streifte sich Handschuhe über, öffnete die Schubladen des Sideboards und stellte verwundert fest, dass sie leer waren. Oben auf dem Board stand nur ein einziger Gegenstand, ein Bilderrahmen. Breschnow betrachtete die Fotografie darin. Im Vordergrund ein Mädchen mit Zöpfen, im Hintergrund ein Mann und eine Frau, die ernst dreinblickten. Das Foto bereitete ihm Unbehagen, aber er verstand nicht, warum.

Breschnow drehte sich zum Tisch. Dort standen noch die Flasche Sekt und die drei Gläser, daneben ein Aschenbecher mit einer Kippe. Er ging in die Küche und erkundigte sich, ob Frau Rosenholz rauchte. Die Nachbarin konnte seine Frage nicht beantworten. Breschnow tütete die Kippe ein, betrat das Schlafzimmer und ließ den Blick durch den hellgelb gestrichenen Raum gleiten. Selbst an diesem trüben Tag vermittelte die Farbe den Eindruck von Sonnenschein. Zwei nackte Matratzen teilten sich das zwei Meter breite Bett. Er fragte sich, was das zu bedeuten hatte, und öffnete den geräumigen Kleiderschrank.

Isabella Rosenholz schien gerne Farben zu tragen. Kräftiges Rot wechselte sich mit dunklem Blau und sattem Grün ab. Es gab Hosen, Kleider, Röcke und Blusen. Die obere Ablage war leer, die untere vollgestellt mit Schuhen. Der linke Teil des Schrankes diente als Schreibtisch. Breschnow zog die schmale Platte hervor und bückte sich nach den Schubladen. Stifte, Kugelschreiber, Klebezettel, Briefumschläge und Briefmarken. Außerdem noch diverse Kabel für Computer und Handy und zwei USB-Sticks, die er in seiner Jackentasche verschwinden ließ. Einen Computer sah er nicht.

Die letzte Schublade war bis zum Rand mit Fotografien vollgestopft. Er nahm einige heraus, sah dasselbe Mädchen wie auf dem Sideboard, eine junge Frau mit einem dunkelhaarigen Mann an ihrer Seite, ein pausbäckiges Kind, zwei Männer, die in die Kamera winkten. Er legte die Fotos zurück und ging in die Küche. Frau Vogel saß alleine am Tisch und nippte an einem Glas Wasser.

»Wo ist meine Kollegin?«, erkundigte sich Breschnow.

»Sie musste mal …«, flüsterte die Alte und deutete auf die Badezimmertür.

Breschnow öffnete den Küchenschrank. Geschirr und Vorräte. Frau Vogel folgte seinen Bewegungen mit Argusaugen und schnaubte missbilligend. Breschnow versuchte ein Lächeln und ging in die Hocke, um den Kühlschrank zu öffnen. Die Wasserspülung im Bad rauschte, kurz danach stand Delego wieder in der Küche.

»Was macht er da?«, erkundigte sich die Nachbarin aufgeregt.

»Er sucht einen Hinweis, wohin Frau Rosenholz gefahren sein könnte.«

»Im Kühlschrank?«

Darauf wusste Delego keine Antwort. Breschnow drehte sich zu ihr hin und deutete auf die prall gefüllten Fächer. »Würdet ihr so losfahren?«

»Wenn es nur für ein Wochenende wäre, schon. Sie wollte doch am Montag zurück sein. Und heute ist bereits Samstag«, antwortete die Alte. »Und eigentlich hätten Sie die zwei Tage auch ruhig noch warten können.« Sie erhob sich und ging zur geöffneten Küchentür. »Ich möchte, dass Sie jetzt gehen.«

Breschnow schloss die Kühlschranktür und ließ seinen Fund unbemerkt in der Jackentasche verschwinden.

»Aber selbstverständlich, Frau Vogel«, sagte er und lächelte.

***

Schummeriges Licht drängte sich durch die kleinen Laubenfenster und schob sich bis in die hinterste Ecke. Kimmie erwachte und kniff die Augen fest zusammen, wollte sich nicht schon wieder dieser Welt stellen. Alles wird gut, hatte sie zu Toto gesagt, bevor sie eingeschlafen waren. Aber nichts würde gut werden. Nicht heute, nicht morgen, niemals! Ihr Leben war verkackt, und so würde es bleiben. Sie kuschelte sich an ihren noch schlafenden Freund und strich ihm zärtlich über das klebrige Haar. Dann rollte sie sich vorsichtig aus dem Bett und betrachtete ihn noch eine Weile. Sie wusste, dass Totos erster Gang zu seinem Dealer führen würde. Vielleicht würde er auch sie darum bitten. Aber sie würde nicht gehen, würde ihm nicht mehr dieses Teufelszeug besorgen. Sie würde stattdessen mit ihm ans Meer fahren.

Bald ist es vorbei, dachte sie und zog sich die Jacke und die Schuhe an.

Draußen war es ruhig. Eine spätherbstliche Stille hatte sich über die Gärten gelegt. Nur ein paar Krähen stritten sich um eine weiße Plastiktüte. Jetzt am Tag fand sie ohne Mühe den Ausgang der Laubenkolonie und stieg in den Bus nach Rudow. Sie verließ ihn an der Endstation und ging entschlossenen Schrittes zum Nagelstudio. Ihre Schwester saß gelangweilt an einem der Kosmetiktische, sprang aber sofort auf, als sie Kimmie sah, und eilte ihr ärgerlich entgegen.

»Du stinkst!«, fauchte sie und schob sie aus dem Laden.

Kimmie flehte sie an, ihr einen Moment zuzuhören. »Es ist wichtig! Es geht um die Kleinen. Bitte, Mandy.«

Ihre Schwester zögerte einen Moment.

»Warte auf mich beim Bäcker. Es ist mir peinlich, wenn dich jemand hier bei mir im Laden sieht.«

Erleichtert trat Kimmie von der Tür zurück und steuerte das türkische Bäckereicafé an. Sie bestellte einen Kakao und einen Kaffee und wartete.

Zehn Minuten später betrat ihre Schwester den Raum und setzte sich zu ihr an den runden Bistrotisch. »Also, was willst du?«

»Das Jugendamt war bei Mama«, begann Kimmie. »Ab jetzt kontrollieren sie, ob die Kleinen in die Kita gehen, ob sie gewaschen sind, ob sie saubere Sachen tragen und ob sie genug zu essen haben.«

»Und was habe ich damit zu tun?«

»Es sind auch deine Geschwister.«

»Halbgeschwister«, korrigierte die Ältere und trank einen Schluck Kaffee. »Eigentlich hatte ich an dir schon genug. Ich habe unsere versoffene Mutter nicht gebeten, in der Gegend rumzuvögeln und noch mehr Kinder in die Welt zu setzen.«

»Ich auch nicht«, sagte Kimmie. »Ich brauche Geld. Ich muss den Kühlschrank auffüllen und den Kleinen neue Sachen zum Anziehen kaufen. Sonst nimmt das Amt sie uns weg und steckt sie in ein Heim.«

»Vielleicht besser für die beiden.«

Kimmie sprang auf. »Was redest du da für einen Scheiß! Was soll in so einem verfickten Heim denn besser sein?«

»Reg dich nicht so auf. Setz dich wieder. Ich habe nie verstanden, warum du dich da so reinhängst.«

»Ich mag die Kleinen«, sagte Kimmie.

Mandy musterte sie. »Na gut. Ich kann dir einen Hunderter geben.«

Sie zog das Portemonnaie aus ihrer Handtasche und schob zwei Fünfziger über den Tisch. »Ist auch gleich für Weihnachten. Verstanden?«

Kimmie nickte und bedankte sich.

Mandy beugte sich zu ihr vor und zischte: »Und lass dich nie mehr bei meiner Arbeit blicken, hörst du? Ich schäme mich für euch. Ich will nicht, dass meine Kollegen wissen, dass ich so eine Familie habe!« Sie sprang auf und verließ das Café.

Kimmie sah ihr traurig hinterher. Als Kinder waren sie unzertrennlich gewesen. Kimmie hatte ihre große Schwester vergöttert und die sie liebevoll umsorgt. Aber als die Pubertät kam, wurden die Jungs und die Partys wichtiger, und Mandy hatte sich von ihr abgewendet. Sie fingen an, sich das Leben gegenseitig schwer zu machen, und ihre Mutter goss immerfort Öl ins Feuer, statt dafür zu sorgen, dass sie sich wieder vertrugen. Irgendwann hatte Kimmie verzweifelt, wütend und traurig aufgegeben, war ihrer Schwester nicht mehr permanent hinterhergelaufen, hatte sich völlig in sich selbst zurückgezogen und von der Welt abgekapselt. Als dann die Zwillinge geboren wurden, war es, als hätte ihr Leben wieder einen Sinn, weil es zwei kleine Menschen gab, die sie lieben konnte.

Kimmie löffelte den letzten Rest Kakao aus ihrer Tasse und griff die zwei Fünfzig-Euro-Scheine.

Sie war ihrem Ziel einen Schritt näher gekommen.

***

»Ich habe eine Nachricht für Sie«, sagte der Uniformierte am Informationsschalter und hielt ihm eine Notiz hin.

»Das gibt es doch nicht!«, fluchte Breschnow. »Bin ich denn nur von Idioten umgeben?«

Er stopfte den Zettel in die Hosentasche, hastete in seine Abteilung und befahl Delego, im Krankenhaus anzurufen und ihm eine Verbindung zu Tollners Station herzustellen. Dann eilte er weiter in sein Büro und griff nach dem Handy. Der erste Anruf war um acht Uhr dreißig eingegangen, der letzte vor sechsundzwanzig Minuten.

»Vielleicht bin ich der Idiot«, fluchte Breschnow und schleuderte das Gerät in die Ecke.

»Was ist denn passiert«, fragte Delego und trat ein. »Dein Anruf ist in der Leitung.«

Breschnow stellte den Lautsprecher an und winkte sie näher. Die Kommissarin räumte sich den Besucherstuhl frei und setzte sich. Eine blecherne Stimme informierte sie, dass Thomas Tollner das Krankenhaus unrechtmäßig verlassen habe. Sein Fehlen sei beim morgendlichen Wecken bemerkt worden. Breschnow dachte an Kimmie und erkundigte sich nach dem Mädchen. Die Krankenschwester ließ sich mit dem Empfang verbinden und nannte ihm die Station, auf der das Mädchen lag. Delego notierte die Direktwahlnummer. Breschnow fragte nach dem Wachpolizisten. Der und sein Vorgesetzter seien noch vor Ort, antwortete die blecherne Stimme.

Breschnow beendete das Gespräch und zündete sich eine Zigarette an.

»Thomas Tollner ist aus dem Krankenhaus abgehauen?«, fragte Delego ungläubig. »In seinem Zustand und trotz Überwachung?«

»Offensichtlich«, brummte Breschnow und schlug mit der flachen Hand auf den Tisch. »Das nächste Mal setze ich mich selber vor die Tür.«

Delego glaubte ihm aufs Wort, wählte die notierte Nummer und erfuhr, dass Kimmie Naumann nicht in ihrem Zimmer war.

Breschnow sprang auf. »Wir fahren da sofort hin.«

Nach einer waghalsigen Fahrt mit riskanten Überholmanövern, ruckartigem Anfahren und Bremsen erreichten sie zwanzig Minuten später das Krankenhaus. Delego war übel. Breschnow sprang aus dem Wagen und raste zum Haupteingang. Sie rutschte auf den Fahrersitz, parkte das Auto in der Tiefgarage und erreichte Tollners Station gerade, als ihr Chef den Wachpolizisten am Kragen packte. Ohne lange nachzudenken, drängte sie sich dazwischen und trennte die beiden Männer. Der vorgesetzte Polizist stand breitbeinig daneben und amüsierte sich.

Delego baute sich vor ihm auf. »Sie sollten Ihre Männer in Zukunft besser ausbilden.«

Er bedachte sie mit einem milden Lächeln und beobachtete Breschnow, der vor Tollners Zimmer auf und ab tigerte.

»Seit sechs Tagen warte ich darauf, mit dem Mann zu reden, und du lässt ihn einfach abhauen.«

»Tut mir wirklich leid«, entschuldigte sich der Wachhabende. »Er hat so fest geschlafen, und ich war so müde. Die Nachtschwester hat mir einen Kaffee angeboten.«

»Lass dir das nächste Mal den Kaffee bringen.«

»Darauf kannst du wetten.«

Breschnow blieb stehen. »Wann ist Tollner abgehauen?«

»Gegen fünf heute Morgen. Ich war höchstens zehn Minuten weg.«

»Wird die Station videoüberwacht?«

Der Polizist zuckte die Achseln. »Normalerweise sind die Zimmer ja verschlossen.«

»Normalerweise schon«, brummte Breschnow.

Der Vorgesetzte gesellte sich zu ihnen und klopfte seinem

Untergebenen demonstrativ auf die Schulter. »Kann ja mal passieren, Mann.«

»Aber nicht mit meinem Fall«, knurrte Breschnow und ging zur Inneren.

Eine gestresste Krankenschwester führte ihn und Delego zu Kimmies Zimmer. Breschnow riss den Schrank auf. Er war leer.

***

Aus den Lautsprechern dröhnte laute Musik. Sie drehte sich im Kreis, schneller und immer schneller. In ihrem Herzen summte ein Bienenschwarm, süß und gefährlich. Das Leben, dachte Cosma, ist ein Kommen und Gehen. Die Arbeit geht, die Liebe kommt. Sie rief sich die letzte Nacht ins Gedächtnis, die zärtlichen Berührungen, die warmen, weichen Lippen auf ihrem Körper und die Liebesbekundungen, dachte an ihre verschlungenen und verschwitzten Körper.

Andreas war schon zur Arbeit gegangen, als sie aufgewacht war. Ihr Kopf hatte sich noch viel zu schwer angefühlt, um den Tag zu beginnen, und sie war noch etwas liegen geblieben.

Das Lied war zu Ende. Stattdessen hörte sie wütendes Klopfen an der Wohnungstür. Sie drehte die Musik leiser und schlich hinaus. Ein aufgebrachter Nachbar beschimpfte sie durch den Briefschlitz, nannte sie eine asoziale Schmarotzerin, die nicht arbeiten müsse wie er. Cosma ließ sich auf den Boden gleiten. Ihr Glücksgefühl verschwand mit jedem weiteren Wort. Zurück blieb die Erinnerung an den geschmissenen Job und das Gefühl, wieder einmal versagt zu haben.

Sie würde nie eine investigative Journalistin werden, eigentlich überhaupt keine Journalistin mehr sein. Sie würde niemals die nötige Diplomatie aufbringen. Der Traum war endgültig ausgeträumt.

Sie zwang sich hoch, zog sich an und verließ die Wohnung. In Bewegung sah die Welt meistens anders aus.

Ein Vater und seine Tochter standen am Kanal und fütterten die Enten. Als Cosma vorbeiging, griff das Kind sie am Ärmel und drückte ihr drei Brocken Brot in die Hand. Cosma warf sie in hohem Bogen ins Wasser. Die Enten stürzten sich aufgeregt auf das Futter. Das Kind juchzte.

Sie könnte immer noch Informationen für Robert besorgen. Zuarbeit sozusagen, bis sich etwas anderes auftat.

Automatisch folgte Cosma ihrer alten Joggingstrecke in die Hasenheide. Nichts hatte sich verändert. Die Dealer standen immer noch Spalier und boten ihr Drogen an. Ab und zu erschien ein Kunde, und einer der Dealer verschwand im Gebüsch. Vor ihr liefen ein Mann und eine Frau. Sie trug einen Kampfanzug und eine grüne Bomberjacke, er einen grauen Lodenmantel. Cosma überholte die beiden gedankenverloren und machte sich auf den Weg zum Hermannplatz. Ihr Kopf war wieder frei, und sie wusste, was sie als Nächstes tun wollte.

***

Sie zog sich die Kapuze über. Dann schlich sie an dem Haus vorbei, drehte an der nächsten Querstraße um und checkte die Nebenstraßen. Einen Polizeiwagen sah sie nicht. Kimmie ging zurück, drückte die schwere Eingangstür auf, vergewisserte sich, dass keine Polizei im Treppenhaus und im Hof war, und stieg die Treppen zu Totos Wohnung hinauf.

Die Tür war versiegelt. Sie schnitt den Klebesteifen durch und schloss auf. Drei Fliegen surrten an ihr vorbei, es stank fürchterlich. Kimmie hielt sich den Ärmel vor das Gesicht und warf einen kurzen Blick in die Küche. Auf Tellern und Gläsern wimmelte es vor Ungeziefer. Angewidert stieß sie die Tür zu und betrat das Wohnzimmer. Ein Schwarm Fliegen löste sich von dem Erbrochenen auf dem Teppich und umkreiste ihren Kopf. Sie unterdrückte den Brechreiz, hastete ins Schlafzimmer und riss wahllos Hosen, T-Shirts, Pullover und Unterwäsche aus dem Schrank und stopfte sie in die mitgebrachte Tüte. Dann schnappte sie sich im Flur Totos Turnschuhe und seine blaue Daunenjacke und trat hinaus.

Unten wurde die Tür aufgerissen, schwere Schritte polterten die Treppe hinauf. Kimmie schlich ein Stockwerk höher. Die Uniformierten erreichten den Treppenabsatz. Einer deutete auf das Siegel. Während die beiden noch berieten, was zu tun sei, schlich Kimmie weiter nach oben.

***

»Ich habe nichts gefunden, was auf eine gewaltsame Entführung schließen lässt. Thomas Tollner hat freiwillig das Krankenzimmer verlassen.«

Missmutig rollte Manfred seinen Kugelschreiber von einer Hand in die andere und betrachtete Schmitti, der ständig neue Befehle in seinen Laptop eingab.

»Wieso verschlüsselt man einen USB-Stick?«, fragte Breschnow, der nervös im Besprechungsraum auf und ab ging.

»Weil man nicht will, dass ihn jeder öffnen kann.«

»Jetzt setz dich endlich mal hin«, maulte der Kriminaltechniker.

Breschnow tat es. »Aber Frau Rosenholz lebt alleine.«

»Sie wird manchmal Besuch gehabt haben. Vielleicht hat sie einen festen Freund. Und ihr Sohn hat sie ja wohl auch regelmäßig besucht.«

»Kramt dein Besuch in deinen Sachen?«

Schmitti sah vom Bildschirm auf. »Nein, aber bei meinen Töchtern wäre ich mir nicht so sicher.«

»Was habt ihr noch bei der trauernden Mutter gefunden?«, erkundigte sich Manfred.

Delego schob ihm zwei Schachteln über den Tisch.

»Valium und Ephedrin. Ersteres zum Einschlafen, Letzteres zum Wachwerden«, sagte der Spurensicherer.

Breschnow legte zwei kleine Plastiktütchen mit bunten Pillen dazu.

Der Kriminaltechniker pfiff durch die Zähne. »Wahrscheinlich synthetische Drogen.«

»Die waren in ihrem Kühlschrank.«

»Was machen wir, wenn Isabella Rosenholz am Sonntagabend nach Hause kommt und weder ihre Pillen noch ihre USB-Sticks findet?«, erkundigte sich Delego.

»Vielleicht setzt sie sich dann mit uns in Verbindung?«, antwortete Breschnow. Sein Blick glitt zu Schmitti, der fast reglos vor dem Laptop saß. »Wie lange dauert das denn noch?«

»Ich arbeite dran. Am besten, ihr lasst mich in Ruhe.«

»Dann geh doch in dein Büro«, schlug Delego vor.

Schmitti funkelte sie wütend an und zog von dannen.

Breschnow wandte sich an Regina. »Wie ist es dir bei Frau Naumann ergangen?«

»Sie trinkt, sie raucht, und sie lügt, was ihre Kinder angeht, aber ich glaube, bei den Drogen sagt sie die Wahrheit. Sie hat einfach nicht genug Geld, um zu konsumieren. Ich habe ihr die Fotos von unseren beiden Toten gezeigt. Sie erkannte Rosenholz, hat ihn mit Kimmie auf der Hermannstraße gesehen.«

Schon wieder Kimmie Naumann, dachte Breschnow. Sie trifft sich mit Rosenholz, wahrscheinlich, um Drogen zu kaufen, und entführt ihren Freund, damit wir keinen Zugriff auf ihn haben.

»Sie könnte am Tatort gewesen sein«, mutmaßte Regina. »Wenn wir einen Speicheltest von ihr hätten …«

»… könnte ich das Erbrochene aus Tollners Wohnung damit abgleichen«, beendete der Spurensicherer den Satz und sah in die Runde. »Eigentlich habt ihr in den beiden Mordfällen noch nichts wirklich Handfestes.«

»Danke, dass du es uns sagst«, brummte Breschnow.

»Willich macht uns jeden Tag mehr Druck«, erklärte Delego. »Er will der Presse Schuldige präsentieren und nicht die Meute hinhalten. Und seinen Ärger lässt er dann an uns aus.«

Ein Telefon klingelte. Kurz danach stand Schmitti in der Tür. »Die zwei Uniformierten, die du zu Tollners Wohnung geschickt hast, wollen wissen, was sie tun sollen. Das Siegel an der Tür ist durchtrennt.«

»Sie sollen reingehen. Und mich dann sofort wieder anrufen.«

Er gab es weiter.

»Ich wette, wo Kimmie Naumann ist, ist auch Thomas Tollner«, sagte Breschnow und eilte Schmitti hinterher. »Wie weit bist du?«

»Es geht auch nicht schneller, wenn du ständig nachfragst«, antwortete der Computerfachmann und sah seinen Chef an. »Außerdem ist es illegal.«

Das Telefon klingelte erneut.

»Die Wohnung ist sauber«, informierte ihn Schmitti. »Die Kollegen fragen, ob sie abziehen können.«

»Nein. Sie sollen noch zwei Stunden bleiben, einer in der Wohnung, der andere soll sich im Treppenhaus und im Keller umsehen. Ich regele das mit ihrem Vorgesetzten. Es würde mich nicht wundern, wenn sie Kimmie Naumann dort finden. Falls sie ihren Freund befreit hat, braucht er vielleicht Sachen aus seiner Wohnung«, antwortete Breschnow.

»Aber wenn sie dabei gestört worden ist, dann ist sie bestimmt schon weg und kommt so bald auch nicht wieder.«

Breschnow zuckte mit den Schultern und ging zurück in den Besprechungsraum.

»Gibt's für mich noch was zu tun?«, erkundigte sich Delego.

»Du fährst in die Gropiusstadt und redest mit den Eltern der beiden. Kimmie muss ihren Freund irgendwo verstecken. Vielleicht tut sie das dort, wo sie sich auskennt.«

»Und ich folge dem heimischen Ruf und mache Feierabend«, verkündete der Kriminaltechniker. Dann deutete er auf das Ephedrin. »Nicht zu viel davon naschen. Das kann bei älteren Herrschaften einen Herzinfarkt auslösen«, mahnte er und verließ lachend den Raum.

»Und was machen wir?«, erkundigte sich Drass.

»Warten, bis Schmitti fertig ist«, antwortete Breschnow und streckte die langen Beine aus. »Lass uns überlegen, wo eine verletzte Neunzehnjährige ihren im Entzug befindlichen Fixerfreund verstecken könnte.«

***

Ein glatzköpfiger Mann starrte sie misstrauisch an. Kimmie lächelte freundlich und machte ihm Platz. Der Mann knallte seine Wohnungstür zu und polterte die Treppe hinunter. Kimmie schlich hinter ihm her. Vom Treppenabsatz aus sah sie einen der Polizisten telefonieren. Die Tür zu Totos Wohnung war angelehnt, der zweite Polizist nicht zu sehen. Der Glatzkopf polterte weiter die Treppe hinab. Der Uniformierte sah ihm nach und verschwand dann in der Wohnung. Kimmie spurtete los und rannte aus dem Haus. Ihr Herz raste. Auf dem Weg zur U-Bahn drehte sie sich immer wieder um. Aber niemand verfolgte sie.

Eine Stunde später erreichte sie die Laube. Der Fixer saß auf einem der beiden Stühle, schaukelte vor und zurück und versuchte, seine zitternden Hände vor ihr zu verbergen. Während er sich umzog, zündete Kimmie den Propangasofen an. Sie zog ein Tütchen Gras und Tabak aus der Tasche und baute einen Joint. Toto setzte sich neben sie und kuschelte sich an. Sie rauchten schweigend.

»Ich habe der Polizei nicht gesagt, dass du bei mir warst«, sagte Toto nach einer Weile.

Kimmie nickte.

»Hast du ihn getötet?«

Sie sprang auf. »Bist du bekloppt! Denkst du, ich würde dich auflaufen lassen?«

Toto zuckte zusammen. »Du hast mich aus dem Krankenhaus geholt.«

»Damit sie dich nicht einsperren. Sie denken, dass du diesen Arsch umgebracht hast.«

»Hab ich aber nicht«, sagte Toto.

»Das weiß ich. Ich aber auch nicht.« Kimmie setzte sich wieder neben ihn. »Er wollte, dass ich ihm einen blase. Damit sollte ich deine Scheiß-Schulden bezahlen.«

Toto legte einen Arm um seine Freundin und zog sie ganz dicht an sich heran. »Tut mir leid«, flüsterte er, »tut mir echt leid.«

Kimmie befreite sich aus seiner Umarmung und richtete sich auf. »Aber ich hätte diesen Arsch gerne kaltgemacht, wenn ich's gekonnt hätte. – Sag mal, gibt es irgendetwas, was einen mutiger macht?«

»Tilidintropfen«, antwortete Toto.

***

»Ich hab's«, strahlte Schmitti.

Drass schielte zur Uhr. Es war kurz nach Mitternacht. Breschnow rieb sich die Augen und setzte sich aufrecht. Schmitti stellte den Laptop auf den Tisch und zog einen Stuhl neben seinen Chef. Drass stellte sich hinter ihn.

Der Computerspezialist öffnete das erste Fenster. »Auf diesem Stick sind ihre Kontoauszüge. Ich würde sagen, sie sind unauffällig.«

»Hast du dir Kopien gemacht?«, fragte Breschnow.

Schmitti sah ihn beleidigt an, nickte vernehmlich und öffnete ein anderes Programm. »Jetzt wird es bunter.«

Er klickte auf das erste Foto. Eine jüngere Isabella Rosenholz erschien auf dem Bildschirm. Auf ihrem Schoß ein Kind, daneben ein dunkelhaariger Mann.

»Ich vermute, das ist ihr syrischer Ehemann«, sagte Drass.

»Von dieser Familienkonstellation gibt es mindestens zwanzig Aufnahmen.« Schmitti öffnete das nächste Foto. »Urlaubsidylle am Meer. Und hier, vielleicht die Schwiegermutter?«

Eine ältere Frau mit einem schwarzen Kopftuch blickte ernst in die Kamera, neben ihr ein Mann in einem nachtblauen Kaftan. Es folgten einige Fotos einer Stadt. Die letzte Aufnahme zeigte Frau Rosenholz und ihren Sohn vor dem Supermarkt.

»Jetzt haben wir wenigstens einen Beweis dafür, dass er sie dort abgeholt hat«, stellte Breschnow fest. »Wieso hat sie diese Fotos verschlüsselt?«

»Sie hat den Stick nicht nur für ihre Fotos genutzt, sondern auch für ihre Passwörter. Onlinebanking, Handy, Einkaufsportale, alles, was man heute so braucht. Es gibt noch einen Ordner«, sagte Schmitti und öffnete ihn. »Und jetzt, meine Herren, wird es richtig interessant.«

Breschnow musterte seinen Mitarbeiter, der vor dem Laptop saß wie ein Kind vor seinen Weihnachtsgeschenken.

Drass pfiff durch die Zähne. »Aber das ist doch …«

Breschnow sah wieder auf den Bildschirm. Schmitti strahlte und scrollte weiter zum nächsten Bild.

Sonntag

Sie liefen über einen warmen weißen Sandstrand. Mona streckte ihre kleinen Hände nach ihm aus und verlangte, hochgehoben zu werden. Iris lief lachend neben ihnen her. Laut kreischend zogen zwei Möwen Kreise über ihren Köpfen. Breschnow hob seine Nichte hoch und setzte sie auf seine Schultern. Mona haute ihm auf den Kopf.

Dann fiel er, schlug hart auf und öffnete mühsam die Augen. Der Raum drehte sich. Verschwommen erkannte er weiße Flächen und das Muster seines Küchenfußbodens. Er versuchte, sich hochzustemmen. Ihm wurde übel. Ergeben ließ er sich zurück auf den Boden sinken und schloss die Augen.

Hamburg, dachte er. Am besten, ich fahre gleich morgen. Und dann weiter an die Nordsee.

Als er die Augen wieder öffnete, war der Raum zum Stillstand gekommen. Er hievte sich mühsam hoch, goss sich ein Glas Leitungswasser ein und versuchte, sich zu erinnern. Aber da war nur ein schwarzer Fleck, den vermutlich der Inhalt der jetzt leeren Schnapsflasche vor ihm auf dem Tisch hinterlassen hatte. Er griff nach dem Wasserglas und trank gierig. Dann hob er die Flasche an seine Lippen, ließ die letzten Tropfen Schnaps in seinen Mund rinnen und wankte ins Schlafzimmer.

Als er wieder erwachte, war es hell. Jemand bohrte ein Loch in die Wand. Er sah auf die Uhr. Viertel nach drei am Nachmittag. Das Bohren setzte aus, um zwei Minuten später mit erhöhter Lautstärke an einer anderen Stelle wieder anzusetzen. Fluchtartig verließ Breschnow den Schlafraum, stellte sich unter die Dusche, rasierte sich und suchte in den verschiedenen Stapeln nach frischer Wäsche. Außer einem rechten Socken und einer verfärbten Unterhose, die ihm etwas zu eng war, fand er nichts. Leise fluchend zog er die Sachen vom Vortag an und stopfte einen Stapel Klamotten in die Waschmaschine. Dann zog er sich einen Stuhl heran und beobachtete eine Weile, wie sich die Wäsche in der Maschine drehte. Es faszinierte ihn. Es half ihm beim Denken.

Er dachte an Kimmie Naumann und daran, dass er sie finden müsste, um den Fixer zu finden, dachte an Willy und Isabella Rosenholz und fragte sich, warum bei dieser Ermittlung alle relevanten Zeugen und Verdächtige verschwanden. Machte er Fehler?

Oder hatten sie alle gemeinsam gemordet? Er wunderte sich über diesen abstrusen Gedanken und suchte im Schrank nach etwas Trinkbarem. Als er nichts fand, verließ er die Wohnung, steuerte den nächsten Kiosk an und durchkämmte anschließend noch einmal die Hasenheide. Frustriert und durchgefroren kehrte er in der Dämmerung in seiner Stammkneipe ein und bestellte eine Boulette mit Brot und ein Bier.

Ein betrunkenes Liebespaar saß eng umschlungen am hinteren Tisch und küsste sich. Der Mann fummelte der Frau an der Brust herum. Sie schlug ihm neckisch auf die Hand.

Breschnow schaufelte gierig das Essen in sich hinein und bestellte noch eine Lage. Langsam füllte sich die Kneipe. Kreuzberg erwachte zu einer neuen Nacht. Ein junger Mann setzte sich auf den Barhocker neben ihm und drängte ihm ein Gespräch auf. Er arbeitete als Vertreter und beklagte, dass ihm deswegen die Frauen davonliefen. Breschnow dachte an seine eigenen missglückten Beziehungsversuche. Jemand bediente die Musikbox. Im nächsten Moment sang Marianne Rosenberg einen alten Schlager. Der Mann neben ihm summte leise mit. Breschnow bestellte noch ein Bier.

»Ich möchte auch eins«, verlangte eine Stimme.

Breschnow drehte sich ihr zu. Kimmie Naumann lächelte.

Eine Vermisste weniger, dachte er. »Was machst du hier?«

»Blöde Frage. Was macht man wohl in einer Kneipe? Trinken natürlich.«

»Das hier ist Kreuzberg. Nicht grade dein Bezirk«, sagte Breschnow. »Auch nicht deine Altersklasse.«

Kimmie verdrehte die Augen. »Mann, wo lebst du denn!«

Breschnow grinste. Rosie stellte das Bier auf den Tresen und betrachtete das Mädchen neugierig.

Kimmie ließ den Blick durch den verrauchten Raum gleiten. »Ist eigentlich ’ne geile Kneipe. Bist du öfter hier?«

Breschnow ließ die Frage unbeantwortet.

Sie griff nach dem Bier, trank einen Schluck, verzog das Gesicht und bestellte eine Cola.

»Wenn du kein Bier magst, Mädchen, nehm ich es gerne«, sagte der Vertreter.

Kimmie schob ihm das Glas hin.

»Hast du deinen Freund aus dem Krankenhaus geholt?«, fragte Breschnow.

»Toto ist weg?«, erkundigte sie sich überrascht.

Breschnow griff nach seinem Glas und leerte es. »Ich mag es nicht, wenn die Leute mich verarschen.«

»Tu ich nicht. Echt nicht. Ich weiß nicht, wo er ist. Ehrlich.«

Rosie stellte die Cola vor sie. Breschnow bestellte sich noch eine Lage.

»Ich glaube, du weißt sehr wohl, wo er ist. Du hilfst ihm nicht, wenn du ihn versteckst. Ich will ihn nicht verhaften. Ich will nur mit ihm reden.«

Sie sprang auf und fegte das Glas vom Tresen. »Fick dich doch ins Knie, du blöder Bulle. Ich habe niemanden aus irgendeinem Krankenhaus geholt. Kapiert!« Sie lief in Richtung Tür.

»Außerdem kennst du Johannes Rosenholz«, rief Breschnow ihr hinterher und rutschte vom Barhocker. »Wo warst du am Sonntag vor einer Woche?«

Sein Nebenmann krallte sich in seinen Arm. »Wenn du ihr wasch tuscht, dann …«, lallte er.

Breschnow schlug seine Hand weg und wankte zum Ausgang. Er sah Kimmie in Richtung Bushaltestelle rennen, dann den Bus in die Straße einbiegen und kurz danach an sich vorbeifahren. Resigniert kehrte er ins Lokal zurück und bestellte Kaffee für sich und seinen Tresennachbarn.

Montag

Kimmie sprang aus dem Bett und weckte die Zwillinge. Mira drehte sich maulend zur Wand. Moni freute sich auf den neuen Tag und ging bereitwillig mit ihrer großen Schwester ins Bad, um sich beim Waschen und Zähneputzen und später beim Anziehen helfen zu lassen. Danach weckten sie Mira noch einmal. Das Mädchen klammerte sich an Kimmie und wurde erst wach, als sie ihr energisch mit dem kalten Waschlappen über das verschlafene Gesicht fuhr. Kurz danach saß jedes Kind vor einer Schüssel Frühstücksflocken. Nach dem Essen packte Kimmie die beiden in dicke Jacken ein und half ihnen in die Stiefel. Draußen regnete es, und ein scharfer Westwind blies um die Häuser.

»Komm, wir rennen«, schlug Kimmie vor.

Moni rannte los, Mira zögerte, folgte ihnen dann aber. An der Tankstelle kaufte Kimmie den Kleinen zwei Milchschnitten für das zweite Frühstück und erreichte kurz darauf den Kindergarten.

»Du bist früh heute.«

Kimmie murmelte etwas. Die Erzieherin unterbrach sie barsch. »Wie oft habe ich dir schon gesagt, sie sollen nicht immer dieses Süßzeug essen. Kauf ihnen doch lieber mal Obst.«

Sie reichte Kimmie einen Umschlag. »Eine Einladung zur Elternsprechstunde. Vielleicht kommt deine Mutter ja doch mal.«

Kimmie nahm den Umschlag und drehte sich um.

Die Erzieherin hielt sie an der Schulter fest. »Tut mir leid. Ich wollte dich nicht so anmachen. Ich weiß ja, dass es bei euch zu Hause nicht so gut läuft und du dir wirklich Mühe gibst.«

Sie gab Kimmie die zwei Milchschnitten zurück. »Ich habe noch zwei Äpfel für deine Geschwister.«

Kimmie presste ein Dankeschön hervor und war froh, als sich die Tür hinter ihr schloss. Sie hasste diese Erzieherin, hasste ihren mitleidigen Blick und ihr Verständnis. Sie zog sich die Kapuze über den Kopf und rannte los.

Toto schlief noch. Sie betrachtete sein entspanntes Gesicht, lauschte den regelmäßigen Atemzügen und entschied, ihn noch eine Weile in dem warmen Traumland zu lassen. Schon bald würde ihn der Entzug in den Wahnsinn treiben, und sie konnte nichts für ihn tun. Sie legte die zwei Milchschnitten auf den Tisch und machte sich wieder auf den Weg.

Als sie die U-Bahn verließ und die Boddinstraße bergan ging, kündigte sich am Horizont Helligkeit an. Es regnete nicht mehr. Bei der Hausnummer 17 blieb sie stehen und klingelte zweimal hintereinander, zählte bis zehn und klingelte noch zweimal. Der Summer ließ sie eintreten. Ihr Dealer stand bereits an der Tür, wünschte ihr einen guten Morgen und lotste sie in die Küche. Der Tisch war liebevoll gedeckt. Bunte Frühstücksteller und Tassen, dazu Servietten. Im Hintergrund röhrte die Kaffeemaschine.

Kimmie setzte sich auf einen Stuhl. »Wie war dein Urlaub?«

»Super. Aber lass uns heute schnell machen. Ich krieg gleich Besuch«, erklärte der Dealer. »Wie viel willst du?«

»Ich hab ein Problem«, sagte Kimmie, kramte die zwei Fünfziger aus der Tasche und legte sie auf den Tisch.

Uwe betrachtete das Geld. »Das ist mehr als sonst. Wo ist dein Problem?«

»Ich will Heroin und Koks und Tilidin. Und ich will Stoff für zweihundert Euro.«

Er verschränkte die Arme. »Kimmie, wir haben eine Abmachung. Ich verkaufe dir keine harten Drogen.«

»Das Zeug ist nicht für mich.«

»Willst du dealen?«

Sie schüttelte den Kopf. »Bitte, ich brauch das Zeug. Ich steck in der Scheiße.«

»Zeig mir deine Arme.«

»Ey Mann, was soll das?«

»Deine Arme!«

Kimmie sah, dass er es ernst meinte, und schob widerstrebend die Ärmel hoch. Der Dealer starrte auf die noch unverheilten Schnitte, Einstiche sah er keine.

Verschämt zog Kimmie die Arme weg und schob hastig die Ärmel wieder über die Wunden.

Der Dealer stellte die Kaffeemaschine ab. »Und wann krieg ich meine Kohle?«

»Nächste Woche«, versprach Kimmie. »Mann, du weißt, ich hab immer bezahlt.«

Er strich sich über das glatt rasierte Kinn und deutete ihr an, ihm zu folgen. Sie gingen durch einen langen schmalen Flur und betraten den Verkaufsraum in einer Kammer im hinteren Teil der Wohnung. Der Dealer schloss die Tür hinter ihnen.

»Hör zu, Kimmie. Ich mach das nur ein Mal und nur bei dir«, flüsterte er. »Und auch nur, weil wir uns schon so lange kennen. Verstanden?«

Kimmie nahm die Päckchen in Empfang, stellte sich auf die Zehenspitzen und drückte ihm einen Kuss auf die Wange. Dann drehte sie sich um und ging hinaus. Sie war ihrem Ziel wieder einen Schritt näher gekommen, hatte die Eintrittskarte für das Finale erstanden.

***

Noch vor der Morgendämmerung hatte ihn Rosie mit den anderen hinausgescheucht. Breschnow hatte zwei Stunden in seinem Auto geschlafen, bevor er sich auf den Weg nach Tegel machte. Die eine Vermisste war zu ihm in die Kneipe gekommen, vielleicht würde er die andere bei der Arbeit finden. Ein Streifenwagen hielt neben ihm an der Ampel. Sirenen blökten von hinten, die Fahrer bildeten eine Schneise. Ein Rettungsfahrzeug mit Blaulicht raste an ihnen vorbei.

Endlich in Tegel, parkte Breschnow direkt vor der Eingangstür des Discounters. Um nicht wieder einzuschlafen, kurbelte er die Fensterscheibe herunter und ertrug den eisigen Wind, der in den Wagen fegte. Er stellte den Jackenkragen hoch, vergrub seine Hände noch tiefer in den Hosentaschen und beschloss, sich endlich eine Winterjacke zu kaufen.

Kurz vor acht bog ein Taxi in die Einfahrt und kam im hinteren Teil des Parkplatzes zum Stehen. Die Gesuchte stieg aus und lief an ihm vorbei zum Eingang.

Breschnow fragte sich, warum sie nicht direkt vor der Tür

ausgestiegen war, und notierte sich das Kennzeichen. Dann gesellte er sich zu den ersten Kunden, die bereits ungeduldig warteten.

Punkt acht schloss der Filialleiter auf. Breschnow flanierte durch zwei Regalreihen und betrachtete das verschwenderische Überangebot. Endlich erschien Frau Rosenholz in einem blau-weißen Kittel und ging zügig zur Kasse. Der erste Einkaufswagen folgte ihr.

Breschnow hörte das Fiepen des Scanners. Aus den Augenwinkeln sah er Cosma Anderson den Discounter betreten und eilte ihr entgegen.

»Was machen Sie denn hier?«

»Einkaufen«, antwortete Cosma schnippisch.

»Niemals«, brummte er und zog sie vom Eingang weg.

»Ich will mit Frau Rosenholz reden. Sie wissen doch, dass Robert, ich meine: Herr Schubert, einen Hintergrundartikel über sie plant, und ich arbeite ihm zu.«

»Mein Kollege hat so etwas angedeutet«, sagte Breschnow.

»Dann lassen Sie mich mit ihr reden?«

»Ihr gutes Recht. Aber vorher muss ich meine Arbeit machen.« Er ließ sie stehen, steuerte die Kasse an und schob sich an zwei laut protestierenden Kunden vorbei. Isabella Rosenholz zuckte zusammen, als sie ihn sah.

»Hatten Sie ein schönes Wochenende, Frau Rosenholz?«, fragte Breschnow. »Schade, dass Ihr Sohn sie jetzt nicht mehr bringen und abholen kann, oder?«

»Gehen Sie weiter«, verlangte eine Stimme aus der Kundenschlange.

»Bitte nicht hier«, flüsterte Frau Rosenholz.

»Und wo dann? Bisher waren Sie ja nie abkömmlich.«

»Ich komme nach Feierabend zu Ihnen. Versprochen.«

Breschnow erwog, einfach so lange im Supermarkt zu warten. Er wusste, dass er keine Handhabe hatte, sie mitzunehmen.

»Was ist denn hier los?« Der Filialleiter drängelte sich durch die Schlange und packte Breschnow grob am Oberarm. »Verlass sofort meinen Markt, du Penner.«

»Das ist Hauptkommissar Breschnow«, erklärte Isabella Rosenholz eilig. »Er ermittelt in dem Todesfall meines Sohnes und hatte noch Fragen.«

Der Filialleiter ließ den Arm los und entschuldigte sich eilfertig.

Breschnow legte eine Visitenkarte auf das Transportband. »Um siebzehn Uhr auf dem Revier, Frau Rosenholz. Wenn Sie nicht kommen, werde ich die Staatsanwaltschaft einschalten und nach Ihnen fahnden.«

Wütend verließ er den Markt und sah sich nach Cosma Anderson um. Er entdeckte sie in einer windgeschützten Nische. »'tschuldigung, dass ich Sie eben so stehen gelassen habe.« Er zündete sich eine Zigarette an. »Sie sollten sich nicht in unsere Ermittlungen einmischen. Aber wenn Sie schon da sind, könnten Sie zwei Fliegen mit einer Klappe schlagen.«

»Und was soll ich tun?«

»Sie warten hier, bis Frau Rosenholz Feierabend hat, und bringen sie danach zu uns aufs Revier. Dann haben Sie während der Fahrt Ihr Interview und zusätzlich einen fetten Pluspunkt bei der Polizei.«

»Ich werde darüber nachdenken«, versprach Cosma und ging zurück zum Discounter.

***

»Wir haben endlich die Telefondaten von Busse«, empfing ihn Schmitti um kurz nach zehn in der Dienststelle.

Breschnow zog sein Handy aus der Tasche und reichte es ihm wortlos. Der Computerspezialist betrachtete das tote Display, schüttelte verständnislos den Kopf und verband das Gerät mit dem Strom. Dann griff er nach seinem Laptop, und sie gingen in den Besprechungsraum.

»Busse hat nicht häufig telefoniert«, informierte Schmitti das Team. »Manchmal mit Schneider, an dem Tag seines Todes aber nicht, und gelegentlich auch mit anderen Vereinsmitgliedern von ›Für Berlin‹. Aber zwei Nummern konnte ich noch nicht zuordnen. Es wird nicht abgenommen, und es springt kein AB an. Die Techniker sind dran. Im letzten Monat kam eine neue Nummer dazu. Wir haben sie überprüft. Eine Bekannte von

Busse. Keine Einträge, kein rechter Hintergrund. Delego hat mit ihr telefoniert. Sie kennt Busse aus einer Disco. Die beiden sind eine Zeit lang miteinander ausgegangen, aber es hat sich nichts weiter entwickelt. Warum er sie jetzt noch einmal angerufen hat, kann sie nicht sagen.«

Er lehnte sich zurück und blickte in die Runde.

»Gut gemacht, Schmitti«, lobte Regina.

Ihr Blick streifte ihren Chef, der die Augen geschlossen hatte. Schmitti verschränkte die Arme vor der Brust. Eine Weile war es ganz still im Raum.

»Hast du sonst noch was?«, brummte Breschnow.

Drass betrachtete ihn ärgerlich. »Hast wohl nicht viel Schlaf bekommen heute Nacht?«

Breschnow ignorierte die Frage, öffnete aber die Augen. »Wann hat Busse zuletzt mit Frau Gundula telefoniert?«

»Sie heißt Merck, Gundula Merck. Kannst du dir den Namen nicht endlich mal merken?«, schimpfte Drass.

Breschnow erhob sich müde und stellte sich an das Whiteboard. »Also wann hat sie mit Busse telefoniert?«

»Kurz vor seinem Tod«, antwortete Schmitti.

»Hat Busse vom Verein Geld für seine Arbeit erhalten?«

»Nach den Kontoauszügen zu urteilen, nicht. Er hat von Hartz IV gelebt.«

»Und was ist mit der Wohnungsbaugesellschaft?«

»Die waren am Wochenende nicht zu erreichen. Ich habe ihnen heute Morgen die Kontodaten und den Namen durchgegeben. Sie arbeiten dran«, antwortete Regina.

»Und das Auto?«

»Ist noch nicht aufgetaucht.«

»Wieso finden wir diesen fetten SUV nicht?«

»Weil er schon längst über die Grenze ist, Chef«, antwortete Delego.

»Denkst du an einen Diebstahl? Rosenholz wird umgebracht und zeitgleich sein Auto geklaut?«

»Nein. Ich glaube, jemand hat den SUV verschwinden lassen.«

»Das denke ich auch«, sagte Breschnow und lehnte sich an die Fensterbank.

»Hat Kimmie Naumann einen Führerschein?«

Schmitti rief die zuständige Behörde auf. Breschnow berichtete derweil von dem Treffen mit Cosma Anderson.

»Vielleicht hätte Cosma mehr rausgefunden als du«, sagte Drass. »Dich hat die Rosenholz ja wohl einfach abserviert.«

Breschnow bedachte seinen Kollegen mit einem finsteren Blick und löste sich vom Fensterbrett.

»Ich finde, das war ein guter Schachzug«, sagte Regina. »Denkst du, sie schafft es, die Frau nachher zu uns zu bringen?«

»Kimmie Naumann hat keinen Führerschein«, berichtete Schmitti. »Ach ja, was ich noch vergessen habe. Die Kriminaltechniker haben vorhin angerufen. Sie sind total überlastet, sagen, dass wir mit der Auswertung der Fingerabdrücke aus Tollners Wohnung nicht vor Ende der Woche rechnen können. Aber, und das ist die gute Nachricht, sie haben wenigstens das saubere Glas untersucht. Und die DNA stimmt mit der des Erbrochenen überein.«

»Das Erbrochene war frisch und das Glas als einziges sauber, wahrscheinlich kurz vorm Trinken gewaschen. Haben wir Proben von Tollner?«

Drass nickte.

»Und Johannes Rosenholz?«

»Wurden beide schon überprüft. Negativ. Und im Computer hat die KTU auch keine passende DNA gefunden.«

»Dann brauchen wir von allen anderen eine Speichelprobe«, sagte Breschnow. »Die DNA ist bisher unsere beste Spur.«

»Die dann nicht ausgewertet werden kann, weil die Technik keine Kapazitäten hat«, erinnerte Drass.

Delego begann aufzuzählen. »Da wäre Frau Rosenholz, weil sie uns in Bezug auf ihren Sohn angelogen hat. Kimmie Naumann, weil sie Tollner bei der Flucht hilft. Kimmies Mutter?«

Regina schüttelte den Kopf. »Gisela Naumann verlässt die Gropiusstadt nicht mehr. Aber Frank Schneider fällt mir ein.«

»Freiwillig gibt der uns keine Probe, und einen Beschluss kriegen wir bestimmt nicht. Dafür sind die Fakten zu dünn«, unkte Drass.

Schmitti lehnte sich zurück und verschränkte die Arme. »Sag

mal, bist du heute Morgen mit dem falschen Bein aufgestanden?«

Drass betrachtete ihn irritiert. »Ich … mein doch bloß. Vielleicht sollte ich nach Tegel fahren und dort vorsichtshalber auf Frau Rosenholz warten, damit sie uns nicht wieder durch die Lappen geht.«

»Oder auf Cosma Anderson?«, fragte Delego lächelnd.

Regina und Schmitti musterten ihren Kollegen fragend.

»Wir tun einfach, was wir können, um die Proben zu bekommen«, sagte Breschnow, dem das Geplänkel verborgen geblieben schien. »Drass, du fährst nicht zu Frau Rosenholz. Wir beide besuchen stattdessen Frau Gundula. Schmitti, such uns ihre Arbeitsadresse raus.«

Er sah seine Kolleginnen an. »Und ihr beide sucht das Traumpaar Kimmie und Toto. Fahrt noch mal in die Gropiusstadt. Wir haben nämlich bei den Verdächtigen Frau Tollner vergessen. Vielleicht hat sie ihren Sohn aus dem Krankenhaus geholt und war in seiner Wohnung. Vielleicht hatte sie auch die Nase voll von seiner Drogensucht und wollte seinen Dealer aus dem Verkehr ziehen. Und frag sie noch mal nach den Namen der Gropius-Cliquen-Mitglieder. Und falls ihr Kimmie findet, ruft Schmitti an. Der bleibt dann an ihr dran.«

»Ich soll Kimmie Naumann observieren?«, fragte Schmitti erstaunt.

»Uns kennt sie alle«, sagte Delego.

»Aber Drass hat sie auch noch nie gesehen.«

»Stimmt«, grinste Breschnow, »aber seinen unwiderstehlichen Charme brauche ich bei Frank Schneider. Und dir tut ein wenig frische Luft gepaart mit Bewegung auch mal ganz gut.«

Schmitti verschränkte wieder die Arme und lehnte sich zurück. »Was ist mit dem Taxi?«

Breschnow zog einen verknitterten Zettel aus der Hosentasche und schob ihn über den Tisch. »Das ist das Kennzeichen. Erkundige dich, ob der Fahrer Isabella Rosenholz kennt.«

Breschnow stand auf und folgte Schmitti ins Büro. Er schnappte sich sein Handy und zog das Kabel ab.

»Das ist noch nicht richtig geladen«, maulte der Computerfachmann. »In einer Stunde ist es wieder leer.« Er ließ sich auf seinen Drehstuhl fallen und bewegte die Maus. Der Computerbildschirm erhellte sich. Schmitti beugte sich vor und runzelte die Stirn. Dann sah er seinen Chef an. »Das solltest du dir anschauen, bevor du gehst.«

***

Kimmie betrat die Billardhalle und durchquerte sie zügig. Die Wettbewerber und Professionellen trainierten zu dieser frühen Stunde im hinteren Teil. Einer der Spieler blickte auf und löste sich langsam von seinem Tisch.

»Was willst du denn hier, du Opfer?« Der Pickelige richtete sein Billardqueue auf sie aus.

»Mit dem Schwarzen reden«, antwortete Kimmie und versuchte, Kraft in ihre Stimme zu legen.

Der Spieler verzog das Gesicht, als ob ihm übel würde, legte die Spitze seines Queues auf ihre Brust und schob sie Richtung Wand. Kimmie drückte den Stock zur Seite. Auf ihrem Kapuzenshirt prangte ein weißer Kreidefleck.

»Hat er dir denn nicht Bescheid gesagt?«, fragte sie.

»Was laberst du da?«

»Der Schwarze und ich haben einen Deal.«

Der Pickelige lachte laut. Zwei andere Spieler baten um Ruhe.

»Sag mal, bist du völlig bekloppt, einfach hierherzukommen und mich zu verarschen? Verschwinde gefälligst!«

Er machte eine Bewegung, mit der man Fliegen verscheucht. Kimmie rührte sich nicht.

»Eh, bist du taub?«, brüllte der Pickelige.

»Ruhe, verdammt!«, rief es von einem anderen Tisch. Einer der Spieler machte Anstalten, zu ihnen herüberzukommen.

Kimmie senkte die Stimme. »Sag dem Schwarzen, ich habe, was er braucht. Und ich treffe ihn heute Abend im alten Parkhaus.«

Damit ließ sie ihn stehen und eilte hinaus. Der Pickelige folgte ihr bis zur Tür. Kimmie drehte sich noch einmal nach ihm um, betrachtete seine wutverzerrte Fratze und verspürte keine Angst. Die Tilidintropfen taten ihre Wirkung.

Nun geht es los, dachte sie. Nun gibt es kein Zurück mehr.

***

»Da vorne ist es.« Breschnow wies auf das Schaufenster einer Glaserei in der Wipperstraße. Drass fuhr rechts ran und parkte in der Einfahrt. Als sie den kleinen Laden betraten, verkündete eine Glocke ihr Kommen. Aus dem Vorhang, der den rückwärtigen Teil des Ladens vor neugierigen Kundenblicken schützte, löste sich eine attraktive Schwarzhaarige. Drass schenkte ihr ein bezauberndes Lächeln und fragte nach Gundula Merck. Bevor die junge Frau nach ihr rufen konnte, betrat die Gesuchte den Raum. Breschnow löste sich vom Verkaufstresen und ging ihr entgegen. Die Schwarzhaarige beobachtete die beiden neugierig.

»Wir haben die Telefondaten Ihres Freundes Daniel Busse ausgewertet.«

»Daniel ist nicht mein Freund. Wir waren nur zusammen in demselben Verein«, korrigierte ihn Frau Merck mit leiser Stimme.

»Sie haben als Letzte mit ihm telefoniert«, fuhr Breschnow fort. »Sind Sie sicher, dass Sie ihn danach nicht mehr gesehen haben?«

Im Büro klingelte das Telefon. Die Schwarzhaarige wandte sich widerstrebend ab und verschwand.

Gundula Merck stöhnte genervt. »Ich habe ihn nicht mehr gesehen danach. Aber das habe ich Ihnen doch schon alles gesagt.«

Breschnow zog ein Plastikröhrchen aus der Jackentasche. »Dann haben Sie ja nichts zu verbergen. Wir brauchen Ihre DNA.«

»Doch nicht hier im Verkaufsraum«, protestierte Gundula Merck und gab ihnen ein Zeichen, ihr nach hinten zu folgen.

Breschnow drückte seinem Kollegen das Röhrchen in die Hand. Drass folgte der Frau in das Büro. Die Schwarzhaarige beendete augenblicklich ihr Telefonat. »Wer sind Sie eigentlich?«

»Hauptkommissar Drass, Mordkommission.«

Sie riss entsetzt die Augen auf und deutete mit einem rot lackierten langen Fingernagel auf ihre Kollegin. »Hat Sie …?«

Drass lächelte. »Nein, reine Routine. Wir wollen Ihre Kollegin beweiskräftig ausschließen.«

»Wer ist denn …?«

»Daniel Busse. Haben Sie ihn gekannt?«

Die junge Frau schüttelte heftig den Kopf. Drass nahm den Spatel aus dem Röhrchen und entnahm die Speichelprobe.

»Und Johannes Rosenholz?«, fragte Breschnow, der den Raum betreten hatte. Er hielt der Schwarzhaarigen ein Foto hin. Die Frau verneinte und starrte ihre Kollegin an. Gundula Merck rutschte unruhig auf ihrem Stuhl hin und her.

»Frau Merck, sagt Ihnen der Name Erwin Blatte etwas?«

»Wer soll das sein?«

»Ein Nachbar von Daniel Busse. Er hat uns erzählt, dass Ihr Freund öfter –«

»Er war nicht mein Freund«, unterbrach sie ihn scharf.

Breschnow grinste. »Blatte hat uns berichtet, dass Busse öfter Besuch von Rosenholz und von einem Mann so um die fünfzig hatte, ebenfalls dunklerer Hauttyp. Können Sie sich vorstellen, wer das war?«

»Nein, kann ich nicht.«

»Die beiden haben oft gestritten, behauptet er. Hat Busse Ihnen nie davon erzählt?«

Gundula Merck sprang auf und lief nervös auf und ab.

»Wie schon gesagt, wir hatten nur Kontakt über den Verein. Über seine Freunde oder eventuelle Feinde hat Daniel nicht mit mir geredet.«

»Wieso glaube ich Ihnen nicht?«

Gundula Merck zuckte mit den Schultern.

Breschnow brummte etwas, das niemand verstand, und verließ den Laden. Drass bedankte sich und folgte ihm.

»Du denkst, die Merck kennt diesen älteren Mann?«, fragte Drass. »Ich finde, sie war bisher recht kooperativ. Warum sollte sie uns belügen?«

»Vielleicht will sie Schneider schützen oder sich selbst.« Breschnow ließ die Zigarette auf den Boden fallen und trat sie mit der Schuhspitze aus. »Was ist, wenn Schneiders Sohn doch noch in Deutschland war? Noch haben wir keine Rückmeldung von unseren südeuropäischen Kollegen. Busse könnte doch von seiner Kündigung wegen des Kronprinzen gewusst haben. Vielleicht hat er ihn bedroht.«

»Aber wenn er ihn bedroht hat, wieso geht der neue Kronprinz dann zur Schillerpromenade?«

»Vielleicht hat Busse ihn darum gebeten, und Schneiders Sohn will die Sache aus der Welt schaffen.«

»Die Rechtsmedizinerin behauptet, dass es keinen Kampf gegeben hat. Busses Gesicht war unverletzt.«

»Vielleicht ist der Thronfolger genauso durchtrieben wie sein Vater. Vielleicht war er auch nicht allein.« Breschnow drehte sich um und betrat erneut die Glaserei. Gundula Merck telefonierte, bat ihren Gesprächspartner um einen Moment Geduld und hielt die Sprechmuschel zu.

»Kennen Sie Schneiders Sohn?«, fragte er.

Die Frau verneinte errötend.

***

Regina erkannte ihn sofort und versteckte sich hinter einem weißen Transporter. Mühsam schob Tollner einen Fuß vor den anderen. Die blaue Daunenjacke mit beiden Armen fest um den ausgemergelten Körper geschlungen, schlurfte er apathisch an ihr vorbei, klingelte und verschwand im Hausflur seiner Mutter. In der Hoffnung, dass Kimmie Naumann folgen würde, wartete Regina noch etwas. Dann wählte sie Breschnows Handynummer und war überrascht, ihn tatsächlich zu erreichen. Er versprach, sofort zu kommen.

Sie verließ ihre Deckung und überquerte die Straße zum Vorplatz des Hochhauses. Die Eingangstür aus Glas öffnete sich zischend. Ein Mann mit Kinderwagen drängte heraus, Regina schlüpfte hinein. Im Eingangsbereich roch es nach Sauerkraut und kaltem Zigarettenrauch. Auf dem Boden vor den Aufzügen lagen zwei platt getretene Kippen. Regina rief den Aufzug, fuhr hoch zu Frau Tollner und klopfte an die Tür.

»Einen Moment bitte«, rief eine Frauenstimme. »Muss mir nur schnell was überziehen.«

»Frau Tollner, öffnen Sie bitte sofort die Tür. Ich weiß, dass Ihr Sohn bei Ihnen ist.«

Regina legte ein Ohr an den Briefschlitz und wäre fast in die Wohnung gefallen, als die Tür aufgerissen wurde. Vor ihr stand Frau Tollner im Slip, den Oberkörper in eine blaue Daunenjacke gewickelt.

»Die hat Ihr Sohn eben getragen«, sagte Regina.

»Die Jacke?«

Regina nickte.

»Wir haben dieselbe. Gab's bei Aldi im Angebot.«

Sie trat zur Seite und ließ sie eintreten.

»Wo haben Sie meinen Sohn gesehen?«, erkundigte sich Frau Tollner aufgeregt.

»Er ist vor ein paar Minuten hier ins Haus gegangen.«

»Zu mir ist er nicht gekommen. Aber vielleicht kommt er noch. Sie können gerne hier auf ihn war…« Die Mutter verstummte und blickte Regina traurig an. »Sie suchen ihn, um ihn einzusperren, nicht wahr?«

»Darf ich mich in Ihrer Wohnung umsehen?«

»Tun Sie das.«

Regina kontrollierte den Flur und öffnete dann vorsichtig die Tür zu der engen Küche. Sie trat ein, drehte sich um ihre eigene Achse und sah hinter der Tür nach. Das gleiche Prozedere wiederholte sie im Bad und im Wohnraum. Dann gingen die beiden Frauen gemeinsam ins Schlafzimmer. Regina kontrollierte den Kleiderschrank und sah unter das Bett. Frau Tollner zog sich währenddessen an. Als es klingelte, lief sie hinaus in den Flur und riss erwartungsvoll die Wohnungstür auf. Enttäuscht blickte sie auf Breschnow und Drass.

»Er ist nicht hier«, sagte Regina. Frau Tollner ließ die beiden Kommissare eintreten.

»Sind Sie sicher, dass es mein Sohn war, den Sie gesehen haben?«

Regina nickte. »Hat er Freunde hier im Haus?«

Die Mutter zuckte mit den Schultern.

»Wenn Sie uns nicht weiterhelfen, müssen wir eine Fahndung auslösen«, sagte Breschnow. »Und das bedeutet, dass alle hier im Haus nach Ihrem Sohn befragt werden.«

Frau Tollner vergrub das Gesicht in beiden Händen und schluckte schwer. »Bitte tun Sie das nicht. Ich kann hier nicht ausziehen. Ich kann mir keine andere Wohnung leisten.«

»Dann sagen Sie uns, wo Ihr Sohn sein könnte.«

»Ich weiß es doch nicht«, flüsterte sie. »Sie müssen mir glauben.«

Breschnow suchte Blickkontakt mit seinen Kollegen. Regina nickte kaum merklich.

»Wie viele Ausgänge hat das Haus?«, erkundigte sich Drass.

»Zwei«, antwortete Frau Tollner leise.

»Den Haupteingang, den wir benutzt haben, und?«

»Es gibt noch den Ausgang zur Tiefgarage.«

»Und bestimmt einen Keller«, sagte Breschnow.

Frau Tollner nickte. »Jede Wohnung hat einen Kellerraum.«

»Dann gehen wir beide jetzt dorthin.«

»Und ich gehe zurück zum Vordereingang«, sagte Regina.

Breschnow begleitete sie hinaus. »Ich glaube nicht, dass ihr Sohn bei ihr war«, flüsterte sie, während sich Frau Tollner die Schuhe anzog. »Und ich glaube auch nicht, dass sie weiß, wo er ist.«

Im Kellervorraum war es dämmerig. An der rechten Wand lehnten drei große blaue Müllsäcke. Es roch nach Vergorenem.

»Die Glühbirne ist seit Monaten kaputt«, erklärte Frau Tollner.

»Gibt es denn keinen Hausmeister?«

»Den gab es am Anfang. Aber seit das Haus an eine Immobilienfirma verkauft ist, wird mit allem gespart und nur noch wenig gemacht.«

Sie deutete auf das Schloss der Kellertür. »Das ist auch hin.«

Sie bogen in einen langen, schmalen, schlecht beleuchteten Gang. Frau Tollner wies auf eine Tür am Ende. »Dahinten, das ist mein Keller. Und als ich das letzte Mal hier unten war, war der Verschlag noch verschlossen.«

Drass schob sich an ihr vorbei, schaltete die Taschenlampe ein und zog seine Waffe. Frau Tollner riss erschrocken die Augen auf. Breschnow stellte sich vor sie. Eine Büchse rollte aus dem Verschlag, stieß an die Wand gegenüber, rollte wieder ein Stück zurück und blieb vor Drass' Füßen liegen.

Breschnows Körper spannte sich an. Automatisch griff er nach der Dienstwaffe, die er nie bei sich trug, ließ die Hand sinken und eilte zu seinem Kollegen.

Frau Tollner schrie auf.

***

Das große Kaufhaus empfing sie mit Wärme. Cosma zog die Mütze vom Kopf und fuhr in den ersten Stock, um ihre kürzlich gekauften Sachen zurückzugeben. Sie brauchte das Geld jetzt für die Miete.

»Hallo Prinzessin, heute nicht in der Redaktion?«

Cosma drehte sich um und blickte in Roberts freundliches Gesicht.

»Was ist denn los, mein Engel?«

»Ich habe gekündigt«, seufzte sie.

Robert nahm ihre Hand und zog sie mit sich zu den Rolltreppen. »Einen Tee für dich und einen Schnaps für mich.«

Im Selbstbedienungsrestaurant angelangt, steuerte er einen Tisch am Fenster an. Cosma folgte ihm willig und beschrieb die letzte Begegnung mit ihrem Chef vom Dienst. »Ich kann nicht so schreiben, wie die es haben wollen.«

»Ich weiß«, sagte Robert sanft. »Du kannst es nie so machen, wie andere es wollen. Das ist ja dein Problem.« Er drückte ihre Hand. »Und was wird jetzt aus deiner Idee, Hintergrundartikel über die Seelen der Mörder zu schreiben?«

»Ich weiß es nicht«, flüsterte Cosma. Ihre Augen wurden feucht.

Robert reichte ihr eine Serviette, holte sich einen Kaffee, tat vier Löffel Zucker hinein und rührte gedankenverloren um. »Ist eigentlich die trauernde Mutter wieder zurück?«

Cosma nickte. »Ich habe heute Morgen versucht, mit ihr zu reden.«

»Wo?«

»An der Kasse im Supermarkt.«

»Du hast versucht, sie während ihrer Arbeitszeit zu interviewen? Das war nicht schlau, mein Goldschatz.«

»Das weiß ich selber«, sagte Cosma trotzig und wischte sich die Augen trocken. »Ich wollte sie nicht interviewen, ich wollte einen Termin mit ihr verabreden beziehungsweise wollte sie ins Revier begleiten.«

Sie berichtete über das Zusammentreffen mit Breschnow.

»Und wie hat die Rosenholz reagiert?«

»Sie hat mich eine blöde Journalistenhure geschimpft und mir damit gedroht, den Rausschmeißer zu rufen.«

»Seit wann lässt du dich vor den Wagen der Polizei spannen?«

Cosma senkte verlegen den Blick.

Robert legte ihr die Hand unters Kinn. »Du hast dich mit Adonis getroffen, meine Schöne. Bist du verliebt?«

»Das ist nicht witzig!«, fauchte sie und trat ihm unter dem Tisch ans Schienbein.

Er jaulte auf. »Schon gut, Prinzessin. Entschuldigung.«

Roberts Handy klingelte. Er nahm den Anruf entgegen, sah kurz auf die Uhr und bedankte sich zum Schluss. Dann erhob er sich und hielt Cosma die Hand hin. »Einer meiner Informanten hat den flüchtigen Fixer am Haus seiner Mutter gesehen. Kommst du mit, meine Schöne?«

Cosma zögerte. Einerseits wollte sie ihrer neuen Liebe nicht bei den Ermittlungen über den Weg laufen, womöglich würde das sie beide in Verlegenheit bringen.

»Was ist los?«, fragte Robert verwundert.

Andererseits hatte sie gerade ihren Job verloren, und den Fixer zu finden würde ihr vielleicht einen neuen Einstieg ermöglichen oder sogar die Chance, einen Mörder zu interviewen.

Cosma sprang auf.

***

»Hier ist niemand«, gab Drass Entwarnung.

Breschnow sah an ihm vorbei in den Kellerverschlag. »Ziemlich aufgeräumt.«

Drass ließ den Strahl seiner Taschenlampe über das weiße Stahlregal gleiten. Auf dem zweiten und dritten Bord standen ordentlich sortiert Konserven und Eingelegtes. Das untere Regalbrett teilten sich einige Wein- und Wasserflaschen.

»Lass mal das Licht über den Boden gleiten«, bat ihn Breschnow. »Hier. Stopp hier mal.« Er trat näher heran. »Hier hat noch vor Kurzem etwas gestanden.«

Er rief Frau Tollner zu sich, die sich widerstrebend näherte.

»Ist sie weg?«

Breschnow grinste. »Die Ratte ist in einen anderen Keller verschwunden. Ihr Kellerraum ist aufgebrochen. Sehen Sie nach, ob etwas fehlt.«

»Ich bleibe nicht hier, solange das Vieh noch da ist«, weigerte sich die Mutter. Breschnow hielt sie am Ärmel fest. »Mein Kollege ist bewaffnet, und wenn sich der Nager noch einmal zeigt, erschießt er ihn.«

Frau Tollner folgte ihm wachsam zu ihrem Keller und trat vorsichtig in den Verschlag. Breschnow blieb dicht bei ihr. Drass leuchtete den Raum ab.

»Mein Fahrrad. Jemand hat mein Fahrrad gestohlen.«

»Wie viel ist es wert?«, erkundigte sich Drass.

Sie zuckte mit den Schultern. »Für mich viel. Ein neues kann ich mir nicht leisten.«

»Und sonst fehlt nichts?«

Frau Tollner ließ den Blick langsam über das Regal gleiten und verneinte. Drass verschloss den Kellerverschlag notdürftig. Dann ließen sie sich den Weg zu den Tiefgaragen erklären. Frau Tollner weigerte sich, sie dorthin zu begleiten.

Die Abstellplätze der riesigen Garage waren größtenteils unbenutzt, kaputte Möbel, Matratzen und anderer Sperrmüll lehnten an den Wänden. Die Kommissare durchmaßen den schmutzigen Raum mit großen Schritten und entdeckten im hinteren Teil eine unverschlossene Metalltür, die direkt hinaus auf eine der großzügig angelegten Wiesen der Trabantenstadt führte.

»Diesen verdammten Ausgang hat Frau Tollner uns verschwiegen«, fluchte Breschnow. »Stattdessen irren wir im Keller rum, während ihr Sohn sich vom Acker macht.«

»Wahrscheinlich ist er mit dem Fahrrad schon längst über alle Berge«, sagte Drass. »Wollen wir trotzdem die Leute im Haus nach ihm befragen?«

»Das werden wir tun, und zwar lautstark!«

***

»Wie viel gibst du mir dafür?«

»Zwei Tütchen.«

Toto deutete auf das Fahrrad. »Das ist ein gutes Rad. Das kostet bestimmt tausend Euro.«

»Träum du schön weiter. Das ist höchstens noch fünfzig wert, und wenn es geklaut ist, dann noch weniger.«

»Es ist nicht gestohlen. Es gehört meiner Mutter.«

»Gestohlen wäre besser«, murrte der Dealer. »Wie soll ich das denn hier verkaufen? Kennt doch jeder.«

»Vier«, sagte Toto.

Der Dealer betrachtete das neue Rad. Seine Freundin stellte sich neben ihn.

»Gefällt es dir?«

Sie nickte.

»Drei mit Besteck und einen Joint aufs Haus.«

Toto willigte ein. Dann stellte er sich wieder ans Fenster. Auf dem Vorplatz lief eine blonde Frau auf und ab. Der Dealer klopfte vernehmlich mit der rechten Handfläche auf den Platz neben sich. Toto drehte sich vom Fenster weg und ließ sich auf das Sofa fallen. Die Freundin hatte sich auf ein rotes Sitzkissen ihnen gegenüber gefläzt und drehte einen Joint. Sie zündete ihn an, nahm einen tiefen Zug und sah verträumt dem weißen Rauch hinterher, der kräuselnd in Richtung Decke zog. Toto kratzte nervös mit den Fingern über das Polster. Sie lachte und reichte ihm die Tüte weiter. »Ist scheiße, so 'n Entzug im Krankenhaus.«

Der Fixer inhalierte tief, hielt den Rauch in der Lunge und atmete hustend aus.

»Suchen dich die Bullen noch?«

Toto schüttelte den Kopf und zog noch einmal kräftig an dem Joint. Dann reichte er ihn an den Dealer weiter. Nachdem die

Tüte aufgeraucht war, hingen sie noch eine Weile schläfrig ab und hörten Musik. Als es an der Tür klopfte, wurden sie sofort hellwach. Toto eilte zum Fenster. Die Frau war verschwunden. Der Dealer drehte die Musik leise und gab ihnen ein Zeichen, still zu sein.

»Polizei. Bitte öffnen Sie die Tür!«

»Komm«, flüsterte der Dealer und zog Toto in Richtung Bad.

Die Freundin verspritzte etwas Parfüm, verwuschelte sich die Haare und öffnete verschlafen die Tür.

Drass stellte sich vor und hielt ihr seine Dienstmarke hin. Sie lächelte ihn müde an.

»Tut mir leid, wenn ich Sie geweckt habe. Ich suche einen Thomas Tollner. Kennen Sie ihn?«

»Wohnt der hier im Haus?«

»Seine Mutter wohnt im sechsten Stock, und er besucht sie oft.«

»Im sechsten Stock«, sagte die Freundin mitleidig. »Man hat ja schon Glück, wenn man seine Nachbarn auf der Etage mal kennenlernt. Nein, tut mir wirklich leid, aber aus dem sechsten Stock kenne ich niemanden.«

Drass notierte ihren Namen und die Telefonnummer, bedankte und verabschiedete sich.

Die Freundin ging wieder hinein und riss die Badezimmertür auf. »Du hast uns angelogen. Die suchen dich. Das ganze Haus ist voller Bullen!«

»Das wusste ich ehrlich nicht«, sagte Toto kleinlaut. »Kann ich noch bleiben, bis sie weg sind?«

»Das wirst du wohl müssen«, antwortete der Dealer. »Sonst kriegen sie uns auch am Arsch.«

Sie nahmen wieder ihre Plätze ein, ließen zur Beruhigung einen zweiten Joint kreisen und tranken Bier dazu. Als es dämmerte, stellte sich Toto wieder ans Fenster. Die Frau auf dem Vorplatz blieb verschwunden.

Die Freundin zog sich eine Jacke über und griff zur Mülltüte. »Ich ruf dich an, wenn die Luft rein ist.«

Der Dealer verschwand im Nebenraum, um die versprochene Ware zu holen. Toto warf einen letzten Blick auf das Fahrrad. Als das Handy klingelte, verließ er die Wohnung. Im sechsten

Stock zögerte er, schlich aus dem Treppenhaus zur Wohnungstür seiner Mutter und hob die Hand, um zu klopfen. Auf der Etage wurde eine Tür geöffnet. Er ließ die Hand sinken und eilte zum Aufzug, der ihn ins Parterre brachte.

Eine Windböe erfasste ihn, als er auf die Straße trat. Er zog die Jacke enger um den Leib und beschleunigte seine Schritte.

»Da ist er«, flüsterte Cosma und drückte sich tiefer in den Sitz.

»Aber keine Polizei mehr«, stellte Robert zufrieden fest.

Cosma sprang aus dem Wagen. Der Fixer hatte die nächste Kreuzung erreicht und bog links ab. Sie forcierten ihr Tempo, sahen ihn in einem Kiosk verschwinden, aus dem er kurz danach wieder herauskam, einen dicken Mann im Schlepptau, der wütend hinter ihm herschimpfte. Der Fixer rannte jetzt. Cosma sah sich nach Robert um, der am Kiosk stehen geblieben war und ihr mit der Hand ein Zeichen gab, weiterzulaufen. Sie legte einen Spurt ein, sah Tollner die Ausfallstraße nach Schönefeld überqueren und zwischen den Häusern verschwinden. Cosma schlängelte sich durch die fahrenden Autos, erreichte ebenfalls die Siedlung und hatte erneut Blickkontakt. Tollner rannte auf einem unbefestigten Weg zu einer Kleingartenkolonie. Sie folgte ihm, bis er in einer Laube verschwand, und rief Robert an.

»Was soll ich jetzt machen?«, flüsterte Cosma. »Soll ich reingehen?«

»Warte lieber auf mich«, bat Robert und ließ sich den Weg erklären.

***

»Schie iss nich zu Hausche«, lallte Kimmies Mutter und wollte die Wohnungstür zuschlagen. Drass stellte seinen Fuß dazwischen und drückte die Tür auf. Gisela Naumann taumelte. Bevor sie hintenüberfallen konnte, griff Drass blitzschnell nach ihrem Arm. Regina schob sich an ihm vorbei und sah ins Wohnzimmer. Ein dicker Mann saß auf dem schmuddeligen Sofa und starrte auf den Fernseher, wo irgendeine Serie lief und fröhliche Menschen ihm ein Beispiel gaben, wie man leben sollte. Frau Naumann wankte an Regina vorbei und setzte sich neben ihn.

»Schie iss nisch da«, wiederholte sie und griff nach der angebrochenen Flasche Bier, »und isch weisch nich …«

»Aber Sie wissen doch bestimmt, welche Zahnbürste Kimmie gehört.« Drass stellte sich mit einem blauen Plastikbecher und fünf Zahnbürsten vor das Sofa. Frau Naumann deutete auf die weiße. Drass ließ sie in einem Spurensicherungsbeutel verschwinden und beschriftete ihn. Dann trug er den Becher zurück ins Bad und gab seiner Kollegin ein Zeichen zum Aufbruch. Es dämmerte bereits, als sie die Gropiusstadt verließen.

***

»Wo warst du so lange?«, fragte Kimmie ärgerlich.

»Draußen«, antwortete Toto und setzte sich neben sie auf das Bett.

»Ich hab mir Sorgen gemacht.«

Er legte einen Arm um sie, und Kimmie schmiegte sich an seine Schulter.

»Tut mir leid«, flüsterte Toto und zog zwei Schokoriegel aus seiner Jackentasche.

Kimmie betrachtete ihn. »Weißt du noch? Unser Schulausflug?«

»Du meinst den zum Teufelsberg?«

»Ja, aufs Land. Da hatten wir auch diese Riegel.«

»Und sind wie die Verrückten auf den Berg gerannt.«

»Und wieder runtergerodelt.«

»Unsere Lehrerin kam gar nicht mehr hinterher.«

Toto befreite sich von den Schuhen und streckte sich auf der Matratze aus.

Kimmie legte sich neben ihn. »Die Grundschule war okay.«

Toto hielt ihr einen weiteren Riegel hin.

»Wo hast du die alle her? Hast du ’nen Kiosk ausgeraubt?«

Toto lachte.

»Wir könnten abhauen«, sagte Kimmie nach einer Weile.

»Wohin?«

»An die Ostsee. Aber nicht direkt ans Meer. Ein bisschen weiter ins Hinterland. Da wohnen wir dann auf einem kleinen Hof. Wir haben eine Kuh, einen Hund und zwei Gänse.«

»Und Katzen«, ergänzte Toto. »Katzen müssen sein. Die fressen die Mäuse. Das ist wichtig auf so einem Hof.«

»Ja, Katzen«, wiederholte Kimmie. »Und am Sonntag fahren wir immer ans Meer.«

»Und kaufen uns Eiscreme.«

»Und zum Mittagessen Pizza.« Kimmies Gesicht verdunkelte sich. »Aber vorher muss ich noch was erledigen.«

»Was denn?«

»Kann ich dir jetzt nicht sagen. Vielleicht später.« Sie setzte sich auf. »Versprich mir, dass du dir nie mehr einen Schuss setzt.«

Toto schloss die Augen und schwieg.

Kimmie rüttelte an seiner Schulter. »Versprich es mir!« Sie wusste, dass er sie anlügen würde, aber sie konnte nicht anders.

Toto nickte zaghaft.

»Sag es laut!«

Er räusperte sich. »Ich verspreche es.«

Kimmie drückte ihm einen Kuss auf die Stirn. »Wenn ich wiederkomme, dann hauen wir ab. Versprochen?«

»Versprochen!«

Sie zog sich die Schuhe an und ging zur Tür. Dort drehte sie sich noch einmal um und winkte ihm zu.

Vielleicht ist es das letzte Mal, dass ich ihn sehe, dachte sie traurig.

***

»Ah, der freundliche Kommissar«, begrüßte Frank Schneider sie. »Und wieder eine neue Assistentin?«

Regina zeigte ihm ungefragt ihren Dienstausweis. Schneider bat die beiden herein und setzte sich hinter seinen Schreibtisch. Drass wählte den Stuhl davor, Regina blieb stehen.

Schneider sah sie belustigt an. »Er ist kein Gentleman, Ihr Kollege. Sonst hätte er Ihnen den Stuhl angeboten.«

»Danke, ich stehe lieber«, antwortete Regina betont höflich.

Schneider wandte sich Drass zu. »Und was ist heute der Grund Ihres Besuches?«

Drass zog das DNA-Röhrchen aus der Tasche.

Schneider musterte es kurz und lachte. »Sie kommen hier einfach rein und erwarten von mir, dass ich Ihnen eine Speichelprobe gebe? Unnütze Kosten für die Staatskasse. Als verantwortungsbewusster Bürger muss ich das leider ablehnen. Es sei denn«, er beugte sich vor, »Sie haben einen berechtigten Verdacht gegen mich.«

»Wir gehen unterschiedlichen Spuren nach«, erklärte Drass.

»Aber wir haben Spuren gefunden, die auf den Täter hinweisen«, ergänzte Regina. »Und jetzt bitten wir alle Personen, die in direktem Kontakt zu Daniel Busse standen, um eine Speichelprobe, die wir mit der gesicherten DNA abgleichen können.«

Schneider erhob sich. »Ausschlussverfahren. Wie schon gesagt, ich werde Ihnen da nicht weiterhelfen.«

Drass schob dem Vorsitzenden drei Computerausdrucke über den Tisch. Schneider beäugte sie misstrauisch. »Was ist das?«

»Das sind diskriminierende Artikel in zwei Online-Zeitungen. Sie richten sich gegen Ausländer, die Polizei und unseren Ermittlungsleiter. Ich zitiere: ›Wann wird Neukölln endlich wieder sicher? Zwei Todesfälle, ein Freund abgestochen, totgetreten. Vielleicht von einem der Obdachlosen und Trunkenbolde, die immer die Schillerpromenade bevölkern, oder von den arabischen und afrikanischen Drogenhändlern, die die Hasenheide unsicher machen. Und was tut die Polizei? Schützt die vermutlichen Täter. Menschen, die unser Sozialsystem und unsere Gastfreundschaft schändlich missbrauchen.‹«

Schneider verschränkte die Arme und lehnte sich zurück.

»Oder hier«, fuhr Drass fort. »›Der zuständige Ermittlungsleiter in den beiden tragischen Todesfällen in Neukölln scheint ein Alkoholproblem zu haben, und es stellt sich die Frage, ob er überhaupt fähig ist, auch nur einen vernünftigen Schritt in die richtige Richtung zu tun. Nämlich in die Richtung des Abschaums, der Obdachlosen und ausländischen Dealer. Stattdessen belästigt und verdächtigt er unbescholtene Bürger.‹«

Drass machte eine kleine Pause. »Diese Artikel wurden heute Morgen ins Netz gestellt und verstoßen gegen die Paragrafen 186 und 185 StGB. Üble Nachrede und Beleidung. Und wenn man es genau nimmt, auch gegen Paragraf 130, Volksverhetzung. Ich zitiere: ›Wer in einer Weise, die geeignet ist, den öffentlichen Frieden zu stören –‹«

»Ich bin Anwalt«, unterbrach ihn Schneider. »Ich kenne diese Paragrafen, und ich kann Ihnen versichern, dass diese Artikel nicht gegen sie verstoßen.«

Schneider sprang auf und riss die Tür auf. »Ich hoffe doch sehr, dass Sie mich nicht weiter belästigen werden.«

»Eine Frage noch, Herr Schneider. Dann sind wir weg«, sagte Drass und erhob sich. »Sie behaupten, dass Ihr Sohn zum Zeitpunkt der beiden Tötungsdelikte im Ausland war. Das konnte leider bisher von dem Hotel nicht bestätigt werden. Ein Anruf von Ihnen würde genügen, und wir könnten wenigstens einen der Familie Schneider von der Liste der Verdächtigen streichen.«

Zorn huschte über das Gesicht des Anwalts. Dann hatte er sich wieder im Griff. »Lassen Sie meine Familie in Ruhe. Auf Wiedersehen, Herr Kommissar.«

»Hauptkommissar, Herr Schneider.« Drass lächelte freundlich und reichte ihm die Hand.

***

Nachdem die Laubentür ins Schloss gefallen war, griff Thomas Tollner eilig nach dem Tütchen Heroin und dem Besteck. Der Dealer hatte an alles gedacht. Spritze, Löffel, Feuerzeug, Zitronensaft und Gummiband. Tollners Hand zitterte, als er das Heroin auf den Löffel leerte. Er starrte auf das grau-grünlich gesprenkelte Pulver. M-Powder. Der Dealer hatte ihm besonders unreines Heroin angedreht. Aber das knallte richtig rein und war genau das, was er jetzt brauchte. Er träufelte den Zitronensaft über das Pulver und erhitzte das Gemisch. Als es Blasen kochte, zog er die Spritze auf, klemmte sie zwischen die Zähne und schnürte sich mit dem Gummi den Oberarm ab. Er suchte eine Ader und stach zu. Langsam drückte er den Stoff in seine Venen. Sein Kopf explodierte, die Kopfhaut prickelte, wie von einer

Million Nadeln gestochen. In der Herzgegend spürte er einen Krampf. Sein linker Arm war gelähmt. Die Adern brannten. Dann sackte er auf die Matratze.

***

Delego hatte spontan entschieden, nach Tegel zu fahren. Sie misstraute Isabella Rosenholz und befürchtete, dass sie sich einer Befragung auf dem Revier entziehen würde. Als sie im Supermarkt eintraf, war sie verwundert, dass die Frau immer noch an der Kasse saß und ihre Arbeit tat. Delego sah sich nach Cosma Anderson um. Als sie sie nicht fand, suchte sie sich draußen einen einigermaßen windgeschützten Platz und wartete.

Endlich verließ Frau Rosenholz mit einer Reisetasche und einer Rothaarigen im Schlepptau den Discounter. Vor einem protzigen BMW küssten sich die beiden auf die Wange, dann stieg die Rothaarige allein ein. Isabella Rosenholz schob sich die Mütze auf den Kopf und steuerte zielstrebig einen Taxistand auf der anderen Straßenseite an. Die Ampel wechselte von Grün auf Rot. Delego blieb stehen, sah, wie Frau Rosenholz die Hintertür des ersten Taxis öffnete und ihre Tasche auf den Rücksitz stellte. Bevor sie einsteigen konnte, hatte Delego sie erreicht. »Ich muss noch mal mit Ihnen reden.«

»Ihr Kollege hat mich heute schon vorgeführt. Vor allen Leuten und vor meinem Chef. Können Sie mich denn nicht endlich in Ruhe lassen?«

»Wir müssen mit Ihnen reden. Deshalb hatten Sie eine Abmachung mit meinem Vorgesetzten. Und es sieht nicht so aus, als ob Sie auf dem Weg zu unserer Dienststelle sind.«

Frau Rosenholz seufzte.

»Sind Sie immer noch sicher, dass Sie Ihren Sohn seit zwei Jahren nicht mehr gesehen haben?«, legte Delego nach.

»Ja, das bin ich.«

»Ihre Kollegin im Supermarkt sagt aber etwas ganz anderes.«

Isabella Rosenholz stöhnte. »Tut sie das? Haben Sie überhaupt eine Ahnung, wie unangenehm mir das ist, dass Sie meine Nachbarn und Kollegen befragen?«

Delego zuckte die Achseln. »Sie hätten uns gleich die Wahrheit sagen können.«

»Welche Wahrheit?«

»Dass Ihr Sohn Sie regelmäßig von der Arbeit abgeholt hat.«

Frau Rosenholz starrte die Kommissarin an und fummelte ein Päckchen Zigaretten aus der Manteltasche.

»Wieso haben Sie uns angelogen?«

»Sie wissen, womit mein Sohn sein Geld verdient hat?«

»Ungefähr.«

»Er handelte mit Drogen, und ich wollte da nicht mit reingezogen werden.«

»Nehmen Sie denn keine Drogen?«

»Ich tanze, Frau Kommissarin!«

»Meine Bekannte tanzt auch«, sagte Delego, »und die kokst recht kräftig oder nimmt Aufputschmittel. Sie behauptet, ohne das Zeug käme man in der Szene nicht weit, zu viel Stress, zu hohe Anforderungen.«

»Vielleicht bei den Berufstänzern«, schnaubte Frau Rosenholz, »aber wie Sie wissen, sitze ich ja hauptberuflich hinter einer Discounterkasse. Und wem habe ich das zu verdanken?« Sie fixierte die Kommissarin. »Meinem Ehemann. Kadir hat mir den Kopf verdreht und mich geschwängert. Ich wollte keine Kinder und auch keine Ehe. Ich wollte –«

»Sagen Se mal, die Damen, wolln Se da noch länger rumstehen, oder steigen Se ein?«, erkundigte sich der Taxifahrer.

Delego zückte ihren Dienstausweis und hielt ihn ihm unter die Nase.

»Soll se doch ihre Tasche wieder rausnehmen. Dann kann ick jemand andern fahren«, maulte der Fahrer, stieg aber wieder in den Wagen.

Ein Laster donnerte vorbei. »Ich wollte tanzen. Aus mir wäre eine gute Tänzerin geworden«, beendete Frau Rosenholz den Satz.

»Wann haben Sie Ihren Sohn das letzte Mal gesehen?«

»Am Tag vor seinem Tod. Er hat mich von der Arbeit abgeholt, und wir sind essen gegangen.«

»Und woher kennen Sie Frank Schneider?«

»Ich kenne keinen Schneider.«

Delego schüttelte den Kopf. »Jetzt belügen Sie mich wieder.«

Isabella Rosenholz machte Anstalten, in den Wagen zu steigen.

Delego hielt sie am Arm fest. »So langsam reißt mein Geduldsfaden. Zuerst behaupten Sie, Ihren Sohn seit zwei Jahren nicht gesehen zu haben. Dann bestreiten Sie Ihren Drogenkonsum und jetzt das Verhältnis mit Schneider. Denken Sie eigentlich, wir sind zu doof, um unsere Arbeit zu machen?«

Die Frau verharrte in der Bewegung.

»Wir vermuten nicht nur, sondern wir wissen, dass Sie Drogen nehmen, und wir wissen, dass Sie ein Verhältnis mit Schneider haben«, setzte Delego nach.

»Was wollen Sie immer mit diesem Schneider?«

»Sex mit einem Alphatier kann schon erotisch sein.«

Frau Rosenholz betrachtete sie abschätzig. »Woher wollen Sie das wissen?«

Delego verzog keine Miene. »Ich gebe ja zu, dass Schneider wirklich attraktiv ist, aber viel zu selbstbezogen. Bestimmt kein guter Liebhaber.«

»Da täuschen Sie sich«, stellte Frau Rosenholz klar. »Lassen Sie jetzt bitte meinen Arm los.«

Delego lächelte. »Gut, dann haben wir das auch geklärt. Jetzt müsste ich nur noch wissen, wer der ältere Mann ist, mit dem Ihr Sohn in Kontakt stand.«

»Sein Onkel! Jetzt lassen Sie mich endlich in Ruhe.«

»Rayhan Aziz?«

Isabella Rosenholz sah Delego verwundert an. »Woher kennen Sie seinen Namen? Ich dachte, er arbeitet undercover?«

»Undercover wo?«

Ein Lächeln huschte über Frau Rosenholz' Gesicht. »Das wussten Sie noch nicht. Stimmt's?«

Delego antwortete nicht.

»Ach, ist mir auch egal. Ich habe sowieso keinen Kontakt mehr zu ihm. Diese ganze syrische Familiensippe geht mir auf die Nerven. Ich wollte auch nicht, dass Johannes weiter Kontakt zu Rayhan hat. Sind Sie jetzt zufrieden?«

»Fast«, antwortete Delego. »Für wen hat Rayhan Aziz undercover ermittelt?«

»Keine Ahnung.«

»Und wieso wollen Sie den Kontakt zwischen Ihrem Sohn und seinem Onkel nicht?«

»Wenn ich Ihnen diese Frage beantworte, lassen Sie mich dann in Ruhe?«

Die Kommissarin nickte. Isabella Rosenholz stieg in das Taxi. Delego beugte sich zu ihr vor.

»Das Schwein hat meinen Sohn mit Drogen versorgt.«

***

Unschlüssig starrte Cosma auf die Tür der Laube. Robert war Kimmie gefolgt und hatte sie alleine zurückgelassen. Sie zog ihr Smartphone aus der Tasche, um Andreas anzurufen, ließ es aber wieder sinken. Dann nahm sie allen Mut zusammen und drückte die Klinke.

Was sollte sie ihm sagen, wenn sie ihm gegenüberstand? Guten Tag, Herr Tollner, schön, dass ich Sie gefunden habe und der Polizei übergeben kann, aber erzählen Sie mir bitte vorher noch Ihre Geschichte, damit ich einen Artikel über Sie schreiben kann. Wissen Sie, ich habe noch nie mit einem Mörder gesprochen und würde gerne wissen, was Sie zu der Tat getrieben hat. Ich habe nämlich gerade meinen Job verloren und suche eine Möglichkeit, wiedereinzusteigen.

Sie öffnete die Tür.

Ein strenger Geruch nach Fäkalien und Erbrochenem schlug ihr entgegen. Es war dämmerig, und ihre Augen brauchten einen Moment, um sich daran zu gewöhnen. Zaghaft rief sie seinen Namen und trat näher. Eine Gestalt schälte sich aus dem Dämmerlicht. Sie lag auf dem Bett. Ein Arm hing über die Kante. Die Nadel steckte noch in der Vene, die Hand war zur Faust geballt. Der junge Mann hatte Schaum vor dem Mund, und sein Körper zuckte unkontrolliert. Sein blondes Haar war nass geschwitzt, die Augen weit aufgerissen, in seinem Schritt ein nasser Fleck.

Cosma nahm allen Mut zusammen und sprach ihn leise an.

Ein unheilvolles Röcheln drang aus seiner Kehle. Sie beugte sich vor, griff nach seinen Schultern und brachte ihn in die stabile Seitenlage. Dann rannte sie hinaus und rief die Notfallrettung. Als die Sirene die Stille der Kolonie zerriss, atmete sie erleichtert auf.

***

Breschnow lief im Flur auf und ab. Er konnte heute einfach nicht still sitzen. Delego hatte im Kino angerufen, aber dort konnte man Rayhan Aziz' Angaben nicht bestätigen.

»Da ist jemand an der Anmeldung für dich«, informierte ihn Schmitti. »Er sagt, dass er Informationen über den Tod von Daniel Busse hat.«

»Lass ihn raufkommen«, brummte Breschnow.

»Er will aber lieber abgeholt werden«, sagte Schmitti. »Und zwar von dem leitenden Ermittler.«

Breschnow eilte hinunter in die Eingangshalle und sah einen jungen Mann mit erstaunlich roten Haaren und Bart nervös auf und ab laufen.

Dem geht es genauso wie mir, dachte er und wies sich aus.

»Ich heiße Florian Daff und wohne in der Oderstraße, direkt am Tempelhofer Feld«, stellte der Mann sich stolz vor und folgte dem Hauptkommissar in den ersten Stock. In seinem Büro schob Breschnow einen Stapel Papiere vom Stuhl. Er verbannte den vollen Aschenbecher auf das Fensterbrett und bedeutete dem Zeugen, sich zu setzen.

Dann griff er nach seinen Zigaretten.

»Könnten Sie vielleicht nicht rauchen?«, bat Florian Daff und lächelte angestrengt freundlich.

Breschnow legte das Päckchen zurück auf den Tisch und wartete.

»Ich habe sie gesehen. Am Montag. Auf der Schillerpromenade«, begann der Rothaarige.

»Wen haben Sie gesehen?«

»Na ja, vielleicht die Mörder. Es waren zwei Männer und eine Frau. Und ein Hund.«

»Ein Hund?«, wiederholte Breschnow und fingerte wieder an dem Zigarettenpäckchen.

Daffs schwarze Brille rutschte ein Stückchen die Nase hinunter. »Die Frau trug einen Kampfanzug, der eine Mann einen Lodenmantel …«

Willy und seine Freundin, dachte Breschnow und verfluchte sich, die Frau nicht nach ihrem Namen gefragt zu haben. Er zog eine Zigarette aus dem Päckchen und zündete sie an. Florian Daff warf ihm einen vorwurfsvollen Blick zu. Breschnow sprang auf, riss das Fenster auf und blies den Rauch demonstrativ nach draußen.

»Beschreiben Sie mir die drei genauer.«

»Der Alte hatte wirre Haare. Auch grau, glaube ich. Genauso wie sein Mantel. Die Frau war eher schlank. Und der Punker …«, er hielt inne und schob die Brille an ihren Platz zurück, »… weiß ich nicht mehr. Ich glaube, er war ganz in Schwarz.«

»Und was haben die drei gemacht?«

»Getrunken. Die Frau und den Punker habe ich schon öfter vor unserem Supermarkt gesehen, aber den im Mantel kannte ich noch nicht.«

»Welcher Supermarkt?«

»Edeka am Herrfurthplatz.«

»Um wie viel Uhr haben Sie die drei gesehen?«

Daff kraulte sich den roten Bart. »Vielleicht gegen neun oder zehn.«

»Am Abend?«

Er nickte. »Ich war im Supermarkt einkaufen. Auf dem Hinweg waren alle drei da, aber auf dem Rückweg lag nur noch der im grauen Mantel auf der Bank.«

Breschnow atmete innerlich auf. Wenn Willy alleine auf der Bank gelegen hatte, als Daniel Busse auf ihn losging, war es nicht sehr wahrscheinlich, dass die anderen beiden damit zu tun hatten. Andererseits hätten sie aber auch zurückkommen können. Vielleicht hatten sie dem Obdachlosen in seiner ausweglosen Situation geholfen. Oder war es doch Willy, der Busse den Schädel eingeschlagen hatte?

Breschnow schnippte die Kippe aus dem Fenster und setzte sich wieder. »Warum kommen Sie erst jetzt?«

Der Mann senkte den Blick. »Ich bin Informatiker.«

»Und was erklärt das?«

»Wenn ich an etwas arbeite, vergesse ich die Zeit. Ich schließe mich ein, programmiere, schreibe und teste. Am Montag habe ich mich mit Lebensmitteln eingedeckt und erst heute wieder Kontakt mit der Außenwelt aufgenommen.«

»Und da haben Sie als Erstes die alten Zeitungen gelesen und von dem Mord erfahren?«

Daff betrachtete ihn irritiert. Dann verstand er und schüttelte milde lächelnd den Kopf. »Facebook, Herr Kommissar. Ich war auf meiner Seite. Es gab mehrere Links zu den Online-Beiträgen. Ist wohl nicht so Ihr Ding, das weltweite Netz, oder?«

Nein, dachte Breschnow. Ich schreibe lieber mit einem Stift auf Papier.

»Ich habe die Informationen natürlich sofort gepostet«, fuhr der Mann fort.

»Sie haben das, was Sie mir eben gesagt haben, ins Netz gestellt?«

»Natürlich. Jeder hat ein Recht auf Information.«

»Und was ist mit der Privatsphäre?«

Daff zuckte mit den Schultern. »Jede Zeit hat ihre eigene Art, Informationen zu vermitteln. Außerdem habe ich auch Rückmeldungen bekommen. Es scheint noch jemanden zu geben, der was gesehen hat. Eine Frau. Sie behauptet, dass der Tote auf den Obdachlosen losgegangen ist und eine Person in einem Kapuzenshirt den Mann niedergeschlagen hat.«

»Das hat sie auf diesem Facebook behauptet?«, vergewisserte sich Breschnow.

Florian Daff nickte.

Breschnow gab ihm ein Zeichen, aufzustehen, und brachte ihn zu Schmitti, der die persönlichen Daten aufnahm und sich mit Daffs Passwort bei Facebook einloggte. Die Userin benutzte das Synonym »Teekessel«, und einen Kessel zeigte auch ihr Foto.

»Ich versuche, sie zurückzuverfolgen. Dafür muss ich aber erst –«, erklärte Schmitti.

»Verschon mich mit dem Technikkram«, brummte Breschnow und ging in den Besprechungsraum. Er griff nach dem Stift, malte drei neue Kreise und beschriftete sie mit »Willy«, »Kapuzenshirt« und »Teekessel«.

Es widerstrebte ihm weiterhin, eine Fahndung einzuleiten. Er wollte die beiden selber finden und mit ihnen reden. Wenn Kimmie Naumann wirklich die Person im Kapuzenshirt war und Busse erschlagen hatte, dann hatte sie dadurch Willy vielleicht das Leben gerettet. Zögernd griff er nach dem Schwamm und wischte zwei der Kreise wieder weg. Nur den »Teekessel« ließ er stehen.

***

»Frau Merck war artig«, verkündete Drass und legte das DNA-Röhrchen auf den Tisch. »Schneider hat uns natürlich was gehustet. Würde mich nicht wundern, wenn er sich wieder bei Willich beschwert.«

»Soll er ruhig. Bei dem hat er nach den Online-Artikeln verschissen«, stellte Schmitti klar. »Der Oberste hat vorhin zweimal angerufen und seine Wut über Schneider an mir ausgelassen.«

»Wenigstens hilft er ihm dann nicht mehr«, brummte Breschnow.

»Da wäre ich mir nicht so sicher«, widersprach Drass. »Dein Alkoholproblem ist ja nicht mehr zu übersehen, und Willich will bestimmt nicht, dass es in den Medien noch weiter breitgetreten wird.«

Im Raum wurde es sehr still. Delego warf ihrem Kollegen einen wütenden Blick zu, Regina betrachtete angestrengt die Tischplatte, und Schmitti entschuldigte sich zur Toilette.

»Ist doch wahr«, rechtfertigte sich Drass.

Breschnow nickte kaum merklich.

»Wir haben eine Zahnbürste mitgenommen«, sagte Regina und legte die Asservatentüte auf den Tisch. »Hoffentlich von Kimmie Naumann.«

»Wieso hoffentlich?«, erkundigte sich Schmitti und setzte sich wieder an den Tisch.

»Ihre Mutter hat sie ausgesucht, und die war ziemlich betrunken«, erklärte Drass.

Schmitti klebte einen Post-it-Zettel auf den Tisch. »Die Wohnungsbaugesellschaft hat endlich reagiert. Die von Johannes Rosenholz angemeldete Wohnung ist im Riemenschneiderweg 30. Morgen um dreizehn Uhr kommt ein Mitarbeiter und schließt uns auf.«

»Wieso erst morgen Mittag?«, erkundigte sich Breschnow.

»Schießtraining. Vergessen?«, fragte Drass streng.

»Der Mann von der Wohnungsbaugesellschaft konnte sowieso nicht früher«, ergänzte Schmitti und griff nach den Asservatentüten. »Ich bringe die gleich mal hoch zu den Kriminaltechnikern.

»Nach der Dienstbesprechung«, sagte Breschnow. »Was ist mit Kimmie Naumann? Habt ihr sie gefunden?«

Regina schüttelte den Kopf. »Was Schneiders Pamphlete gegen uns angeht –« Drass' Handy unterbrach sie. Er sprang auf und lief zur Tür.

»Was wirst du gegen den Dreck tun, den Schneider über dich verbreitet?«, beendete Regina den Satz.

»Ihm den Hals umdrehen«, brummte Breschnow. »Aber ich fürchte, ich kann nicht wirklich etwas dagegen tun. Schneider hat keine Behauptungen aufgestellt.«

»Keine Behauptungen? Er hat dich verleumdet und uns als unfähig hingestellt«, empörte sich Delego.

»Schneider schreibt, dass es so scheint, als ob ich ein Alkoholproblem hätte, und stellt die Frage in den Raum, ob wir auch nur einen vernünftigen Schritt in die richtige Richtung tun. Er behauptet es nicht. Er weiß, wie er Sätze formulieren muss, damit sie nicht gegen ihn oder den Verein verwendet werden können. Er ist Anwalt.«

»Und ein Arschloch«, ergänzte Delego. »Ich habe mit der Rosenholz gesprochen. Sie hat ein Verhältnis mit Schneider.«

»Das hat sie dir erzählt?«, erkundigte sich Regina verwundert.

»Nicht ganz freiwillig«, antwortete Delego und sah ihren Chef an.

Breschnow grinste.

»Und jetzt kommt's. Sie behauptet, dass Rayhan Aziz ihrem Sohn die Drogen gegeben hat.«

»Vielleicht ist sie sauer auf ihn«, mutmaßte Regina.

»Wir reden noch mal mit Aziz«, entschied Breschnow. »Und wieso meldet sich die Drogenfahndung nicht?« Sein Blick suchte nach Drass, der aber noch nicht zurückgekommen war. »Hast du eine Speichelprobe von Frau Rosenholz?«

»Ich habe total vergessen, sie danach zu fragen«, antwortete Delego.

»Dann fahr noch mal hin und besorg eine.«

Regina deutete auf das Whiteboard. »Was bedeutet ›Teekessel‹?«

Schmitti erklärte es ihr.

»Tollner ist wieder im Krankenhaus«, informierte Drass alle und blieb in der Tür stehen. »Der Anruf kam von Cosma Anderson. Sie hat ihn in einer Hütte in einer Kleingartenkolonie aufgespürt.«

Sie ist besser als wir, dachte Breschnow bitter. »Ich fahre hin.«

»Und ich komme mit«, sagte Delego, bevor Drass ihr zuvorkommen konnte.

***

Thomas Tollner lag auf der Intensivstation. Breschnow und Delego wiesen sich an der Glastür aus und wurden ohne weitere Fragen hineingelassen.

Der Fixer war vollständig verkabelt und unter dem schneeweißen Bettbezug kaum noch zu sehen. Maschinen maßen den Blutdruck, kontrollierten den Herzschlag und pumpten in gleichmäßigen Abständen Luft in die jungen Lungen. Seine Mutter saß neben dem Krankenbett und streichelte seine Wange. Breschnow zog sich einen zweiten Stuhl heran und setzte sich neben sie. Delego blieb in der Tür stehen.

Die Augen des Fixers waren weit aufgerissen, und sein Blick irrte ausdruckslos hin und her. Als Frau Tollner seine Hand nahm, reagierte er auf die Bewegung, und seine Finger schlossen sich langsam um ihre. »Er lebt«, flüsterte sie.

»Was ist passiert?«, erkundigte sich Breschnow.

»Wahrscheinlich eine Überdosis«, antwortete die zuständige Ärztin und betrat den Raum. »Sind Sie die Eltern?«

Frau Tollner nickte. Breschnow zeigte ihr seinen Dienstausweis und erklärte ihr die Situation.

»Eine Bewachung wird er jetzt bestimmt nicht mehr brauchen«, stellte die Medizinerin klar und bat die beiden, ihr zu folgen.

Frau Tollner löste vorsichtig ihre Hand aus der ihres Sohnes und erhob sich mühsam. Breschnow winkte Delego herein, anschließend folgte er den beiden Frauen durch den hell erleuchteten Flur.

Die Medizinerin lotste sie in den Bereitschaftsraum. Dort schob sie zwei Stühle an den Schreibtisch, auf dem die Ausdrucke der Computertomografie lagen. Sie warf noch einmal einen Blick darauf und wandte sich dann der Mutter zu. »Zuerst muss ich wissen, ob Sie damit einverstanden sind, dass ein Polizist an diesem Gespräch teilnimmt.«

Frau Tollner zögerte.

»Sie würden mir einen großen Gefallen tun, wenn Sie einwilligen. Sonst müsste ich dieses Gespräch zweimal führen, denn das Gericht wird die Schweigepflicht in einer Mordermittlung bestimmt aufheben«, schob die Ärztin nach.

Frau Tollner nickte kaum merklich.

»Ich danke Ihnen. Aber ich fürchte, ich habe keine guten Nachrichten für Sie. Ihr Sohn liegt im Wachkoma.«

Die Mutter schluchzte auf. Tränen rannen über ihre Wangen. Breschnow hätte gerne ihre Hand genommen und sie getröstet. Stattdessen fixierte er die Medizinerin, die eine Pappschachtel mit Kosmetiktüchern über den Tisch schob.

»Was genau bedeutet das?«, erkundigte er sich.

Die Ärztin beugte sich vor und nahm die Hand der Mutter. »Wollen Sie das wissen?«

Wieder ein angedeutetes Nicken.

»Das Wachkoma ist ein Zustand zwischen Koma und Bewusstsein. Die Patienten erscheinen trotz ihrer Bewusstlosigkeit wach. Ihre Augen sind geöffnet, und sie sind bewegungsfähig. Ihr Blick ist entweder starr oder irrt haltlos herum wie bei Ihrem Sohn. Wir werden ihn künstlich beatmen und ernähren müssen. Er kann greifen, lächeln oder sogar weinen. Aber das sind keine bewussten Reaktionen, sondern unbewusste Reflexe.«

»Er hat mich angesehen und meine Hand gehalten«, widersprach Frau Tollner. »Bestimmt hat er mich erkannt.«

Die Ärztin schüttelte den Kopf. »Auf dem CT sieht man ganz deutlich, dass sein Großhirn schwer geschädigt ist. Und das ist der Sitz des Bewusstseins.«

»Passiert das immer bei einer Überdosis?«, erkundigte sich Breschnow.

»Jeder Körper reagiert anders auf das Gift. Aber oft sind Überdosen tödlich. Bei diesem Patienten ist die Blutuntersuchung noch nicht abgeschlossen. Ich vermute, dass der Stoff, den er sich gespritzt hat, extrem unrein war. Dann kann auch ein erfahrener Fixer die Dosis schlecht kontrollieren. Vorübergehender Herz- und Atemstillstand. Das Gehirn wird nicht mehr ausreichend mit Sauerstoff versorgt. Wenn man ihn nicht so schnell gefunden hätte, wäre er erstickt.«

»Das glaube ich alles nicht!«, schrie Frau Tollner auf einmal auf. »Mein Sohn lebt, und er ist wach!«

Sie rannte hinaus. Die Ärztin sah ihr traurig hinterher.

»Ich werde also nicht mehr mit ihm reden können?«, fragte Breschnow.

»Das halte ich für ausgeschlossen. Patienten im Wachkoma können zwar viele Jahre überleben, und es hat sogar schon Fälle gegeben, bei denen sich das Gehirn so weit erholt hat, dass sie wieder aufgewacht sind. Aber das ist die absolute Ausnahme. Und auch dann sind die Patienten so geschädigt, dass sie ihr Leben lang schwere Pflegefälle bleiben.« Die Medizinerin erhob sich müde und deutete zur Tür. »Ich schau noch mal nach der Mutter.«

Breschnow folgte ihr zum Krankenzimmer, wo seine Kollegin bereits im Flur stand.

»Ich habe es da drin nicht mehr ausgehalten«, flüsterte sie.

Breschnow schob sie in Richtung Ausgang. Hinter der Glastür wartete Cosma Anderson. »Wie geht es ihm?«

Delego erzählte es ihr.

»Zum Glück lebt er«, sagte Cosma.

»Quasi«, brummte Breschnow und ließ sich den Weg zu der

Kleingartenkolonie erklären. »Aber dass es ein Glück ist, wage ich zu bezweifeln. Gehen Sie nach Hause.«

***

Maria hatte den Kopf abgewandt und starrte ins Dunkel. Im Seitenflügel ging ein Licht an. Kurz danach erschien ein junger Mann in der hell erleuchteten Küche gegenüber und verstaute seinen Einkauf in einem Schrank.

»Im Kiez sagen sie, dass die Bullen uns suchen«, sagte sie. Irgend so 'n Computerfreak hat uns zusammen gesehen. Wir müssen den Punk warnen. Der verrät uns sonst bestimmt.«

Willy zuckte mit den Schultern. »Mach dir keine Sorgen. Weißt du, wo der Punker wohnt?«

»Na klar. Ist ja kein Staatsgeheimnis.«

»Vielleicht sollte ich lieber hier abhauen. Sonst kriegst du noch Ärger.«

Maria nahm sein glatt rasiertes Gesicht in beide Hände und drückte ihm einen Kuss auf die Stirn. »Nee, du bleibst. Ich will nich mehr allein sein.«

Dann griff sie ihre Jacke und verließ die Wohnung. Willy starrte noch eine Weile auf die geschlossene Tür. Dann ging er in die Küche, um sich ein Bier zu holen. Er hatte gelernt, zu verdrängen. Zehn Jahre auf der Straße waren eine harte Schule.

»Das Leben ist nie perfekt«, vertraute er der Flasche an, »aber im Moment ist es verdammt gut.«

***

Rosie hatte Frauenabend, deshalb wollte sie ihn nicht hereinlassen, erkundigte sich aber nach seinem Tag. Breschnow erzählte ihr von dem deprimierenden Besuch auf der Intensivstation. Eine hochhackige Schönheit in einem weinroten Stoffmantel stakste auf ihn zu. Mit tiefer Stimme bat sie ihn um eine Zigarette. Breschnow betrachtete die Männerhände, die sich um das Feuerzeug hüllten, um die Flamme vor dem Wind zu schützen. Sie rauchten schweigend. Zum Abschied strich ihm die Schönheit sanft über die stachelige Wange und bedauerte, dass er nicht mit hineinkommen konnte.

Breschnow grinste und beschloss, noch einmal zu Rayhan Aziz zu fahren. Delego und er hatten ihn vorhin nicht zu Hause angetroffen, und auf ihre Anrufe reagierte nur die Maschine. Außerdem brauchte er eine Tankstelle. Ohne Rosie musste er notgedrungen seinen Kühlschrank auffüllen.

Als er sein Auto erreichte, lehnte Kimmie Naumann an der Beifahrertür. Sie trug eine blaue Kapuzenjacke und hielt den linken Arm nach oben angewinkelt. Ihre Augen waren rot geweint und die Lider geschwollen.

»Weißt du schon Bescheid?«, erkundigte sich Breschnow.

Kimmie nickte und flüsterte. »Ich habe Toto in der Laube versteckt, und als er nicht mehr da war …« Ihre Stimme versagte.

»Du hättest ihn nicht aus dem Krankenhaus holen sollen.«

»Er hat mir versprochen, das Zeug nicht mehr zu nehmen.«

»Fixer versprechen viel«, sagte Breschnow und schloss die Wagentür auf.

»Kann ich bei dir pennen?«

»Bestimmt nicht. Aber wir müssen über den Morgen in der Braunschweiger Straße reden. Es gibt eine Zeugin.« Er betrachtete sie nachdenklich. »Aber vielleicht sollte ich dich lieber aufs Revier bringen, damit du nicht wieder abhaust.«

»Ich hau nicht ab. Versprochen!«

»Wie viel ist dein Versprechen wert?«

»Bitte. Ich kann jetzt nicht nach Hause. Meine Mutter …« Sie sah ihn flehend an. »Nur diese eine Nacht. Und morgen komme ich mit in deine Bullenstation und sage dir alles, was du wissen willst. Versprochen.«

Breschnow stieg in den Wagen und öffnete die Beifahrertür. Kimmie sank auf den Vordersitz und schluchzte wieder. »Wird Toto sterben?«

Breschnow antwortete ihr nicht.

Sie drehte sich zu ihm hin. »Nein, er wird nicht sterben. Toto wacht bestimmt bald wieder auf«, plapperte sie mit hohem Stimmchen. »Und dann fahren wir an die Ostsee.«

Irritiert von dem abrupten Stimmungswechsel, startete

Breschnow den Wagen und legte den ersten Gang ein. Kimmie griff seine Hand. Sie fühlte sich nass und klebrig an.

»Bitte, nur eine Nacht«, wimmerte sie.

Breschnow kuppelte aus und hob ihre Hand ins Licht. Ein Tropfen Blut löste sich und rann zurück in den Ärmel. Erschrocken versuchte sie, ihren Arm zurückzuziehen, aber Breschnow hielt ihn fest.

»Was ist passiert?«, erkundigte er sich ruhig.

»Nichts!«, fauchte Kimmie.

Gegen ihren Widerstand schob er vorsichtig den Ärmel der Kapuzenjacke hoch und betrachtete die frischen Schnitte. Aus einem tropfte stetig Blut.

»Die sind tief. Die müssen genäht werden«, murmelte er. »Ich bring dich ins Krankenhaus.«

»Nein, bitte nicht«, flehte Kimmie. »Lass uns einfach zu dir fahren. Du kannst mich doch verbinden. Du bist doch Polizist.« Sie begann zu weinen.

Breschnow ließ ihren Arm los und fuhr an.

»Im Krankenhaus fragen sie bestimmt nach meiner Mutter, und dann holen sie sie vielleicht, und dann sehen sie, wie bescheuert sie ist, und dann nehmen sie uns die Kleinen weg. Bitte nicht ins Krankenhaus.«

»Du warst schon öfter dort, oder?« Er zündete sich eine Zigarette an.

Kimmie nickte. »Am Anfang wusste ich noch nicht, wann ich aufhören muss, und hab zu tief geschnitten …« Sie hielt kurz inne. »Sie haben mich drei Wochen in die Klapse gesperrt. Lauter Magersüchtige und Selbstmörder und andere Psychos. Und dauernd hat irgend so ein Therapiefuzzi auf mich eingelabert, weil er mir angeblich helfen wollte. Und meine Mutter hat sich als die Heilige dargestellt. Das war echt scheiße.«

Breschnow fädelte sich in den Verkehr ein. Er wusste noch nicht, was er tun wollte. Er brauchte Zeit zum Nachdenken. Das Mädchen mit nach Hause zu nehmen wäre ein Dienstvergehen.

Er fuhr zur nächsten Tankstelle, kaufte Chips, Erdnüsse, eine Büchse Ravioli, eine Flasche Cola und zwei Sixpacks Bier. Als er den Einkauf auf den Rücksitz stellte, strahlte Kimmie ihn an.

»Ich habe noch nicht zugesagt«, brummte er und fuhr eine Weile ziellos durch die Stadt.

Er wollte die labile Frau jetzt weder ihrer versoffenen Mutter noch der Psychiatrie ausliefern. Ihr selbstgefährdendes Verhalten würde hundertprozentig eine Zwangseinweisung nach sich ziehen. Er wünschte sich, seine Schwester wäre noch in Berlin. Sie würde das Mädchen bestimmt für eine Nacht aufnehmen.

Als sie das zweite Mal an derselben Tankstelle vorbeifuhren, fing Kimmie wieder an zu wimmern. Sie war blass und hatte sich Blut über das Gesicht geschmiert. Breschnow entschied, dass es Zeit war, sie zu verarzten. Er wendete und fuhr auf dem kürzesten Weg zu seiner Wohnung.

Im Treppenhaus war es schummerig, es brannte nur eine Leuchte, die andere war seit Wochen kaputt. Kimmie drängte sich nah an ihn heran. Er schob sie in den Aufzug, der sie hinauf in den dritten Stock brachte. Breschnow hatte die Drei-Zimmer-Wohnung vor Jahren für sich und seine Freundin gekauft. Auch diese Beziehung hatte nicht lange gehalten. Er warf Kimmie einen kurzen Blick zu, wusste, dass er einen Fehler machte, und schloss die Tür auf.

»Das sieht ja aus wie bei uns«, stellte sie fest und staunte über die Unordnung. »Ich dachte immer, Bullen sind total ordentlich.«

Breschnow grinste und schob sie ins Wohnzimmer. Auf dem Tisch lugte unter einem Stapel von Papieren und Zeitungen seine Dienstwaffe hervor. Er griff sie und brachte sie in die Küche. Kimmie folgte ihm unbemerkt. Breschnow riss die Tischschublade auf, legte die Waffe hinein und kramte sich durch ein wildes Sammelsurium aus Löffeln, Streichhölzern, Bindfäden, Einweckgummis, Wäscheklammern und Stiften. Endlich zog er eine nicht mehr ganz weiße elastische Binde heraus.

Als er zurück ins Wohnzimmer kam, saß Kimmie auf seinem Lieblingssessel. Er gab ihr ein Zeichen, ihm ins Bad zu folgen. Ungefragt zog sie die Kapuzenjacke aus. Breschnow inspizierte ihre Wunden, drehte das warme Wasser auf und wusch vorsichtig das überschüssige Blut ab. Als er die Schnitte mit einem Papiertuch trocken tupfte, zuckte Kimmie zusammen.

»Seit wann ritzt du dich?«

»Irgendwie schon immer«, sagte sie abwehrend.

Breschnow legte ein frisches Tuch auf die Schnitte, wickelte die etwas schmuddelige Elastikbinde fest um den dünnen Arm und befahl ihr, morgen zum Arzt zu gehen.

Kimmie versprach es und folgte ihm in die Küche. Breschnow wärmte eine Dose Ravioli auf und stellte zwei Teller auf den Tisch. Die Nudeln schmeckten pampig. Kimmie lobte ihn, schon lange nicht mehr so gut gegessen zu haben. Breschnow lachte, nahm die Chipstüte und zwei Dosen und ging voran ins Wohnzimmer. Er ließ sich in seinen Lieblingssessel fallen, Kimmie setzte sich vor ihn auf den Teppich.

»Wieso hast du Toto aus dem Krankenhaus geholt?«

»Weil du ihn eingesperrt hättest, und er hat niemanden getötet«, antwortete Kimmie, stopfte sich eine Handvoll Kartoffelchips in den Mund und spülte mit Cola nach.

»Woher willst du das so genau wissen?«

»Weil er mein bester Freund ist. Mann, versteh doch, wir sind zusammen aufgewachsen, wir sind irgendwie … wie eins.« Sie hielt inne und lächelte traurig. »Toto hat sogar die Fliegen aus dem Zimmer gelassen, weil er sie nicht totschlagen kann. Echt krass, oder?«

»Erzähl mir von dieser Clique, die deinen Freund und dich so gepiesackt haben.«

»Der Anführer nennt sich ›der Schwarze‹, weil er immer schwarze Klamotten trägt. Solche Muckis.« Sie zog einen Halbkreis über ihrem dünnen Oberarm. »Aber blond und blöd. Nix drin im Kopf.«

»Und wer gehört noch dazu?«

»Noch ein Pickeliger und zwei Tussen. Denken, sie sind was Besseres.«

»Hast du auch Namen?«

Sie schüttelte den Kopf.

»Und die vier haben euch das Leben schwer gemacht?«

»Nicht nur uns«, sagte Kimmie und griff wieder in die Chipstüte.

»Aber wieso konntet ihr euch nicht wehren? Es waren doch nur vier.«

Kimmies Miene verfinsterte sich. »Du hast doch keine Ahnung!«, blaffte sie. »*Nur vier.* Vier, die dir gegen den Kopf oder in die Eier treten, vier, die dich mit einem Messer traktieren, vier, die dich mit einem Baseballschläger schlagen, vier, die …«

»Es reicht!«, sagte Breschnow. »Ich hab's verstanden.«

Unbeirrt fuhr sie fort: »Sie hatten überall Helfer. Jeder hat sich angebiedert. Lieber einer von ihnen sein als ein Opfer. Und plötzlich hat der nette Kerl von nebenan dir aufgelauert und dir die Fresse poliert.«

Sie griff nach der Colaflasche und trank einen großen Schluck. Breschnow zündete sich eine Zigarette an.

»Kann ich auch eine haben?«, bat Kimmie.

»Kennst du den Mann, den wir in Totos Hauseingang gefunden haben?« Er reichte ihr die Zigarette.

Kimmie verneinte.

»Deine Mutter behauptet etwas anderes. Sie hat euch zusammen auf der Hermannstraße gesehen.«

Kimmie sprang auf. »Und du glaubst ihr? Na klar, bist ja auch 'n Bulle!«

Sie eilte hinaus. Breschnow lief ihr hinterher. An der Wohnungstür fing er sie ein und hielt sie am Arm fest. Kimmie schrie auf. Er schob sie zurück in den Wohnraum und drückte sie in seinen Sessel. »Hatte Toto die Drogen von Rosenholz?«

Kimmie nickte.

»War er auch dein Dealer?«

»Dieser Arsch? Nein, ich kauf mein Gras woanders. Aber manchmal habe ich für Toto Heroin geholt.«

»Und wo warst du an dem Sonntag, als Rosenholz deinen Freund zu Hause besucht hat?«

Kimmie wollte wieder aufspringen. Breschnow drückte sie zurück auf den Sessel. »Wenn du hier übernachten willst, solltest du besser mit mir reden.«

»Ich war bei meiner Freundin Marinda. Du kannst sie fragen. Wenn es zu Hause zu krass wird, dann gehe ich immer zu ihr. Wir kiffen und gucken Comics. Is echt geil.«

Breschnow wühlte aus einem Stapel Papiere einen Stift und einen Zettel hervor. Er bat Kimmie, die Telefonnummer und die Adresse ihrer Freundin aufzuschreiben. Dann öffnete er ein weiteres Bier.

»Ich hab auch noch was«, lächelte Kimmie und griff nach ihrem Rucksack. Sie zog eine Flasche Wodka hervor und stellte sie auf den Tisch. »Wollte ich eigentlich mit Toto trinken. Kiffen tust du ja nicht, oder?«

Breschnow lachte und schüttelte den Kopf. Er holte zwei Gläser aus der Küche, und Kimmie schenkte ein. Sie prosteten sich zu, tranken, füllten auf, tranken wieder und rauchten.

Breschnow wusste, dass er das Mädchen weiter befragen sollte, aber er fühlte sich zum ersten Mal wirklich wohl, seit seine Schwester mit seiner Nichte Berlin verlassen hatte. »Ich muss mal pinkeln«, verkündete er nach dem vierten Schnaps und stand auf.

Kimmie lauschte dem Schließen der Badezimmertür, griff dann blitzschnell nach dem Fläschchen in ihrer Jackentasche und träufelte einige Tropfen in sein Wodkaglas.

***

Plong.

Der gelbe Tennisball prallte von der schmutzigen Wand ab. Der Schwarze fing ihn auf und warf ihn erneut.

Plong.

»Sie kommt nicht mehr«, maulte der Pickelige. »Nervt mich erst beim Billard und kommt dann nicht.«

Plong.

»Das wird diese Kröte büßen«, erwiderte der Schwarze ruhig und fing den Ball wieder auf.

»Mir ist kalt«, murrte eines der Mädchen und kuschelte sich tiefer in ihre Jacke.

»Mir auch. Ich will nach Hause«, maulte die andere.

Der Schwarze baute sich vor ihnen auf.

»Ihr könnt gerne gehen, aber geteilt wird nur unter denen, die da sind.«

Die Mädchen schwiegen.

»Aber sie kommt nicht mehr«, maulte der Pickelige wieder.

Der Schwarze warf ihm den Tennisball an den Kopf. Der andere schrie überrascht auf. Eine der Eingangstüren öffnete sich. Jemand betrat das Parkhaus. Der Schwarze lächelte triumphierend. Die Mädchen erhoben sich und starrten Richtung Tür. Die Schritte kamen näher, liefen an dem Raum vorbei und verhallten.

Der Schwarze streckte die Hand nach dem Tennisball aus und warf ihn wieder gegen die Wand.

***

Sie erwachte, als er das Bett verließ. Verschlafen erinnerte sich Cosma an die Intensivstation und dass Andreas sie dort abgeholt hatte. Aber er hatte sich versteckt und gewartet, bis Delego und Breschnow das Krankenhaus verlassen hatten.

Wie ein Dieb, dachte Cosma. Andreas hatte ihr erklärt, dass er diese Heimlichtuerei nicht mochte. Aber sie war ihm lieber als eine Auseinandersetzung mit seinem Chef. Cosma ahnte, dass Delego Bescheid wusste, so, wie sie sie angesehen hatte. Ein Wissen unter Frauen. Delego schien ein Gespür für die Liebe zu haben.

Aber war es überhaupt Liebe?

Cosma seufzte und beschloss, sich diesem Gedanken jetzt nicht weiter zu widmen. Sie schälte sich aus dem Bett und folgte dem matten Lichtschein, der sie in die Küche führte.

Andreas saß auf einem Stuhl, die Beine hochgelegt und in seine violette Fleecedecke gekuschelt. Im Hintergrund dudelte leise das Radio. Als sie den Raum betrat, sah er sie besorgt an. »Habe ich dich geweckt?«

»Nein, hast du nicht«, antwortete Cosma lächelnd. »Was ist mit dir? Konntest du nicht schlafen?«

»Doch, schon. Aber ich bin ein Frühaufsteher. Und wieso bist du schon wach?«

»Ich musste immer wieder an den Fixer denken«, sagte Cosma. »Wie er in der Laube lag. Er ist noch so jung.«

Und schon so kaputt, dachte sie. Vielleicht war es für ihn sogar besser, nicht mehr in diesem Elend leben zu müssen. Aber diesen Gedanken sprach sie nicht aus.

»Du hättest ihm nicht mehr helfen können«, versuchte Andreas sie zu trösten, erhob sich und nahm sie in den Arm.

»Vielleicht, wenn ich früher da gewesen wäre oder dich gleich angerufen hätte?«

»Wer weiß? Jetzt ist es so, wie es ist.«

Cosma lächelte dankbar, drückte sich fest an ihn und spürte die tröstliche Wärme seines Körpers. Drass strich ihr sanft über das Haar.

Ich habe den Fixer nicht retten können, dachte Cosma. Und ich habe Fehler gemacht. Aber vielleicht kann ich sie bei Kimmie Naumann wiedergutmachen.

Dienstag

»Breschnow geht weder an sein Handy noch an sein Festnetz«, verkündete Schmitti kopfschüttelnd. »Wieso hat er das Ding überhaupt?«

»Das gibt Ärger«, sagte Delego. »Willich hat uns gestern extra noch mal an das Schießtraining erinnert. Versuch weiter, ihn zu erreichen.«

Drass schob sie durch die Tür in den Vorraum der neuen Schießhalle in Moabit. Der Leiter des Einsatztrainings kam ihnen entgegen und begrüßte sie einzeln per Handschlag.

»Willkommen in unserem Schießstand. Wir freuen uns über Gäste aus anderen Stadtteilen.« Er hielt inne. »Aber Sie sind ja nur zu viert. Willich hat fünf Personen angekündigt.«

»Hauptkommissar Breschnow ist leider verhindert«, erklärte Regina.

»Auch gut. Dann können Sie öfter schießen. Sie haben eine ganze Stunde.«

Schmitti stöhnte. Delego warf ihm einen mahnenden Blick zu.

Sie folgten dem Trainer durch einen langen, fensterlosen Gang, gelangten in den hinteren Teil der Anlage und wurden in einen der Schießräume gelotst. Drass drehte sich im Kreis und pfiff anerkennend durch die Zähne. »Das ist ja alles topmodern.«

Der Trainingsleiter bat sie um ihre Waffen und glich die Seriennummern mit seiner Liste ab. Dann wählte er die passende Munition und deutete in den Raum. Drass ging als Erster nach vorne. Der graublaue Boden federte bei jedem Schritt, und es zog.

»Die Lüftung ist traumhaft«, stellte er fest und stoppte an der Schießlinie. Er setzte sich die Kopfhörer auf und gab mit der Hand ein Zeichen, die Figuren in Bewegung zu setzen. Ein Mann in einem Kapuzenpullover löste sich aus dem Dunkel. Drass hob die Waffe. Der Mann schnellte herum und zielte auf ihn. Drass schoss. Auf der Pappfigur waren drei kleine rote Punkte zu sehen.

»Gute Schüsse«, lobte der Trainingsleiter. »Drei von vier haben getroffen. Sie haben ihn entwaffnet, aber nicht getötet. Zwei Schüsse in den Arm, der die Waffe hält, einer ins Bein.«

Er drehte sich zu den anderen. »Wer will als Nächstes?«

Delego trat vor und deutete auf die Pappfigur. »Wie funktioniert das?«

Der Trainingsleiter lächelte stolz. »Die Beamer an der Decke projizieren die Standbilder oder Filme auf eine Rückwand aus dickem Papier. Neben den Projektoren sind Sensoren angebracht.« Er deutete an die Decke. »Hinter der Rückwand befinden sich Infrarotstrahler. Durch jedes Einschussloch dringt das Infrarotsignal zu den Sensoren, und der Computer weiß sofort, wo die Treffer liegen.«

Bei dem Wort Computer horchte Schmitti auf und erkundigte sich nach der Software. Delego setzte sich die Kopfhörer auf und trat vor. Ihr Ziel trug einen Hut, kam ihr zügig entgegen und verbeugte sich. Delego lachte und verpasste fast ihren Einsatz. Hinter dem Hutträger hatte sich ein zweiter Mann in einem Overall genähert und zog seine Waffe. Linkshänder. Delego feuerte.

Der Trainingsleiter gratulierte. »Sie sind ja noch besser. Vier von vier. Und ebenfalls keine Toten.«

Delego lächelte stolz und deutete auf die Rückwand.

»Was passiert mit den Projektilen dahinten?«

»Sie verschwinden in der Kassler Schnecke, einem großen Trichter aus dickem Metall, der die gesamte Breite der Rückwand einnimmt.«

Drass pfiff wieder durch die Zähne. »Deformieren sich die Projektile auf dem Metall?«

Der Trainingsleiter nickte. »Und sie laufen sich dann in der Schnecke tot und landen in einer Wanne.«

»Toll«, stöhnte Schmitti und sah auf die Uhr. »Die Stunde ist bald vorbei.«

Er ließ Regina großzügig den Vortritt. Sie hatte nur zwei Treffer bei vier Kugeln. Schmitti schoss als Letzter und war froh, dass wenigstens eine Kugel ihr Ziel traf. Der Mann war sofort tot.

***

Kimmie riss die Küchentür auf. »Wo sind die Kleinen?«

»Die Bullen waren schon wieder hier und haben nach dir gefragt«, sagte ihre Mutter und erhob sich mühsam. »Was hast du denn schon wieder angestellt?«

»Wo sind die Zwillinge?«, fragte Kimmie noch einmal genervt.

»Eine Erzieherin aus der Kita hat sie abgeholt. Ich will die Bullen nicht ständig hierhaben. Wenn das so weitergeht, dann melde ich dich ab.«

»Wieso ist die denn überhaupt hergekommen? Wieso hast du deine Kinder nicht einmal selbst zur Kita gebracht?«

»Mir geht's nich gut, ich glaub, ich krieg 'ne Grippe«, jammerte ihre Mutter und wankte aus der Küche.

Kimmie sah ihr wütend hinterher. Bald ist es vorbei, dachte sie, und dann wird Toto wieder gesund, und wir fahren an die Ostsee.

Sie griff in ihre Jackentasche und fühlte das kalte Metall. Dann schenkte sie sich ein Glas Wasser ein, ließ sich auf den Stuhl fallen und schloss die Augen. Sie hatte heute Nacht zu viel getrunken, aber sie hatte ihr Ziel erreicht. Dennoch fühlte sich der Erfolg fade an. Sie schämte sich. Sie mochte diesen Bullen. Sie hatten viel Spaß gehabt, und er war gut zu ihr gewesen. Es tat ihr leid, was sie getan hatte. Er war sozusagen ein Kollateralschaden. Das Wort hatte sie irgendwann im Fernsehen gehört, und es hatte ihr gefallen. Kollateralschäden entstanden bei Drohnenangriffen und eben auch dann, wenn man eine Mission hatte. Auch dieses Wort war schön, aber dass es den netten Bullen getroffen hatte, das war nicht schön. Ganz und gar nicht.

Aber mit solchen Gedanken durfte sie sich jetzt nicht aufhalten.

Nicht so kurz vor dem Ziel.

***

Schneider zog den Vorhang zur Seite und sah hinaus in den Garten. Das Gras duckte sich auf den nassen Boden, der Pflaumenbaum streckte seine kahlen Äste in den grauen Himmel. Er griff nach der Krawatte, die seine Frau ihm heute Morgen hingelegt hatte, und band sie um. Dann ging er hinunter in die Küche. Wie immer war der Frühstückstisch stilvoll gedeckt. Seine Frau schenkte ihm eine Tasse Kaffee ein. Schneider griff nach dem frischen Brötchen und schnitt es in zwei Hälften. Dann schmierte er dick Teewurst auf die eine und biss ab. Seine Frau beobachtete ihn. Er spülte mit Kaffee nach.

»Was ist?«

»Gestern hat jemand angerufen.«

Schneider schnitt ein Stück Brötchen ab und schob es in den Mund.

»Er hat gesagt, ich soll dir ausrichten, dass du dich nicht so einfach aus dem Staub machen kannst.«

Er verschluckte sich.

Seine Frau sprang auf. »Frank, was hat das zu bedeuten?«

Schneider sah demonstrativ auf die Uhr.

»Ich muss in die Kanzlei«, sagte er. »Wir reden heute Abend.«

Dann stand er auf, umrundete den Esstisch und küsste seine Gattin zum Abschied. Sie ließ ihn gewähren und sank zurück auf den Stuhl.

»Mach dir keine Sorgen«, bat er und verließ das Haus.

***

»Wieso geht Breschnow nicht ans Telefon?«, fragte Delego und sah besorgt in die Runde.

»Er hat bestimmt wieder zu viel getrunken«, mutmaßte Drass.

»Und Stefan liebt diese dudelnden Dinger so gar nicht«, ergänzte Regina. »Bestimmt ist der Akku wieder leer.«

Delego lehnte sich zurück und verschränkte die Arme. »Irgendwie … Ich weiß auch nicht. Ich versuch's nachher noch mal auf dem Festnetz. Da geht er doch eigentlich immer ran, wenn er zu Hause ist.«

Schmitti stürmte in den Besprechungsraum und knallte eine

Zeitung auf den Tisch. »Trauernde Mutter von Polizei belästigt!«

Drass griff nach dem Blatt. »Wer hat das geschrieben?«

»Ich kann dich beruhigen. Nicht die Anderson. Ein Karl Müller. Aber ich fürchte, dass unser Hauptstadtblatt diesen Aufreißer bestimmt auch auf seinem Titel bringt.«

Delego beugte sich ärgerlich über die Zeitung. »Erst tut sie so, als ob sie mit uns kooperiert, und dann beschwert sie sich bei diesem Käseblatt. Was soll das?«

Nachdem die Kommissarin zu Isabella Rosenholz ins Taxi gestiegen war und ihr mit der Arrestzelle gedroht hatte, hatte sie ihr Alibi für die Mordzeit ihres Sohnes preisgegeben. Es hieß Rayhan Aziz.

»Sie behauptet, die Nacht bei ihm verbracht zu haben«, fuhr Delego fort. »Ich war ziemlich erstaunt, denn kurz vorher hat sie Aziz beschuldigt, ihren Sohn mit Drogen versorgt und als Dealer missbraucht zu haben.«

»Rayhan Aziz ist also ihr Liebhaber?«, fragte Drass.

»War«, antwortete Delego. »Sie hat ihm gebeichtet, dass sie eine Liebschaft mit Schneider angefangen hat, und ihn nach einem fürchterlichen Krach am frühen Morgen gegen fünf verlassen. Danach ist sie sofort nach Hause gefahren, was natürlich niemand bezeugen kann.«

»Hat Rayhan Aziz nicht behauptet, Isabella Rosenholz seit der Trennung von seinem Bruder nicht mehr gesehen zu haben?«, fragte Regina.

»Genau, das hat er«, schnaubte Delego. »Er hat uns belogen.«

»Wahrscheinlich wollte er seine Freundin schützen«, sagte Drass.

»Schützen wovor? Sie kann doch ins Bett gehen, mit wem sie will.«

»Vielleicht sieht er das anders.«

»Dann hätte er ja nicht mit ihr vögeln brauchen.«

»Bleibt doch sozusagen in der Familie«, kommentierte Schmitti.

»Jetzt nicht mehr. Jetzt ist sie mit Schneider zusammen«, erinnerte ihn Drass.

»Hat die Rosenholz damals ihren Ehemann wegen Rayhan verlassen?«, fragte Drass.

Delego schüttelte den Kopf. »Sie sagt, dass ihr Mann bereits seit drei Monaten wieder in Syrien war, als Rayhan Kontakt zu ihr aufgenommen hat. Er wollte ein paar Bücher abholen, die sein Bruder beim Auszug vergessen hatte.«

»Die hätte sie ihm auch schicken können«, sagte Schmitti.

»Dann sind die beiden fast zwanzig Jahren zusammen gewesen«, errechnete Regina. »Haben sie nie zusammengelebt?« Sie sah Schmitti an, der sofort einen Suchauftrag durch den Äther schickte.

»Laut Einwohnermeldeamt nicht.«

»Wusste der Ex-Ehemann davon, dass sein Bruder seinen Platz angenommen hatte?«, erkundigte sich Regina.

Delego zuckte mit den Schultern.

»Und hatte der Vater noch Kontakt mit seinem Sohn?«

»Laut Frau Rosenholz nicht. Sie hat per Gericht ein Kontaktverbot durchgesetzt«, antwortete Delego.

»Wie kann man denn so etwas tun?«, schnaubte Schmitti.

»Da spricht der Familienmensch. Was würdest du denn tun, wenn deine Frau versucht, deine Kinder zu entführen?«

Ihr Kollege betrachtete sie verständnislos.

»Das Alibi von Isabella Rosenholz ist eigentlich nichts wert«, sagte Drass. »Wenn sie Rayhan Aziz im Streit am frühen Morgen verlassen hat, hätte sie durchaus noch die Möglichkeit gehabt, in Tollners Wohnung zu fahren und ihren Sohn zu töten.«

»Aber warum gibt sie uns dann dieses Alibi? Dafür musste ich ihr wirklich die Pistole an die Brust setzen«, sagte Delego.

»Vielleicht denkt sie, wir sind zu blöd nachzurechnen«, antwortete Schmitti.

»Und warum sollte sie ihren Sohn töten?«

»Vielleicht wollte er zu seinem Vater nach Syrien, und das hat ihr nicht gepasst? Vielleicht hatte sie die Nase voll von seinen Drogen …«

»Es muss ja auch kein Vorsatz gewesen sein«, vervollständigte Regina die Spekulationen. »Vielleicht hat sie ihn in einem Streit erstochen.«

»Aber wieso in Tollners Wohnung?«

»Sie könnte einfach ihrem Sohn dorthin gefolgt sein.«

»Ich denke, die Rosenholz fühlt sich erst mal sicher, nachdem sie mit Delego geredet hat, und rennt uns nicht weg. Lasst uns als Nächstes die Zweitwohnung von Johannes Rosenholz in Angriff nehmen«, schlug Drass vor.

»Ich fahre jetzt erst mal zu unserem Chef«, verkündete Delego entschieden. »Ich will wissen, was mit ihm los ist.« Sie richtete den Zeigefinger auf ihren Kollegen. »Und dich brauche ich mit deinen Dietrichen.«

»Du willst bei ihm einbrechen, wenn er nicht aufmacht?«

Delego nickte entschieden.

Regina betrachtete ihre Kollegin nachdenklich. »Ich glaube, sie hat recht. Wir sollten auf jeden Fall erst mal nach Stefan sehen. Bisher ist er immer zur Arbeit erschienen, oder er hat sich gemeldet, oder wir haben ihn erreicht. Egal in welchem Zustand er war.«

»Vielleicht hat er ja die Grenze überschritten und liegt im Alkoholkoma«, schimpfte Drass.

»Dann ist es auch wichtig, dass wir ihn aufsuchen«, sagte Delego.

»Und dafür sollen wir unsere Ermittlungen stoppen?«

»Nicht stoppen«, stellte Regina klar. »Nur umorganisieren.«

»Breschnow behindert uns mit seiner Sauferei. Und ihr beide schützt ihn. Vielleicht ist es jetzt an der Zeit, dass Willich ihn aus dem Verkehr zieht.«

Delego starrte ihn fassungslos an. »So was darfst du noch nicht einmal denken.«

»Wir machen es folgendermaßen«, schlug Regina vor. »Ihr beide fahrt zu Stefan und ich noch mal zu Thomas Tollner. Gebt mir Bescheid, wenn ihr fertig seid, und dann treffen Drass und ich uns vor Rosenholz' zweitem Wohnsitz, und Delego fährt noch mal zu Rayhan Aziz und fragt ihn, warum er uns angelogen hat.«

»Und ich halte euch Willich vom Leib«, entschied Schmitti.

***

Ein wirbelndes Trommelsolo riss sie in den Tag. Kimmie war nass geschwitzt und froh, dem Grauen ihres Traums entronnen zu sein. Sie war wieder in der Wohnung von dem netten Bullen gewesen, aber diesmal hatte er die Waffe gezogen und sie erschossen, bevor er zu Boden gesunken war.

Sie setzte sich auf, lauschte eine Weile der Musik aus der Nachbarwohnung und zog dann ihre Jeans und ein blaues Kapuzenshirt an. Vorsichtig öffnete sie die Zimmertür. Sie wollte jetzt nicht ihrer Mutter begegnen und erst recht keinem von den Kerlen. Sie schlich hinaus und zog die Wohnungstür leise hinter sich zu. Aufmerksam und angespannt verließ sie das Hochhaus, vergewisserte sich, dass keiner von der Clique in der Nähe war. Dann lief sie los zur nächsten Haltestelle, setzte sich im Bus ans Fenster und ließ die Gropiusstadt an sich vorbeigleiten. Sie hatte ihre gesamten neunzehn Jahre hier in diesem Hochhausmeer verbracht, eine unwirkliche und moderne Welt, die sie abstieß und ihr gleichzeitig so vertraut war. Sie schloss die Augen und träumte sich an die Ostsee, sah sich und Toto auf einem bunten Handtuch am Strand liegen. Sie kannte das Meer nur aus dem Internet. Sie hatte Berlin noch nie verlassen.

Zwei BVG-Bedienstete stiegen ein und blieben neben dem Fahrer stehen. Eine blonde Frau drängte sich nach hinten durch. Kimmie folgte ihr und verließ an der nächsten Haltestelle den Bus. Den letzten Teil ihres Weges ging sie zu Fuß, versuchte, ihre Angst in Schach zu halten, wollte die Begegnung mit dem Schwarzen noch etwas hinauszögern. Kurz vor dem Trainingscenter hätte sie ihren Plan fast aufgegeben, wollte einfach wieder umdrehen und sich ins Bett legen. Aber sie zwang ihre Gedanken zu all dem, was sie bereits erledigt hatte, und nährte damit ihren Mut. Außerdem wäre der Kollateralschaden an dem netten Bullen dann nur noch eine gemeine Tat.

Sie holte tief Luft, spannte ihren Körper an und betrat entschlossen das Trainingscenter. Bemüht lässig schlenderte sie die Reihen entlang und betrachtete die Frauen und Männer, die sich mit den Gewichten abquälten. Den Schwarzen fand sie wie beim letzten Mal im hinteren Teil der Trainingsanlage. Als er sie sah, machte er Anstalten aufzuspringen, aber die Gurte des

Gerätestuhls hielten ihn zurück. Fluchend löste er die Sperre und schälte sich aus der Trainingseinheit.

»Bist du jetzt völlig übergeschnappt?«

»Toto ist im Krankenhaus«, erklärte Kimmie. »Deswegen konnte ich gestern nicht kommen.«

»Toto ist im Krankenhaus«, äffte er sie mit spitzer Stimme nach. »Oh, der Arme.«

Kimmie schlug ihm die Faust gegen die Brust. Er packte ihre Hand und drückte zu. Tränen stiegen ihr in die Augen. Der Schwarze betrachtete sie ungerührt. Dann ließ er sie abrupt los, legte den Arm um sie und schob sie aus dem Studio. An der Tür versetzte er ihr einen heftigen Stoß, der sie auf den Bürgersteig katapultierte. Kimmie drehte sich um und sah ihn herausfordernd an. Er musterte sie mit zusammengekniffenen Augen. Dann trat er langsam vor, packte sie an den Schultern und drückte sie in eine Hausecke.

»Hör mir mal gut zu, du Opfer. Verarschen kann ich mich selber«, zischte er und knallte ihr eine.

»Toto ist wirklich im Krankenhaus«, wimmerte Kimmie.

Er griff ihr Kinn, quetschte ihr den Kiefer und hob ihr Gesicht zu sich hoch. »Das ist kein Grund, mich sitzen zu lassen!«

Als er sie losließ, riss Kimmie die Hände hoch und legte sie schützend vor ihr Gesicht. Der Schwarze lachte und boxte ihr in den Bauch. Kimmie sackte auf die Knie.

»Versetz uns nie mehr, du Fotze! Hörst du? Nie mehr!«

Er gab ihr eine Kopfnuss, riss sie an den Armen wieder hoch und beugte sich zu ihr vor. Sie konnte seinen Atem riechen, versuchte sich wegzudrehen. Er packte wieder ihr Kinn.

»Eigentlich sollte ich dich gleich hier totschlagen. Aber ich gebe dir noch eine zweite Chance. Morgen Abend. Gleiche Zeit, gleicher Ort. Aber doppelte Menge.«

»Aber wie soll ich …«, wimmerte Kimmie.

Der Schwarze ließ sie los und trat einen Schritt zurück. »Wenn du nicht lieferst, bist du tot!«

***

Drass klingelte bei allen Nachbarn gleichzeitig. Als sich die Eingangstür öffnete, flutschte Delego an ihm vorbei und raste die Treppe hinauf. Sie war mittlerweile sicher, dass irgendetwas nicht stimmte. Oben horchte sie an Breschnows Tür, klopfte und klingelte. In der Wohnung blieb es ruhig. Drass steckte seinen Dietrich ins Schloss.

»Er wird uns grillen«, sagte er.

»Ich mach mir Sorgen. Das wird er verstehen.«

Drass betrachtete sie zweifelnd und stieß die Tür auf.

»Hallo Chef? Bist du zu Hause?«, rief Delego.

Als niemand antwortete, wechselten die Kommissare einen Blick und gingen hinein. Drass ging ins Wohnzimmer und schnaubte. Überall lagen blanke oder halb beschriftete Papiere, dazwischen Zeitungen und Flaschen. Ein Glas war auf den Boden gerollt und hatte eine braune Pfütze hinterlassen. Die Küche war unaufgeräumt, schmutziges Geschirr stapelte sich im Waschbecken. Zwei mit Tomatensoße beschmierte Teller thronten auf einem Berg aus Tassen und Gläsern. Im Bad entdeckte er blutverschmierte Papierhandtücher und die Reste einer Elastikbinde. Ein Geräusch ließ ihn zusammenzucken. Drass griff nach seiner Waffe. Delego schob sich langsam zum Schlafzimmer vor und trat die angelehnte Tür auf.

Breschnow lag quer auf seinem Bett, neben seinem Gesicht Erbrochenes. Die Kommissarin eilte zu ihm und fühlte seinen Puls. Drass steckte seine Waffe weg und riss das Fenster auf.

»Er lebt noch«, stellte sie erleichtert fest und zog ihr Handy aus der Tasche.

»Wen willst du anrufen?«

»Einen Arzt.«

»Steck das Handy weg. Breschnow ist nur stinkbesoffen.« Drass deutete auf die Flaschen, die um das Bett herumlagen. »Wir schleppen ihn unter die kalte Dusche. Und dann sehen wir weiter.«

Ohne eine Antwort abzuwarten, griff er Breschnows Arme und zog ihn hoch. Die heftige Bewegung verursachte erneutes Erbrechen. Drass sprang zur Seite, Breschnow erleichterte sich und fiel zurück auf die Matratze. Delego lief ins Bad und holte einen nassen Waschlappen. Währenddessen brachte Drass seinen Chef in die stabile Seitenlage.

»Wollen wir nicht doch besser einen Arzt rufen?«, fragte Delego.

Er schüttelte den Kopf. »Der Arzt ist gezwungen, das hier zu melden. Und das ist Öl auf Willichs Mühlen. Der schmeißt Breschnow sofort raus.«

»Ist es nicht das, was du vorhin wolltest?«

»Einerseits schon, aber irgendwie auch nicht. Ich bin einfach sauer auf ihn, weil er sich so gehen lässt, seitdem seine Schwester weg ist. Alles, was ich heute als Polizist kann, habe ich von Breschnow gelernt. Ich ertrage es einfach manchmal nicht mehr, meinem fähigen Ausbilder zuzusehen, wie er sich langsam zu Tode trinkt.«

Er ließ sich den Waschlappen geben und reinigte Breschnows Mund.

Delego stellte sich neben ihn und strich ihm sanft über den Arm. »Ich auch nicht«, gestand sie. »Am besten, ich koche ihm mal einen Kaffee.«

Sie ging in die Küche und betrachtete das Durcheinander der leeren Flaschen und verklebten Gläser. Eine der Schubladen des Küchentisches war herausgerissen worden und der Inhalt über den Boden verstreut. Zeitungen stapelten sich auf den Stühlen, dazwischen handbeschriebene Seiten. Delego erkannte die Schrift ihres Chefs, zog ein Blatt heraus und las.

Auf Wolken sollte/wollte sie gehen/schweben,
doch die sind spitz wie Nadeln
und scharf wie Rasierklingen.

Sie weiß nicht, wohin es geht,
und auch nicht ein noch aus.

Verwundert überflog sie die Zeilen ein zweites Mal, steckte die Seite wieder zwischen die Zeitungen und bahnte sich einen Weg durch das Chaos.

Drass wischte Breschnow noch einmal über den Mund. Dann

packte er ihn an den Schultern, zog ihn hoch und drehte ihn so, dass seine Beine auf dem Boden aufstanden. Breschnow atmete schwer, stöhnte und versuchte mühsam, die Augen zu öffnen. Drass setzte sich neben ihn und stützte seinen Rücken. Kurz danach kehrte Delego mit einem Becher rabenschwarzem Kaffee zurück, den sie dem Halbohnmächtigen Schluck für Schluck einflößten.

Breschnow versuchte wieder, die Augen zu öffnen.

»All… gut«, flüsterte er. »Kkkrrrch.«

»Alles klar, Chef?«, fragte Delego. »Wir bringen dich jetzt unter die Dusche.«

Sie griffen ihn links und rechts unter die Achseln und schleiften ihn in die Duschtasse. Delego wollte ihm das Hemd ausziehen, aber Drass hielt sie zurück und drehte das kalte Wasser auf.

Breschnow rang nach Luft. »Vermte Schei…«, fluchte er heiser.

»Kommt wohl langsam zu sich«, stellte Drass fest und richtete noch einmal den kalten Wasserstrahl auf seinen Vorgesetzten. Breschnow versuchte sich aufzurichten. Aber der Wasserstrahl hielt ihn eisern fest.

Eine halbe Stunde später saßen sie zusammen am Küchentisch, Breschnow in ein riesiges Badetuch gewickelt, Drass und Delego klatschnass. Die Kommissarin zog ihrem Chef die Socken an, die sie neben seinem Bett gefunden hatte, und Drass stellte eine Tasse dampfenden Kaffee vor ihn auf den Tisch. Breschnow hatte zwar die Augen geöffnet, drohte aber immer wieder vom Stuhl zu kippen. Drass setzte sich breitbeinig vor ihn und half ihm beim Trinken. Breschnow würgte den schwarzen Kaffee herunter, verschluckte sich immer wieder und rang nach Luft.

»Du musst es langsamer machen«, korrigierte ihn Delego.

»Ich bin doch keine Pflegeschwester«, maulte Drass.

Delego lachte. »Aber ein Polizist im Einsatz. Stell dir vor, das wäre jetzt ein ganz wichtiger Zeuge, den es am Leben zu erhalten gilt.«

»Dann hätte ich schon längst die Sanitäter gerufen.« Er schlug seinem Chef leicht ins Gesicht. Breschnow fluchte leise.

»Wenn er laut flucht, ist er wieder in Ordnung«, entschied Delego und griff seine Hand. »Chef, was ist passiert?«

Breschnow schüttelte mühsam den Kopf.

»Du weißt es nicht, oder du willst es uns nicht sagen?«

»Weiß nich«, nuschelte Breschnow.

»Warst du gestern Abend hier?«

Er zuckte mit den Schultern.

»Und du hast zu viel getrunken«, stellte Drass fest.

Breschnow blickte über den Tisch. Er kniff die Augen zusammen und deutete mühsam auf das Schnapsglas. »Mon–«

»Mona war hier?«, erkundigte sich Delego.

»Monik–«

»Monika? Du warst mit der Rechtsmedizinerin hier, und ihr habt euch betrunken?«, fragte Drass ungläubig.

Breschnow starrte auf das Glas und verzog das Gesicht.

Delego folgte seinem Blick. »Ich glaube, irgendwas ist mit dem Glas.«

Sie wollte danach greifen, Breschnow gab einen wütend brummenden Ton von sich.

»Monika soll das Glas untersuchen?«

Breschnow nickte und sank wieder in sich zusammen.

Drass zog einen Asservatenbeutel aus seiner Jackentasche und tütete das Glas ein.

»Ich glaube, wir sollten nicht nur das untersuchen lassen«, entschied Delego, zückte ihr Handy und rief in der Rechtsmedizin an. Da Monika gerade eine Obduktion durchführte, ließ sie ihr ausrichten, dass sie in Kürze mit einem Notfall vorbeikommen würden. Dann ging sie ins Schlafzimmer, suchte etwas zum Anziehen und brachte die Kleider in die Küche. Drass versuchte Breschnow, der schwer in seinen Armen hing, die Unterwäsche anzuziehen. Delego bestellte ein Taxi und ging dann ihrem Kollegen zur Hand. Gemeinsam packten sie ihren mittlerweile wieder dahindämmernden Chef fest an den Oberarmen, hoben ihn aus dem Stuhl und schleiften ihn aus der Wohnung.

***

Isabella Rosenholz begrüßte die Kunden mit einem mechanisch freundlichen Lächeln, kassierte ab und wünschte ihnen einen guten Tag. Manche bedankten sich und gaben den Wunsch zurück. Andere räumten schweigend die Lebensmittel vom Band und verließen wortlos den Markt. Die Zeit zog sich wie der Besuch eines unliebsamen Gastes. In der Frühstückspause rief sie ihn noch einmal an, und er versprach erneut, sie pünktlich abzuholen. Endlich war es Mittag, und sie trat auf den Parkplatz hinaus. Schneider wartete mit laufendem Motor direkt vor der Tür.

»Wo fahren wir hin?«, fragte sie und schnallte sich an.

»Lass dich überraschen, mein Schatz.«

Sie kuschelte sich in den Sitz und sah aus dem Fenster. Sie fuhren stadtauswärts. Die Häuserreihen brachen ab und machten einem Waldstück Platz. Nach einer Viertelstunde bog Schneider in einen breiten unbefestigten Weg ein und stoppte kurz danach an einem ehemaligen Forsthaus.

»Hier wollte ich unbedingt noch einmal mit dir hin«, erklärte er. »Bevor …« Er ließ den Satz unvollendet.

»Bevor was?«

Schneider hielt lächelnd den Zeigefinger an seine Lippen und stieg aus. Sie folgte ihm, vorbei an Töpfen mit Geranien, deren rote Blüten sich bemühten, das Grau des Tages zu verschönern, und betrat den rustikalen Gastraum. Ihr Blick blieb an einem riesigen Hirschgeweih hängen.

Eine mollige Frau mit einer karierten Schürze um den blauen Rock begrüßte sie freundlich und wies ihnen einen Tisch zu. Schneider bestellte Hirschgulasch, Isabella Bratwurst, beide bestellten sie Bier.

Als die Kellnerin gegangen war, griff sie Schneiders Hand. Er zuckte kurz zurück, ließ sie dann aber doch liegen.

»Er war im Supermarkt«, sagte sie.

Schneider sah sie fragend an.

»Rayhan.«

Schneider zog seine Hand weg. »Was wollte er?«

»Er hat mir Blumen gebracht.«

»Er hat dir Blumen gebracht? Was sollte das denn?«

Die Kellnerin stellte lächelnd zwei Gläser Bier auf den Tisch, die Markenzeichen der Brauerei den Kunden zugedreht.

Schneider trank hastig. »Hat er dich bedroht?«

»Er nicht, aber diese Polizistin. Ich musste ihr sagen, dass Rayhan und ich ein Paar waren und er mein Alibi ist. Sie werden bestimmt noch mal mit ihm reden.«

Schneider seufzte. »Das ist nicht gut.«

»Vielleicht sollte ich Urlaub nehmen und einfach ein paar Tage wegfahren.«

Die Kellnerin brachte das Essen und wünschte ihnen einen guten Appetit. Schneider wickelte das Besteck aus und spießte mit der Gabel ein Stück Gulasch auf. Isabella nippte an ihrem Bier und ließ den Teller unberührt.

»Hat Daniel meinen Sohn getötet?«

Schneider verschluckte sich und hustete. Dann wechselte er in den Flüstermodus. »Wieso sollte er das tun?«, fragte er und schob sich das nächste Stück Fleisch auf die Gabel.

»Ich weiß es nicht«, gab Isabella zu. Sie sprach ebenfalls leise. »Aber in letzter Zeit schien alles so kompliziert.« Sie nippte noch einmal an ihrem Bier.

Wieder kam die Kellnerin an den Tisch und erkundigte sich mit Blick auf ihren Teller, ob mit dem Essen etwas nicht in Ordnung sei. Isabella schüttelte den Kopf. Schneider lobte das Gulasch und bestellte noch ein Bier.

»Ja, es war kompliziert in der letzten Zeit«, stimmte er seiner Geliebten zu, »und deshalb müssen wir jetzt vernünftig sein.«

»Was meinst du damit?«

»Wir dürfen uns nicht mehr sehen.«

Sie starrte ihn fassungslos an. »Aber ich habe Rayhan deinetwegen verlassen.«

»Das war deine Entscheidung. Ich habe das nicht von dir verlangt.« Er nahm ihre Hand. »Die Tage mit dir waren wirklich schön, oder besser gesagt die Nächte, aber jetzt wird es mir zu schwierig. Ich mag keine schwierigen Affären.«

Die Kellnerin stellte das Bier auf den Tisch. Schneider bedankte sich lächelnd.

Isabella sprang auf, griff nach dem Glas und schüttete ihm

das Bier ins Gesicht. »Du bist wirklich ein Arsch! Mein Sohn hat mich immer vor dir gewarnt. Schade, dass ich nicht auf ihn gehört habe.«

Sie riss ihre Handtasche von der Stuhllehne und hetzte hinaus.

»Du Miststück!«, zischte Schneider. »Das wirst du noch bereuen!«

Die beflissene Kellnerin eilte herbei und reichte ihm ein weißes Handtuch. Schneider dankte ihr lächelnd, trocknete sich das Gesicht und die Haare ab und bestellte noch ein Bier. Beim Bezahlen gab er ein üppiges Trinkgeld. Die Kellnerin wünschte ihm zum Abschied noch einen guten Tag.

***

Drass reichte dem Taxifahrer einen Fünfzig-Euro-Schein, öffnete die hintere Tür und zog an seinem Chef. Delego schob von innen.

»Wohl zu ville jetrunken«, scherzte der Fahrer. »Hat mir zum Jlück nich den Sitz volljekotzt.«

Delego bedachte ihn mit einem finsteren Blick und verlangte die Quittung. Dann ließ sie sich das gesamte Wechselgeld auszahlen. Der Taxifahrer schimpfte und raste davon.

»Hättest ihm ruhig Trinkgeld geben können. So unrecht hat er doch gar nicht«, tadelte sie ihr Kollege.

Die Rechtsmedizinerin hatte ihre Ankunft an den Überwachungskameras verfolgt und kam ihnen mit einem Rollstuhl entgegen.

Drass und Delego setzten Breschnow, der verhalten protestierte, hinein und schoben ihn in das Gebäude.

»Ist er der angekündigte Notfall?«, fragte Monika erstaunt.

Delego nickte und beschrieb ihr, wie sie ihn vorhin gefunden hatten. Die Rechtmedizinerin hielt die Tür zu einem der Untersuchungsräume auf. Delego rollte ihren Chef hinein und parkte ihn neben der Liege. Monika griff nach der Taschenlampe, leuchtete in Breschnows Augen und prüfte seine Vitalfunktionen. Danach reichte sie Drass einen sterilen Becher. »Ich brauche eine Urinprobe, und dann nehme ich ihm Blut ab.«

Die beiden Frauen verließen den Behandlungsraum.

»Wieso habt ihr ihn nicht einfach in ein Krankenhaus gebracht?«, erkundigte sich Monika.

»Drass befürchtet, dass die Sache dann gemeldet wird.«

»Wenn er wirklich so viel trinkt, dass er ohnmächtig wird, dann muss er auch die Konsequenzen tragen.«

»Wirst du ihn melden?«

»Das kann ich dir jetzt noch nicht sagen. Ich warte erst mal den Urintest ab.«

»Er wollte unbedingt zu dir. Bitte verpetz ihn nicht. Er hat sowieso schon genug Ärger.« Delego berichtete ihr über seinen heldenhaften Auftritt bei Schneider.

Monika lachte. »Breschnow, wie er leibt und lebt.«

Drass kam heraus und reichte ihr den Becher.

»Gebt ihm ein Glas Wasser und haltet ihn wach. Ich bin gleich wieder zurück.«

***

Regina betrat die Intensivstation und ließ sich von einer Schwester zum Krankenzimmer bringen. Sie klopfte und trat ein. Frau Tollner stand am Fenster, drehte sich langsam um und deutete auf einen unförmigen Kasten. Zwei durchsichtige Schläuche verbanden ihn mit dem Kranken, rote Flüssigkeit strömte zwischen der Maschine und dem Körper hin und her.

»Es geht ihm schlechter«, sagte sie nach einer Weile. »Seine Nieren sind …«

Ihre Stimme versagte.

»Es tut mir so leid, Frau Tollner.«

»Ich habe immer versucht, mich auf so etwas vorzubereiten«, flüsterte die Mutter und sah Regina fest in die Augen. »Aber das kann man nicht.«

Eine Weile lauschten die beiden Frauen dem monotonen Geräusch des Beatmungsgerätes, das den Brustkorb des jungen Mannes hob und senkte, und dem dezenten Piepton, der ihnen versicherte, dass Thomas Tollners Herz noch schlug.

»Toto hat Rosenholz nicht getötet«, flüsterte die Mutter.

»Wieso sind Sie da so sicher?«

»Rosenholz war seine Existenz. Er hat für ihn gearbeitet.«

»Er hat für ihn gedealt, richtig?«

»Ja. Und das reichte für seine Miete und die Drogen. Aber in den letzten Wochen war er irgendwie anders.«

»Wie anders?«

Frau Tollner dachte nach. »Ernster. Mein Sohn hat sonst immer viel gelacht, wenn wir zusammen waren. Und er wirkte auch irgendwie verunsichert.«

»Haben Sie ihn nach dem Grund gefragt?«

Die Mutter nickte. »Ja, das habe ich. Rosenholz hat damit geprahlt, sich geschäftlich zu verändern, und Toto wusste nicht, was das für ihn bedeuten würde. Er hatte Angst um seinen Job und hat sich noch mehr angestrengt, es Rosenholz recht zu machen.«

»Hatte er Schulden bei ihm?«

Frau Tollner zuckte die Schultern. »Das weiß ich nicht.«

»Hätte Ihr Sohn Ihnen das erzählt?«

Frau Tollner zog sich einen Stuhl heran, setzte sich und griff Totos Hand. »Vielleicht. Manchmal hat er mit mir über ihn geredet. Meistens, wenn er Angst hatte. Rosenholz konnte sehr brutal sein. Und ich glaube, er hat ihn …«

»Er hat ihn sexuell missbraucht«, half Regina.

»So nennt man das wohl heute. Aber darüber hat er mit mir nicht geredet. Das war eher etwas, was ich zwischen den Zeilen herausgehört habe. Es hat ihm immer gutgetan, mich zu besuchen. Danach wirkte er entspannter.«

»Haben Sie je versucht, ihn von den Drogen wegzubringen?«

Die Mutter lachte auf, kurz und bitter. »Was denken Sie denn? Natürlich habe ich das versucht. Tausend Mal. Aber irgendwann habe ich aufgegeben. Und wenn ich reich wäre, hätte ich ihm sogar die Drogen gekauft, nur damit er von dem Kerl wegkommt.«

»Hat Rosenholz Ihren Sohn auch geschlagen?«

Frau Tollner nickte.

»Was waren das für Geschäfte, mit denen Rosenholz geprahlt hat?«

»Das wusste Toto nicht.«

»Und Sie sind wirklich sicher, dass er ihn nicht erstochen hat? Vielleicht in Notwehr, im Handgemenge, im Gerangel?«

»Die Frage habe ich Ihnen doch schon mehrmals beantwortet. Mein Sohn kann keiner Fliege was zuleide tun.«

Reginas Handy klingelte. Sie zog es aus der Tasche, entschuldigte sich und verließ den Raum.

***

Kimmie schleppte sich vom Trainingscenter weg. Ihr Gesicht brannte. Eine der Wunden war wieder aufgerissen und blutete. Ihr Magen krampfte, ihr war übel. Ein Passant blieb stehen und musterte sie besorgt.

»Was!«, fauchte Kimmie. »Noch nie 'n Mädchen gesehen?«

Der Mann deutete auf ihr Gesicht und reichte ihr ein Papiertuch. Kimmie riss es ihm aus der Hand und tupfte sich vorsichtig das Blut von der Lippe und der Stirn.

»Kann ich dir vielleicht irgendwie helfen?«

»Kümmer dich um deinen Scheiß!«, zischte Kimmie und überquerte, ohne auf den Verkehr zu achten, die Straße. Reifen quietschten, ein Autofahrer fluchte. Sie zeigte ihm den Stinkefinger. In einem Durchgang zwischen zwei Hochhäusern sank sie erschöpft zu Boden, zog den Tabak und ein Päckchen Gras aus ihrem Rucksack, krümelte ein paar grüne Brocken darauf und drehte sich einen Joint. Sie inhalierte hastig und spürte, wie sich ihr Körper ein wenig entspannte und die Schmerzen nachließen. Als sie sich wieder auf den Weg machte, blickte sie sich panisch in alle Richtungen um. Hinter jeder Ecke, hinter jedem Mauervorsprung und hinter jedem Baum vermutete sie jemanden aus der Gropius-Clique oder einen ihrer Helfer und war überrascht, als sie unverletzt ihren Hauseingang erreichte.

Oben in der Wohnung war es ruhig. Ihre Mutter schlief immer noch. Kimmie suchte in der Küche nach Essbarem, fand einen Schokoriegel, eine Packung Erdnüsse und zwei Scheiben Toast, stopfte alles in eine Plastiktüte und füllte eine Flasche mit Wasser auf. In ihrem Zimmer packte sie noch eine Kapuzenjacke in den Rucksack, legte die Plastiktüte darauf und verließ wieder die Wohnung. Sie rechnete nicht damit, noch einmal zurückzukehren.

***

»Der Restalkohol in seinem Urin ist viel zu gering, um seinen schlechten Zustand zu erklären«, erklärte die Rechtsmedizinerin.

»Er hat sich also nicht volllaufen lassen?«, vergewisserte sich Drass.

Monika verneinte. »Vielleicht ist es doch besser, ihn im Krankenhaus sorgfältig durchchecken zu lassen.«

Von der Liege des Untersuchungsraums war ein eindeutig negatives Grunzen zu hören.

»Unser Patient scheint auch etwas dazu sagen zu wollen«, sagte die Rechtsmedizinerin und steuerte die Behandlungsliege an.

»Das Glas!«, rief Delego. »Breschnow hat auf ein Glas gedeutet. Drass hat es eingesteckt.«

Monika ließ es sich geben und hielt es Breschnow hin. »Soll ich das untersuchen?«

»Mhm.«

»Du musst dir mehr Mühe geben«, forderte sie. »Auf was soll ich es untersuchen? Auf den Inhalt?«

Breschnow öffnete die Augen und deutete ein Nicken an.

Monika setzte sich auf den Stuhl neben die Liege. »Hattest du Besuch?«

Wieder ein zaghaftes Nicken. Drass und Delego sahen sich an.

»Wisst ihr, wer ihn besucht hat?«

Beide schüttelten den Kopf.

Sie drehte sich wieder Breschnow zu. »Ich nehme dir jetzt Blut ab und spritze dir ein Aufbaumittel. Dann untersuche ich das Glas und dein Blut auf Rückstände.«

Monika packte eine Spritze aus und band ihm den Oberarm ab. Sie fand sofort eine Ader. Langsam füllte sich der Kolben. Breschnow stöhnte. Sie reichte Delego ein Stück Watte, das sie auf den Einstich drücken sollte, und zog die zweite Spritze auf.

»Das Aufbaumittel wird dich etwas wacher machen, hoffe ich zumindest.«

Sie strich ihm über die Hand und bat Delego, noch eine Weile bei ihm zu bleiben. Dann verließ sie mit Drass gemeinsam den Raum.

»K-k-k-ki…«, flüsterte Breschnow wieder.

Delego reichte ihm einen Becher mit Wasser und unterstützte ihn beim Trinken.

»Kim«, krächzte Breschnow.

»Kimmie?«, riet Delego. »Kimmie Naumann?«

Breschnow nickte und hob mühsam den Arm, um ein Trinken anzudeuten.

»Du hast mit Kimmie Naumann getrunken?«

»G-g-ga.«

»Ich versteh dich nicht.«

»Gl-la…«

»Sie hat dir was ins Glas geschüttet?«

Breschnow nickte erneut und lehnte sich erschöpft an die Wand. Delego sprang auf und rannte Monika hinterher.

***

Der Mann von der Wohnungsbaugesellschaft wartete bereits vor der Tür. Drass hatte Regina am Kleistpark aufgelesen, und sie waren in die Siedlung gefahren, in der laut Kontoauszug die Zweitwohnung von Johannes Rosenholz lag. Der Angestellte öffnete ihnen die Haustür und ließ sie vorangehen. Im zweiten Stock drückte er Drass den Schlüssel in die Hand und trat zurück. Drass betrachtete den Schlüssel. »Gibt es noch einen zweiten?«

»Für die Ein- und Zwei-Zimmer-Wohnungen erhalten die Mieter immer zwei Schlüssel«, antwortete der Angestellte.

Drass drehte sich seiner Kollegin zu. »Erinnerst du dich an den Türschlüssel in Busses Wohnung, den wir nicht zuordnen konnten?« Er hielt ihr den Schlüssel hin. »Ist zwar ein Nullachtfünfzehn-Teil. Aber vielleicht passt er zu dem anderen.«

»Wir werden ihn mitnehmen und vergleichen«, entschied Regina.

Der Mann von der Wohnungsbaugesellschaft widersprach heftig. »Das kann ich Ihnen nicht erlauben. Dafür brauche ich die Genehmigung der Geschäftsführung.«

»Dann holen Sie die bitte ein, guter Mann«, bat Drass und schloss auf.

Der Flur war leer, ebenso die Küche. Aber in dem geräumigen Zimmer türmten sich drei Kartons übereinander, im Bad stand ein weiterer.

»Sieht nicht so aus, als ob hier jemand wohnt«, sagte Regina.

»Eher, als ob hier jemand einziehen will. Ich seh mir die Kartons im Zimmer an, untersuch du den im Bad«, entschied Drass.

Die Kommissarin ging in die Nasszelle, kniete sich neben den Karton, klopfte ihn vorsichtig ab und öffnete ihn dann. Zwei ineinandergestapelte Plastikeimer wurden sichtbar, mehrere Trichter in unterschiedlichen Größen und zwei Bunsenbrenner. Regina dachte an Camping und runzelte die Stirn. Drass rief sie ins Wohnzimmer. Er hatte die drei Kartons nebeneinander auf den Boden gestellt und einen davon geöffnet. Glasphiolen in unterschiedlichen Größen, flache Teller, Einmalspritzen.

»Sieht aus wie die Utensilien zu einem Chemielabor«, stellte er fest.

Regina bückte sich, öffnete einen der kleineren Kartons, nahm eine Medikamentenschachtel heraus und hielt sie hoch.

»Ich glaube, ich weiß, womit wir es hier zu tun haben.«

***

»Ketamin«, verkündete die Rechtmedizinerin und setzte sich neben Breschnow. »Sogenannte K.o.-Tropfen. Du hast zweimal Glück gehabt. Zum einen ist der Wirkstoff in deinem Blut noch nachweisbar, zum anderen hat dich die Dosis nicht umgebracht. Dieses Zeug kann zum Herzstillstand führen, und dein Körper ist in keinem guten Zustand. Wer hat das getan?«

»Kimmie Naumann, ein Mädchen, nach dem wir im Rahmen der Rosenholz-Ermittlungen suchen«, antwortete Delego für ihren Chef.

»Sie war bei dir zu Hause?«, fragte Monika verwundert.

»War verletzt«, krächzte Breschnow.

Monika zog die untere Schublade des kleinen Beistellschränkchens auf und griff nach einem Päckchen. Sie riss es auf und ließ das Pulver in das Wasserglas rieseln. »Trink das. Das schmiert die Kehle.«

Breschnow trank gehorsam und schüttelte sich.

Monika lächelte. »Schmeckt ekelig, ich weiß.«

»Was hast du gestern getrunken?«

»Wodka.«

»Und wann hast du diesen K.o.-Wodka getrunken?«

Breschnow räusperte sich. »Heute Nacht ... Gegen Morgen ... Ich weiß es nicht mehr so genau.«

»Warum hat sie dir die Tropfen verabreicht?«

Er zuckte mit den Schultern.

»Und wie geht es dir jetzt?«

»Schlimmer als jeder Kater«, murmelte Breschnow. »Kann ich jetzt gehen?«

Monika ignorierte die Frage, knöpfte sein Hemd auf und hörte mit dem Stethoskop seine Brust ab. Sie maß den Blutdruck und untersuchte seine Augen. Dann widmete sie sich sorgfältig seinen Lymphknoten.

»Dein Herz schlägt zu schnell, und dein Blutdruck ist zu niedrig. Das sind die Nebenwirkungen der Vergiftung. Hast du Gliederschmerzen?«

Breschnow nickte.

Monika griff ein Bein und winkelte es an den Körper an. Das Gleiche tat sie mit dem anderen. »Keine Schmerzen?«

Breschnow verneinte.

Dann bat sie ihn, erst den einen Arm, dann den anderen zu heben, und untersuchte den Oberkörper nach Blutergüssen.

»Du scheinst nicht gestürzt zu sein. Keine Brüche, keine blauen Flecke und auch sonst keine Spuren von Gewaltanwendung. Ich werde dir noch ein Blutdruck- und ein Herzmittel spritzen. Dann kannst du in einer halben Stunde nach Hause. Am besten, du legst dich ein paar Stunden hin und ruhst dich aus.«

Sie brach die Spitze der Ampulle ab und zog die Spritze auf. »Fährst du ihn nach Hause?«

Delego nickte.

»Dann ist er ja in guten Händen. Ich an eurer Stelle würde sehr sorgfältig nachsehen, ob etwas fehlt. Diese Kimmie muss doch einen Grund gehabt haben, Breschnow zu betäuben.«

Sie wandte sich wieder ihm zu. »Du darfst heute auf gar keinen Fall mehr Auto fahren und auch nicht arbeiten.«

Breschnow nickte und streckte sich auf der Behandlungsliege aus. Monika verabschiedete sich von den beiden und ging zurück in den Obduktionsaal.

***

»Ephedrin«, las Regina ab.

»Und das hier ist ein Grippemittel«, sagte Drass, der den anderen Karton geöffnet hatte. »Aber was ist da drin?« Er hielt ein in Plastik verschweißtes weißes Pulver hoch.

Regina beschrieb mit dem rechten Arm einen weiten Bogen. »Das hier ist eine Drogenküche, verehrter Kollege. Wir haben ins Schwarze getroffen. Lass uns die Kollegen von der Drogenfahndung rufen.«

»Aber nicht Marion Freudig. Die lässt sich die ganze Zeit verleugnen. Ich war sogar schon drüben, aber ihr Hünenkollege hat mich sofort wieder auf den Gang hinausgeschoben und freundlich vertröstet.«

»Ich denke, sie wird ihre Gründe haben«, versuchte Regina ihren Kollegen zu beschwichtigen.

»Hoffentlich gute«, sagte Drass und griff nach seinem Handy.

Jemand hüstelte verlegen. Der Angestellte der Wohnungsbaugesellschaft hatte den Raum betreten. »Drogen?«, fragte er ungläubig.

»Wir werden die Wohnung versiegeln müssen. Und die Spurensicherung wird sie sorgfältig untersuchen. Haben Sie den Geschäftsführer erreicht?«

Der Angestellte nickte. »Er ist sich unsicher, ob er den Schlüssel ohne einen richterlichen Beschluss herausgeben darf. Aber ich vermute, die Situation hat sich durch Ihren Fund verändert. Ich brauche eine Quittung.«

Er zog einen Block und einen Kugelschreiber aus seiner Umhängetasche und reichte beides Regina.

»Sagen Sie, können Sie das hier bitte nicht an die große Glocke hängen?«

»Wir hängen nie was an die ›große Glocke‹«, antwortete sie ärgerlich, »aber so einen Fund wird man nur schwer verbergen können.«

»Entschuldigung. Ich wollte der Polizei nicht zu nahe treten. Ich verstehe das alles nicht. Wir wählen unsere Mieter stets sorgfältig aus.«

»Dieses Mal haben Sie wohl danebengegriffen.« Sie gab dem Angestellten den Quittungsblock zurück. »Aber seien Sie unbesorgt. Wir tun unser Bestes, nicht zu viel Staub aufzuwirbeln.«

»Da wären wir Ihnen wirklich sehr dankbar. Wir würden uns auch erkenntlich zeigen, falls Sie mal eine Wohnung suchen.«

Regina lachte. »Wir sind Polizisten und unbestechlich.«

Der Angestellte betrachtete sie irritiert. »Wenn Sie mich nicht mehr brauchen, dann würde ich jetzt gerne gehen und unserem Geschäftsführer die Situation persönlich schildern.«

»Eine Frage noch. Haben Sie dem Mieter die Wohnung gezeigt?«

»Nein. Das war meine Kollegin. Sie ist zuständig für die Vermietung in diesem Bezirk. Ich komme nur in Notfällen, so wie heute, wenn eine Wohnung geöffnet werden soll.«

Drass ließ sich den Namen und die Telefonnummer geben und begleitete ihn hinaus.

***

Delego wusch zwei Gläser aus, füllte sie mit Leitungswasser und stellte sie auf den Tisch.

»Ein Bier wäre mir lieber«, brummte Breschnow.

»Dann geht es dir ja wieder gut«, stellte sie fest und setzte sich ihm gegenüber.

»Oder wenigstens einen Kaffee.«

Er erhob sich mühsam.

Delego sprang auf. »Bleib sitzen. Ich koch uns einen.«

Sie spülte die Glaskanne aus, füllte sie neu, gab extra viel Kaffeepulver in den Filter und setzte die altmodische Maschine in Gang. »Du hast beim Schießtraining gefehlt.« Sie drehte sich zu ihm hin und lächelte. »Oh, tut mir leid, ich habe vergessen …«

Breschnow lehnte sich zurück und streckte seine langen Beine aus.

»Die Schießanlage ist wirklich toll. So eine habe ich noch nie gesehen. Aber ich will dir ja nicht zu viel verraten. Du musst sowieso noch hin. Willich besteht darauf, dass du das Schießen nachholst, und der Trainingsleiter erwartet deinen Anruf.«

»Was habt ihr ihm erzählt?«

»Dass du verhindert bist. Und das stimmte ja auch.«

Delego stellte die Tassen auf den Küchentisch und schenkte ein. »Wieso hast du Kimmie Naumann mit nach Hause genommen?«

»Sie hat geblutet«, brummte Breschnow.

Delego setzte sich ihm gegenüber und wartete auf die Fortsetzung. Breschnow pustete in seinen Kaffee und nahm einen Schluck. »Sie hatte sich selbst verletzt.«

»Wie verletzt?«

»Geritzt. Ich glaube, das macht sie schon länger.«

»Warum hast du sie nicht zum Arzt gefahren?«

»Verdammt, warum wohl? Weil sie nicht wollte«, antwortete Breschnow verärgert.

Sie tranken schweigend ihren Kaffee. Delego stellte die leere Tasse auf den Tisch und erhob sich. »Sollen wir nachsehen, ob etwas fehlt?«

»Das mache ich alleine. Fahr du schon mal vor zur Dienststelle.«

»Vorfahren? Monika hat gesagt, du sollst dich ausruhen.«

»Mir geht es schon wieder prima«, brummte Breschnow.

»Mach doch, was du willst«, sagte Delego genervt und verließ die Küche.

Breschnows Blick glitt auf den Boden, wo noch die leere Küchentischschublade lag. Er wusste genau, was Kimmie Naumann mitgenommen hatte, und verfluchte seine Nachlässigkeit.

***

»Such was über Crystal Meth«, bat Regina und setzte sich auf Delegos Schreibtisch.

Schmitti sah vom Bildschirm auf. »Wusste gar nicht, dass du so etwas nimmst. Bist du deswegen immer so fit?«

Regina lachte und berichtete ihm von den Funden im Riemenschneiderweg.

»Und du denkst, das ist eine Crystal-Küche?«

»Marion Freudig hat einen Blick in die Kartons geworfen. Sie kommt gleich und wird es uns genauer erklären.«

Regina ging voran in den Besprechungsraum. Drass folgte ihr.

»Was ist los mit dir? Du siehst nicht besonders froh aus. Dabei haben wir so einen grandiosen Fund gemacht.«

»Ich muss immer wieder an Thomas Tollner denken. Seine Nieren sind in einem schlechten Zustand. Wahrscheinlich wird er sterben.«

»Wieso geht dir das so nah?«

»Er erinnert mich an einen Freund aus der Jugendzeit.«

»Tollner hat gewusst, auf was er sich einlässt, als er mit dem Heroin angefangen hat.«

»Hat er das wirklich?«

Drass zuckte mit den Schultern. Zwei Stimmen durchfluteten den Flur. Kurz danach schob Schmitti die Drogenfahnderin in den Raum.

Marion Freudig blickte lächelnd in die Runde. »Ich möchte euch gratulieren. Wir hatten keine Ahnung von dieser Wohnung.«

»Wieso hast du unsere Anfrage bezüglich Rayhan Aziz ignoriert?«, erkundigte sich Drass scharf.

Regina bat die Drogenfahnderin, sich zu setzen.

»Es tut mir leid. Aber ich saß zwischen allen Stühlen. Offiziell gibt es keinen Rayhan Aziz bei uns«, begann Marion Freudig. »Er arbeitet undercover.«

»Aber das hättest du uns doch sagen können.«

Sie schüttelte den Kopf. »Anweisung von ganz oben. Und dass ich jetzt mit euch rede, ist ebenfalls gegen die Anordnung, die ich persönlich ziemlich bescheuert finde. Aber in unserer Abteilung sind zurzeit alle etwas paranoid.«

»Wegen des Maulwurfs?«, fragte Drass.

Die Drogenfahnderin nickte. »Wir wissen ja nicht, ob er abteilungsübergreifend gearbeitet hat.«

»Und ist Aziz euer Maulwurf?«

Marion Freudig krauste die Nase. »Aller Wahrscheinlichkeit nach, ja. Aber noch sind nicht alle Indizien gegen ihn ausgewertet, und damit ist noch nichts bewiesen.«

»Danke für dein Vertrauen«, sagte Regina. »Was kannst du uns über diese Drogenküche sagen?«

Marion Freudig lehnte sich zurück. »Ich bin sicher, dass in dieser Wohnung Crystal Meth gekocht werden sollte. Es gibt verschiedene Syntheserouten für Methamphetamin. Insofern unterscheiden sich auch die eingesetzten Chemikalien.«

Drass deutete auf das Foto mit dem weißen Pulver in den Plastikbeuteln. »Sind das die Chemikalien?«

»Das vermute ich. Es kann natürlich auch etwas anderes sein. Wir müssen es erst genauer untersuchen. Die heute in den Methküchen bevorzugte Methode ist sicherlich die Reduktion von Pseudoephedrin. Dieses Pseudoephedrin ist in handelsüblichen, nicht verschreibungspflichtigen Erkältungsmitteln enthalten.« Sie deutete auf das Foto mit dem Bunsenbrenner. »Es wird quasi rausgekocht. Mit Hilfe von Jodwasserstoffsäure oder durch eine Birch-Reduktion mittels Lithium und Ammoniak.«

»Und wo kauft man das Zeug?«, fragte Schmitti.

»Die Erkältungsmittel in jeder Apotheke und alles andere im Internet oder in Baumärkten oder Drogerien. Es gibt viele Bezugsquellen.«

»Aber dann kann ja jeder das Zeug kochen«, empörte sich der Computerfachmann.

»Im Prinzip schon. Die Anleitung dafür findet man auch im weltweiten Netz.«

Schmitti stöhnte.

»Und das Ephedrin? Ist das nicht rezeptpflichtig?«, fragte Delego.

»Man bekommt alles, wenn man es wirklich will«, antwortete die Drogenfahnderin. »Ephedrin wird genauso wie ein nicht verschreibungspflichtiges Erkältungsmittel behandelt. Eine weitere Möglichkeit besteht noch in der Umsetzung von Phenylaceton mit N-Methylformamid unter alkalischen Bedingungen.«

»Ich versteh gar nichts mehr«, gestand Regina. »Aber ich will das Zeug ja auch nicht herstellen. Johannes Rosenholz hat also diese Wohnung angemietet, um in die Produktion von Crystal Meth einzusteigen. Kann man das so zusammenfassen?«

Die Drogenfahnderin nickte. »Es besteht natürlich auch die Möglichkeit, dass er schon längst im Geschäft war und seine Produktion erhöhen wollte. Vielleicht ist die Wohnung nur die Spitze des Eisbergs.«

»Dann wünsche ich euch viel Erfolg bei der Suche.«

»Falls es noch weitere Küchen gibt, werden wir sie in den verschlüsselten Dokumenten unseres Maulwurfes finden.«

»Ich habe noch eine Frage an dich«, sagte Regina und schilderte den Zustand von Thomas Tollner.

»Ich schließe mich dem an, was die Ärztin gesagt hat. Entweder Tollner hat zu reines Heroin gedrückt oder extrem verschmutztes. Zweiteres knallt besonders und drückt dir quasi das Herz aus dem Leib.«

Marion Freudig zog ihr Smartphone aus der Tasche und rief eine Seite auf. Dann hielt sie das Gerät hoch.

»Drei Tote in den letzten vier Tagen. Alle hatten eine Überdosis genommen, und zu unserem Glück hatte einer von ihnen noch ein Tütchen Heroin in der Tasche. Die Analyse läuft noch. Aber was wir jetzt schon wissen, ist, dass der Stoff ungewöhnlich rein ist.«

»Woher kommt das Heroin?«

»Das wissen wir auch noch nicht. Aber der Tod von Johannes Rosenholz hat ein Vakuum hinterlassen, und es gibt zwei Dealer, die seinen Platz beanspruchen. Vermutlich verkauft einer von ihnen gerade das reine Heroin, um sich von der

Konkurrenz abzuheben und neue Zwischenkäufer für sich zu gewinnen, und der andere das extrem verschmutzte, was besonders knallt.«

»Wie im richtigen Leben«, sagte Drass.

»Drogenkriminalität ist zwar eine Parallelwelt, aber es herrschen dieselben Marktgesetze.«

»Lass mich raten: Angebot und Nachfrage.«

Marion Freudig nickte. »Entweder man baut sich mit besonders preiswertem Stoff die neue Kundschaft auf, das ist dann oft stark verschmutztes Heroin, oder mit besonders gutem.«

»Aber wenn die Fixer daran sterben? Dann will doch keiner diesen Stoff.«

»Es geht nicht um die Endverbraucher. Die sind nur Kollateralschäden. Es geht um die Zwischenhändler, die Großkunden.«

Sie erhob sich langsam. »Es ist ein schmutziges Geschäft, aber davon gibt es in unserer legalen Handelswelt ja auch mehr als genug. Ich gehe jetzt hoch in die KTU. Falls ich noch etwas finde, was euch weiterhelfen kann, sag ich auf jeden Fall Bescheid.« Sie hielt kurz inne und lachte dann. »Quasi undercover.«

***

Cosma beschloss, noch einmal zu der Laube zu fahren. Vielleicht würde sie darin Spuren finden, die sie zu Kimmie Naumann führen könnten. Sie stöpselte sich die Kopfhörer in die Ohren und suchte nach einem Lied über das Meer. Als sie den Uferweg betrat, wurde sie von drei älteren Joggern fast umgerannt. Eine Krähe stürzte vor ihre Füße, packte eine Brottüte und rettete sie auf einen Ast. Je näher sie dem Kottbusser Damm kam, desto mehr Menschen kreuzten ihren Weg. Die meisten waren jung und bärtig, trugen entweder einen Kaffeebecher oder eine Flasche in der Hand. Cosma stieg in die U-Bahn und erreichte eine Viertelstunde später die Gropiusstadt.

Als sie die Laubenkolonie betrat, bemerkte sie den roten Nissan, und zwei Querwege weiter sah sie Hauptkommissar Breschnow an einen Zaun gelehnt rauchen. Er schien nicht überrascht, sie zu sehen.

»Sie ist nicht drin«, sagte er und warf die Kippe auf den Boden.

Dann setzte er sich leicht schwankend in Bewegung, strauchelte und hielt sich an dem Zaun fest. »Kommen Sie mit. Wir fahren zu ihr nach Hause.«

Er schwankte bedrohlich und musste sich immer wieder festhalten. Cosma folgte ihm unentschlossen. »Sind Sie betrunken?«

»Ausnahmsweise nicht«, brummte Breschnow und verlor wieder das Gleichgewicht. Cosma stützte ihn, bis sie das Auto erreichten.

»Sie wollen jetzt nicht wirklich fahren, oder?«

Statt einer Antwort schloss er die Tür auf und stieg ein. Cosma zögerte, ließ sich dann aber doch auf den Beifahrersitz gleiten. Bei dem Versuch, den Wagen zu wenden, rammte Breschnow einen Pfosten und fluchte. Schweiß bildete sich auf seiner leichenblassen Stirn. Er gab Gas und schlingerte über den schmalen Weg. Cosma krallte sich in den Sitz und schrie, als der Wagen von einem Gartentor gestoppt wurde. Breschnow riss die Tür auf und erbrach sich. Cosma versuchte, sich zu sammeln, blieb noch einen Moment lang sitzen. Dann stieg sie aus und reichte ihm ein Papiertaschentuch.

Er säuberte sich den Mund und nuschelte: »Können Sie Auto fahren?«

»Ist schon 'ne Weile her, aber im Moment wahrscheinlich besser als Sie.«

Breschnow zuckte die Schultern und stieg auf der Beifahrerseite ein. Er öffnete das Handschuhfach, zog den Flachmann heraus und spülte sich den Mund. Cosma startete den Wagen. Es krachte, als sie den Rückwärtsgang einlegte. Sie kuppelte wieder aus und versuchte es erneut. Vorsichtig setzte sie zurück, brachte das Gefährt in die richtige Richtung und deutete auf das eingeknickte Tor.

»Darum wird sich die Polizei kümmern«, brummte Breschnow. »Fahren Sie!«

***

Die Tür öffnete sich einen Spaltbreit. Das Gesicht, das hindurchlugte, verfinsterte sich. »Was willst du hier?«, erkundigte sich der Mann barsch.

»Mit dir reden.«

Unwillig ließ er sie eintreten und dirigierte sie ins Wohnzimmer. Dann verschwand er wortlos in dem anderen Raum.

Isabella Rosenholz setzte sich in den grünen Cocktailsessel, den sie so mochte, und drehte sich leicht hin und her. »Es tut mir leid«, flüsterte sie, als er zurückkam.

»Was tut dir leid? Dass du zwanzig Jahre mit mir zusammen warst oder dass du dich getrennt hast«, fragte er scharf.

Sie senkte den Blick und schluchzte leise.

Rayhan Aziz betrachtete sie ungerührt. »Deine Tränen sind nicht echt. Trotzdem will ich dich wie einen Gast behandeln.«

Er ging in die Küche, füllte zwei Gläser mit Tee, legte Gebäck auf einen Teller und stellte alles auf den verzierten Teewagen. Dann schob er einen der bestickten Hocker neben den Sessel, reichte seinem Gast ein Glas Tee und ein Stück Gebäck auf einer Serviette.

Isabella bedankte sich und tupfte sich die Augen trocken. »Es tut mir leid, dass ich mich von dir getrennt habe«, sagte sie nach einer Weile. »Nach dem Tod von Jo war alles so …«

Rayhan Aziz sprang auf. »Du hast dich schon von mir getrennt, als Johannes noch lebte, und jetzt spielst du die Reumütige. Hat dich Schneider etwa fallen lassen?«

Isabella schluchzte wieder.

Aziz ging unruhig im Raum auf und ab. »Ich liebe dich noch, aber du hast mich zu sehr gekränkt.«

Sie hob den Kopf. »Kannst du mir denn nicht verzeihen?«

Er betrachtete sie eine Weile und setzte dann seinen Gang durch das Zimmer fort. »Dafür ist es zu spät. Du hast Schande über mich und meine ganze Familie gebracht. Wir Brüder sind zerstritten, und Kadirs Sohn musste ohne seinen Vater aufwachsen.«

»Kadir hat damals versucht, Jo zu entführen.«

»Johannes ist sein Erstgeborener. Er hat ein Recht auf ihn. Warum hast du ihm seinen Sohn nicht gelassen? Stattdessen hast du ihn vor der ganzen Familie lächerlich gemacht. Ein Mann, der seinen Sohn nicht einmal sehen darf.«

»Ich liebe mein Kind. Ich hätte es niemals hergegeben.«

Er baute sich vor ihr auf. »Du hast deinen Sohn gehasst, weil er dir das Tanzen genommen hat. Und das hat er gespürt. Er wollte damals mit seinem Vater nach Syrien gehen.«

Ihre Blicke trafen sich.

»Und jetzt hast du mir auch noch die Polizei auf den Hals gehetzt.«

»Aber ich –«

»Geh jetzt!«, unterbrach er sie. »Bevor ich mich vergesse.«

Isabella erhob sich fügsam und verließ den Raum. Er folgte ihr in den Flur. An der Tür drehte sie sich noch einmal um. Aber die Wut in seinem Blick ließ sie schweigen.

***

Unterschiedliche Stimmen quollen aus der Gegensprechanlage, bevor die Tür geöffnet wurde. Ein intensiver Geruch von Reinigungsmitteln lag noch in der Luft. Breschnow versuchte einen großen Schritt in den Hauseingang hinein und rutschte aus. Cosma verkniff sich eine Bemerkung und half ihm hoch. Als er stand, schlug er mürrisch ihre Hand weg und schwankte fluchend zu den Aufzügen.

Oben angekommen, hämmerte Breschnow mit der Faust gegen die Wohnungstür. Er drückte den Daumen auf die Klingel, bis sie endlich aufgerissen wurde, schob sich an der nörgelnden Frau Naumann vorbei und eilte zu Kimmies Zimmer.

»Sie ist nicht hier«, maulte die Mutter.

Breschnow rüttelte an der verschlossenen Tür. Dann griff er die Frau am Kragen ihres verschlissenen Morgenmantels, schob sie in die Küche, drückte sie auf einen Stuhl und zischte: »Sie sagen mir jetzt sofort, wo ist sie?«

Cosma schloss eilig die Tür, nicht sicher, was sie jetzt tun sollte.

»Sie sagen mir jetzt sofort, wo Ihre Tochter ist!«, wiederholte Breschnow.

Die Mutter versuchte aufzustehen, aber er drückte sie an den Schultern zurück in den Stuhl. »Zum letzten Mal. Wo ist Kimmie?«

»Was bildest du dir eigentlich ein, hier so reinzustürmen und mich zu misshandeln?«, schnaubte sie. »Ich weiß nicht, wo meine Tochter ist. Wenn du was von ihr willst, musst du sie schon selber finden.«

Cosma trat näher, fasste Breschnows rechtes Handgelenk und schüttelte kaum merklich den Kopf. Er lockerte seinen Griff.

»Wann haben Sie Ihre Tochter zuletzt gesehen?«, fragte die Journalistin freundlich.

»Ich sag erst wieder was, wenn der Verrückte mich loslässt.«

Cosma flüsterte Breschnow etwas ins Ohr. Widerstrebend ließ er von der Frau ab und setzte sich ihr gegenüber an den Tisch.

Sie rieb sich die Schultern. »Ich werde Schmerzensgeld von der Polizei verlangen.«

»Wann haben Sie Ihre Tochter zuletzt gesehen?«, wiederholte Cosma ihre Frage.

»Gestern Morgen? Weiß nich so genau.«

»Und haben Sie vielleicht eine Idee, wo sie sein könnte?«

Gisela Naumann verneinte. Breschnow sprang wieder auf. Sie zuckte zusammen.

»Vielleicht ist sie bei Marinda. Das ist ihre Freundin.«

Er zog einen zerknitterten Zettel aus der Tasche. »Onkel-Tom-Straße 13?«

Gisela Naumann sah ihn überrascht an. »Hat dir Kimmie die Adresse gegeben?«

Breschnow nickte.

»Und wo soll diese Onkelstraße sein?«

»Dahlem«, antwortete Cosma.

Die Mutter prustete los. »Marinda in Dahlem? Das hätte sie wohl gerne, meine spinnerte Tochter.«

Sie lachte und hörte erst auf, als Breschnow wütend auf den Tisch schlug.

»Kimmie hat dir einen Bären aufgebunden«, freute sich die Mutter.

»Und wo wohnt Marinda stattdessen?«

»Nicht weit von hier. Hab aber keine Hausnummer im Kopp.«

»Aber hoffentlich einen Nachnamen.«

Gisela Naumann nickte, erhob sich mühsam und schwankte aus dem Raum. Kurz danach kehrte sie mit einem karierten Heft zurück. Sie legte es auf den Tisch und deutete auf das in kindlichen Buchstaben beschriebene Etikett.

»Marinda Keiten, Fritz-Erler-Allee 102«, las Cosma und tippte die Adresse in ihr Smartphone.

»Dahlem«, kicherte sie wieder. »Marinda in Dahlem.« Dann wurde sie ernst. »Wenn du Kimmie siehst, sag ihr, sie soll nachher ihre Geschwister von der Kita abholen. Ich will keinen Ärger.«

Breschnow zitterte vor Wut. Cosma schob ihn energisch aus der Küche, dann aus der Wohnung und hinein in den Fahrstuhl.

***

Delego legte den Hörer auf und stöhnte. »Ich habe jetzt mit allen Vereinsmitgliedern gesprochen, und keiner will Daniel Busse näher gekannt haben. Er war doch ein junger Mann. Wie kann es sein, dass er keine Freunde hatte?«

Sie ließ ihren Schreibtischstuhl zurückrollen und drehte sich ihrem Kollegen zu.

»Na ja, so wie manche ihn beschrieben haben, wollte man nicht unbedingt mit ihm befreundet sein«, antwortete Schmitti. »Aber einen Freund hatte er ja wohl. Johannes Rosenholz.«

»Der jetzt auch tot ist. Und dieser dunkelhaarige Mann, der mitten in der Nacht mit Busse gestritten hat?«

»Rayhan Aziz vielleicht …?«

»… der behauptet, keinen Kontakt mehr mit ihm gehabt zu haben.«

Schmitti deutete auf seinen Bildschirm. »Ich habe mittlerweile ›Teekessel‹ ausfindig gemacht. Facebook war sehr entgegenkommend.«

Er nannte den Namen der Zeugin, die Florian Daffs Aussage bestätigt hatte. Aber sie hatte kein Gesicht unter der Kapuze erkannt und konnte auch nicht einschätzen, ob es sich bei dem Täter um eine Frau oder einen Mann gehandelt hatte.

»Und der Taxifahrer, der die Rosenholz vom Supermarkt abgeholt hat?«, erkundigte sich Delego.

»Achmed Radez. Scheint ein Fan von Isabella Rosenholz zu sein. Nach eigenen Angaben verpasst er keine ihrer Vorstellungen. Für die Tatzeiten hat er in beiden Fällen ein Alibi, das ich bereits überprüft habe.«

Delegos Handy klingelte.

»Weißt du mittlerweile, warum diese Kimmie deinen Chef mit K.o.-Tropfen außer Gefecht gesetzt hat?«, erkundigte sich die Rechtsmedizinerin. »Fehlt etwas in seiner Wohnung?«

»Das kann nur er beantworten. Er hat mich einfach rausgeschmissen«, maulte Delego.

»Das wundert mich eigentlich nicht. Weißt du, wo er jetzt ist?«

»Keine Ahnung.«

»Ich habe das Glas persönlich in die KTU gebracht«, fuhr die Rechtsmedizinerin fort, »aber Manfred hat mir nicht viel Hoffnung gemacht. Es wurde sorgfältig abgewischt.« Sie seufzte. »Ich habe bei der ganzen Sache kein gutes Gefühl. Kannst du dich ein bisschen um Breschnow kümmern?«

Delego versprach es. »War das jetzt eine offizielle Untersuchung von deiner Seite? Muss ich dazu einen Bericht schreiben?«

Die Rechtsmedizinerin schwieg. Delego wartete.

»Besser nicht«, entschied Monika. »Das Ergebnis wirft nicht gerade Glanz auf deinen Chef.«

Delego bedankte sich und wählte Breschnows Nummer.

»Sein Handy ist ausgestellt«, stellte Delego fest.

»Ist es das nicht immer?«, feixte Schmitti.

Die Kommissarin lehnte sich zurück. »Nachdem mich Breschnow rausgeschmissen hat, habe ich mich ins Auto gesetzt und auf ihn gewartet. Er kam kurz danach raus und ist weggefahren. Ich war einfach zu wütend auf ihn, um ihm zu folgen.«

»Er sucht Kimmie Naumann«, sagte Drass, der plötzlich im Türrahmen lehnte.

»In seinem Zustand? Hoffentlich geht das gut.«

Drass betrat das Büro. »Eine Unfallmeldung gab es jedenfalls bisher nicht.«

»Wir sollten ihm bei der Suche helfen«, sagte Regina und schob sich an ihrem Kollegen vorbei. »Ich schlage vor, wir teilen uns auf. Du fährst in die Laubenkolonie, Delego zu der Mutter und ich ins Krankenhaus. Und danach können wir noch in Tollners Wohnung nachsehen.«

»Und bei Kimmies Freundin und Schwester«, ergänzte Delego.

Regina griff ihre Jacke. Drass rührte sich nicht.

»Kimmie Naumann hat unserem Chef K.o.-Tropfen ins Glas getan«, erinnerte ihn Delego. »Das ist strafbar. Je eher wir sie finden, desto besser.«

»Wer weiß, was Breschnow mit ihr vorhatte? Wieso hat er sie mit in seine Wohnung genommen? Vielleicht wollte er ihr an die Wäsche.«

Die beiden Kommissarinnen starrten Drass fassungslos an.

»Was redest du da für einen Scheiß!«, schimpfte Delego und stapfte hinaus.

Drass hob beschwichtigend die Hände und murmelte etwas von Männerdenken. Regina strafte ihn mit einem wütenden Blick und folgte ihrer Kollegin.

»Fettnapf, ick hör dir tapsen«, summte Schmitti und lachte in sich hinein.

***

»Ich kann jetzt wieder selber ans Steuer«, sagte Breschnow und schob Cosma Anderson von der Fahrertür weg.

»Denken Sie, ich fahre mit Ihnen, solange Sie in diesem Zustand sind?«

Breschnow nickte und stieg ein. Cosma umrundete demonstrativ langsam das Auto und überlegte fieberhaft, wie sie sich jetzt verhalten sollte. Breschnow startete den Wagen und spielte mit dem Gaspedal. Cosma gab sich geschlagen und riss die Beifahrertür auf.

Kurz danach erreichten sie den Wohnblock, in dem Marinda Keiten mit ihrer Familie wohnte. Cosma suchte auf dem riesigen Klingelbrett nach ihrem Namen.

Die Gegensprechanlage knisterte. »Hey Kimmie. Hast du was vergessen?«, erkundigte sich eine freundliche Stimme.

Cosma gab sich als Polizistin aus und erkundigte sich nach dem Mädchen.

Die Stimme zögerte. »Ähm … Kimmie wollte was im Supermarkt holen. Ist gerade runter.«

»Welcher Supermarkt?«, rief Breschnow.

»Lidl. Schräg gegenüber.«

Cosma deutete auf den Discounter auf der anderen Straßenseite.

»Warten Sie hier, falls sie zurückkommt.« Breschnow hastete über die Straße, wich einem Fahrzeug aus, das quietschend zum Stehen kam, hetzte durch den Markt und entdeckte Kimmie am Getränkeregal.

Als sie ihn sah, ließ sie erschrocken das Tetrapak fallen und rannte los. Breschnow lief keuchend hinter ihr her, sah, wie sie den Markt verließ. Am Ausgang verließ ihn die Kraft. Schwarze Punkte schoben sich vor seine Augen. Er hielt sich an einem Einkaufswagen fest. Schemenhaft sah er Kimmie hinter einem weißen Lieferwagen verschwinden. Cosma hatte ihr den Rücken zugedreht und tippte etwas in ihr Smartphone. Breschnow ließ sich mit einem Paar und drei Kindern wieder auf den Parkplatz hinausspülen und zündete sich eine Zigarette an. Cosma Anderson kam zu ihm herüber.

»Wieso haben Sie nicht aufgepasst?«, pflaumte er sie an.

Cosma blieb ihm die Antwort schuldig. »Warum suchen Sie Kimmie Naumann eigentlich so dringend?«

Breschnow ignorierte die Frage, ließ die Journalistin einfach stehen und eilte zurück zum Haus. Aber auch die Befragung von Marinda und ihren Eltern brachte ihn nicht weiter. Marinda hatte keine Idee, wo ihre Freundin sich verstecken könnte, oder sie wollte es ihm nicht sagen. Frustriert fuhr er noch einmal zur Kleingartenkolonie, wühlte sich durch die Schränke und Schubladen der Laube, stoppte auf dem Rückweg in der Braunschweiger und durchsuchte die Wohnung. Kimmie Naumann und das, was sie mitgenommen hatte, blieben verschwunden.

Als er seine Dienststelle erreichte, waren die anderen schon da. Er verzog sich in sein Büro, griff nach dem Flachmann und fluchte vernehmlich, weil er leer war. Verstimmt rauchte er eine Zigarette, bevor er zu seinem Team in den Besprechungsraum ging und sich erschöpft neben Schmitti auf den Stuhl fallen ließ.

»Chef, es ist fast zehn. Wir sollten für heute Schluss machen.« Sein Kollege unterstrich den Vorschlag mit einem herzhaften Gähnen.

»Gleich«, brummte Breschnow und blickte in die Runde. »Kimmie Naumann hat ab jetzt absolute Priorität. Wir müssen sie finden!«

»Aber bestimmt nicht mehr heute Abend«, maulte Schmitti.

»Wir haben alles abgesucht«, sagte Regina. »Wir waren in der Kleingartenkolonie, in Tollners Wohnung, im Krankenhaus und haben noch einmal mit der Mutter des Fixers geredet. Sie ist wie vom Erdboden verschluckt.«

»Dann geben wir eine Fahndung raus«, entschied Breschnow.

»Bist du jetzt völlig übergeschnappt?«, rief Drass. »Okay, sie hat dich verarscht und dir diese Tropfen verabreicht. Aber deswegen kannst du doch nicht den ganzen Polizeiapparat in Bewegung setzen.«

»Er hat recht«, sagte Delego. »Kimmie Naumann steht nicht unter Mordverdacht. Zurzeit ist sie in unserem Fall nur eine Zeugin, die sich aus uns unbekannten Gründen einer Befragung entzieht.«

»So würde ich das nicht sehen«, mischte sich Regina ein. »Das Mädchen hat einen Mordverdächtigen geschützt, und sie hat Stefan diese Tropfen ins Getränk gemixt. Das sind schon mal zwei Strafdelikte: Behinderung der Ermittlungen und grobe Körperverletzung. Und im Mordfall Busse wurde eine Person in einem Kapuzenshirt gesehen. Das könnte auch sie gewesen sein.«

»Wieso hast du sie mit in deine Wohnung genommen?«, fragte

Drass. »Und wieso, glaubst du, hat sie dir die K.o.-Tropfen in deinen Drink gemixt?«

»Sie hat meine …« Breschnow stand auf und stellte sich an das Fenster.

Sie hat meine Dienstwaffe, dachte er.

Mittwoch

Es dämmerte bereits, als sie sich aus dem Container schlich. Der Morgen war kalt und feucht, die Wege glänzten nass. Fröstelnd zog Kimmie die Kapuzenjacke enger um ihren Körper und rief Marinda an.

Sie war spät dran und rannte den ganzen Weg bis zur U-Bahn, boxte sich durch die Menge und quetschte sich in den überfüllten Zug. Bei jedem Halt stiegen neue Menschen ein, auszusteigen schien keiner. An der Eisenacher Straße hatte sie Mühe, rechtzeitig aus dem Waggon zu springen. Sie hetzte die Stufen hinauf, rannte weiter zur Barbarossastraße und postierte sich an das schmiedeeiserne Tor der Schule. Ungeduldig beobachtete sie die lärmende Schülerschar, die sich in das alte Backsteingebäude drängte. Marinda erschien erst kurz vor Unterrichtsbeginn und hielt ihr zögernd den Rucksack hin.

»Nachdem der Bulle bei uns war, hab ich reingeguckt«, gestand sie. »Was willst du mit dem Ding da drin?«

Kimmie riss ihr wütend den Rucksack aus der Hand und sah hinein.

»Mach doch keinen Scheiß, Kimmie.«

»Ich mach keinen Scheiß. Ich will nur Gerechtigkeit.«

Marinda betrachtete sie zweifelnd. »Gerechtigkeit? Hast wohl zu viele Comics gelesen?«

»Alles klar mit deinen Eltern? Ich meine, wegen der Bullen gestern?«, lenkte Kimmie ab.

»Nicht so richtig. Am besten, du lässt dich eine Zeit lang nicht mehr bei uns blicken. Dann beruhigen sich meine Erzeuger auch wieder.«

»Geht klar«, sagte Kimmie und schob sich den Rucksack auf den Rücken.

Ein schriller Ton verkündete den Schulbeginn. Marinda lief los. Kimmie sah ihr hinterher und wünschte sich an ihre Stelle, wollte auch eine ganz normale Schülerin sein, deren größte Sorge die nächste Mathearbeit war. Die letzten Nachzügler eilten ins

Gebäude. Dann wurde die Tür geschlossen, und der Wachschutz bezog Stellung.

***

Sein erstes Gefühl an diesem Morgen war Ärger. Er hatte sich von der verdammten Göre austricksen und k.o. trinken lassen. Und jetzt hatte sie seine Dienstwaffe. Er ahnte, was sie damit vorhatte, aber nicht, wie und wo sie es machen wollte. Wütend hievte er sich hoch und stellte die Beine auf den Boden.

Hatte Kimmie Naumann auch Rosenholz umgebracht?

Er zweifelte nicht an der Loyalität des Mädchens ihrem Freund gegenüber, Geschwister im Herzen, aber er konnte sie sich nur schwer mit einer Schere in der Hand vorstellen, die in einen Körper sticht. Andererseits hatte sie ihn gezielt ausspioniert, aufgesucht und außer Gefecht gesetzt und seine Waffe geklaut, was durchaus von einer gewissen kriminellen Energie zeugte.

Breschnow griff nach der Jeans vor dem Bett und zog sie über. Dann suchte er nach einem Hemd und fand eins im Wohnzimmer auf seinem Sessel und obendrauf ein beschriebenes Blatt mit einem Gedicht. Er setzte Kaffee auf, ließ sich auf einen der Stühle sinken und überflog die Zeilen.

Wenn alle Ketten reißen

Bleibt das Buch
der einzige, der letzte
Lichtschein im Dunkel.
Der trägt durch die Nacht
eine helle Bahn
von Seite zu Seite
bis in jede Schattenecke
des kommenden Tags.

Er erinnerte sich nicht mehr daran, etwas geschrieben zu haben …

Das Herz beginnt
wieder zu klopfen,
und es wird warm
durch schwarze Schrift
auf weißen Seiten –
wenn alle Ketten reißen.

… und schon gar nicht, wann. Aber es freute ihn, dass es ihm gelungen war.

Er holte sich ein Bier aus der Küche und setzte sich wieder in den Sessel. Sein Kopf war schwer, ihm war übel und immer noch schwindelig, aber darüber wollte er jetzt nicht nachdenken. Er hoffte einfach, dass er es irgendwie durch den Tag schaffen würde. Sein Magen rebellierte, als er die Bierflasche leerte. Er ging zurück in die Küche, schenkte sich Kaffee ein und stopfte sich eine Scheibe trockenen Toast in den Mund.

Sollte er seinem Team die Wahrheit sagen?

Er spülte den letzten Brocken Brot mit dem Rest des Kaffees hinunter und suchte seine Jacke. Als er sie nicht finden konnte, zog er sich stattdessen einen Pullover über.

Delego fing ihn im Flur der Dienststelle ab, schob ihn in sein Büro und schloss die Tür. »Ich werde das Gefühl nicht los, dass du uns etwas verschweigst!«

Breschnow brummte etwas Unverständliches.

»Aber mir kannst du doch wenigstens sagen, was los ist.«

»Ich will dich da nicht mit reinziehen«, erklärte Breschnow. »Wenn ich es dir sage, muss ich es allen sagen.« Er schob sie von der Tür weg, ging in den Besprechungsraum und stellte sich an das Whiteboard. Delego folgte ihm und setzte sich an den Tisch.

»Hat meine Kollegin recht mit ihrer Vermutung, dass Kimmie Naumann etwas Wichtiges aus deiner Wohnung entwendet hat?«, fragte Drass. »Ich meine, es liegt auf der Hand, dass sie dich nicht ohne triftigen Grund ins vorübergehende Koma befördert.«

»Nichts hat sie«, blaffte Breschnow und drehte sich wieder dem Whiteboard zu. »Sucht sie einfach!«

Drass sprang auf und verließ wütend den Raum. Schmitti

folgte ihm. Delego blieb sitzen und betrachtete den Rücken ihres Vorgesetzten. Reginas Handy klingelte.

»Oh«, sagte die Kommissarin. »Danke, dass Sie mich sofort angerufen haben.«

Sie stand auf und stellte sich neben ihren Chef.

»Er ist tot«, sagte sie leise.

Breschnow starrte unbewegt auf das Whiteboard.

»Das Krankenhaus hat eben angerufen. Thomas Tollner ist vor einer Stunde verstorben. Die Drogen haben …«

Breschnow drehte sich abrupt um und verließ wortlos den Raum.

Die Abteilung für Drogendelikte lag in einem der Nebengebäude. Marion Freudig war überrascht, ihn zu sehen, und bat ihn in ihr Büro.

»Was wisst ihr über Rayhan Aziz?«, fragte Breschnow.

»Wir haben genügend Beweise, dass er unser Maulwurf ist, und noch keine, dass er abteilungsübergreifend gearbeitet hat«, antwortete die Drogenfahnderin und bedeutete Breschnow, sich zu setzen. »Habt ihr denn noch mal mit ihm reden können?«

Breschnow schüttelte den Kopf. »Johannes Rosenholz ist sein Neffe, und Isabella Rosenholz war seine Geliebte.«

»Ersteres ist mir bekannt«, sagte Marion Freudig verstimmt. »Bei uns wurde Rayhan Aziz als Kurt Stegeweg geführt. Er hat acht Jahre als verdeckter Ermittler gearbeitet, und er war gut. Hat mehrere Dealer in der Szene observiert. Und einige haben wir mit seiner Hilfe auch geschnappt. Nur bei Rosenholz ging immer alles schief.«

»Hat euch das nicht gewundert?«

»Zuerst nicht. Wir haben gedacht, dass Rosenholz ein ganz besonders schlauer Kerl ist«, antwortete die Drogenfahnderin. »Und Stegeweg schien jedes Mal sehr zerknirscht, wenn er uns durch die Lappen gegangen war. Und er war nicht der einzige verdeckte Ermittler an diesem Fall. Vielleicht haben wir auch deswegen keinen Verdacht gegen ihn gehegt.«

»Und wie seid ihr dann auf ihn gekommen?«

»Zu viele Zufälle und … Ich weiß nicht, ob ich über die

Interna mit dir reden darf. Ich glaube auch nicht, dass sie für eure Morde relevant sind. Aber ich denk noch mal drüber nach und ruf dich an.«

»So viel zum Thema berufliche Zusammenarbeit«, brummte Breschnow und sprang auf.

***

Cosma streckte sich, starrte an die Decke und lächelte. Das Bett neben ihr war noch warm. Andreas war erst vor einer halben Stunde gegangen. Sie schnupperte am Bettbezug, spürte noch einmal die Berührungen der letzten Nacht und zwang sich aufzustehen. Sie musste endlich aufhören, permanent an ihn zu denken.

Eigentlich strengten sie sich beide an, sauber zwischen Privatem und Beruflichem zu trennen. Aber gestern hatte Andreas plötzlich über seinen Chef gesprochen, über Kimmie Naumann und über den Tod des Fixers. Cosma wollte das nicht ausnutzen, überlegte dennoch, was sie mit den zusätzlichen Informationen anfangen könnte. Dieser Fall war immerhin eine Chance, als Journalistin wieder einen Fuß in die Tür zu bekommen.

Sie stellte sich unter die Dusche, bis sie das Gefühl hatte, endlich im Tag angekommen zu sein, drehte das Wasser ab und wischte den Dunst vom Spiegel. Das Gesicht darin sah aus wie immer. Sie fragte sich, warum man ihr die neue Liebschaft nicht ansah. Cosma war sich noch nicht sicher, ob sie sich wirklich mit einem Polizisten einlassen wollte. Die Erfahrung mit ihrem damaligen Soldaten lastete noch schwer auf ihr. Als es klingelte, löste sie sich widerstrebend von ihrem Spiegelbild, griff nach dem blauen Morgenmantel und linste durch den Spion.

»Was wollen Sie denn?«, blaffte sie durch die geschlossene Tür.

»Sie waren gestern bestimmt noch mal bei Marinda Keiten. Und ich nehme an, dass Sie jetzt ihre Telefonnummer haben. Sie müssen sie anrufen und die Nummer von Kimmie Naumann erfragen«, sagte Breschnow und rang nach Luft.

»Warum machen Sie das nicht selber?«

»Fragen Sie nicht! Und machen Sie die Tür auf.«

»Sie haben mich gestern auf dem Parkplatz einfach stehen lassen. Denken Sie wirklich, Sie können jetzt hier auftauchen und mir Befehle erteilen?«

Auf der anderen Seite blieb es still. Cosma verschränkte die Arme und wartete.

»Tut mir leid«, brummte Breschnow nach einer Weile.

Sie öffnete die Tür und lotste ihn in die Küche.

Breschnow ließ sich ein Glas Wasser geben und setzte sich an den Tisch. »Rufen Sie die Freundin für mich an?«

»Was wollte Kimmie Naumann in Ihrer Wohnung?«

Breschnows Gesicht verfinsterte sich. Cosma wusste, dass sie sich verplappert hatte, und versuchte, schnell abzulenken. »Marinda ist um diese Zeit wahrscheinlich in der Schule. Da dürfen sie ihre Handys nicht benutzen.«

»Woher wissen Sie von Kimmies Besuch?«, fragte Breschnow.

»Ich habe meine Quellen, aber die muss ich natürlich schützen. Verraten Sie mir, warum Sie das Mädchen sprechen wollen, und ich rufe für Sie an.«

Breschnow zögerte.

»Ich werde es auch so rausfinden«, sagte Cosma.

Breschnow setzte sich und legte die Hände auf den Tisch. »Kimmie Naumann hat kein Handy auf ihren Namen angemeldet. Wenn wir ihre Nummer haben, wird unser Techniker versuchen, sie zu orten.«

Er blickte ihr in die Augen. »Haben Sie Ihre Infos von Drass?«

Cosma griff hektisch nach ihrem Smartphone. Es glitt ihr aus der Hand. Sie hob es auf und wählte Marindas Nummer. Der Anruf blieb unbeantwortet.

»Ich muss Ihre Frage nach meiner Quelle nicht beantworten«, sagte Cosma. »Was hat Kimmie Naumann in Ihrer Wohnung angestellt? Warum suchen Sie sie so dringend?«

Sie hoffte auf Antworten, hoffte, die Gesprächsfragmente von gestern Nacht zu vervollständigen.

Breschnow kniff die Augen zusammen. »Sie sagen mir nichts und erwarten, dass ich Ihnen Interna verrate?« Er sprang auf. »Helfen Sie mir einfach und kriegen Sie die verdammte Telefonnummer raus.«

Cosma verschränkte die Arme und betrachtete ihn kampflustig. Breschnow griff den leeren Briefumschlag, der auf dem Tisch lag, und kritzelte seine Handynummer auf die Rückseite. »Es ist wirklich wichtig. Drass wird es Ihnen danken.«

***

Marion Freudig hatte sich schnell entschieden und ihn angerufen. Breschnow betrat zum zweiten Mal an diesem Tag ihr Büro im Drogendezernat. Auf dem Schreibtisch saß ein kräftiger Mann, dem man das regelmäßige Krafttraining ansah. Er stand auf und reichte Breschnow zur Begrüßung die Hand. Der Kommissar musste zu ihm aufsehen.

»Mit Ihren zwei Metern arbeiten Sie bestimmt nicht als verdeckter Ermittler«, mutmaßte Breschnow.

Der Drogenfahnder lachte. Es hörte sich an wie der Bass einer guten Stereoanlage.

Marion Freudig machte die beiden miteinander bekannt. Dann bat sie Breschnow, sich neben sie an den Computer zu setzen. »Wir haben uns entschieden, alle Karten auf den Tisch zu legen und mit Ihnen zusammenzuarbeiten. Allerdings konnten wir weder mit Ihrem noch mit unserem Vorgesetzten sprechen. Die hohen Tiere sind alle auf einer Tagung. Aber wir wollten Ihnen diese Aufnahmen nicht erst in zwei Tagen zeigen.« Sie hielt inne. »Sie wissen, wie unsere Chefs reagieren, wenn sie sich übergangen fühlen?«

Breschnow nickte.

Die Drogenfahnderin loggte sich in den inneren Server ein und lud fünf Fotos hoch. Das erste zeigte Schneider und Rayhan Aziz vor einem Café und den hinteren Teil eines schwarzen SUV. Das zweite Johannes Rosenholz, der aus dem Wagen stieg, die restlichen die drei Männer zusammen.

»Wir haben Schneider natürlich überprüft«, sagte Marion Freudig.

»Genauer gesagt haben wir Aziz Schrägstrich Stegeweg darauf angesetzt«, ergänzte ihr Kollege.

»Und der hat natürlich nichts gefunden«, murmelte Breschnow.

»Die Fotos erschienen uns erst einmal nicht ungewöhnlich. Erfolgreiche Dealer haben erfolgreiche Anwälte. So ist das Spiel. Aber Ihre Mordermittlung wirft ein neues Licht auf die Sache.«

Sie druckte die Aufnahmen aus, steckte sie in einen Umschlag und reichte ihn Breschnow. »Das ist noch inoffiziell.«

Breschnow nickte.

»Sobald mein Chef zurück ist, stelle ich den Antrag auf Zusammenarbeit mit Ihnen. Dann gehen wir den offiziellen Weg, damit Sie die Aufnahmen auch vor Gericht verwenden können. Ich hoffe, dass dieser Spitzel-Mistkerl wirklich was mit dem Tod des Dealers zu tun hat. Dann sitzt er richtig lange.«

»Wo ist Aziz jetzt?«

»Er ist seit heute Morgen in Gewahrsam.«

»Kann ich mit ihm sprechen?«

Marion Freudig schüttelte den Kopf. »Da unser Gespräch inoffiziell ist und Sie eigentlich von nichts wissen … Aber …«, sie lächelte verwegen, »in zwei Stunden hat die Innere einen Termin mit Aziz hier im Haus. Vielleicht können Sie da zufällig reinstolpern und mal freundlich anfragen, ob Sie danach mit ihm reden dürfen.«

Breschnow erhob sich. An der Tür drehte er sich noch einmal um und deutete ein Nicken an, das man durchaus als ein Dankeschön interpretieren konnte.

***

Am U-Bahnhof Hermannplatz liefen zwei Wachmänner den Bahnsteig entlang. Kimmie sprang aus dem Waggon und raste die Rolltreppe hoch. Ein Alki rempelte sie an und verlangte einen Euro, was sie mit einem Tritt gegen sein Schienbein beantwortete. Auf dem Bahnhofsvorplatz empfing sie ein leichter Nieselregen. Sie zog sich die Kapuze über den Kopf und eilte über die Straße in Richtung Hasenheide.

Sie fand den kräftigen Afrikaner in einem fast unzugänglichen Gebüsch der weitläufigen Grünanlage. Er sprang auf den Weg und klatschte sie ab. Geld und Drogen wechselten ihre Besitzer. Zufrieden steuerte Kimmie den Märchenspielplatz an.

Der Regen hatte das Kinderparadies fast leer gefegt. Nur eine letzte Mutter zerrte verzweifelt ihren widerspenstigen schreienden Spross in Richtung Ausgang. Kimmie suchte sich einen trockenen Platz im Sand unter der Rutsche und drehte sich einen Joint. Das Schreien des Kindes verlor sich in der Ferne.

»Was willst du mit meiner Waffe?«, erkundigte sich eine tiefe Stimme.

Kimmie sah erschrocken hoch und wollte aufspringen. Breschnow hielt sie an den Schultern fest.

»Eh Mann, du tust mir weh.«

»Du hast mir meine Dienstwaffe gestohlen. Was hast du damit vor?«

Kimmie versuchte sich zu befreien und fing an zu schreien.

»Hilfe, ich werde bedroht!«

Breschnow hielt ihr den Mund zu. Die junge Frau wand sich wie ein Aal, und er hatte Mühe, sie festzuhalten.

»Du bringst mich in Teufels Küche. Verdammt noch mal, wo ist meine Waffe?«

Kimmie krallte sich in seine Hand. Die ersten Dealer tauchten in Breschnows Blickfeld auf.

»Lass sie sofort los«, befahl einer der Afrikaner.

»Ich bin Polizist«, sagte Breschnow. »Und ich muss diese Frau mit aufs Revier nehmen.«

Der Afrikaner lachte und trat näher. Ein zweiter Mann stellte sich neben ihn. Breschnow versuchte, seinen Dienstausweis aus der Tasche zu ziehen und gleichzeitig Kimmie festzuhalten.

»Ungeheuerlich«, schimpfte eine alte Dame. »Die Mädchen sind heutzutage wirklich nirgends mehr sicher.«

Der Afrikaner und sein Kumpel zögerten nicht lange und zerrten Breschnow von Kimmie weg. Ein Schlag in den Magen und einer ins Genick ließen den Hauptkommissar zu Boden gehen.

Kimmie sprintete los, drehte sich am Tor noch einmal um und rief: »Lasst ihn in Ruhe. Haut lieber ab. Er ist wirklich ein Bulle. Aber ein guter.« Dann verschwand sie um die nächste Wegbiegung.

Die Männer entfernten sich so schnell, wie sie gekommen

waren. Fluchend rappelte sich Breschnow auf, spuckte Blut und zog sein Handy aus der Tasche. Das Display war und blieb dunkel. Er hatte wieder vergessen, den Akku aufzuladen. Er schleppte sich zu dem jungen Mann, der auf dem Weg stehen geblieben war, bat ihn um sein Handy und informierte die Schutzpolizei. Sie sollten umgehend die Hasenheide und das umliegende Gebiet nach Kimmie Naumann absuchen. Dann schleppte er sich weiter.

***

Cosma suchte in der schnatternden Schülerschar, die an ihr vorbeiflanierte, nach Marinda. Sie hoffte, dass sie in Kontakt mit ihrer Freundin war. Der Gedanke, Kimmie Naumann vor der Polizei zu finden, war zu ihrer Obsession geworden. Kimmie würde wissen, ob es wirklich ihr Freund gewesen war, der Rosenholz getötet hatte. Vielleicht wusste sie auch etwas über den Mord an Busse. Und Cosma würde die Erste sein, die darüber schrieb.

Endlich entdeckte sie Marinda, die mit zwei anderen Mädchen zum Tor gespült wurde. Cosma trat einen Schritt vor. Die junge Frau löste sie sich aus der Gruppe und ging auf sie zu. »Das war cool, gestern Abend, dass du nach den Bullen noch mal mit meinen Erzeugern gesprochen hast.«

»Waren sie sehr sauer?«

Marinda zog eine Schnute. »Nachdem ich ihnen versprochen habe, mich nicht mehr mit Kimmie zu treffen, haben sie sich wieder eingekriegt.«

»Aber das Versprechen wirst du nicht halten, oder?«

Die junge Frau zuckte mit den Schultern. »Lädst du mich auf ’nen Kakao ein? Da drüben is ’n Bäcker.«

In dem türkischen Café war es sehr warm und roch verlockend nach Frischgebackenem. Cosma wählte einen Tisch am Fenster und bestellte zweimal Kakao mit Sahne und Zimtschnecken.

Marinda betrachtete sie. »Wie ist das so, Journalistin zu sein?«

»Prima. Kann mich vor Aufträgen kaum retten«, log Cosma und biss beherzt in ihr Gebäck.

»Wenn du über Kimmie schreibst, schreibst du dann auch über mich?«

»Möchtest du das gerne?«

Marinda nickte und trank ihren Kakao, der einen braunen Streifen über ihrer Oberlippe hinterließ.

»Ich schreibe gerne über euch beide, aber ich habe ein Problem. Ich kann Kimmie nicht finden.«

»Weiß auch nich, wo sie ist.«

»Auch keine Idee, wo sie sein könnte?«

Marinda blieb die Antwort schuldig.

»Aber du hast sicherlich ihre Handynummer«, versuchte es Cosma weiter.

Marinda scrollte sich durch ihre Kontakte. »Aber sie wird nicht rangehen, wenn du anrufst.«

Die Journalistin zog ihr Smartphone aus der Tasche und notierte die Nummer.

»Bei fremden Nummern geht Kimmie nie ran.«

»Hast du heute schon mit ihr gesprochen?«, fragte Cosma.

Das Mädchen hob den Blick. »Aber du verpetzt mich nicht bei diesem Bullen?«

Cosma versprach es.

»Sie war heute Morgen an der Schule. Ich hab ihr den Rucksack gebracht.«

Marinda stopfte sich den Rest der Zimtschnecke in den Mund.

»Hatte sie ihn bei dir liegen lassen?«

Die junge Frau nickte. »Und da ist was drin, was ich nicht im Haus haben will.«

Cosma lächelte. »Aber du willst mir nicht sagen, was es ist?«

Marinda schüttelte heftig den Kopf.

»Weißt du, was sie vorhat?«

»Nich wirklich. Sie hat die Clique erwähnt. Kimmie hat … Ich glaub …« Marinda seufzte. »Ich hab kein gutes Gefühl.«

»Die Gropius-Clique? Haben die einen Treffpunkt?«

»Die killen mich, wenn ich dir das verrate.«

»Sie müssen es ja nicht erfahren«, versprach die Journalistin.

»Aber wenn du da auftauchst. Ich weiß nicht.« Marinda senkte den Blick und betrachtete den Becher vor ihr auf dem Tisch.

»Niemand hat uns bisher zusammen gesehen«, versuchte es Cosma weiter.

Das Mädchen verlangte noch einen Kakao. Cosma bestellte ihr das Gewünschte und für sich einen weiteren Kaffee. Dann wartete sie geduldig, bis Marinda sich vorbeugte und verschwörerisch flüsterte: »Sie treffen sich immer im alten Parkhaus.«

***

Kimmie sah den Streifenwagen, der an einer roten Fußgängerampel halten musste, und duckte sich ins Gebüsch. Als er endlich weiterfuhr, sprintete sie über den Columbiadamm. Sie hatte die Kapuzenjacke im Park zurückgelassen. Vor Kälte zitternd steuerte sie eines der Toilettenhäuschen auf dem Tempelhofer Feld an. Sie musste sich irgendwo verstecken, aber auch schnell von hier weg. Der Bulle hatte bestimmt Verstärkung angefordert.

Kimmie betrat den Container und trank etwas Leitungswasser. Plötzlich wurde die Tür aufgerissen, sechs Mädchen stürmten herein. Eine zog ein Feuerzeug aus der Tasche und zündete einen Joint an. Sie inhalierte tief und ließ ihn dann kreisen. Kimmie nahm einen Zug und hob lächelnd den Daumen. Eines der Mädchen fragte nach einer Party. Kimmie versprach, sie zur Feiermeile zu bringen, und verließ, durch die lärmende Gruppe geschützt, das Klohaus.

Sie gelangte ungesehen in den Schillerkiez. Mittlerweile hatte sich der Nieselregen zu einem richtigen Herbstguss entwickelt. Dicke Tropfen klatschten in die Pfützen auf dem Asphalt. Die lustige Mädchengruppe steuerte das nächste Café an. Kimmie verabschiedete sich und lief weiter zur U-Bahn. Die Zeit drängte.

***

Nach einer Stunde hatte Breschnow seine Suche in der Hasenheide abgebrochen und sie zähneknirschend den Uniformierten überlassen. Nun tigerte er klatschnass und unruhig im Raum auf und ab, den Blick fest auf die Spiegelscheibe zum Vernehmungsraum geheftet.

Marion Freudig saß auf einem der Stühle und beobachtete ihn. Dann deutete sie auf die Scheibe. »Sie sind immer so unglaublich korrekt.«

Die Beamten der Inneren in identisch grauen Anzügen mit eng gebundenen schwarzen Krawatten ließen sich Zeit. Zeit, die Breschnow nicht hatte. Er wollte schnell mit Rayhan Aziz reden, damit er weiter nach Kimmie suchen konnte.

»Aziz sieht wirklich nicht gut aus«, bemerkte die Drogenfahnderin bereits zum dritten Mal und verbarg ihre Freude darüber nicht.

Rayhan Aziz' Gesicht hatte eine undefinierbare graue Farbe angenommen. Der Stress der Befragungen in den letzten Tagen war ihm deutlich anzusehen. Er beobachtete die Ermittler der Inneren mit müden Augen und hörte ihren Worten scheinbar unbeteiligt zu. Neben ihm am Tisch saß sein Anwalt. Er redete ununterbrochen.

»Ich muss mal kurz«, verkündete Freudig und verließ den Raum.

Breschnow zog den Flachmann aus seiner Jackentasche. Schneiders verhasste Stimme drang unaufhörlich durch die Lautsprecher, und als er zum zehnten Mal die an seinen Mandanten gestellte Frage mit »Kein Kommentar« beantwortete, stürmte Breschnow in den Vernehmungsraum.

Frank Schneider drehte sich hastig zur Tür um. Als er Breschnow sah, verzog er das Gesicht. »Fürs Protokoll. Soeben hat ein Unbefugter den Raum betreten. Ich bestehe auf einer Unterbrechung.«

Die zwei Beamten von der Inneren starrten den Eindringling überrascht an und flüsterten kurz miteinander. Dann schaltete einer das Band ab und winkte Breschnow, näher zu kommen.

»Hauptkommissar Breschnow. Ich muss Rayhan Aziz im Mordfall Johannes Rosenholz befragen, und das duldet keinen Aufschub.«

Einer der Beamten runzelte die Stirn. »Bei allem Respekt, Kollege. Sie können nicht einfach in unsere Vernehmung platzen. Vielleicht befragen Sie Herrn Aziz im Anschluss. Aber jetzt verlassen Sie bitte den Raum.«

»Rayhan Aziz hat seit Jahren die Drogengeschäfte seines Neffen unterstützt. Und er hat kein Alibi für die Tatzeit«, versuchte es Breschnow weiter, steuerte den Beschuldigten an und stützte sich neben ihn auf den Tisch.

Er senkte die Stimme. »Vielleicht wollte dein Neffe ja nicht mehr so wie du. Vielleicht wollte er aussteigen. Oder wollte er dich auffliegen lassen?«

»Entfernen Sie diesen Mann«, forderte Frank Schneider lautstark. »Sofort! Oder ich erkläre die Vernehmung für meinen Mandanten als beendet.«

Rayhan Aziz hob seine müden Augen. Sein Blick flatterte.

»Und Sie, Herr Schneider? Welche Rolle spielen Sie bei den Drogengeschäften von Johannes Rosenholz und Daniel Busse?«

Der Anwalt stach mit dem Zeigefinger in Breschnows Richtung. »Dieser Mann ist betrunken und bedroht meinen Mandanten!«

Einer der Ermittler sprang auf und hastete zur Tür, der andere lehnte sich zurück und betrachtete interessiert das Spektakel.

Dann stürmte ein Uniformierter in den Raum, griff Breschnow unsanft am Arm und schob ihn hinaus. Auf dem Flur wartete Marion Freudig und übernahm ihn. »Kann man Sie denn keine Minute alleine lassen? Mit Ihrem Verhalten machen Sie noch alles kaputt. Kommen Sie.«

Breschnow brummte etwas Unverständliches, folgte ihr dann aber.

***

Die U-Bahn ratterte in den Bahnhof. Menschen stiegen ein und aus. Dann fuhr sie wieder an. Kimmie kam die Fahrt endlos vor. Sie fummelte das Fläschchen mit den Tilidintropfen aus der Hosentasche und träufelte sich einige in den Mund. Ein Punk mit Hund beobachtete sie. Bevor er sie ansprechen konnte, wechselte Kimmie den Platz. Ihr Gepäck hing schwer an ihren Schultern. Es fühlte sich gut an. Als sie endlich den Zielbahnhof in der Gropiusstadt erreichte, stellte sie den Rucksack auf eine Wartebank und tastete nach der Waffe. Sie lag kalt und glatt in ihrer Hand. Kimmie spürte die Erregung in sich aufsteigen. Sie würde sich und Toto endlich rächen.

Sie lief die Lipschitzallee in Richtung Neuköllner Straße, passierte Lidl und überquerte den Parkplatz. Von dort bog sie in den Gansbergsteig am Rand der Hilfswerk-Siedlung. Das alte Parkhaus war im letzten Jahr renoviert worden. Im Schein der Straßenlaternen leuchtete es gelb, blau und ocker. Kimmie vergewisserte sich, dass niemand ihr gefolgt war, umrundete das Gebäude und betrat es vom Löwensteinring aus.

Auf den meisten Parkplätzen standen Autos, aber einige der Parkbuchten waren weiterhin mit Decken verhängt und dienten als Keller. Es war still, und einen Moment lang befürchtete sie, niemanden anzutreffen. Sie durchquerte die zunehmend dunkler werdende Parkhalle. Im hinteren Teil waren die Neonröhren zerschlagen worden. Ihre Schritte hallten kalt durch das Dämmerlicht. Dann bemerkte sie den schmalen Lichtstreifen, der unter einer Tür nach draußen drang. Sie hatte das Versteck gefunden.

***

Frank Schneider trommelte ungeduldig mit den Fingern auf seinem Oberschenkel herum. Er hatte bereits zweimal versucht, die Befragung zu beenden, aber es war ihm nicht gelungen. Sein Argument, die Störung habe seinen Mandanten innerlich aufgewühlt, hielten die beiden Beamten für nicht relevant. Rayhan Aziz hatte die Hände im Schoß verschränkt, den Kopf gesenkt und starrte auf die Tischplatte. Schneider schmetterte jede Frage an ihn ab und bat um eine Pause. Die Ermittler berieten sich, stimmten zu und verließen wortlos den Raum. Ein Uniformierter brachte zwei Gläser und eine Flasche Mineralwasser.

Schneider schenkte ein und schob eines der Gläser vor seinen Mandanten. Rayhan Aziz schien es nicht zu bemerken. Der Anwalt klopfte ihm ermutigend auf die Schulter und sah beiläufig zur Spiegelscheibe. Dann griff er nach seiner Aktentasche und zog ein Notizheft heraus.

»Wir müssen uns noch terminlich besprechen«, sagte er laut, nahm seinen Kugelschreiber, notierte etwas und schob das Heft in Rayhans Richtung. Aziz hob nur kurz den Blick. Schneider beschrieb eine zweite Seite. Blitzschnell griff Aziz nach dem Glas und schleuderte ihm das Wasser ins Gesicht. Schneider lächelte siegesgewiss und zog ein Taschentuch aus seiner Anzugjacke. Das Notizheft verschwand wieder in seiner Aktentasche.

Die Ermittler der Inneren kehrten zurück. Schneider entschuldigte sich, Wasser verschüttet zu haben. Aziz starrte wieder unbewegt auf die Tischplatte. Die Beamten schalteten das Aufnahmegerät ein, nannten die Uhrzeit und setzten die Befragung fort.

Auf der anderen Seite der Trennscheibe arbeitete Marion Freudigs Verstand auf Hochtouren.

***

»Hallo Sherlock.« Roberts Stimme drang durch den kleinen Lautsprecher. »Ich habe vorhin im Krankenhaus deinen Adonis getroffen. Er hat mich mit in den Keller genommen, und es sieht so aus, als ob Thomas Tollner eines natürlichen Todes gestorben ist.«

»Andreas hat dich einfach mitgenommen?«

»Ich habe ein bisschen nachgeholfen«, gab Robert zu. Er zögerte kurz. »Seid ihr jetzt endlich im Bett gewesen?«

Cosma errötete und war froh, dass ihr Freund sie nicht sehen konnte.

»Wir sollten mal zusammen essen gehen. Zu viert. So ganz intim«, plapperte der Kriminalreporter weiter. »Wo bist du gerade?«

»In der Gropiusstadt.«

»Immer noch auf der Suche nach Kimmie Naumann? Gibt's was Neues?«

»Nein«, log Cosma.

»Ruf mich an, wenn du mich brauchst, Sherlock. Dein ergebener Watson«, beendete Robert das Telefonat.

Cosma fühlte sich schlecht. Sie konnte sich nicht erinnern, Robert jemals angelogen zu haben. Unschlüssig hielt sie das Smartphone in der Hand, entschied sich dann aber, den eingeschlagenen Weg weiterzuverfolgen. Sie musste die junge Frau finden. Wenigstens ein Mal musste sie die Erste sein.

Marinda hatte ihr die ungefähre Lage des alten Parkhauses erklärt, aber Cosma hatte Probleme, sich in der gesichtslosen Großsiedlung zu orientieren. Sie hatte im Netz nach Parkhäusern gesucht und sich die Adressen ausgedruckt. Es waren ziemlich viele. Unter dem Suchbegriff »altes Parkhaus« war sie nicht fündig geworden.

Nach einem erneuten Blick auf ihren Zettel beschloss sie, auf der Fritz-Erler-Allee tiefer in die Siedlung hineinzugehen. Dann musste sie nur noch diesen Gansbergsteig finden.

Ihr Handy klingelte. Sie warf einen Blick auf das Display, erkannte Breschnows Nummer und drückte den Anruf weg. Sie würde bestimmt nicht Kimmie Naumanns Kontaktdaten an die Mordkommission weitergeben. Die Gefahr, dass sie das Handy der jungen Frau orten und sie vor ihr finden würden, war zu groß. Dann wäre ihre Exklusivgeschichte im Eimer.

***

»Der Oberste hat schon wieder angerufen und sich beschwert, dass wir mit dem Fall nicht weiterkommen«, sagte Schmitti und betrachtete seinen Chef. »Und die Innere hat einen Vorfall während der Vernehmung von Rayhan Aziz gemeldet. Willich tobt, das kannst du dir sicherlich vorstellen. Und jedes Mal macht er mich an, weil er dich nicht erreichen kann.« Er hielt inne. »Was ist denn passiert? Wieso haben sich die Kollegen der Inneren beschwert?«

»Ich dachte, Willich ist auf einer Tagung.«

»Er ist ein hohes Tier und im Gegensatz zu dir immer zu erreichen.«

Breschnow legte ihm das tote Handy auf den Tisch.

»Hab dir doch gesagt, dass der Akku nicht lange hält«, sagte Schmitti und zog einen neuen aus seiner Schreibtischschublade. Als er das Handy einschaltete, klingelte es sofort. Breschnow meldete sich verwundert.

»Ich dachte … wir dachten, du wolltest uns in Hamburg besuchen. Hast du das nicht immer wieder gesagt?« Die Stimme seiner Schwester klang verwaschen.

»Alles in Ordnung mit dir?« Breschnow ließ sich auf Delegos Stuhl sinken.

»Ja«, lachte Iris bitter. »Bin nur etwas angeschickert. Wir haben meinen Geburtstag mit Sekt begonnen.«

Er zuckte zusammen.

»Es waren ein paar Bekannte von mir da. Mona hat sich mit den anderen Kindern gut amüsiert. Sie hat Anschluss gefunden.« Sie machte eine Pause und amtete heftig. »Dich wird sie ja bald vergessen haben.«

»Ich kann hier im Moment nicht weg, aber ich komme, sobald wir den Fall gelöst haben. Versprochen.«

»Das sagst du schon, seit wir nach Hamburg gezogen sind«, nuschelte Iris.

»Es tut mir leid, dass ich deinen Geburtstag vergessen habe«, entschuldigte sich Breschnow, griff nach einem Stift und ließ ihn in seiner freien Hand hin- und herrollen.

Am anderen Ende blieb es still.

»Bist du noch dran?«

Iris räusperte sich. »Ich glaube, das ist das letzte Mal, dass ich dich anrufe. Wenn wir den Kontakt abbrechen, kannst du uns wenigstens nicht mehr enttäuschen.« Sie beendete das Gespräch.

Breschnow starrte ungläubig auf den Apparat. Dann fegte er ihn vom Tisch.

»Keine guten Nachrichten, Chef?«, fragte Schmitti.

Breschnow schüttelte den Kopf und erhob sich langsam. Mit tränenden Augen und weichen Knien steuerte er sein Büro an, schob die Bücher, die die Wodkaflasche vor den Augen der Besucher verbargen, zur Seite und trank. Der Alkohol brannte in seiner Kehle und nach weiteren fünf Schlucken auch einen Teil seines Schmerzes weg. Er zündete sich eine Zigarette an, stellte sich ans Fenster. Als er Iris und Mona aus seinen Gedanken getrunken und sich wieder im Griff hatte, ging er in den Besprechungsraum. Schmitti folgte ihm mit dem Handy und setzte sich zu den anderen.

Breschnow schrieb den Namen »Rayhan Aziz« an das Whiteboard, kringelte ihn ein und zog einen Strich zu »Schneider«.

»Rayhan Aziz ist der Maulwurf bei unseren Drogenkollegen. Er hat dort als verdeckter Ermittler gearbeitet.«

»Deswegen habe ich ihn im System nicht gefunden.« Schmitti atmete erleichtert auf. »Ich habe schon an mir gezweifelt.«

Delego lachte. »Das glaube ich dir nicht.«

»Es kommt noch besser«, nahm Breschnow den Faden wieder auf. »Aziz wird gerade von der Inneren befragt und juristisch von Frank Schneider vertreten, und es gibt Aufnahmen, die ihn mit seinem Neffen und Schneider zeigen.« Er legte die Fotos auf den Tisch.

»Denkst du, Aziz hat Rosenholz getötet?«, fragte Regina.

»Er hat uns zumindest angelogen, was seinen Kontakt mit ihm betrifft.«

»Aber wenn Aziz der Maulwurf ist, hat er seinen Neffen doch die ganze Zeit beschützt. Warum sollte er ihn jetzt umbringen?«, fragte Delego.

»Vielleicht ist irgendetwas aus dem Ruder gelaufen.«

»Wann können wir mit ihm reden?«

»Das wird bis auf Weiteres nicht möglich sein. Die Innere will erst ihre Untersuchungen abschließen.«

»Weil du dich wieder danebenbenommen hast«, sagte Drass scharf. »Normalerweise lassen sie sehr wohl Untersuchungen parallel laufen.«

Breschnow ignorierte den Tadel und redete weiter. »Wir müssen etwas finden, mit dem wir Aziz unter Druck setzen können.«

»Und Schneider? Sollen wir den noch mal befragen?«, erkundigte sich Regina.

Breschnow nickte. »Frank Schneider und Isabella Rosenholz. Konfrontiert sie mit den Aufnahmen.«

»Vergiss aber nicht, dass Willich immer noch seine Hand schützend über den Anwalt hält. Er will auf gar keinen Fall einen Skandal«, mahnte Schmitti.

»Wir werden ihn mit Samthandschuhen anfassen«, versprach Regina.

»Damit werdet ihr nicht weit kommen«, brummte Breschnow.

»Das tun wir mit deiner Rambo-Methode auch nicht«, erinnerte ihn Drass.

Schmitti seufzte. »Und was soll ich dem Obersten erzählen, wenn er dich wieder sucht und nicht findet?«

Breschnow grinste. »Sag ihm, ich bin im Feld. Verdeckte Ermittlung.«

Delego kicherte. Drass schnalzte missbilligend mit der Zunge.

»Ich war noch mal bei Frau Naumann«, sagte Regina. »Eine der Erzieherinnen ihrer Kinder war auch dort, und sie hat mir von einem alten Parkhaus erzählt. Dort hätten sich zu ihrer Zeit die Jugendlichen aus der Gropiusstadt immer getroffen. Sie konnte mir aber keinen genauen Standort nennen.«

»Das Netz findet alles«, flötete Schmitti. »Ich fange gleich an zu suchen. Ist wahrscheinlich erfolgversprechender als die Suche nach Kimmie Naumann in der Hasenheide.«

»Die haben sie also noch nicht gefunden?«

»Delego, du wärst die Erste gewesen, die ich darüber informiert hätte«, erklärte Schmitti.

»Wir müssen dieses verdammte Parkhaus finden«, beendete Breschnow die Dienstbesprechung. »Dann haben wir auch Kimmie Naumann.«

***

Sie erreichten das Gebäude, in dem die Innere ihre Befragungen durchführte, noch im Hellen. Marion Freudig bezog auf der gegenüberliegenden Straßenseite Stellung, ihr Kollege verschwand um die Ecke des alten Backsteinbaus und zündete sich eine Zigarette an. Im dem Moment verließ Frank Schneider das Gebäude. Marion Freudig hob den Daumen und gab ihrem Kollegen grünes Licht.

Zunächst folgte der Hüne dem Anwalt ein paar Schritte, dann verringerte er den Abstand und rempelte ihn mit seinem massigen Körper an. Schneider strauchelte, fing sich aber gleich wieder und drehte sich schimpfend um. Als er in das aggressive Gesicht des Zwei-Meter-Mannes hinaufblickte, verstummte er. Der Drogenfahnder packte Schneider am rechten Arm und drückte fest zu. Der Anwalt schrie auf, die Aktentasche knallte auf den Asphalt. Der Hüne griff sie und rannte davon.

Marion Freudig wartete, bis er außer Sichtweite war, und überquerte dann zügig die Fahrbahn. »Direkt vor der Polizeidienststelle«, schimpfte sie. »Die Leute werden immer dreister. Alles in Ordnung bei Ihnen?«

Frank Schneider musterte sie misstrauisch. Die Drogenfahnderin lächelte gewinnend und deutete auf eines der Backsteingebäude. »Da vorne ist die Wache. Wollen Sie Anzeige erstatten?«

Der Anwalt nickte. »Darf ich fragen, wer Sie sind?«

»Aber natürlich.« Marion Freudig deutete über ihre Schulter nach hinten. »Ich arbeite dort drüben in der Verwaltung. Habe gerade ein privates Telefonat geführt. Deswegen stand ich draußen. Sie werden mich doch nicht verpfeifen?«

Schneider schüttelte den Kopf, fragte sie auch nicht nach ihrem Namen. Die Drogenfahnderin atmete erleichtert auf. Dann betraten sie die Wache. Nach einer kurzen Schilderung des Tathergangs füllte der Anwalt drei Formulare aus, aber der Uniformierte machte ihm wenig Hoffnung, die gestohlene Tasche zurückzubekommen.

Marion Freudig sah immer wieder nervös auf die Uhr und lächelte zuckersüß. »Entschuldigen Sie, aber ich muss jetzt ganz schnell wieder zurück an die Arbeit.« Sie reichte Schneider zum Abschied die Hand und verließ die Wache.

***

Kimmie atmete tief ein und tastete noch einmal nach der Waffe. Dann nahm sie allen Mut zusammen und riss die Tür auf.

Das ehemalige Bürohaus, das direkt an das Parkhaus angrenzte, war schon lange aufgegeben worden. Der Raum in der ersten Etage war verrammelt, aber das Parterre hatten sich die Jugendlichen der Umgebung als Treffpunkt angeeignet, bis sie von der Gropius-Clique vertrieben worden waren.

Kimmie blinzelte in das grelle Licht der Leuchtstoffröhre. Eines der Mädchen schlenderte auf sie zu und lächelte sie herablassend an. »Oh, die Prinzessin der Gropiusstadt. Wo hast du denn deinen Prinzen gelassen?« Sie kicherte und machte den Weg frei.

»Ich hoffe, diesmal hast du alles«, begrüßte sie der Schwarze.

Er thronte auf einem ausrangierten Sessel. Hinter ihm ein grellrotes Bild in einem schweren goldenen Rahmen. Das andere Mädchen saß ihm zu Füßen.

Kimmie trat einen Schritt vor und bemerkte aus den Augenwinkeln, wie sich ein Schatten von der Wand löste. Bevor sie reagieren konnte, traf sie ein Tritt in den Rücken und warf sie zu Boden.

Der Schwarze erhob sich langsam und schritt auf sie zu. Er kam so nah, dass sie das Leder seiner schweren Stiefel riechen konnte. »Das ist dafür, dass du uns vorgestern verarscht hast.«

Die Mädchen kicherten hysterisch. Kimmie biss die Zähne zusammen und stemmte sich auf die Knie. Ein weiterer Tritt traf sie, diesmal in die Seite. Sie sackte auf den Boden und krümmte sich. Der Pickelige beugte sich weit zu ihr hinab und flüsterte: »Und das ist für die Billardhalle.«

Der Schwarze lachte laut, drehte sich um und schlenderte zurück zum Sessel. Der Pickelige riss Kimmie hoch und schubste sie in die Mitte des Raumes. Sie stolperte, fing sich aber wieder.

»Ts, ts, ts, die kleine Kimmie«, sagte der Schwarze fast väterlich und streckte die Hand aus. »Gib mir den Rucksack!«

Der Pickelige wollte sie weiter in Richtung Sessel schieben, doch Kimmie versteifte sich und verschränkte die Arme.

Der Schwarze kniff ärgerlich die Augen zusammen. »Gib mir sofort den Rucksack, du Opfer!«

Kimmie heftete ihren Blick auf den Anführer und zog langsam einen der Riemen über ihre Schulter. Dann beugte sie sich in die entgegengesetzte Richtung und ließ den Rucksack in ihre Hand gleiten. Der Schwarze lächelte zufrieden. Der Pickelige ging an ihr vorbei und stellte sich neben den Sessel.

Langsam öffnete sie den Rucksack, riss die Pistole heraus und richtete die Mündung auf die zwei Männer.

»Bist du jetzt völlig durchgeknallt?«, brüllte der Schwarze und machte Anstalten aufzustehen.

»Bleib sitzen, du Schwachkopf!«, befahl Kimmie und war überrascht, dass er gehorchte. Sein Blick glitt kaum merklich an ihr vorbei. Sie sprang zur Seite. Eines der Mädchen fiel vornüber und schrie auf.

Kimmie betrachtete sie kalt. »Kriech zu den andern und beweg dich nicht!«

Das Mädchen tat wie geheißen. Am Thron angekommen, setzte sie sich zu ihrer Freundin.

Kimmie deutete mit der Pistole auf sie. »Ihr beide in die Ecke.«

Die Mädchen bewegten sich nicht. »Ach komm. War doch alles nur Spaß.«

»Für mich nicht«, widersprach Kimmie und richtete ihre Waffe auf sie. »In die Ecke!«

Der Anführer stupste eine von ihnen mit der Fußspitze. Die Mädchen krochen los.

»Mann, Kimmie«, versuchte es nun der Schwarze und lächelte charmant.

»Du halt die Klappe! Du hast Toto angefixt. Und jetzt kommt er von dem Zeug nicht mehr los.«

»Braucht er auch nicht mehr«, verkündete der Pickelige höhnisch.

Kimmie richtete die Waffe auf ihn. »Und wieso nicht?«

»Weil er tot ist.«

Kimmie spürte ihre Knie nachgeben und ging langsam rückwärts. »Halt's Maul, du Spast! Ich hab eure Lügen so satt.« Als sie die Tür im Rücken spürte, blieb sie stehen. »Setz dich zu den Mädchen«, befahl sie.

Der Pickelige zögerte kurz, dann gehorchte er.

Kimmie nahm wieder den Schwarzen ins Visier. »Jetzt du!«

Der Anführer stand auf und ging langsam auf sie zu.

»Ach komm. Nach dieser Nummer hier nehmen wir dich sogar in der Clique auf. Solche wie dich können wir gebrauchen.«

»Ihr habt's immer noch nicht kapiert«, zischte Kimmie. »Keiner von euch wird dieses Parkhaus lebend verlassen.«

***

Drass legte den Hörer zurück auf die Gabel und sah sich nach seinen Kolleginnen um. Delego stand hinter Schmitti und starrte auf den Bildschirm, Regina war bereits auf dem Weg zu Frau Rosenholz.

»Willich hat sich für uns eingesetzt«, informierte sie Drass. »Wir können Aziz befragen. Und Marion Freudig hat uns gebeten, vorher zu ihr zu kommen. Sie hat etwas für uns, was immer das heißen soll.«

»Wo ist Breschnow?«, fragte Delego.

»Jagt Dämonen«, antwortete Drass. »Willich hat mich mit der Befragung beauftragt. Er will, dass Breschnow der Inneren fernbleibt. Kommst du mit?«

Delego ließ sich nicht zweimal bitten.

Rayhan Aziz und Frank Schneider saßen bereits im Verhörraum. Drass betrachtete sie durch die Spiegelscheibe. Marion Freudig legte ein Notizheft vor ihn auf den Tisch.

»Was ist das?«, erkundigte sich Drass.

»Das Notizheft von Schneider.«

»Woher hast du das?«

»Das willst du nicht wissen. – Hier«, sie deutete mit dem Zeigefinger auf Schneiders Schrift, »das hat er während der Befragung durch die Innere seinem Mandanten zukommen lassen.«

»›Ich lasse mich von dir nicht erpressen‹«, las Delego laut.

»›Ich kann dich ohne Probleme reinreiten. Was glaubst du, wem sie mehr glauben. Dir oder mir?‹«

»Super. Das habt ihr gut gemacht«, strahlte die Kommissarin.

»Aber ihr habt die Notizen unrechtmäßig in euren Besitz gebracht«, erinnerte Drass. »Und deswegen können wir sie nicht verwenden.«

Delego verdrehte die Augen und sah wieder durch die Scheibe. »Können wir schon. Wir müssen nur Schneider loswerden.«

Kurz danach betraten sie den Vernehmungsraum. Schneider begrüßte Drass mit einem Nicken, Delego ignorierte er.

Die Kommissarin schaltete das Aufnahmegerät ein und nannte Tag, Datum und Uhrzeit. »Befragung von Rayhan Aziz. Anwesend sind der Anwalt Frank Schneider, Hauptkommissar Drass und Kommissarin Delego.«

»Was werfen Sie meinem Mandanten vor?«, erkundigte sich Schneider bei Drass und nestelte in seinen Unterlagen.

»Mord an Johannes Faris Rosenholz«, antwortete Delego ruhig.

Der Anwalt hielt eine Zehntelsekunde inne, bedachte dann sein Gegenüber mit einem Schwall aus Sätzen und Paragrafen und beteuerte die Unschuld seines Mandanten.

Rayhan Aziz schwieg, blickte auf das Aufnahmegerät und manchmal zu Schneider.

»Außerdem steht Ihr Mandant in Verdacht, illegale Substanzen hergestellt und vertrieben zu haben«, fuhr Delego fort. »Und wir haben einen Anfangsverdacht, dass der im Raum anwesende Anwalt Frank Schneider von den Geschäften zumindest gewusst hat.«

Schneider sprang auf und begann im Raum auf und ab zu laufen. Drass setzte zu einem Satz an, aber Delego würgte ihn ab. »Daher müssen wir leider darauf bestehen, dass Sie, Herr Schneider, den Raum verlassen. Ihrem Mandanten steht es selbstverständlich frei, für die weitere Befragung einen neuen Anwalt zu bestellen.«

Rayhan Aziz hob den Blick und sah Delego mit traurigen Augen an. »Ich verzichte auf einen Anwalt. Lassen Sie mich telefonieren. Dann sage ich Ihnen alles, was Sie wissen wollen.«

***

Breschnow verließ die U-Bahn in der Wutzkyallee und folgte der Straße bis zur Fritz-Erler-Allee. Ein Lkw bretterte an ihm vorbei. Er überquerte den Damm und landete im Efeuweg, plötzlich umgeben von Einfamilienhäusern. Das Kontrastprogramm der Gropiusstadt, dachte er und hörte Kinder lärmen.

Er fand die Kita in einem weiß gestrichenen zweistöckigen Haus aus den Dreißigern, stellte sich an das Tor und klingelte. Eine junge Erzieherin mit vier Kleinen im Schlepptau öffnete ihm. Breschnow wies sich aus und erkundigte sich nach den Geschwistern von Kimmie Naumann. Dann folgte er der jungen

Frau ins Haus. Die Erzieherin bat ihn, die Schuhe auszuziehen, wenn er weitergehen wolle.

»Eigentlich suche ich gar nicht die Kinder, sondern ihre Bezugserzieherin«, klärte Breschnow sie auf.

»Ich geh mal nachsehen. Sie können solange hier warten.«

Breschnow ließ sich auf eine der niedrigen Bänke sinken. Ein Schal streifte seinen Kopf. Sein Blick fiel auf die kleinen bunten Schuhe, die sorgfältig aufgestellt unter den Bänken auf dem Boden standen. Wehmütig dachte er an seine Nichte, erinnerte sich an die vielen Male, die er sie abgeholt hatte, an ihr freudiges Kreischen, wenn sie ihn entdeckte.

Ein kleiner Junge stellte sich neben ihn und fragte, ob er mit ihm spielen wollte, einen gelben Plastikbagger fest unter den Arm geklemmt. Bevor Breschnow ihm antworten konnte, erschien die Erzieherin und lotste ihn in ein Büro.

»Sie haben meiner Kollegin von einem Parkhaus berichtet, in dem sich die Jugendlichen früher getroffen haben. Wir müssen es dringend finden.«

»Ich habe Ihrer Kollegin aber auch gesagt, dass ich die Adresse nicht kenne und auch nicht sicher weiß, ob die Jugendlichen heute da noch hingehen. Was hat Kimmie angestellt?«

Meine Dienstwaffe gestohlen, dachte Breschnow.

»Irgendeine Idee, wo der Treff sein könnte?«

»Ich bin ja nicht von hier, aber Sabine. Warten Sie einen Moment. Ich frage sie.«

Breschnow stellte sich ans Fenster und sah hinaus in den Garten. Auf dem bunten Spielgerät lachten Kinder. Zwei Mädchen kauerten im Gebüsch und rissen Gras aus, das sie in ihren Eimerchen sammelten.

Eine ältere Frau betrat das Büro und musterte ihn misstrauisch. »Können Sie sich bitte ausweisen?«

Breschnow zog seine Dienstmarke aus der Hosentasche. Die Erzieherin betrachtete sie eingehend. »Das Gebäude, das Sie suchen, ist ganz hier in der Nähe.« Sie beschrieb ihm den Weg.

Breschnow ließ sich Papier und einen Kugelschreiber geben und notierte das Gehörte. »Wie erreichen Sie Kimmie Naumann im Notfall?«

»Wir haben ihre Festnetznummer, und wenn mich nicht alles täuscht, trägt einer der Zwillinge einen Anhänger mit der Adresse und einer Handynummer um den Hals. Soll ich nachsehen?«

Breschnow nickte.

Fünf Minuten später verließ er mit der gewünschten Information die Kita und fragte sich, warum er nicht früher auf die Idee gekommen war, hier nachzufragen.

***

Ihr Handy klingelte. Cosma sah auf das Display. Roberts Foto lächelte ihr entgegen. Sie zögerte kurz und drückte ihn weg. Sie brauchte jetzt einen klaren Kopf, wollte ihren besten Freund nicht noch einmal anlügen.

Der Stadtplan verriet ihr, dass sie ihr Ziel bald erreicht hatte. Sie verließ die Allee und betrat das weitläufige Gelände der Hilfswerk-Siedlung. Ein schmaler Weg führte an einer niedrigen Mauer entlang. Leere Plastikflaschen und Verpackungsplastik säumten sie. Rechts von ihr lag ein verwahrloster Spielplatz. Eine der Schaukelketten quietschte leise, als ein heftiger Windstoß sie erfasste, die andere Kette lag abgerissen im Sand.

Zwischen den kahlen Bäumen schimmerte ein Gebäude durch. Sie beschleunigte ihre Schritte und gelangte an ein graues Wohnhaus. Eine der Eingangstüren stand offen. Der Treppeneingang starrte vor Dreck. Ein in Schwarz gekleideter Mann hievte einen Lattenrost hinaus, ließ ihn mitten auf den Weg fallen und verschwand um die nächste Ecke. Cosma sah ihm hinterher. Eine Frau trat aus dem Haus und schimpfte über den Müll.

Cosma erkundigte sich nach dem alten Parkhaus. Die Frau deutete mit einem rosa lackierten spitzen Fingernagel auf eine Baumreihe. Ein gelb-blaues Gebäude war dahinter zu sehen. Cosma bedankte sich. Sie hatte ihr Ziel erreicht.

***

»Wen wollen Sie anrufen?«, erkundigte sich Delego.

»Meinen Bruder.«

»Warum wollen Sie Ihren Bruder anrufen?«

Rayhan Aziz hob den Blick und sah sie mit klaren Augen an. »Ich habe Schande über meine Familie gebracht.«

»Und jetzt wollen Sie die Absolution?«

»Nein, keine Absolution. Ich will mich entschuldigen.«

Drass unterbrach die Befragung und verließ gemeinsam mit Delego den Raum. Marion Freudig wartete bereits im Flur. »Sie werden in ihrer Sprache miteinander reden, und wir werden nichts verstehen. Wir brauchen einen Dolmetscher.«

»Meinen Sie, er verrät seinem Bruder irgendwelche Geheimnisse?«, fragte Delego.

»Vielleicht. Ich glaube ihm jedenfalls kein Wort mehr«, sagte Marion Freudig. »Er hat die ganzen Jahre ein doppeltes Spiel mit uns gespielt. Vergesst das nicht.«

»Ich glaube ihm«, gestand Drass und bat den Uniformierten, ein Telefon zu besorgen.

»Aber er telefoniert da drin!«, befahl die Drogenfahnderin. »Ich werde sein Gespräch mitschneiden und übersetzen lassen.«

Nach dieser Ansage verschwand sie wieder hinter der Spiegelscheibe. Der Uniformierte kehrte mit einem altertümlichen Telefonapparat zurück, und Drass betrat den Verhörraum. Er sah sich nach einer Telefonbuchse um, stöpselte den Stecker ein und prüfte die Leitung. Aziz deutete auf das Aufnahmegerät und schüttelte den Kopf. Drass stellte das Gerät ab und gesellte sich wieder zu den beiden Kommissarinnen hinter der Trennscheibe.

Eine Weile starrte Rayhan Aziz unbewegt auf das Telefon.

»Jetzt mach schon«, flüsterte die Drogenfahnderin ungeduldig.

Drass setzte sich auf den Stuhl neben ihr, Delego blieb stehen. »Es sieht aus, als ob er meditiert.«

Nach einer Weile verneigte sich Aziz, griff langsam nach dem Hörer und wählte. Marion Freudig schaltete sich in die Leitung. Ein Freizeichen tutete aus den Boxen. Hastig drosselte sie die Lautstärke.

In Syrien meldete sich ein Mann. Rayhan nannte seinen Namen. Schweigen. Sekunden verstrichen. Dann schoss eine tiefe Männerstimme durch die Leitung. Der Verdächtige reagierte betroffen, die Stimmen schwollen an, ebbten wieder ab, verschmolzen zu einem einzigen klagenden Laut. Rayhan Aziz senkte den Kopf und flüsterte etwas. Am anderen Ende wurde Allah angerufen. Wut schwoll aus der Leitung, dann ein erneuter Ruf nach Allah, und das Gespräch wurde abgebrochen.

»Ich bitte dich um Vergebung«, flüsterte Rayhan nun in Deutsch, obwohl der andere ihm nicht mehr zuhörte. »Ich habe Schande über unsere Familie gebracht, aber du musst mir vergeben.«

Vorsichtig legte er den Hörer zurück auf die Gabel, verbarg das Gesicht in den Händen und schaukelte leicht vor und zurück. Dann ging ein Zucken durch seinen Körper. Er richtete sich auf und wandte sich der Spiegelscheibe zu.

»Wir können weitermachen, Hauptkommissar Drass.«

***

Mit fliegenden Fingern tippte Schmitti die Nummer ein, die ihm sein Chef gerade durchgegeben hatte. Das System arbeitete. Konzentrische Kreise füllten den Bildschirm. »Ihr Handy ist eingeschaltet … Sie ist in der Gropiusstadt … Treffer! Ich habe Kimmie Naumann geortet«, verkündete Schmitti. »Der Sendemast ist ganz in der Nähe von einem Parkhaus am Gansbergsteig.«

»Hast du gehört?«, erkundigte sich Regina. Sie hatte den Lautsprecher ihres Handys aktiviert.

Breschnows Stimme drang blechern in den Raum. »Ich bin schon fast da.«

»Aber du gehst nicht allein da rein, Stefan. Ich mach mich sofort auf den Weg. Wo genau bist du?«

»Lipschitzallee«, quäkte es aus dem Lautsprecher. »Direkt gegenüber vom Schwimmbad.«

»Und du wartest?«

Die Lautsprecherstimme versprach es.

Regina griff ihre Jacke.

»Vielleicht solltest du noch wissen, dass direkt neben dem Parkhaus ein zweistöckiges Gebäude ist«, sagte Schmitti. »Sieht wie angebaut aus.«

Regina stellte sich kurz hinter ihn und betrachtete die Aufnahme. »Hier scheint der Eingang zum Parkhaus zu sein.«

»Löwensteinring«, entzifferte Schmitti.

»Halte den Kontakt zu unserem Chef, damit er keine Dummheiten macht.«

Schmitti griff nach dem Telefonhörer. Regina stürmte aus dem Büro.

Ein Streifenwagen mit laufendem Motor blockierte ihren Wagen. Ohne lange zu überlegen, setzte sie sich auf den Fahrersitz des Einsatzfahrzeuges, schaltete das Martinshorn ein und informierte die Kollegen über Funk. Sie raste den Columbiadamm entlang, bog in die Hermannstraße ein und stand im Stau. Bei der nächsten Gelegenheit bog sie rechts ab und bretterte über das alte Kopfsteinpflaster im Schillerkiez. Wieder auf der Hermannstraße, kam sie zunächst nur stockend voran. Dann lichtete sich der Verkehr plötzlich, und Regina drückte das Gaspedal durch. Eine Viertelstunde später bog sie mit quietschenden Reifen in die Lipschitzallee ein. Breschnow hatte Wort gehalten.

***

Acht Augenpaare richteten ihren Blick zur Tür. Im Raum war es sehr still geworden, nur eines der Mädchen wimmerte leise. Eine dicke Stubenfliege versuchte ihr Glück am Fenster. Einmal, zweimal, dreimal, dann drehte sie laut brummend eine Runde durch den großen Raum, bevor sie sich in ihrer scheinbar sinnlosen Geschäftigkeit mit einem kräftigen Aufprallgeräusch erneut auf die geschlossene Scheibe stürzte.

Die junge Frau verstummte. Ihre Freundin wiegte sie sanft hin und her. Der Schwarze hatte sich zu den anderen gesetzt, machte aber gleich wieder Anstalten aufzustehen.

»Sitzen bleiben!«, zischte Kimmie.

Der Schwarze hielt kurz in der Bewegung inne, setzte sie dann aber langsam fort. Als er stand, hob er beschwichtigend die Hände.

»He, das mit Toto und dir, das war doch nicht so ernst gemeint.«

»Doch, das war es. Ihr habt uns die ganzen Jahre terrorisiert. Einfach nur, weil es euch Spaß gemacht hat.«

Der Schwarze trat einen weiteren Schritt vor. Die Mündung der Pistole hob sich langsam.

»Bleib, wo du bist!«

Das Wimmern aus der Ecke setzte wieder ein.

»Schnauze dahinten, verdammt noch mal!«

Die Waffe änderte langsam ihre Richtung. Das Wimmern verstärkte sich.

»Peng!«, sagte Kimmie. »Und tot bist du.«

Der Schwarze ging weiter auf sie zu, Schritt für Schritt, alle Warnungen ignorierend. Die Mündung richtete sich wieder auf ihn.

»Bis zum Schluss ein Held?«, sagte Kimmie und lachte.

Drei Schritte vor ihr blieb er stehen und sah in zwei entschlossene Augen, registrierte ein leichtes Zittern der rechten Hand.

Aber nur kurz.

Dann fiel der erste Schuss.

***

Cosma hörte einen Knall aus dem freundlich gelb gestrichenen Kasten und spurtete los. Auf der Suche nach dem Eingang hatte sie das Gebäude schließlich fast komplett umrundet. Die Tür war nicht abgeschlossen. Sie schob sie auf und ließ den Blick durch das trübe Kunstlicht in die Parkhalle schweifen. Sie ging ein paar Schritte weiter und bemerkte einen alten Volvo, der über und über mit Graffiti beschmiert war. Etwas bewegte sich darunter, Krallen tickerten über den Asphalt. Sie schauderte und lief weiter. Eine Neonleuchte über ihr surrte laut und schaltete sich dann ab.

Cosma stoppte abrupt, erwog, einfach wieder umzudrehen und Andreas anzurufen. Aber dann würde sie nicht mehr die Erste sein, wäre verdammt, mit den anderen Journalisten, die wie Robert ihre Informanten überall hatten, untätig vor dem Eingang zu warten, während die Polizei das Parkhaus stürmte. So würde sie niemals ihre Story kriegen.

»Ich werde es schaffen«, redete sie sich leise Mut zu, atmete tief durch und schlich weiter. Ein leises Scharren dicht vor ihr ließ sie erneut stoppen. Sie dachte an die Ratten, die sie womöglich umzingelt hatten, schalt sich eine Närrin und beschleunigte ihre Schritte. Zügig durchquerte sie die schummerige Halle und entdeckte einen Lichtschein, der unter einer Tür nach außen drang. Sie trat näher und horchte. Jemand stöhnte, dann ein Schrei. Cosma erstarrte.

***

Drass schaltete das Aufnahmegerät ein. »Wir setzen die Vernehmung von Rayhan Aziz fort.«

Delego vergewisserte sich noch einmal, dass der Befragte keinen Anwalt verlangte, blickte zur Spiegelscheibe und legte das aufgeschlagene Notizheft auf den Tisch.

Rayhan Aziz erkannte die Schrift sofort. »Ich habe meinen Neffen getötet«, sagte er mit klarer Stimme. »Und Frank Schneider hat ihn ganz bewusst für seine miesen Geschäfte missbraucht.«

»Sie geben zu, Johannes Rosenholz getötet zu haben?«, vergewisserte sich Delego, überrascht von dem Geständnis.

Aziz nickte und starrte auf das Heft. »Woher haben Sie das?«

»Das lassen Sie mal unsere Sorge sein«, antwortete Drass.

»Hat Schneider es Ihnen gegeben?«

Delego schüttelte kaum merklich den Kopf.

»Dann ist es gut«, sagte Aziz.

»Warum haben Sie Ihren Neffen getötet?«, erkundigte sich Drass.

»Die Drogen haben sein Gehirn zerstört.« Er trank einen Schluck Wasser und legte die Hände in den Schoß. »Eigentlich habe ich ihn nicht getötet, sondern ihm geholfen.«

Delego beugte sich zu ihm vor. »Entschuldigung, Herr Aziz, aber ich verstehe nicht, was Sie uns damit sagen wollen.«

Der Befragte hob den Blick und sah auf einen imaginären Punkt hinter den Kommissaren. »Als Kadir zurück nach Syrien gegangen ist und gemerkt hat, dass er seinen Sohn nicht mitnehmen kann, hat er ihn mir anvertraut. Dadurch war ich oft bei

Isabella und Johannes, habe die beiden unterstützt. Dann wurden Isabella und ich ein Paar. Es ging uns gut als kleine Familie. Ich hatte meine Stelle bei der Drogenkommission, und Isabella hat im Supermarkt gearbeitet. Hin und wieder hat sie auch getanzt. Das mochte ich nicht, aber sie ist eine Frau aus dem Westen. Also ließ ich sie gewähren. Mit der Zeit wurde mir Johannes immer wichtiger. Er war ein guter Junge.«

Rayhan Aziz lächelte und gab sich eine Weile seinen Erinnerungen hin. Die Kommissare ließen ihm Zeit.

»In der Pubertät lernte Johannes die falschen Leute kennen. Sie haben geraucht, zuerst Zigaretten und dann Haschisch. Sein Konsum stieg, und er brauchte Geld. In dieser Zeit hat er mich oft nach meiner Arbeit gefragt, er schien sie spannend zu finden, und ich habe ihm immer geantwortet. Ich dachte, er wollte auch Polizist werden. Damals wusste ich noch nicht, dass er selber Drogen nahm. Und nach und nach hat er sich mit meiner Hilfe einen florierenden Handel aufgebaut. Als ich das begriffen hatte, war es bereits zu spät. Er hatte mich in der Hand.«

»Hat er Sie erpresst?«, erkundigte sich Drass.

Rayhan Aziz nickte. »Erst waren es kleine Summen und Gefälligkeiten. Dann wurde er immer unverschämter. Was aber noch schwerer wog, war, dass er mich moralisch in der Hand hatte. Ich hatte meinem Bruder versprochen, auf seinen Sohn aufzupassen. Ich hatte versagt. Und ich schlief mit der Frau, die ihm sein Kind weggenommen hatte. Ich hoffte lange, es irgendwie wiedergutmachen zu können. Ich fing an, Johannes bewusst zu schützen. Außerdem hoffte ich, dass er mit seinen Geschäften irgendwann aufhört. Ich habe ihm die Hälfte meines Gehaltes angeboten. Davon hätte er leben können oder sich etwas Solides aufbauen.« Seine Gesichtszüge verfinsterten sich. »Aber Johannes hat mich ausgelacht und weiter meine Stellung als Undercover-Drogenfahnder ausgenutzt, um sich ein Imperium aufzubauen. Und am Ende wurde er immer gieriger.«

Rayhan Aziz bat um etwas zu trinken. Delego stand auf, besorgte eine Flasche Wasser und ein Glas und schenkte ihm ein. Er griff mit zittrigen Händen danach und leerte es in einem Zug.

In seinen Augen hatten sich Tränen gesammelt. »Ich hatte nicht die Absicht, ihn zu töten, als ich ihm an diesem Tag gefolgt bin. Ich wollte mit ihm reden. Ich hatte mich entschieden, reinen Tisch zu machen, meine Arbeit zu kündigen und zurück nach Syrien zu gehen. Johannes sollte mitkommen.«

»In den Krieg?«, fragte Drass verwundert.

»Johannes sollte eine andere Realität kennenlernen, und ich wollte Buße tun. Ich habe so viel Schuld auf mich geladen, dass ich bis zu meinem Tod nicht Abbitte leisten kann. Also beschloss ich, Johannes zu einem anderen Leben zu zwingen und dabei zu helfen, mein Land wiederaufzubauen.«

Erneut sah er auf den undefinierbaren Punkt hinter den Kommissaren und legte die Hände in den Schoß. »Als mein Neffe in dieses Haus in der Braunschweiger ging, habe ich zuerst im Auto gewartet. Aber als er nicht herauskam, bin ich hineingegangen. Ich kannte Tollner bereits durch die Arbeit, und Johannes hat auch ab und zu von ihm geredet. Thomas war der Junge für alles, was schmutzig machte. Als ich nach oben kam, war da dieses Mädchen in der Wohnung.«

Er zögerte und schenkte sich Wasser nach. »Mein Neffe hatte seine Hose geöffnet, und er zwang sie … Als sie sich weigerte, schlug er auf sie ein. Ich brüllte ihn an, er soll sie in Ruhe lassen, aber er lachte mich nur aus und bot mir an, die Kleine nach ihm zu …«

»… missbrauchen«, ergänzte Delego.

Rayhan Aziz senkte den Kopf.

Drass neigte sich zu ihm vor. »Und dann haben Sie zugestochen?«

Aziz sprang auf und begann, im Raum auf und ab zu gehen. Er hatte die Hände hinter dem Rücken gekreuzt und murmelte leise vor sich hin. Dann stellte er sich an den Tisch und sagte mit klarer Stimme: »Ja, ich habe dem Mädchen die Schere aus der Hand genommen und meinen Neffen damit erstochen, und es tut mir auch nicht leid. Sich an einer Frau zu vergehen ist eine sehr schlimme Sünde und nicht entschuldbar.«

»Was ist mit dem Mädchen passiert?«

»Sie ist weggelaufen.«

Delego zog ihr Handy aus der Tasche, bat Aziz, sich zu setzen, und zeigte ihm ein Foto von Kimmie Naumann.

»Das ist sie«, bestätigte er.

Drass blätterte in seinen Papieren und machte sich Notizen. Dann sah er zu dem Syrer auf. »Und Daniel Busse? Haben Sie ihn auch getötet?«

»Ich habe ihn nicht gemocht, aber ich habe ihn nicht getötet.«

»Erzählen Sie uns von Busse«, bat Delego.

Aziz musste sich offenbar erst sammeln, und die Kommissare ließen ihn gewähren. Dann sagte der Syrer: »Dieser Glatzkopf stand irgendwann vor der Tür meines Neffen, während ich ihn besucht habe. Sie schienen befreundet zu sein. Daniel Busse war ein schlechter Mensch, aber Johannes hat das nicht erkannt. Ohne ihn wäre es bestimmt nicht so weit gekommen.«

»Es gibt zwei Zeugen, die aussagen, dass Sie Daniel Busse in seiner Wohnung aufgesucht und mit ihm gestritten haben.«

»Wer sagt das?«

»Das tut hier nichts zur Sache. Haben Sie mit ihm gestritten?«

»Ja, das habe ich. Ich wollte, dass er meinen Neffen in Ruhe lässt.«

»Und dann haben Sie ihn eines Abends auf der Schillerpromenade gesehen. Es war dunkel, keine Zeugen. Und Sie haben Ihre Chance genutzt.«

Aziz schüttelte den Kopf und verschränkte die Arme. »Irgendwann wurde mir klar, dass Daniel nur eine Marionette war. Von da an habe ich ihn in Ruhe gelassen.« Er trank einen Schluck. »Ich habe ihn nicht getötet.«

Delego und Drass wechselten einen Blick.

»Und wer hat die Fäden der Marionette gezogen?«, erkundigte sich die Kommissarin.

»Frank Schneider. Er wollte das größte Stück vom Kuchen.«

»Der Anwalt Frank Schneider?«, vergewisserte sich Drass.

»Der Anwalt«, bestätigte Aziz. »Er vertritt öfter Mandanten wegen Drogendelikten. Wir sprechen von den oberen ›Playern‹, wie das heute heißt, die natürlich meistens nicht belangt werden. Daniel Busses Auftrag war es, Johannes für Schneider anzuwerben. Schneider hat ihm dann Zugang zu seinen Kokserfreunden verschafft, und als er festgestellt hat, dass er sich auf ihn verlassen kann, hatte er die Idee, in die Produktion von Crystal Meth einzusteigen.«

Er hielt inne, starrte wieder auf den imaginären Punkt. »Ich habe mein Leben lang mit Drogen zu tun gehabt. Crystal Meth ist eine Höllendroge. Vielleicht sogar die schlimmste. Die armen Schweine, die von ihr abhängig sind, sind keine Menschen mehr.«

»Die Crystal-Küche war Schneiders Geschäftsidee?«, fragte Schmitti.

Rayhan Aziz nickte. »Schneider wollte mit Hilfe von Johannes und Daniel einen Crystal-Markt aufbauen, und er hat den beiden das Startkapital gegeben. Den Gewinn wollten sie teilen. Zwei Teile für Schneider, je einen für Busse und Johannes.«

Rayhan Aziz schloss die Augen und flüsterte: »Das konnte ich nicht mehr decken.«

***

Der Schuss hatte den Schwarzen direkt vor ihren Füßen zu Boden sinken lassen. Er stöhnte. Kimmie betrachtete ihn triumphierend. Adrenalin durchflutete ihren Körper. Sie zog die Tilidinflasche aus ihrer Tasche und träufelte sich noch ein paar Tropfen in den Mund.

Jetzt war sie die Starke.

Jetzt hatte sie die Macht.

Plötzlich wurde die Tür aufgerissen. Sie hob die Waffe und sah in das fremde Gesicht einer blonden Frau.

»Noch jemand von dem Scheißhaufen. Setz dich zu den anderen«, befahl Kimmie und deutete mit der Pistole auf die gegenüberliegende Ecke des Raumes.

»Ich bin nicht –«, widersprach Cosma Anderson.

»Halt's Maul!«

»Kimmie, ich bin Journ–«

»Kapierst du's nicht!« Kimmie trat einen Schritt vor und hielt ihr die Waffe ins Gesicht. »Ich sag's nur noch ein Mal. Setz dich zu den anderen.«

Cosma gehorchte.

Kimmie kicherte hysterisch und verfolgte die Journalistin mit dem Pistolenlauf. Eines der Mädchen schrie auf. Cosma drehte sich kurz um und setzte dann wortlos ihren Weg in die Ecke fort.

Kimmie ließ die Waffe sinken und betrachtete den verhassten Mann zu ihren Füßen wie ein ekelhaftes Insekt. Um es zu zertreten, hob sie langsam den rechten Fuß. Der Schwarze riss schützend seine Hände vor das Gesicht. Kimmie lachte, trat einen Schritt zurück, lehnte sich mit dem Rücken an die Tür, schloss die Augen. Der Schwarze nutzte seine Chance und robbte langsam auf sie zu. Als er sie erreicht hatte, riss sie die Augen auf und trat ihm mit voller Wucht ins Gesicht. Blut spritzte aus seiner Nase.

Er schrie vor Schmerz auf und brüllte: »Du bist tot, du verdammte Fotze!«

***

Breschnow ließ sich auf den Beifahrersitz fallen. Seine Hände zitterten. Regina bemerkte es erst, als er den Flachmann aus der Jackentasche zog und trank.

»Bist du bescheuert? Wir sind mitten in einem Einsatz«, schimpfte sie.

Breschnow deutete auf das knisternde Funkgerät und legte den Zeigefinger an den Mund.

»Zentrale. An alle. Vermutlich eine Schießerei in der Gropiusstadt. Parkhaus Löwensteinring/Ecke Gansbergsteig.«

»Wagen 16. Sind in der Lipschitzallee. Wir sehen uns mal um.«

»Wagen 3. Bahnhof Rudow. Fahren in die Gropiusstadt.«

Breschnow griff nach dem Mikrofon und sah auf die Wagennummer. »Wagen 5, Hauptkommissar Breschnow von der Mordkommission. Befinden uns ebenfalls in der Lipschitzallee. Vermuten eine Tatverdächtige im Parkhaus. Niemand geht rein. Verstanden? Niemand geht rein! Wartet, bis wir vor Ort sind.«

Regina beschleunigte und bog scharf rechts ab. Das Auto schlingerte gefährlich und rammte fast ein parkendes Fahrzeug. Sie riss das Lenkrad herum und brachte den Streifenwagen wieder in die Spur.

»Die Nächste links«, sagte Breschnow ungerührt. »Dahinten müsste es sein.«

Die Kommissarin stoppte vor zwei Uniformierten, die laut brüllend versuchten, eine Menge Schaulustiger davon abzuhalten, das Parkhaus zu stürmen. Ein zweiter Streifenwagen raste heran. Die Polizisten sprangen heraus und eilten ihren Kollegen zu Hilfe. Regina und Breschnow schoben sich rücksichtslos durch die Gaffer hindurch und betraten das Parkhaus. Aus dem seitlichen Schatten löste sich eine Gestalt. Regina drehte sich blitzschnell zu ihr hin, Breschnow ging unbeirrt weiter.

»Ist Kimmie da drin?«, fragte Frau Tollner.

»Es ist besser, wenn Sie wieder hinausgehen«, umging Regina eine Antwort.

Frau Tollner schüttelte den Kopf. »Ich mache mir Sorgen um das Mädchen. Vielleicht will sie Toto rächen. Sie hatte doch nur ihn.«

Sie wollte Breschnow folgen. Regina hielt sie am Arm fest und schob sie in Richtung Ausgang.

Frau Tollner versuchte sich zu befreien. Wütend verstärkte Regina ihren Griff und schob sie unerbittlich weiter. Draußen überreichte sie die Frau einem Uniformierten, befahl ihm, gut auf sie aufzupassen, und verschwand wieder im Gebäude.

***

Breschnow ging wie magisch angezogen auf den schwachen Lichtschein zu, stolperte über einen alten Autoreifen und fiel lang auf den harten Boden. Jetzt konnte er das Licht unter der Tür deutlich erkennen. Ein brennender Schmerz breitete sich in seinem rechten Arm aus. Leise fluchend rappelte er sich wieder auf und näherte sich vorsichtig der Helligkeit. Er vernahm ein Wimmern und ein hämisches Lachen, atmete tief ein und stieß die Tür auf.

Kimmie Naumann drehte sich blitzschnell um und richtete die Waffe auf ihn. Breschnow streckte die linke Hand aus. »Mach keinen Scheiß, Kimmie. Lass die Waffe fallen!«

Sein Blick flog zwischen der jungen Frau und dem Raum

hin und her und endete auf dem Boden. Der blonde Mann vor ihm versuchte mühsam, sich aufzurichten. Sein Oberkörper und sein Kopf waren blutverschmiert. Weiter hinten hockten zwei Mädchen in einer Ecke, eng aneinandergeschmiegt. Ein junger Mann mit einem von Akne gezeichneten Gesicht und starrem Blick saß dicht neben ihnen. An seiner rechten Seite Cosma Anderson. Breschnow stöhnte und konzentrierte sich wieder auf Kimmie.

»Toto hätte bestimmt nicht gewollt, dass du hier rumknallst.«

»Nenn ihn nicht so, du dreckiger Bulle!«, schrie sie und fuchtelte mit der Waffe hin und her.

Breschnow erschrak über die Wut in ihren Augen.

»Geh zu den anderen!«, befahl Kimmie.

Er rührte sich nicht. »Welche Drogen hast du dir reingepfiffen?«

»Geht dich 'nen Scheiß an.«

»Nicht, wenn du mit deinem Freund noch an die Ostsee fahren willst.«

Kimmie taumelte leicht und ließ die Waffe ein bisschen sinken. »Oh Mann, echt Scheiße. Ich muss das hier tun. Ehrlich.«

Breschnow trat einen Schritt zu ihr hin.

»Nein, das musst du nicht. Denk an deine Geschwister. Was wird aus ihnen, wenn du im Gefängnis hockst?«

»Komm ich doch sowieso hin«, murmelte sie.

»Nicht, wenn du uns gehen lässt. Ich lege ein gutes Wort für dich ein.« Er deutete auf Cosma Anderson. »Und sie bestimmt auch. Und diese Cliquenleute, die dir das Leben so schwer gemacht haben, kriegen wir dran wegen Körperverletzung.«

Breschnow streckte die Hand aus.

»Scheiße, du willst mich auch nur verarschen«, schrie Kimmie und richtete wieder die Waffe auf ihn.

Breschnow zog den Flachmann aus seiner Jackentasche und trank einen Schluck. »Will ich nicht. Das solltest du eigentlich wissen. Ich habe dich nicht verarscht. Ich habe dich mit zu mir nach Hause genommen, habe deine Wunden versorgt, habe für dich gekocht. Du warst es wohl eher, die mich verarscht hat.«

Er deutete auf seine Dienstwaffe. »Um das zu kriegen?

Um dich ins Gefängnis zu schießen?« Er schüttelte den Kopf. »Schlechter Deal.«

Kimmies Blick wurde weicher. Sie ließ die Pistole ein wenig sinken und flüsterte: »Ich will doch nur mit Toto ans Meer.«

»Ich weiß«, sagte Breschnow. »Und ich helfe euch dabei. Aber zuerst musst du mir die Waffe geben.«

Kimmie betrachtete ihn unsicher. Tränen rannen ihr über das Gesicht. Breschnow hoffte, dass sie seinen Worten glauben wollte, und streckte vorsichtig die Hand aus.

»Der Bulle verarscht dich voll, du Opfer. Dein Toto ist jämmerlich verreckt. Kapier das doch endlich!«, presste der Schwarze hervor und lachte hämisch. Blut quoll aus seinem Mund.

Blitzschnell drehte sich Kimmie zu ihm hin und zielte auf ihn.

»Er ist nicht tot, du elender Spast!«

Breschnow versuchte, ihren Arm zu greifen.

Sie spannte den Hahn und drückte ab.

Der Schwarze jaulte, ein letztes Aufbäumen, dann sank er zu Boden. Wie in Trance drehte sich Kimmie immer wieder um ihre eigene Achse und schoss so lange, bis es nur noch klickte.

Dann war es ruhig im Raum.

Breschnow hatte sich auf den Boden geworfen, nachdem eine der Kugeln sich in seine Schulter gebohrt hatte. Er hob den Kopf und stand langsam auf. Kimmie sah ihn aus leeren Augen an und ließ die Waffe fallen. Breschnow kickte sie mit dem Fuß weg und legte einen Arm um ihre Schultern. Die junge Frau wimmerte und hielt sich die Hände vor das Gesicht.

»Es ist vorbei«, flüsterte Breschnow und drehte sie in Richtung Tür, die in dem Moment aufgerissen wurde.

Regina und ein Uniformierter stürmten mit gezogenen Waffen in den Raum.

»Ihr kommt zu spät«, sagte Breschnow.

Seine Kollegin lief wortlos an ihm vorbei. Der Uniformierte hob Breschnows Dienstwaffe auf, prüfte, ob der Mann auf dem Boden noch lebte, und sicherte dann die Tür.

»Wir brauchen einen Notarzt«, rief Regina. Sie war neben Cosma Anderson auf die Knie gegangen.

Breschnow ließ Kimmie los und fummelte das Handy aus seiner Jackentasche. »Ist sie schwer verletzt?«, fragte er besorgt.

Weitere Polizisten stürmten herein. Kimmie wurde zur Seite gerissen. Handschellen klickten. Einer der Uniformierten führte sie hinaus.

Drass betrat den Raum, bedachte seinen Chef mit einem vernichtenden Blick und eilte zu seiner Kollegin, die immer noch neben Cosma Anderson kniete und beruhigend auf sie einredete. Endlich trafen die Sanitäter ein. Einer von ihnen schob Drass grob zur Seite.

Breschnow beobachtete das Geschehen um ihn herum wie in einem Fiebertraum. Er hatte das Gefühl, festgewachsen zu sein, wünschte sich einen Schnaps, wünschte sich eine Zigarette. Aus den Augenwinkeln sah er Drass auf ihn zueilen. Eine Faust schnellte in sein Gesicht und traf seine Schläfe. Er hörte seinen Kollegen schreien: »Du verdammter Säufer. Wenn sie stirbt, dann bringe ich dich um!«

Dann knickten seine Beine unter ihm weg, und er schlug mit dem Kopf auf den kalten Steinboden auf.

Zwei Tage später

»Rayhan Aziz konnte die Geschäfte seines Neffen nicht mehr decken?«, schnaubte Delego. »Was für eine fadenscheinige Erklärung. Dafür hätte er ihn nicht umzubringen brauchen.«

»Er hat ihn umgebracht, weil er Kimmie Naumann beschützen wollte«, erklärte Regina.

»Dazu hätte es auch gereicht, wenn er sich mit seinem Neffen geprügelt hätte«, widersprach Breschnow. »Dann hätte Kimmie abhauen können.«

Delego erhob sich und ging zum Whiteboard. »Was, denkt ihr, wäre passiert, wenn Johannes Rosenholz seinen Onkel verpfiffen hätte?«

»Außer der Schande?«, fragte Regina.

»Außer der Schande«, sagte Delego.

»Nichts«, antwortete Breschnow und stellte sich neben sie. »Die Drogenabteilung hätte das unter sich geregelt. Man pinkelt seinen Kollegen nicht ans Bein. Aziz wäre entlassen worden, vielleicht hätte er nach einer Weile auch seinen Job zurückgekriegt.«

»Wenn es Aziz nicht darum ging, der Erpressung zu entgehen und die Drogengeschäfte seines Neffen zu stoppen, um was ging es ihm dann deiner Meinung nach?«, fragte Regina.

Das Faxgerät piepte. Schmitti verließ den Besprechungsraum.

»Um Liebe und Ehre«, antwortete Delego. »Frank Schneider hat Aziz Hörner aufgesetzt, indem er Isabella Rosenholz gevögelt hat. Daran ist alles gescheitert. Rayhan Aziz fühlte sich in seiner Ehre gekränkt.«

»Du immer mit deiner Liebe«, sagte Regina lächelnd. »Aber wieso hat der Gehörnte dann nicht Schneider oder seine Freundin umgebracht?«

»Weil er mit dem Tod von Johannes beide gleichzeitig bestrafen konnte. Schneider bricht der Handel weg, und Isabella Rosenholz verliert ihren Sohn.«

»Auch eine interessante Theorie«, gab Breschnow zu und stellte sich ans Fenster.

»Tut's noch weh?«, erkundigte sich Delego und deutete mit dem Finger auf seine rechte Schulter. Sie war bandagiert, der Arm im rechten Winkel fixiert und durch einen elastischen Verband an den Körper gebunden.

Breschnow zog eine Tablettenpackung aus seiner Hosentasche. »Diese kleinen Dinger vertreiben die Schmerzen ganz wunderbar. Außerdem ist es ein glatter Durchschuss. Was ist mit dem SUV von Rosenholz? Wurde der endlich gefunden?«

»Vergiss es. Der ist längst über die Grenze.«

»Und der Laptop?«

»Ich wette, dass Rayhan Aziz nach dem Mord in der Wohnung seines Neffen war und das Ding hat mitgehen lassen. Wahrscheinlich liegt es im Kanal. Und jetzt ist Feierabend«, verkündete Delego und stand auf.

»Gute Idee«, stimmte Regina zu. »Ich fahre noch mal ins Krankenhaus. Drass weicht nicht von Cosmas Seite. Vielleicht kriege ich ihn wenigstens mal zum Essen aus dem Zimmer.«

»Wie geht es der Journalistin?«, fragte Breschnow.

»Leider unverändert.«

Schmitti kehrte zurück in den Raum und wedelte aufgeregt mit einem Papier. »Wenn du das hier liest, willst du bestimmt keinen Feierabend mehr machen, Delego.«

Sie riss ihm das Fax aus der Hand. »Ist es das, was ich denke?«

Schmitti nickte. »Ein Haftbefehl für Schneider.«

»Und ich werde ihm mit meinen schwarzen Händen höchstpersönlich die Handschellen anlegen«, verkündete sie und eilte zur Tür.

***

Das monotone Geräusch der Beatmungsmaschine hörte sich so an wie am Tag zuvor. Drass schob den Stuhl näher heran und griff Cosmas Hand. Sie war trocken und warm. Als Regina den Raum betrat, sah er kurz auf. »Schön, dass du kommst.«

Regina nahm sich den zweiten Stuhl und schob ihn auf

die andere Seite des Bettes. »Der Stationsarzt hat mich eben angesprochen. Stimmt es, dass Cosma keine Verwandten mehr hat?«

Drass murmelte: »Da gibt es niemand mehr.«

Regina atmete tief ein. »Sie wollen die Geräte abschalten. Es tut mir so leid.«

»Ihre Hand ist ganz warm«, flüsterte Drass, so als ob er sie nicht gehört hätte.

Nach einer Weile erhob sich Regina und suchte nach dem Arzt.

»Wir haben neue Untersuchungsergebnisse«, erklärte der Mediziner. »Wie Sie bereits wissen, mussten wir die Patientin wegen ihrer schweren Verletzungen in ein künstliches Koma versetzen. Eine der Kugeln hat ihre Lunge durchbohrt, eine andere die rechte Niere. Aber entscheidend war die dritte. Sie hat die linke Herzseite verletzt. Bei der Operation hat es leider Komplikationen gegeben. Es tut mir leid, Ihnen keine bessere Nachricht geben zu können.«

»Was für Komplikationen?«, erkundigte sich Drass.

»Atem- und Herzstillstand. Wir haben sie mehrmals reanimiert, aber …«

Er betrachtete die beiden. »Ich muss Ihnen leider mitteilen, dass die Patientin hirntot ist. Sie wissen, was das bedeutet?«

Drass nickte kaum merklich.

»Die Ethikkommission hat entschieden, die Apparate abzustellen. Ich lasse Ihnen eine Stunde Zeit, damit Sie sich verabschieden können. Aber wenn Sie länger brauchen …?«

Regina schüttelte den Kopf. »Nein, eine Stunde ist ausreichend.«

»Gut«, sagte der Mediziner. »Mein herzliches Beileid.«

Regina schob den Stuhl von der anderen Seite des Bettes neben den ihres Kollegen. Tränen rannen über seine Wangen.

»Wir waren gerade mal ein paar Tage zusammen«, sagte er. »Und ich hatte das Gefühl, dass daraus mehr werden könnte. Ich war schon lange nicht mehr so verliebt.« Seine Stimme brach. Regina legte einen Arm um ihn und wiegte ihn sanft hin und her.

Unvermittelt schlug er sie weg. »Du hängst doch auch mit ihm zusammen.«

Regina hob fragend die Augenbrauen.

»Breschnow. Er hat sie getötet!«

»Er hat sie nicht getötet. Es war ein Unfall. Cosma Anderson ist auf eigene Faust in das Parkhaus gegangen. Sie muss den Schuss gehört haben, also wusste sie auch, dass sie ein Risiko eingeht.«

Drass griff wieder Cosmas Hand. »Wenn sie tot ist, wie kann sie dann noch so warm sein und sich so lebendig anfühlen?«

Regina deutete auf die Maschinen. »Die Zeugen haben ausgesagt, dass Cosma vor Breschnow in den Raum gekommen ist. Er hat versucht, Kimmie die Waffe abzunehmen, und es wäre ihm auch fast gelungen, bis dieser Gropius-Clique-Anführer noch mal den Dicken markiert hat. Erst danach hat Kimmie wahllos in die Runde geballert.«

»Er hätte sie gleich überwältigen sollen.«

»Das sehe ich anders. Breschnow konnte nur mit Worten versuchen, Kimmie zu entwaffnen. Das hättest du genauso gemacht. Sie hatte gerade einen Mann erschossen.«

»Er hätte auf uns warten sollen.«

»Da bin ich deiner Meinung, aber wahrscheinlich wollte er nach dem ersten Schuss, den er gehört hatte, vermeiden, dass auch noch andere getötet werden. Ich glaube, er hatte eine Vorstellung davon, wie Kimmie Naumann tickt.«

»Besser die anderen tot als Cosma!«, sagte Drass, seine Stimme von den Tränen nahezu erstickt.

Regina schwieg. Nach einer Weile sagte sie leise: »Es war ein schrecklicher Unfall, Andreas. Niemand ist daran schuld.«

***

Sie erreichten die Villa bei Anbruch der Dunkelheit. Delego warf Breschnow einen triumphierenden Blick zu und klingelte. Marion Freudig hielt sich im Hintergrund. Frau Schneider öffnete ihnen die Tür. Als sie Breschnow sah, verhärtete sich ihre Mimik. »Was wollen Sie denn schon wieder? Können Sie uns nicht endlich in Ruhe lassen?«

Bevor Breschnow antworten konnte, erschien der Anwalt in der hell erleuchteten Diele und schob seine Frau unsanft zur Seite. Seine kalten Augen hefteten sich auf den Hauptkommissar, der hinter seiner Kollegin stand.

»Ich dachte, ich hätte deutlich zum Ausdruck gebracht, dass ich nicht mit ihr rede.«

»Das brauchen Sie auch nicht, Herr Schneider«, lächelte Delego. »Wir sind nicht zum Reden hier, sondern um Sie zu verhaften.«

Frank Schneider sah sie verblüfft an und brach dann in Lachen aus. Er machte Anstalten, die Tür wieder zu schließen, aber Breschnow stemmte sich mit seiner gesunden Körperseite dagegen. Delego hielt Schneider den Haftbefehl vor die Nase und klärte ihn über seine Rechte auf. Der Anwalt riss ihr das Papier aus den Händen und zerknüllte es.

»Ich werde mich bei Ihrem Vorgesetzten beschweren!«

»Nur zu«, sagte Breschnow. »Aber würden Sie sich bitte vorher umdrehen, damit meine Kollegin Ihnen die Handschellen anlegen kann?«

Frau Schneider wimmerte leise. Auf dem Nachbargrundstück bellte ein Hund. Kurz danach erschien ein Mann und erkundigte sich, ob alles in Ordnung sei. Der Anwalt lächelte bemüht und winkte ihm zu.

Delego zog die Handschellen aus ihrer Tasche und schwenkte sie vor Schneider hin und her. Breschnow packte den Anwalt unsanft am Arm und drehte ihn um. Das Metall klickte leise, als es sich um die Handgelenke schloss.

In dem Moment blitzte es. Schneider versuchte, sich zurück ins Haus zu drängen. Breschnow verstärkte seinen Griff, drehte den Anwalt um und schob ihn langsam die Eingangsstufen hinunter. Ein weiterer Kamerablitz erhellte die Einfahrt. Delego griff die Handschellen, zog die Handgelenke nach unten und drückte sie fest an den Körper. Schneider hob notgedrungen den Kopf und starrte verbissen in die Kamera. Robert Schubert trat näher und schoss noch weitere fünf Aufnahmen. Dann hielt er dem Anwalt ein Mikrofon hin.

»Herr Schneider, wollen Sie sich zu den gegen Sie vorgebrachten Anschuldigungen äußern? Stimmt es, dass Sie im Drogengeschäft aktiv waren?«

Der Anwalt schnaubte und trat nach ihm. Delego lockerte den Griff und schob ihn zum Einsatzwagen.

Epilog

Die herbstliche Sonne glänzte an einem strahlend blauen Himmel, der feine Sand markierte ihre Spuren. Sie waren seit einer halben Stunde unterwegs, kämpften gegen den Wind und den Sand, der jeden Schritt erschwerte. Breschnow sah über das Meer und dachte an Kimmie und Toto. Er schwitzte in seiner warmen Jacke und rang nach Luft.

»Lass uns einen Moment ausruhen«, schlug Willy vor.

Breschnow zog die Jacke aus, legte sie auf den Strand und ließ sich auf das Kleidungsstück fallen. Willy setzte sich neben ihn in den Sand.

»Ich war noch nie am Meer«, sagte er zum dritten Mal an diesem Tag. »Vielleicht bleibe ich einfach hier.«

Nachdem Breschnow den Fall abgeschlossen hatte, waren Iris und Mona nach Berlin gekommen, hatten die beiden Männer kurzerhand in den kleinen Nissan gestopft und waren mit ihnen in ein Ferienhaus an die Nordsee gefahren. Das ganze Wochenende über hatte Iris unentwegt auf ihren Bruder eingeredet, ihn immer wieder an das Gespräch mit der Ärztin erinnert, die ihm das Trinken und das Rauchen strikt verboten und ihm zu einer Therapie geraten hatte. Breschnow hatte versucht, so wenig wie möglich hinzuhören, und den Kontakt zu seiner Nichte gesucht.

Am Montag waren Iris und Mona zurück nach Hamburg gefahren. Breschnow und Willy hatten beschlossen, noch ein paar Tage zu bleiben.

Der Obdachlose griff nach einem Stock, den die Flut angeschwemmt hatte, und schrieb »Kimmie« in den Sand.

»Sie wollte nicht an die Nordsee«, sagte Breschnow. »Sie träumte von einem Leben mit ihrem Freund und ihren kleinen Geschwistern an der Ostsee.«

»Und jetzt sitzt sie im Knast in Plötzensee. Das ist nicht fair. Sie hat mir das Leben gerettet.«

»Aber sie hat auch drei Menschen getötet«, sagte Breschnow streng. »Und einer davon war absolut unschuldig.«

Er dachte öfter an Cosma Anderson und fragte sich immer wieder, wie er das Desaster hätte verhindern können. Ein weiterer Dämon, der ihn nicht schlafen ließ. Und in den Stunden, wenn die Schuld zu schwer auf ihm lastete, trank er einfach noch mehr.

»Die Nacht auf der Schillerpromenade«, sagte Willy. »Ich hab gepennt. Dieses Tier ist einfach über mich hergefallen. Hätte mich erschlagen, wenn die Kleine nich gekommen wäre und ihm mit dem Stein eins über die Rübe gegeben hätte. Is hingefallen wie ein nasser Sack.«

»Aber da war er noch nicht tot.«

Willy malte einen Kreis um Kimmies Namen. »Wir sind einfach weggerannt. Wir hatten Angst.«

»Ihr hättet einen Notruf absetzen können«, sagte Breschnow. »Vielleicht wolltet ihr, dass er stirbt.«

»Ja, vielleicht«, seufzte Willy.

Breschnow blickte hinaus auf das Meer, beobachtete, wie die Wellen an den flachen Strand plätscherten und die Möwen ihre Kreise zogen. Ein großes Schiff fuhr am Horizont vorbei. Er folgte ihm mit den Augen, bis es sich als kleiner Punkt auf der wogenden Masse verlor.

Danksagung

Ein großes Dankeschön an alle Leserinnen und Leser, dass Sie dieses Werk aus der Fülle an Büchern erwählt und gelesen haben. Hoffentlich hat es Ihnen gefallen.

Und auch an die Buchhändlerinnen und Buchhändler, in deren Läden Bücher noch angefasst und angelesen werden dürfen und manchmal auch vorgelesen.

Und großen Dank an den Emons Verlag, der an dieses dritte Buch geglaubt und es herausgebracht hat.

Und natürlich wieder besonderen Dank an Ilona Jäger, meine eifrige Agentin von der Wortunion, die mir immer wieder Mut gemacht hat, an Eike A. als meine treue Erstleserin und Dichterin der Breschnow-Lyrik und an Lothar Strüh, der das Buch lektoriert und mit mir mit großer Kompetenz und auf seine einfühlsame Art um Abschnitte, Sätze und Wörter gerungen hat.

Ohne euch wäre diese Geschichte nie so gut geworden.

Ein großes Dankeschön auch an die Polizisten und Drogenfahnder für ihr offenes Ohr auf meine Fragen und an die Jugendlichen und jungen Erwachsenen, die ich während meiner Zeit als Sozialarbeiterin begleiten durfte und deren Lebensgeschichten in dieses Buch mit eingeflossen sind.

Und zuletzt einen Dank an Hauptkommissar Breschnow, dass er sich noch nicht ins Koma gesoffen hat.

Wer mir schreiben möchte: connie.roters@gmail.com

Wer wissen will, was es in meinem Schriftstellerinnendasein Neues gibt: www.connie-roters.de

Und natürlich auch auf Facebook: https://www.facebook.com/Connie-Roters-796194950430800